LAURENCE PEYRIN

Laurence Peyrin a été journaliste de presse pendant vingt ans. Mère de six enfants aujourd'hui adolescents pour la plupart, elle se consacre désormais à transmettre sa passion du cinéma à des élèves de collège, aux voyages et à l'écriture qui occupe la plus grande partie de sa vie. Après *La Drôle de vie de Zelda Zonk* (Kero, 2015, prix Maison de la Presse), Laurence Peyrin redonne vie à ses personnages dans *Hanna* (Kero, 2015).

GW00692159

LA DRÔLE DE VIE
DE ZELDA ZONK

LAURENCE PEYRIN

LA DRÔLE DE VIE DE ZELDA ZONK

ROMAN

KERO

© Éditions Kero/Éditions de l'épée, 2015
ISBN 978-2-266-26202-6

À Isabelle

I don't need anybody to lead the way
I got a dream to follow
I don't need anybody to face today becuz
I've got tomorrow
I don't need anybody to break my fall
Because I know that if my journey leads
Me waiting alone
I've got a voice that carries

Bonnie McKee,
A Voice That Carries

PROLOGUE

Dearbly-upon-Haven était un village paresseux, se couchant tôt et s'éveillant tard.

Lorsque la nuit y tombait, dès l'heure du thé l'hiver, rien n'aurait pu rompre son silence épais, sauf le clapotis sur les pierres polies. On ne savait par quel mystère le Haven, ruisseau dégoulinant entre les maisons sur pas plus d'une planche de largeur, avait hérité de la particule ; peut-être quelques siècles auparavant avait-il été plus glorieux, puis les tourbières d'en haut avaient fini par l'étrangler.

L'eau menue courait sous un petit pont de bois régulièrement repeint en rouge, devant le pub qui, comme partout en Irlande, affichait O'Conway's sur son fronton vert bouteille. On y vidait des pintes sucrées d'une stout noire comme du café jusqu'à vingt et une heures et pas plus tard, lorsque le village s'éteignait en même temps que les ampoules de l'enseigne.

On ne travaillait pas à Dearbly, on y faisait son jardin, on y dormait. Pour le travail, Cork n'était qu'à une heure de route. Ici, il n'y avait rien d'autre qu'une épicerie, qui s'affichait « bio » davantage par orgueil que par engagement, les légumes du jardin n'ayant nul

11

besoin de pesticides pour prospérer : l'épicier, Noel Dawson, avait une recette secrète – un mélange de cendres et d'on ne savait quoi – dont il saupoudrait ses plantations avec une gravité quasi épiscopale. À peine sorties de terre, patates et carottes se retrouvaient sur les tables des cinquante-quatre foyers du village. Rangés sur les terrains vallonnés de Dearbly, les cottages de pierre et de chaume n'avaient traditionnellement qu'une seule pièce, mais la plupart avaient été réaménagés par des retraités aisés ou de jeunes couples en quête de tranquillité. L'image pastorale du coin était un peu caricaturale – blancheur uniforme des façades repeintes et volets lasurés de rouge vif. L'ensemble affichait une propreté un peu triste, mais on y vivait bien.

Le cottage de Jeffrey et Hanna Reagan avait connu des aménagements progressifs depuis huit ans qu'ils y habitaient, sans qu'ils aient jamais eu besoin d'un maçon.

Ancien journaliste, reporter de guerre et de toutes les misères humaines, Jeffrey s'était mis aux travaux manuels sur le tard, après avoir déposé son gilet pare-balles, sa carte de presse et son esprit aventurier sur l'autel du mariage. Devenu sédentaire aux abords de la quarantaine, il avait trouvé dans le ciment et les vernis l'inspiration silencieuse qui nourrissait à présent ses romans. Après une journée de bricolage, il pouvait écrire une vingtaine de pages d'une traite ; cinq polars étaient ainsi sortis de la poussière de plâtre en moins de six ans, et les bénéfices du dernier auraient suffi à payer un stock de peinture pour remettre tous les villages du Cork et du Kerry en couleurs. « Tu es le seul écrivain qui écrive à la perceuse », ironisait Hanna.

Ce soir, sur la table de bois massif poncée par Jeffrey, le souper tirait à sa fin. Comme d'habitude,

Hanna avait fait des merveilles, une épaule d'agneau cuite des heures dans un bouillon goûteux, accompagnée de pommes de terre, carottes et navets. Jeff avait étalé de la moelle de bœuf brûlante sur du bon pain à la croûte presque noire, l'avait saupoudrée de gros sel, et avait savouré sa tartine d'un air matou, sous les yeux dégoûtés de Patti, que ses huit ans ne prédisposaient pas aux aventures gastronomiques.

« Prends donc un flan dans le réfrigérateur, dit Hanna à la petite fille.

— Une mousse au chocolat pour moi, intervint Jeff.

— Gras, sel et sucre, résuma Hanna, le menu type recommandé par l'Association mondiale de cardiologie. »

Elle se leva pour débarrasser la table, sous un gros rire de Jeff qui l'attrapa par la taille au passage et l'attira sur ses genoux. Elle feignit de se plaindre : « Tu as de l'estomac ! » – ce qui, même si Jeffrey n'avait jamais été un modèle de sveltesse, était exagéré. Son mari n'était certes pas très grand, et certes enrobé de temps à autre, entre deux velléités diététiques, mais c'était justement son côté bûcheron qui l'avait séduite. Ses yeux clairs et ses discours enflammés sur l'état du monde avaient fait le reste.

Hanna colla un baiser rapide sur le menton de Jeff, puis s'échappa prestement. Elle avait une taille de souris, des ballerines aux pieds, des cheveux châtains qui lui arrivaient à mi-dos. Jeff soupira en la regardant se faufiler à la cuisine, puis lui emboîta le pas, la marmite entre les mains. Elle sourit en le voyant grimacer devant la cuisinière.

« C'est chaud ! Tu aurais dû prendre un torchon !

— Je suis ton héros, souffla-t-il.

« — Alors finis de débarrasser, je vais prendre mon bain.

— Déjà ? Il est dix-neuf heures ! Patti voulait jouer à son truc vidéo sur les chevaux, je lui ai promis qu'on ferait équipe contre toi...

— Jouez tous les deux. On est mardi, demain...

— Ah ? C'est vrai. »

Entre l'écriture et le bricolage qui le rendaient casanier, Jeff perdait la notion du temps. Le mardi, Hanna travaillait dans ce qu'il appelait un peu ironiquement son « échoppe de couturière », à Cork — en réalité une boutique de décoration très courue, où son associée Marsha et elle vendaient linge ancien, meubles et objets qu'elles restauraient. Le restant de la semaine, Hanna travaillait au cottage, dans un atelier que Jeffrey lui avait aménagé. Ainsi, il l'avait sous la main, plaisantait-il. Mais le mardi, elle devait se lever tôt, partir, et il n'aimait pas cela. Hanna était si précieuse, si... fragile. Il n'était pas facile de quitter Dearbly-upon-Haven avant l'aube. La route serpentait longuement au milieu des étendues herbeuses, comme un pont étroit sur un lac d'huile. On traversait ainsi une ombre épaisse pendant un temps qui semblait infini, avant de déboucher le long des falaises vertigineuses sur lesquelles l'Atlantique se déchirait les jours de vent.

Puis, sur l'autoroute qui menait à Cork, dans le bruit retrouvé de la circulation motorisée, le jour finissait par se lever. La torpeur de Dearbly n'était plus qu'un souvenir cotonneux, loin de la vie sociale qui reprenait ses droits.

Hanna et Jeffrey ne le savaient pas, mais ce mardi-là serait le dernier jour de leur vie d'avant.

1

L'essuie-glace balayait sa misère, une pluie fine et inodore, qui, sans les gifles répétées du métronome, lui serait venue droit dans les yeux dans une salve d'épingles aveuglante.

Hanna aimait les pluies d'été, celles qui éclatent en gouttes larges et emplissent l'air d'une senteur grasse de terre mouillée. Celle-ci annonçait la fin de l'automne ; son tir pointu et les bourrasques qui la faisaient grossir par vagues avaient quelque chose de méchant comme l'hiver.

Hanna plissait les yeux sous ses lunettes, le buste en avant. Sa concentration lui semblait palpable, pulsant en un flux régulier sous la moleskine du volant empoigné à deux mains.

Temps de merde, temps de merde, répétait-elle comme un mantra entre ses dents serrées. Et les cristaux liquides de l'horloge de bord lui hurlaient 7 : 30. À cette allure-là, elle ne serait jamais arrivée à la boutique pour huit heures.

Dans sa bouche, l'arrière-goût du thé avalé en vitesse le disputait à celui du dentifrice au bicarbonate mal rincé, et elle n'était même pas sûre d'avoir enfilé des chaussettes assorties.

Elle se passa la langue sur les dents, jeta un bref coup d'œil dans le rétroviseur – où on ne voyait rien de toute façon. Si cette curieuse haleine sucrée-salée ne faisait pas fuir son rendez-vous de huit heures, le très élégant M. Huxley, la mèche mousseuse et gonflée d'humidité qui lui retombait sur le front achèverait de la faire passer pour une brave fille, plutôt que pour la très chic décoratrice d'intérieur qu'elle tentait d'être le mardi. Et il repartirait sans même avoir jeté un œil aux lampes Tiffany qui à l'heure actuelle brinquebalaient dans le coffre. Mieux valait être en retard, finalement.

Foutu mardi, foutu temps, foutue bagnole. Hanna sentit monter une bouffée de transpiration, et l'envie lui prit de faire demi-tour.

Fais ça, ma vieille, et plus jamais tu ne sors de chez toi, se morigéna-t-elle.

Une autre pensée l'effleura : *Et à être toujours comme ça l'un sur l'autre avec Jeff, ton mariage est foutu.*

Près de son mari, ses journées à la maison, pourtant bien occupées dans son atelier entre cartons de tissus et pots de peinture vitrail, glissaient dans une indolence et une bizarre mélancolie qui finissaient par lui faire peur.

Avec un aplomb sidérant, un combi Volkswagen la doubla sans aucune visibilité, laissant derrière lui une puanteur de diesel qui flotta brièvement dans les airs avant d'être refroidie par la pluie. Hanna sentit une onde glacée lui envelopper les épaules.

Sale con, il m'a fichu la trouille.

La route qui descendait vers la civilisation n'était pas bien large, et la purée de pois rétrécissait encore le paysage. À l'approche de la bretelle d'autoroute, elle aperçut des feux de brouillard, ceux du combi probablement.

C'était bien la peine de doubler, crétin ! Sa tension se relâcha. Elle pensa qu'elle n'avait pas sorti le goûter de Patti du réfrigérateur, et qu'elle avait laissé sa pomme rouge sur la table. Pourvu que Jeff n'oublie pas de les lui donner.

Puis, en une ultime mise au point avant de se lancer sur l'autoroute, Hanna passa mentalement en revue les vêtements qu'elle avait sur elle. *Pantalon flanelle grise, chemise… non, cachemire blanc cassé.* Elle terminait l'exercice – *mocassins Tod's* – lorsque la pluie devint noire.

Il n'y avait eu aucun signe.

C'était juste un sale temps d'hiver, un mardi en retard, comme d'habitude, un mardi où elle avait fichu le talon de sa Tod's gauche dans la crotte du maudit chien des voisins, en sortant de la maison, au pied de la boîte aux lettres, ce qui était censé porter bonheur.

Un mardi comme les autres, se dit-elle dans une sorte de stupeur désespérée, lorsqu'elle entra dans la fumée noire, dont les volutes la prirent par saccades.

En découvrant le dégât au pied du piquet de la boîte aux lettres, Jeff hésita entre le dépit et le dégoût, dans un rictus silencieux. Hanna disait souvent que le chien des voisins les avait tout spécialement dans sa ligne de mire. Manifestement, elle avait raison. En raclant sa botte sur le gravier, Jeff se prit à regretter de ne pas posséder cette bonne vieille pétoire que tous les fermiers de la lande remisaient au fond de leur cabane à outils.

Le chien était une sorte de cochon blanc très bien imité, bas sur pattes, court de poil et répondant au patronyme d'Uncle Bob – au nom de quelque obscure rancœur familiale. Quant à la notion de voisinage, elle était tout à fait abstraite à Dearbly. Les Moriarty habitaient à une jetée de pierre, ce qui à Boston – ville natale de Jeff l'Américain – aurait tout de même représenté deux bons blocs de buildings.

Mais Boston était bien loin, et il n'y avait dans cette verte Irlande que graminées et fougères pour séparer les deux propriétés, les plus cossues du coin. Déraciné de son Massachusetts, de sa ville et de ses bruits hargneux, Jeff trouvait qu'ici le vent soufflait comme dans une flûte.

Planté sous son parapluie, il espéra un moment que cette fichue pluie dilue le souvenir laissé par Uncle Bob, puis tourna les talons vers la maison.

Ce ne fut qu'en tapant ses bottes boueuses sur le paillasson métallique qu'il se rendit compte que le funeste obstacle lui avait fait oublier le courrier.

Oh et puis merde, j'y retourne pas.

En chaussettes, il s'ébroua dans le couloir, dans un réflexe ironiquement canin. Sur le chiffonnier en bois blond, il déposa la petite clé de cuivre qui ne lui avait finalement pas servi. La pendulette marquait 9 h 10.

Il hésita, puis appuya sur la touche 3 du téléphone ; Hanna n'aimait pas conduire, encore moins sous la pluie, et il culpabilisait d'être là, en chaussettes, à la maison.

Une voix féminine retentit dans le combiné, mais ce n'était pas Hanna.

Jeff leva les yeux au ciel.

« Marsha. Jeffrey à l'appareil...

— Ah, Jeffrey, je viens de vous appeler deux fois, lui reprocha presque l'associée d'Hanna.

— Pas entendu, j'étais dehors. Est-ce que…

— Je suis en plein échantillonnage, coupa Marsha, fébrile. Et dites, Hanna a oublié son mardi, comme le mois dernier ?

— Le mois dernier, elle n'a pas oublié, comme vous dites, elle a pété un cardan à trois kilomètres d'ici, lui rappela Jeff. Elle n'est pas arrivée ? »

Il entendit Marsha pivoter sur son siège, comme si Hanna et ses deux lampes Tiffany avaient pu investir la boutique grande comme une chambre sans qu'elle le sache.

« Eh bien, non, ma foi, son premier rendez-vous avait du retard aussi, mais il attend à présent dans son bureau. Je ne peux évidemment pas m'en occuper. »

Évidemment pas, espèce de buse. Cette bonne femme l'énervait. Elle parlait fort, elle faisait du bruit, elle était snob, tout le contraire d'Hanna. Il se demandait bien pourquoi sa femme avait l'air si contente d'aller passer tous ses mardis avec elle.

Jeff avait chaud dans la parka qu'il n'avait pas pris le temps d'enlever.

Hanna n'était pas quelqu'un de ponctuel, ce qui l'agaçait, parfois, mais ses retards dépassaient rarement le quart d'heure.

« J'ai essayé de l'appeler sur son portable, reprit Marsha, mais elle est sur messagerie. »

La batterie du téléphone d'Hanna n'était jamais chargée. Elle traînait dans son sac un modèle datant de l'époque des dinosaures, lourd et peu maniable, mais se refusait à en changer. Lorsque la batterie rendait l'âme, elle la rechargeait dix heures durant, passait une douzaine de coups de fil, écoutait sa messagerie saturée, puis oubliait le téléphone sur sa table de nuit.

Jeff se débarrassa de Marsha dans un grommellement, puis alla vérifier dans la chambre. Pas de téléphone.

Il sentait comme une main minuscule lui serrer l'estomac. Pris de remords, il rappela Marsha. Et non, Hanna n'était toujours pas arrivée. Et M. Huxley avait dû repartir, mais il repasserait cet après-midi.

Et il ne fallait pas s'inquiéter, avec la pluie, la route, les travaux... « Et oui, Jeffrey, je lui dirai de vous appeler dès qu'elle arrivera. » Jeff décida que Marsha avait raison. Dans la chambre où il retourna troquer son survêtement contre un pantalon kaki, le désordre témoignait de la bourrasque matinale qui les avait malmenés. Le réveil était couché sur la table de chevet, comme envoyé dans les cordes d'un uppercut rageur ; les aiguilles marquaient obstinément 1 h 24, heure à laquelle probablement les piles avaient fini d'agoniser.

Jeff étira la couette sur le lit, tapota les oreillers sans méthode et rangea deux ou trois choses. L'actuel livre de chevet d'Hanna, un de ces romans suédois à la mode, gisait sur le plancher ancien, refermé d'une manière aléatoire ; Hanna avait la mauvaise habitude de laisser ses livres ouverts, couchés sur le ventre. Jeff lui en faisait le reproche, en maniaque littéraire qu'il était. Celui-ci avait dû tomber dans la bataille. *Page perdue*, conclut-il, pas mécontent.

Le téléphone fit entendre son grelot. *Ah, enfin.*

Il décrocha, content. Il s'attendait au timbre cristallin d'Hanna. Au lieu de quoi, il eut droit à la gorge racleuse de Dickie Moreno, profonde et culottée au bourbon. Ni bonjour ni merde, comme d'habitude. La ligne crépitait.

« Je viens de bouffer avec le plus petit des frères Corvette, le Samuel, tu vois ? » balança l'autre tout de go.

En quelque sorte, Dickie était son sherpa aux États-Unis. Resté vaillant au *Boston Herald* après que Jeff eut quitté le navire, il fournissait à son ancien collègue et néanmoins ami les anecdotes sur les faits divers des quartiers les moins WASP de la ville – et il y en avait quelques-uns – dont l'écrivain faisait son miel.

Jeffrey Reagan ne manquait jamais de mentionner Dickie dans les pages « Remerciements » de ses polars.

« Mais enfin, quelle heure il est à Boston ? gueula Jeff mécaniquement.

— L'heure qu'il est trop tard pour dormir. »

S'ensuivit un exposé laborieux sur le costard et les chaussures sur mesure de Sam Corvette, malfrat notoire mais jamais arrêté, puis sur une affaire qui avait envoyé Ronny, le plus grand des deux frères, en prison.

Dickie jubilait, ravi de contribuer à l'élaboration d'un nouveau personnage de futur best-seller. Mais Jeff écoutait à peine.

« Dickie Dickie Dickie, beugla-t-il par-dessus l'Atlantique, rappelle-moi demain ! »

Pas le temps pour ça ce matin. L'horloge du salon marquait presque dix heures.

Il se trouva dans la cuisine, et décida de se préparer un expresso. Au-dessus de la vapeur dégagée par le percolateur lui apparut une pomme rouge. Il la croqua, eut un vague doute concernant le goûter de

Patti, s'assit, bizarrement crevé, et se plongea faute de mieux dans la lecture d'un prospectus d'un supermarché de Cork – trente-cinq kilomètres pour aller acheter du chou-fleur en promo, calcula-t-il en rigolant par le nez. Sa tasse fumante laissait un cercle brun sur la table en pin verni. Soupirant, il attrapa un torchon.

Puis le téléphone, de nouveau. Et ce fut la voix précipitée de Marsha. « Jeffrey… M. Huxley est revenu. Je crois que… enfin, il me dit qu'il y a un problème. »

Un problème de quoi ? Un coussin cousu de traviole ou je ne sais quoi ? Que veux-tu que ça me foute ? se demanda Jeff.

Il avait envie d'être tranquille, de ne plus se faire de souci, de retourner à son bureau devant son ordinateur, voire de rappeler Dickie, qui, bourré comme il avait l'air de l'être, aurait au moins le mérite de l'amuser.

Mais pourquoi cette matinée était-elle aussi… compliquée ?

« Jeffrey, reprit Marsha, d'une drôle de voix. Il dit que… M. Huxley dit qu'il y a beaucoup de fumée vers l'autoroute, on la voit depuis le centre-ville. »

Il y eut un bruit de conversation derrière, filtrée à travers la main de Marsha posée sur le combiné.

« Et… Oh, Jeffrey… souffla-t-elle. Vous devriez écouter la radio… »

2

L'autoroute étalait un paysage lunaire où la poussière semblait tout recouvrir.

Sous la fumée, la lumière du matin déjà filtrée par la pluie était devenue grise.

Ce qui happa en premier les équipes de secours fut l'odeur âcre et brûlante ; on aurait pu imaginer que le caoutchouc réduit à l'état de gaz produirait quelque chose comme ça. L'asphalte suintait un pus noir.

Ce qui les happa en deuxième fut l'ampleur de la tâche.

La nuit artificielle était tranchée par les lames obliques des gyrophares. Véhicules de police, pompiers et ambulances étaient arrivés sur les lieux en un temps record ; la fumée sortait des capots de voitures affalées çà et là, quelque part tournait encore une roue dans un chuintement huilé et régulier – qu'on n'entendait pas. Une sirène d'antivol s'était déclenchée un peu plus haut.

En arrivant sur les lieux, le capitaine O'Donnell sut qu'il se souviendrait de ce mardi toute sa vie. La capuche de sa parka dégoulinant devant ses yeux, il resta un moment sans bouger, tétanisé par le désastre, calculant la première décision à prendre. Il choisit de marcher, pour commencer.

Levant haut les pieds dans les flaques, il s'engagea lentement sur ce qu'il s'efforçait de voir comme le terrain des opérations ; il se le répéta, plusieurs fois.

Le terrain des opérations. Ce vocabulaire martial et réglementaire cadrait son émotion et sa trouille, réduisant les morts potentiels à l'état de *victimes*, et les voitures familiales torturées à celui de *véhicules*.

Il fouilla dans sa poche pour en extirper un masque en coton, réprimant une boule de substance grasse qui lui remontait dans la gorge.

Il fut rejoint par une poignée de sauveteurs ; les voix s'interpellant et les bruits de bottes gagnèrent sur le crépitement de la pluie.

« Capitaine, entendit-il soudain. Markinson, externe au Mercy University. »

Ben merde, manquait plus que ça.

Le gars se présentant à lui ne devait pas avoir plus de vingt-cinq ans, même s'il était difficile d'attribuer un quelconque état civil à une silhouette mangée par la fumée.

Les épaules rentrées, le jeune Markinson se toucha le front en une sorte de garde-à-vous complètement à côté de la plaque.

Bon sang, un externe. Un étudiant, quoi.

O'Donnell hocha la tête, par réflexe. L'autre, pantelant, attendait visiblement ses ordres.

« On va avancer par là », fit le capitaine, au hasard.

Le jeune Markinson portait une mallette parfaitement carrée qui lui allongeait le bras. Qu'est-ce qu'il peut bien trimballer là-dedans ? se demanda O'Donnell. Un défibrillateur ? Des ampoules d'adrénaline ?

Rien de très utile.

Vaudrait mieux que ce soit le bon Dieu en personne, plié en quatre.

O'Donnell essayait d'analyser ce qu'il pouvait : l'accident se présentait comme un entonnoir. Les voitures avaient été précipitées les unes contre les autres, sans qu'on puisse deviner le sens initial de la circulation ; et plus on avançait, moins il y en avait, bizarrement.

Le capitaine continuait à progresser presque à l'aveuglette, distinguant les groupes de secours affairés devant les carcasses fumantes. Derrière, le jeune Markinson eut une quinte de toux nauséeuse.

« On n'y voit rien », cracha-t-il, ce qui n'avait aucun rapport avec le fait qu'il soit sur le point de rendre tripes et boyaux.

O'Donnell tendit un masque à l'externe – il en avait plein les poches, des stocks restant de la prétendue épidémie de grippe H1N1. Ses yeux brûlants s'habituaient au manque de visibilité. Devant eux, les voitures mortes se raréfiaient, catapultées au gré d'un billard sordide.

Puis le brouillard artificiel sembla se lever sur le cadavre géant d'un camion, couché sur le côté comme un pachyderme écroulé.

Celui-ci avait dû servir à transporter des voitures, c'est ce que révélait à O'Donnell sa remorque démembrée. Ses pneus arrière, encore fumants, étaient éventrés comme des poissons morts.

Des orques sur une jetée dégueulasse, c'est exactement l'effet que cela fit au capitaine, dont l'esprit de synthèse se remettait en branle.

« Excusez-moi ? interrogea Markinson à travers les gouttes – bien qu'il ne se soit pas entendu lui parler.

— Je pense qu'on ne trouvera plus rien devant le camion, gueula O'Donnell. C'est le camion qui a tout foutu en l'air, si vous voulez mon avis. »

Markinson le voulait bien – il voulait bien de tout ce qui pourrait lui faire gagner du temps avant de plonger dans l'horreur.

« Ici, la route fait une patte-d'oie, poursuivit le capitaine. Le camion transportait des bagnoles. Un peu plus haut, les véhicules s'engagent sur la voie rapide, comme dans un entonnoir ; plus on s'éloigne du camion, plus on a de véhicules accidentés. Je dirais que le camion a explosé un pneu à pleine vitesse, ou quelque chose dans ce goût-là, et il a perdu son chargement... Ou le contraire : il a perdu son chargement et il s'est planté. »

Autour d'eux, les lampes halogènes mises en place par les pompiers s'allumaient les unes après les autres dans des claquements secs. O'Donnell jaugea le camion et avisa un de ses hommes.

« Brewer, préviens les autres qu'on doit avoir une douzaine de voitures vides dans tout ce bordel. »

Le dénommé Brewer acquiesça, sans chercher à comprendre, puis disparut dans le brouillard. O'Donnell se retourna, le jeune Markinson n'avait pas bougé.

« Allez-y, bon Dieu, vous êtes toubib, non ? » explosa le capitaine.

Écartant les bras, il considéra le paysage.

« Vous avez du boulot. Bon sang, je crois bien que vous avez du boulot », dit-il, comme pour lui-même.

Puis le capitaine rebroussa chemin vers l'autre bout de l'entonnoir, les yeux au ras des flaques, croisant d'autres mallettes, des lampes torches, des civières vides.

La pluie avait cessé.

Markinson leva les yeux sur le brouillard qui peu à peu lui pénétrait la boîte crânienne. Brouillard dehors ; brouillard dedans. Son petit déjeuner lui pesait autant qu'une poignée de cailloux.

Il n'en était pas fier, mais l'impuissance et la trouille le submergeaient.

Il serra sa mallette, saisi de froid. Il avait senti la pluie le dissoudre, et maintenant qu'elle avait cessé, l'eau prise dans les plis imperméables de son coude tétanisé continuait à lui dégouliner le long du bras, formant une gouttière qui lui engourdissait la main.

À quelques flaques de lui, son camarade Goose était penché au-dessus de la portière défoncée d'une berline non identifiable, le buste disparaissant à demi. Goose, un jeune type qui comme lui s'était entraîné aux points de suture sur des pieds de cochon. Fallait-il qu'on ait besoin de monde ici pour qu'on les ait envoyés tous les deux au feu.

La première voiture sur sa droite était pliée comme une compression d'art moderne. Fracassée et muette, mais elle avait été neuve deux heures avant. Personne là-dedans. La seconde sentait la mort. C'était une vieille Ford. Le côté conducteur n'existait plus que par le miracle d'un ours miniature pendant en biais d'un rétroviseur intact.

Markinson aurait voulu ne voir qu'un bras en breloque, le reste caché par une mise en scène arrangeante. Mais ce fut un dos. Un dos et absolument rien d'autre. Une large pièce humaine entaillée, tissu et chair collés ensemble, les épaules haussées pour encaisser le choc ; le volant et le bloc-moteur avaient écrasé le conducteur plus sûrement qu'un boulet de canon. Ses jambes n'existaient plus. Markinson ne vit pas les bras. Ni la tête. Il vomit bruyamment.

« Marky, allez respire, Marky. »

Markinson, haletant, lut sur les lèvres de Goose plus qu'il ne l'entendit, alors que les mains sur les cuisses il tentait de retenir un filet de bile qui lui tombait sur les genoux.

« Y a un mort, là-dedans, crachota-t-il. Je sais même pas si c'est un homme ou une femme. Y a rien à faire.

— Ouais, là-bas aussi. Un truc moche. Ils sont deux devant et un derrière. Je suppose que c'est un môme. »

Markinson hocha la tête, faute de souffle, et de savoir quoi dire.

Goose était cireux ; mais Markinson vit dans ses yeux le courage qui lui manquait à lui, le reflet encore vacillant d'une force d'âme qui se culotterait avec le temps, la pratique de la mort, les blessures, les horreurs. Et pas mal de gin, certains soirs, aussi. Sorti des murs aseptisés de l'hôpital, ce courage-là, lui ne l'aurait jamais.

Goose s'éloigna après une tape sur son épaule qui lui fut insupportable.

Sale con. Markinson eut envie de pleurer. « Hé, doc, par ici ! » Le capitaine O'Donnell criait plus fort que la rumeur mortifère.

Galvanisé, Markinson se retrouva dix mètres plus loin. La Polo noire avait l'air quasiment intacte, si ce n'était qu'elle gisait sur le dos, comme tant d'autres. Les quatre roues en l'air, qui lui parurent encore

28

tourner. Et puis non, en fait, il n'y en avait que trois ; la quatrième avait disparu, avec tout le côté droit.

Seigneur, faites que ce ne soit pas trop horrible.

« C'est une femme ! gueula O'Donnell. Elle a bougé, je l'ai vue ! »

Et dans la bouche de ce grand type, cela sonnait comme une victoire enfantine.

Markinson posa sa mallette, s'accroupit et passa la tête par la vitre éclatée du conducteur. « Madame, vous m'entendez ? » Il se laissa tomber, coudes et genoux dans l'eau qui ruisselait en tous sens sur l'asphalte irisé d'huile et d'essence.

Ce qu'il vivait s'apparentait à une cuite monstre, lorsque l'alcool embrume le cerveau et que ce qu'il reste de conscience pilote en automatique : *Là je vais avancer un pied, là l'autre pied, là je vais tendre la main.*

C'est ce qu'il fit. Puis, l'estomac douloureux, il s'agenouilla au côté du shérif et émergea de sa cuite.

« Madame, cria-t-il en guise d'élan, les secours sont là ! »

De l'enchevêtrement des sièges sortaient des cheveux, une épaule, une main fine au poignet barré par une montre assez épaisse, masculine, mais les ongles soignés étaient assurément féminins ; le cadran avait perdu son verre, mais la trotteuse courait toujours, comme une preuve de vie complètement idiote. Les doigts remuèrent.

« Ne bougez pas ! » lança Markinson – ça aussi, c'était idiot.

Il s'aplatit à côté de la voiture, sentant l'eau ramper sous sa parka retroussée.

À l'intérieur de la Polo, le siège de la conductrice s'était décroché sous le choc ; la jeune femme gisait sur un côté, encore ceinturée, couverte par le siège passager, la tête reposant sur l'encadrement de la fenêtre absente. Du sang baignait son visage, sans que Markinson puisse discerner d'où il venait.

Bon, le crâne, le crâne… Diagnostic différentiel : coupure, traumatisme crânien, fracture…

Bénin, grave, fatal, sur quel adjectif allait-il tomber, avec sa mallette de rien du tout ?

« Ne bougez pas », psalmodiait-il, seul. Le capitaine l'avait laissé.

Les doigts tressaillirent encore. La jeune femme gémit. Markinson vit le sang élargir sa corolle à côté du visage qu'il ne pouvait distinguer, sous les cheveux châtains flottant par mèches dans une flaque souillée.

Pull cachemire blanc… Mocassins Tod's…

C'était un trou rempli d'eau.

Toute cette eau, Seigneur… Mon pull blanc…

Sa main était si loin d'elle qu'elle lui parut vivante, alors qu'elle-même était morte ; la douleur n'existait pas, mais le froid la maintenait dans un sarcophage.

« Ne bougez surtout pas, madame ! »

Elle ne bougea pas, mais sa main oui. Le bruit de l'eau était plus puissant que n'importe quel autre bruit ; tout près de son oreille, le ruissellement assourdissant l'emmenait ailleurs, très loin, de plus en plus loin.

Le trou se remplit, je dois dormir maintenant…

Elle se noierait, probablement, mais elle y réfléchirait plus tard. La lutte était trop inégale. Et puis elle était bien ; le froid faisait son office hypnotique.

L'accident l'avait au hasard du choc repliée dans une position quasi fœtale, et elle en ressentait un confort étrange.

« Ne bougez pas, madame... »

Sa main tenta de revenir vers elle pour la rejoindre dans la plénitude qui la gagnait, mais elle n'y parvint pas ; on la touchait alors qu'elle n'en avait pas envie.

Laissez. Moi. Tranquille.

L'eau la baignait, l'enveloppait, et faisait moins de bruit maintenant. Le froid s'en allait petit à petit, et la tiédeur prenait de l'épaisseur, comme une couverture qui lui remontait sous le menton.

Elle dormit.

Puis s'éveilla violemment, de la glace plein les poumons, alors qu'on l'extirpait du bassin de tôle hurlante, tête la première.

Hanna ouvrit brièvement les yeux, n'aima pas ce qu'elle vit, et sombra.

3

Jeffrey s'était demandé s'il devait emmener Patti avec lui à l'hôpital, ou la confier aux parents d'une amie à la sortie de l'école. Mais il avait été incapable de se souvenir d'un nom, de trouver un numéro de téléphone ; c'était Hanna qui connaissait les gens, pas lui. Hanna qui emmenait Patti à l'école, tous les jours sauf ces foutus mardis, qui retournait la chercher ; Hanna qui discutait avec la maîtresse, connaissait les noms des copines de la petite fille et socialisait avec leurs parents.

Jeffrey n'avait au fond jamais soupçonné les liens que sa femme avait tissés sans lui, et ce mardi cette ignorance lui revenait en plein visage.

Non pas qu'Hanna ne pût être quelqu'un d'autre que sa femme, sa moitié – non, il ne pensait pas de cette façon. C'était simplement qu'il n'avait plus sur elle le même recul qu'à l'époque de leur rencontre, onze ans auparavant, où, assise sur son banc de l'université où il donnait une conférence sur le reportage de guerre, elle monopolisait toute son attention.

Au bout de toutes ces années, c'était comme si Hanna avait intégré son corps à lui. Aujourd'hui, elle s'en désincarnait de la plus violente façon, et cela causait à Jeffrey une froide douleur qui le maintenait plié en deux, son dos raide comme une plaque d'acier.

Le *breaking news* de la BBC l'avait brisé. On n'y voyait pas grand-chose, le brouillard tendait une couverture sous l'hélicoptère. Mais le mal l'assaillait de toutes parts, plantant des aiguilles de glace dans son foie, son estomac, sa gorge.

Mon Dieu, elle est là-dessous. Il en était sûr. Il le sentait. Viscéralement.

Aucun numéro d'urgence ne s'était affiché sur l'écran de télévision. À la différence d'une catastrophe aérienne, il n'existait aucun manifeste des passagers. Il n'avait qu'à attendre qu'on sorte tout le monde de ce magma pour savoir s'il reverrait sa femme. Vivante. Si tant est qu'on puisse l'identifier. Il fallait attendre un délai raisonnable, se répétait-il, devenant fou.

Après un séjour aux toilettes, il entra dans une soudaine agitation, errant dans la maison, s'entendant parler tout seul. *Appelle, appelle, appelle...*

Il enfilait les pièces l'une après l'autre d'un pas sec, et revenait invariablement vers la chambre, où il avait le projet sans cesse repoussé de ramasser la culotte rose qui traînait encore sur la moquette, voire d'arranger les pinceaux à maquillage dans le pot en cloisonné chinois renversé sur la coiffeuse.

Il fallait qu'il téléphone. *Bonjour, je suis Jeffrey Reagan, je vous appelle pour savoir si ma femme Hanna est morte...* Putain, il n'y arriverait pas. Il reprit sa marche désordonnée.

Il était presque midi lorsque la sonnerie déchira l'air confiné de la chambre. Il était prêt. Il laissa sonner trois fois, debout devant le téléphone, avec la conscience aiguë de ce qu'il était précisément à ce moment-là : un pauvre type en pantalon de détente et en pantoufles à qui on allait annoncer que sa femme était morte. C'était comme dans un film.

Il était prêt, disponible à la douleur qui allait désormais occuper tout son temps. Il décrocha.

La douleur avait une voix féminine.

« Monsieur Jeffrey Reagan ?

— Oui, c'est moi, oui.

— Vous êtes l'époux de Mme Hanna Reagan ?

— C'est exact », dit-il, vidé de toute substance.

La femme au téléphone appliqua alors le *modus operandi* enseigné en première année d'externat : si jamais l'épouse d'un type se tue en voiture, il faut y aller graduellement, dire ce qui s'est passé, ce qu'on a tenté, mais que finalement elle est morte. Voilà. Jeffrey avait le cerveau embrumé, mais il n'était pas dupe de la manœuvre qui consistait à le tenir debout pour lui balancer le coup de poing final.

La mécanique était parfaitement huilée :

« Monsieur Reagan, votre épouse a été victime d'un accident de la route qui a impliqué un nombre important de véhicules à Cork, ce matin. Elle a été médicalisée sur place, puis transportée par hélicoptère au Mercy Hospital à 11 h 20. »

Il attendait la suite, vent debout.

« Monsieur Reagan ?

— Oui, je vous écoute.

— À votre arrivée, les médecins vous renseigneront davantage. »

Me renseigner ? Il faut qu'on me renseigne sur la vie ou la mort de ma femme ? Moi qui vis avec elle depuis dix ans ? eut-il envie de hurler.

34

Cette perruche en savait-elle à ce moment plus que lui sur Hanna ? Cette idée lui fut plus insupportable que tout le reste. Il se sentait dépossédé.

« Elle est morte ? » dit-il, finalement.

Il ferma les yeux, salivant abondamment la bile qui lui remontait de l'estomac, après cette obscénité vomie d'un coup.

Silence. La voix du téléphone devait travailler sa réponse. Rares étaient ceux qui osaient prononcer le mot.

« Elle est sérieusement blessée. »

La voix avait perdu son accent synthétique ; on débordait du *modus operandi*.

« Elle va mourir ?

— Écoutez, monsieur Reagan, je n'en sais pas plus, et je ne peux rien vous dire au téléphone. Beaucoup de gens ont été admis. Vous devriez venir rapidement, les médecins vous informeront. »

Jeffrey raccrocha après s'être entendu dire un « merci » parfaitement stupide. Enfilant ses chaussures, il avait conscience que cette conversation resterait au mot près dans sa mémoire, « merci » compris.

Si Hanna mourait, il serait à jamais le-pauvre-type-qui-a-perdu-sa-femme-dans-le-carambolage ; la particule morbide viendrait s'ajouter à son prénom.

Jeffrey sortit de la torpeur dans laquelle l'avait enfoui l'attente, et s'anima de manière mécanique, mais enfin efficace. Il appela l'école de Patti, informa la directrice de l'accident d'Hanna avec une concision dont il ne se serait pas cru capable.

Affligée, la dame balbutia quelques mots de soutien, puis prit les choses en main. Jeffrey apprit ainsi que la meilleure amie de Patti s'appelait Alexia, que ses parents étaient des gens très bien, et qu'ils accepteraient sans aucun doute de s'occuper de la petite fille jusqu'à ce qu'il vienne la chercher. On inventerait pour elle une histoire de panne de voiture – un comble.

« Et surtout, qu'elle ne regarde pas la télé », pria Jeffrey.

La brave femme acquiesça. Elle s'occuperait de tout.

« Appelez-moi », conclut-elle d'un ton triste.

Jeffrey n'avait pas retenu son nom. Il nota celui des parents d'Alexia, leur numéro de téléphone.

Il appela aussi Marsha, et lui raccrocha au nez, alors qu'elle se lamentait.

Puis il enfila sa veste, prit ses clés et sortit. La pluie avait cessé.

4

Hanna s'éveilla dans un univers blanc, par vagues successives. C'était comme de s'ébattre dans une eau tiède pour remonter à la surface. Elle n'éprouvait pas d'angoisse, même si ses tentatives semblaient vouées à des échecs répétés.

Chaque fois que cela arrivait, qu'elle replongeait, elle se sentait petite fille ; *oh là là*, chantonnait-elle, puis elle riait de se voir si minuscule. Parfois, elle parvenait à flotter quelques instants ; elle ouvrait très grand les yeux, avec l'impression d'être tout à fait éveillée, mais c'était comme si elle regardait une photo : elle pouvait voir, mais ne se sentait nulle part.

Alors, elle se rendormait brutalement.

À un moment, il y eut un visage dans son paysage photographié, celui d'une femme aux cheveux châtains et au regard doux.

« Doucement », entendit-elle au loin.

« Doucement », voulut-elle répéter, mais sa langue se heurta à une mâchoire métallique, et elle eut la sensation d'étouffer. Elle pleura, puis sombra à nouveau, pour se glisser hors de ce carcan qui la serrait de partout.

Une autre fois, elle vit Jeff. Ses yeux verts étaient tout près de sa joue ; cela la gêna, elle n'aimait pas qu'on la regarde dormir. Elle tenta de tourner la tête de l'autre côté, mais n'y parvint pas.

Au fil de ses réveils, sa bonne humeur d'enfant s'étiolait. Elle se sentait moins bien, entravée en tous sens par des liens qui lui faisaient mal. Sa bouche et sa gorge, surtout, la faisaient souffrir, un étau enserrait sa mâchoire. Elle ne supportait cette souffrance que parce qu'elle savait s'en défaire, replongeant dans l'eau tiède.

Puis cela devint moins facile. Des images s'enchaînaient, qui l'empêchaient de dormir. Elle revit Jeff, puis la femme aux cheveux châtains, puis une autre femme, puis Jeff, et encore un homme barbu, un autre qui portait des lunettes, et les visages se succédèrent plus rapidement. Le sommeil la fuyait.

Son retour à la surface fut une gifle en plein visage. La douleur submergea sa bouche, sa gorge et ses poumons, et elle fut terrorisée de constater que fermer les yeux ne l'emmenait plus nulle part.

Elle se débattit, muette, pendant d'infinies secondes.

« Voilà, vous revenez, Hanna », dit une voix féminine bien trop calme, indifférente à la tempête dans laquelle elle se trouvait.

Le visage encadré par les cheveux châtains s'approcha d'elle, puis une main se saisit du tuyau qui sortait de sa gorge. Elle entendit compter jusqu'à trois – *un, deux, trois, expirez* – et son estomac s'arracha de son corps. L'extirpation du tuyau était sans fin, Hanna sentait sa tête partir avec. Elle toussa à s'en décrocher les poumons, vomit sans que rien sorte, le visage noyé de larmes.

« Voilà, voilà », l'encourageait l'infirmière, satisfaite.

Les yeux clos, Hanna chercha son souffle, en proie à une panique intérieure qu'elle tentait de maîtriser en comptant de travers jusqu'à dix – *deux-trois-huit-neuf* –, les chiffres venant en vrac.

Il y avait de petits bruits, des claquements, des entrechoquements, comme des verres qu'on heurtait. Des roulements, des glissements. Tout cela lui occupait le cerveau en entier. *Je n'ai plus de place dans ma tête.* Elle avait envie de ne pas être là.

« Comment vous sentez-vous ? demanda l'infirmière.

— Pourquoi ? » crachota Hanna de sa gorge sans salive.

C'était là tout ce qu'elle trouvait à dire. *Pourquoi suis-je ici. Pourquoi me demandez-vous cela. Pourquoi est-ce si difficile.*

« Comment vous appelez-vous ? fit doucement l'infirmière.

— Hanna.

— Hanna comment ?

— Hanna Reagan. »

Le jeu la mettait mal à l'aise, mais elle commençait à comprendre.

Tout ce blanc, le tuyau, cette femme était infirmière, elle était à l'hôpital.

« Vous êtes à l'hôpital, confirma l'infirmière, vous souvenez-vous pourquoi ? »

Hanna leva les yeux au ciel, excédée. « Ouiiiii. » Mais elle ne savait pas. L'infirmière attendit quelque chose qui ne vint pas. « Vous avez eu un accident de voiture, mais maintenant vous allez bien. Il faut vous reposer. » Une partie de la phrase échappait à Hanna. *Je suis à l'hôpital parce qu'il faut me reposer. Tout est blanc, c'est fait exprès.* Chaque couleur avait un sens. Le bleu était pour dormir, le rouge pour l'amour, le beige pour les bébés. Et le blanc pour ne pas penser, pour se reposer, pour les draps d'hôpital. Hanna savait manier les couleurs, les choisir, les mélanger. Ses mains palpaient des échevettes de coton perlé, tiraient des aiguillées, plissaient des étoffes, c'était son travail.

On est mardi, se souvint-elle.

Elle ouvrit les yeux. Elle avait dormi. Jeff lui souriait. Tout était plus clair, maintenant.

« Alors », demanda-t-il.

Il ne portait pas ses lunettes, ce qui lui donnait un air surpris, un peu nu, un peu à côté.

« Tes lunettes, dit-elle d'une voix rauque.

— Elles sont sales, et au fond de ma poche. »

On aurait dit qu'il avait couru.

« Est-ce qu'il pleut encore ? »

Elle vit passer dans ses yeux une ombre grise.

« Je ne crois pas, non, dit-il en gigotant sur son tabouret. Tu te souviens qu'il pleuvait ?

— J'ai mal à la tête », répondit-elle.

Jeffrey eut un mouvement du menton, un élan.

« Tu as eu un traumatisme crânien, annonça-t-il d'un coup. Une double fracture de la jambe droite. Ta hanche droite était en mauvais état, on a dû mettre une prothèse, mais ce n'est pas grave. »

Voilà, il était débarrassé de ce pénible inventaire.

« Tu m'as fait tellement peur », s'étrangla-t-il.

Hanna ne saisissait pas toutes les subtilités de ce qu'il venait de lui énoncer ; ce n'étaient que des mots.

« Explique-moi », dit-elle.

Jeff se pencha davantage, jusqu'à lui parler à l'oreille.

« Tu as eu un accident de voiture. Un truc assez grave. Enfin, je veux dire, tu vas plutôt bien, mais il y avait beaucoup d'autres gens.

— C'est ma faute ? »

Il secoua vivement la tête.

« Non, non, non. Tu ne te souviens de rien ? »

Hanna fit un effort de concentration, cherchant un vague indice dans les vapeurs de Demerol. Non, vraiment, rien du tout. Rien que du blanc... En fait, si, quelques éléments surnageaient dans le bouillon tiède qui lui emplissait la tête : son image dans le rétroviseur, un réveil, ses mocassins, une pomme rouge.

« Où est Patti ? demanda-t-elle.

— Chez une amie. Chez son amie Alexandra.

— Alexia. Tu vois, ça, je m'en souviens. »

Jeffrey l'embrassa sur le front.

« Ne te fais pas de souci.

— Oh, je ne m'en fais pas. »

Non, pas de souci. *Je suis à l'hôpital pour me reposer. Mais ça va me bouffer ma semaine...* Elle était fatiguée. Elle avait l'impression de parler depuis des heures.

« Je vais dormir un peu, annonça-t-elle donc.

— Oui, ma chérie, repose-toi. »

Jeffrey embrassa encore sa femme, alors qu'elle s'endormait. Il hésita à rester, sur son tabouret, avide qu'il était de sa respiration tranquille et régulière. Mais déjà elle tournait la tête.

Lorsqu'il était arrivé au Mercy Hospital, presque une semaine auparavant, il était sûr de l'avoir perdue. « Votre femme est en vie, ses blessures sont importantes, mais le pronostic vital n'est pas engagé, avait dit l'urgentiste. Nous la maintenons dans un coma artificiel pour éviter qu'elle souffre… »

Votre femme est en vie... À ce moment-là, une lente mélopée était sortie de sa gorge, de ses poumons, des sanglots enfouis depuis longtemps, et qui avaient attendu ce jour-là pour s'échapper. Ces sanglots-là, il les reconnaissait, bizarrement. C'était lui, profondément lui, débarrassé de tout son décorum.

Hanna dormait. Elle était vivante. Il resta.

5

Le dos calé par deux oreillers, Hanna observait avec un intérêt de scientifique le renflement du cathéter sur son poignet. Le flux pulsant à travers toute cette robinetterie finirait bien par la faire enfler comme un ballon de fête foraine. Mais où pouvait donc passer tout ce liquide qu'on lui injectait à longueur de journée ?

Elle pensa à sa copine Serena Teague qui s'était vu pousser des joues de gamine après une série d'opérations du genou. Mais ce devait être la cortisone.

Rien ne la faisait vraiment souffrir. On l'avait anesthésiée deux fois depuis son réveil – deux parenthèses mal définies dans le brouillard où elle tentait de se repérer. Jeff lui avait fait le compte rendu des opérations : une réduction par-ci, un bout de plastique par-là.

« Je boiterai, alors, avait-elle demandé sans trop d'intérêt. – Euh… peut-être. Probablement. Enfin, on verra. » Il l'énervait, à marcher ainsi sur des œufs. *Je ne suis pas si fragile*, fulminait-elle intérieurement. Maintenant que la conscience lui était revenue, elle pouvait supporter physiquement à peu près tout. Elle en avait juste marre.

Et puis, elle ne cessait de penser aux *autres*, ceux de l'accident ; la catastrophe avait fait dix-huit morts. Et les blessés occupaient tout l'étage, elle l'avait compris par les bruits de couloir qu'elle avait appris à écouter, porte ouverte. À ce sujet, elle ne savait pas trop comment organiser ses pensées. Tant de morts et moi vivante. Elle cherchait une signification à cela. Et Jeff ne l'aidait pas, avec cette manière méthodique de prendre en charge ce qui lui arrivait.

Le voir ainsi confit en dévotion suscitait paradoxalement un sentiment de solitude qui, par spasmes, lui étreignait la poitrine.

Pour une fois, la chambre était vide. Les visiteurs en blouse blanche se raréfiaient, signe que son état évoluait favorablement. Favorable à quoi, elle se le demandait. Depuis quinze jours qu'elle était là, elle n'avait pas encore posé le pied par terre.

Elle vit passer un fauteuil roulant dans le couloir, suivi par tout un cortège en manteaux, pardessus et sacs à main. Un effluve de parfum au santal traversa en même temps qu'eux. Un rescapé et sa famille, se dit-elle, souriant de les voir ainsi apprêtés.

Dix-huit morts, quarante-quatre blessés. Dont elle. Les premiers jours, on lui avait distillé les informations au compte-gouttes, sur le même mode que le lactate de Ringer qui lui coulait en permanence dans les veines, et avec le même effet au final : un gros volume sans beaucoup de réactions.

Un type en uniforme était venu lui poser quelques questions, gentiment. Elle aurait bien voulu lui répondre, mais elle avait tant de mal à remettre en ordre le bordel qui se mélangeait dans une partie de sa mémoire aussi opaque le plastique d'un sac-poubelle. C'était exactement l'effet que cela lui faisait : un coin de son cerveau était comme une bourse ligotée, pleine de rebuts malodorants qu'elle n'avait aucune envie de secouer.

Elle avait mal au dos, aux fesses. Elle s'ennuyait. Et regrettait les médicaments de la semaine précédente. Aujourd'hui, elle luttait contre l'engourdissement de ses reins, contemplant sa jambe droite moulée jusqu'à la hanche, qu'elle s'était fait jusque-là un devoir d'oublier.

Son poignet la démangeait. Elle entreprit de gratter le contour du pansement qui maintenait le cathéter en place, et cela lui parut être une opération de la plus haute importance. Un blouson jeté sur la chaise en tubulaire et une pile de journaux attestaient la présence de Jeff. *Il a encore dû arriver pendant que je dormais*, se dit-elle, maussade. *Jamais tranquille.*

Son ongle décollait de minuscules filaments du pansement, et elle décida de stopper son entreprise. *Tu t'es aventurée assez loin,* ironisa-t-elle, considérant son doigt sur lequel subsistaient des résidus de Bétadine.

En fait, physiquement tout allait plutôt bien, compte tenu des circonstances. Le plus douloureux, c'était cette peur sourde installée en elle depuis l'accident, et qu'elle se figurait comme un nouvel organe. Mais son crâne en tant que boîte et le reste de ses os préoccupaient bien plus la médecine.

Morose, Hanna s'intéressa au couloir, où une infirmière en claquettes morigénait un patient sorti de sa chambre. Pire qu'une prison, ici.

« S'il vous plaît », appela-t-elle.

L'infirmière se retourna, affichant un sourire disponible, libérant pour le coup l'infortuné blessé qui continua sa marche dans le couloir.

« Oui ?

— J'aimerais changer de chambre, lança Hanna. Je voudrais une chambre où il y a quelqu'un. Si c'est possible. »

L'idée venait de lui traverser l'esprit.

« Vraiment ? fit l'infirmière, étonnée. On vous a installée dans une chambre individuelle pour que vous puissiez vous reposer...

— Je me suis assez reposée.

— C'est plutôt rare, comme demande. D'habitude, c'est l'inverse ! D'autant qu'il y a peu de chambres individuelles à l'étage, vous avez de la chance... »

Voilà que cette andouille lui reprochait presque de renoncer à son privilège...

« Eh bien, justement, rétorqua Hanna, agacée, quelqu'un d'autre pourra en bénéficier. »

L'infirmière haussa les épaules et jeta un œil sur le tableau des températures accroché au pied de son lit.

« Bien, madame Reagan, je vais transmettre votre demande. »

Lorsque Jeff apparut, elle était presque de bonne humeur. « Et alors, dit-il, c'est la forme, on dirait ! Ils t'ont shootée à la coke ? » Elle pouffa, tandis qu'il déposait des magazines supplémentaires sur la pile déjà haute. Elle avait de quoi lire pendant trois mois, mais toute la presse hebdomadaire parlait de la même chose : l'accident. Elle n'avait aucune envie de s'y plonger.

« Tu n'as pas amené Patti, constata-t-elle, déçue.

— Ta sœur est arrivée ce matin pour s'en occuper. Elle s'est fait remplacer sur un vol pour je ne sais plus trop où. Elle repart après-demain. »

Il avait l'air content. Non qu'il n'aimât pas Patti – il l'adorait, Hanna le savait. C'est simplement qu'il ne savait pas toujours s'y prendre avec elle. Depuis deux semaines, le face-à-face devait leur peser à tous les deux, même si la petite fille passait ses fins d'après-midi chez sa copine Alexia.

Ma pauvre chérie, j'espère que Jeff n'oublie pas ton goûter, rumina Hanna.

« Hein ? fit-elle, voyant que Jeff restait la bouche ouverte comme au milieu d'une phrase.

— Je te disais qu'elles passeront demain. Gail et Patti.

— Super. »

Lorsque Gail leur avait confié Patti, des années auparavant, Jeffrey n'avait pas caché son scepticisme. À peine marié, après des années de célibat nomade, il commençait seulement à envisager la simple idée de paternité, et voilà qu'on lui infligeait un bébé déjà tout fait et même pas à lui. La petite avait six mois, son père n'avait été qu'un amour de passage, et il était aux abonnés absents. Gail devait reprendre son travail d'hôtesse de l'air.

Hanna avait discuté pied à pied avant de le convaincre que la mesure ne serait que provisoire, le temps que sa sœur mette de l'ordre dans sa vie. Puis le provisoire s'était étalé dans le temps.

« Je t'ai aussi apporté le bouquin que tu voulais voir », dit-il.

Voir, oui. Lire n'était actuellement pas dans ses compétences. Il extirpa de son sac à dos un album de Debbie Mumm, plein de modèles de plaids colorés.

« Tu comptes te remettre à la couture tout de suite ? s'étonna-t-il.

— Pas cet après-midi, ironisa-t-elle, considérant sa main harnachée. Je vais devoir me contenter de regarder les images, j'aurai l'impression d'être de nouveau dans mon élément, en attendant de récupérer mes dix doigts... Oh, Jeff, je veux qu'on m'enlève tout ça ; je veux me lever, aussi. J'en ai marre, je veux partir d'ici, même dans un fauteuil roulant !

— Chérie, ce n'est qu'une question de jours, la rassura-t-il, paternaliste. Il faut qu'on soit sûr que ta jambe est solide, et que tu as repris des forces. Tu ne manges rien. C'est pour ça qu'on t'injecte ce truc.

— Je n'ai pas faim. Je pourrais être morte. L'idée a de quoi couper l'appétit, tu peux me croire. »

Lui prenant la main, Jeffrey émit un grognement qui devait exprimer la compassion.

« Écoute, chérie, hésita-t-il, grave. Je ne sais pas comment tu peux admettre ça, mais tu as eu beaucoup de chance. Les voitures se sont cognées dans tous les sens, le camion ne pouvait pas plus mal tomber qu'à cet endroit-là et à cette heure-là. Il était huit heures du matin, il y avait du monde et il pleuvait. Et moi, j'ai eu la peur de ma vie. »

Avec une acuité vertigineuse, Hanna vit les yeux de Jeff se remplir de larmes, aussi vite que le niveau de l'eau montant dans un verre.

Avait-elle seulement mesuré la douleur de son mari ? *Oh, mon Dieu, il a tellement souffert !* Ses jérémiades de gamine lui remontaient dans la gorge, tandis qu'elle était saisie d'une sorte de stupeur. Elle était cette égoïste-là, à laquelle la notion de « chance » était parfaitement étrangère, alors que d'autres maris et femmes pleuraient leurs morts. Jeff avait failli devenir son veuf, Patti son orpheline. Mutique, elle contempla son mari pendant un temps infini, prenant conscience qu'elle ne l'avait pas regardé depuis deux semaines. Ou depuis bien plus longtemps que ça.

Déchirant des feuilles d'un rouleau d'essuie-tout posé sur la tablette, Jeffrey ne fit rien pour interrompre son silence.

Pour Hanna, il était l'heure de quitter les autres, ces *autres* qui occupaient le recoin sombre de son esprit et la maintenaient de l'autre côté de la barrière, l'empêchant de regarder son mari, de ressentir sa peur et son amour.

« Écoute, Jeff, dit-elle, le regardant intensément. Je sais que j'ai eu de la chance. J'en veux à ce foutu mardi de... Enfin, je suis désolée de t'avoir fait tant de peine... Je suis heureuse d'être en vie, avec toi... Même en kit. »

Il hocha la tête, les yeux humides.

« Et, ajouta Hanna. Mon amour. Je t'aime. »

Le soir, on ôta l'aiguille de son poignet, avec la promesse de bien manger. La potence à laquelle elle était rattachée alla déplier son ombre d'arbre mort dans un coin de la chambre.

Un peu plus tard, alors qu'elle finissait une compote de pommes en tordant le nez, elle vit entrer un chariot poussé par un jeune homme avenant qu'elle se souvenait d'avoir vu plusieurs fois dans son sommeil.

49

« Madame Reagan, on vous change de chambre », annonça-t-il.

Jeffrey, qui ne l'avait pas quittée, fut surpris.

« C'est moi qui ai demandé », le rassura-t-elle.

Son mari assista en serrant les dents à la difficile opération qui consistait à la transférer du lit à la civière. Il fallut quatre infirmiers pour la mener à bien, mais, hormis le plâtre qui immobilisait sa jambe, cela se fit sans encombre. Et puis, Hanna avait l'air d'apprécier le voyage…

Le chariot roula le long du couloir sans fin dont elle goûta chaque affichette, chaque trait de peinture. Elle croisa des visages sur lesquels elle ne vit pas de souffrance particulière, et cela la remplit d'une sérénité nouvelle. L'étau qui lui enserrait l'estomac perdait de sa force.

Elle arriva dans une chambre à deux lits, vides, séparés par un rideau à demi tiré, et l'opération « civière » se reproduisit dans l'autre sens, avec les mêmes précautions et la même crispation sur le visage de Jeff.

Le jeune homme qui était venu la chercher tapota ses oreillers. Il avait l'air aussi content qu'elle.

« Je m'appelle Jonathan Markinson, lui dit-il, avant de partir. Si vous avez besoin de quoi que ce soit, appelez-moi. »

Elle lui sourit. Puis Jeff s'en alla à son tour, et elle put dormir comme un bébé.

6

Patti avait des rondeurs d'enfance que sa mère craignait de voir partir.

Déjà, son corps se déliait, ses jambes se faisaient plus maigrichonnes, ses pieds moins dodus. À chacun de ses retours, Gail redoutait de voir sa fille changer de chaussures. Ses pieds, si doux, si ronds, éveillaient en elle une sorte d'appétit ; elle en adorait les petits ongles, nacrés comme des coquillages, calés par des coussinets roses – *comme des bébés cochons* –, les plis sur les orteils replets, l'absence de corne sous les talons. Elle les portait souvent jusqu'à son nez, sa bouche, avec une gaieté vorace, en reniflant l'odeur sans retenue.

Ces pieds-là disaient le temps qui passe et l'enfant qui grandit plus sûrement qu'une toise sur un mur. Gail en ressentait parfois une angoisse qui la poussait à étreindre sa fille dans un élan sauvage. Patti s'éloignait chaque jour de son corps ; son ventre en perdait le souvenir.

Elles étaient deux.

La mère regardait la fille dessiner un paysage idéal – un talent que Patti ne tenait pas d'elle. Au contraire d'Hanna, Gail n'avait jamais su que gribouiller. Les traits précis de la petite, l'entrain de son coup de crayon tendaient vers un résultat qu'elle avait manifestement déjà en tête.

Elle dessine un endroit qu'elle connaît, songea Gail. Elle pencha légèrement la tête, ne reconnut rien sous les aplats de brun, de vert et de jaune, et en éprouva une soudaine affliction. *Un endroit qu'elle connaît, et moi pas.*

« Tu sens bon. »

La fillette ne quittait pas son dessin des yeux, tirant un bout de langue rose qui accompagnait chacun de ses traits. Gail sourit.

« Qu'est-ce que tu dis, ma chérie ? »

Elle avait parfaitement entendu, mais se serait damnée pour entendre encore. Patti leva la tête, fronçant le nez.

« Tu sens bon, répéta-t-elle. Quand tu bouges ton cou, ça sent la vanille.

— Et tu aimes bien la vanille, mon amour ?

— Oui, on dirait la bouillie que fait Hanna le matin. »

Gail se pencha en avant, attrapant une mèche de la fillette qu'elle fit tourner autour de son doigt.

« Tu dessines quoi ? »

Patti la considéra avec une supériorité d'artiste vendu chez Christie's :

« C'est la prairie derrière l'école. On joue là après la cantine, sauf quand il a plu et qu'il y a de la boue, la maîtresse aime pas. »

Gail pouffa.

« Je la comprends !

— Normalement, il y a un toboggan rouge, mais je le dessine pas. J'ai pas de rouge.

— Fais-le bleu, regarde, il y en a. »

Patti regarda sa mère avec stupéfaction.

« Mais, je peux pas ! Il est rouge, le toboggan, pas bleu ! »

Cela n'admettait aucune contradiction. Patti avait besoin que les choses soient en ordre. Contrairement à Gail, que les conventions étouffaient.

Je ferais une bien mauvaise mère au quotidien, songea Gail, désabusée.

Souvent, pour se rassurer, elle se disait que lorsque Patti serait adolescente, qu'elle découvrirait le goût de la liberté, elle la préférerait à n'importe quelle autre mère. Alors, elle serait là.

La petite se replongea dans son œuvre, éliminant le toboggan bleu et toute approximation de ses projets artistiques.

« Tu as raison, conclut Gail. Pas de toboggan. »

Elle lâcha les cheveux de sa fille et lui claqua un baiser sonore dans l'oreille. Patti éclata de rire.

La salle de « détente » – curieuse dénomination pour une pièce où l'on pleurait probablement tous les jours – était meublée sommairement de quelques chaises semblables mais manifestement d'époques différentes ; leur moleskine beige avait foncé par endroits. Des fesses de toutes formes avaient dû s'y installer au fil des années.

Gail regarda sa montre, désœuvrée. Hanna était « en soins » depuis bientôt une demi-heure. Une infirmière les avait poussées là avec la promesse de revenir les chercher sitôt les pansements refaits, montrant à Patti un tas de feuilles de papier et des crayons dépareillés.

Gail considéra la pile de magazines vieux d'au moins deux semaines ; elle le savait, car elle distribuait les mêmes dans l'avion. Découragée, elle décida de rester assise là encore cinq minutes, mais pas plus.

Ensuite, elle irait voir.

La nouvelle de l'accident l'avait attendue à Mexico par un temps estival qui, dans un premier temps, l'avait préservée de tout pessimisme. Le soleil cuisant anesthésiait son inquiétude. Rien de grave ne pouvait arriver à Hanna, ce n'était pas possible, puisqu'elle s'occupait de Patti. Tel fut son rapide raisonnement lorsqu'elle avait rallumé son portable et découvert le message de Jeffrey. *Hanna accidentée, appelle*, disait le SMS.

Lorsqu'elle l'avait fait, dans la foulée, sa sœur était tirée d'affaire, et Jeff revenait de l'enfer. Les douze heures que Gail avait passées dans les airs, au-dessus des nuages, l'avaient préservée de l'épisode le plus dramatique. C'était ainsi, elle n'avait jamais les pieds sur terre quand il le fallait. Sa vie était une évasion perpétuelle.

Alors, Gail avait pleuré. Pas de soulagement, elle n'avait pas eu le temps d'avoir peur. Mais plutôt à cause d'un bizarre sentiment de manque ; celui de ne pas avoir vécu l'angoisse de la mort de sa sœur, de ne pas avoir partagé la souffrance de Jeffrey. Elle avait manqué ce moment-là. En milieu d'après-midi, elle s'était écroulée sur le lit de sa chambre d'hôtel, accablée par le poids de sa trahison.

À présent, dans cette salle de « détente », la nuque de Patti, penchée sur son dessin, lui apparaissait d'une fragilité extrême. Un duvet blond y courait, naissant entre ses omoplates pour finir noyé dans les flots des cheveux châtain clair. Un grain de beauté trônait dans le creux ; Gail prenait garde à ne pas l'accrocher quand elle peignait la petite fille. Ce geste si personnel, ce mouvement du poignet si particulièrement adapté, Hanna le faisait aussi.

C'était une transmission entre elles deux, qui avait commencé lors de cette grossesse partagée, huit ans auparavant. Hanna voulait un enfant qu'elle ne parvenait pas à avoir, et Gail en attendait un qu'elle ne pourrait élever seule. Elles l'avaient donc eu ensemble, les deux sœurs, Gail donnant la vie, et Hanna beaucoup d'autres choses.

Gail n'avait rien changé à ses habitudes, à son travail, à ses voyages.

Gail avait une fille qui ressemblait à des vacances. Elle en payait parfois le prix.

« Pourquoi elle revient pas, l'infirmière, ils lui font quoi, à Hanna ? »

Patti abandonnait ses crayons. Gail devina une ombre rose sous les yeux de sa fille : l'impatience lui échauffait les joues.

« T'inquiète pas, ma poule, on va aller la voir. »

La petite fille plia soigneusement son dessin.

« Eh ben ma vieille, deux lits d'hôpital pour toi toute seule, si c'est pas le comble du luxe… »

Hanna éclata de rire, ce qui rappela ses côtes douloureuses à son bon souvenir. Mais qu'importait, elle riait depuis que Gail était entrée dans sa chambre.

« J'aime mieux te voir comme ça, dit Gail, avec son beau sourire. La semaine dernière, tu flanquais plutôt la trouille, avec ton air vaseux et toute la tuyauterie.

— Je ne m'en souviens même pas…

— Je veux bien te croire. Mais rassure-toi, connaissant ta pudeur légendaire, je n'ai fait qu'entrer et sortir de la chambre. »

Dans la chambre était entré comme un grand coup de frais sur une atmosphère confinée. Pour Hanna, c'était une belle journée. Elle avait pu se lever ce matin entre deux infirmières, aller jusqu'à la fenêtre, regrettant de ne pouvoir l'ouvrir en grand. Mais le ballet des piétons l'avait occupée un bon moment, contente qu'elle était de revoir enfin la vraie vie, celle du dehors.

Et puis Gail et Patti étaient arrivées, dans un flot de parfums – *Youth Dew* pour Gail, savon et chocolat pour Patti. Gail était armée d'une bassine, d'un flacon de shampooing et d'une serviette, et la perspective qu'elle offrait avait rempli Hanna de joie.

Lorsque l'infirmière les avait interrompues dans leur élan pour changer ses pansements, elle l'avait maudite jusqu'à la cinquième génération.

« Peuvent pas faire ça en dehors des heures de visite », avait grommelé Gail, peu soucieuse que la rabat-joie l'entende.

Ce qui avait été le cas, évidemment. Mais Gail était ainsi, à ne jamais retenir ses coups, prête à en prendre elle-même. Hanna admirait sa sœur plus que n'importe qui au monde – au moins autant qu'elle admirait son mari.

Maintenant, il était l'heure de passer aux choses sérieuses.

« Mon amour, dit Gail à Patti, tu vas remplir la bouteille d'eau dans la salle de bains, et tu y retourneras chaque fois qu'elle sera vide. De l'eau tiède, hein, pas glacée. Manquerait plus que ta tante attrape une commotion cérébrale par-dessus son traumatisme crânien... »

La petite s'exécuta solennellement.

« C'est vrai, poursuivit Gail, très sérieuse. Les pansements propres, c'est bien, les cheveux propres, c'est mieux, pour la survie au quotidien. »

Hilare, Hanna laissa sa sœur improviser un bassin digne de Vidal Sassoon au moyen de la cuvette et d'un tabouret. Gail avait retroussé les manches de sa blouse en soie fleurie. Ses yeux bruns, son grain de peau, ses cheveux d'un noir presque bleu marine, ses ongles carminés, tout en elle mettait de la couleur dans cet univers blanc.

Hanna avait toujours la même fierté enfantine devant la beauté de sa sœur, comme devant une princesse de Disney ; en fait, ce n'était pas le physique de Gail qui la fascinait, mais plutôt l'art qu'elle mettait à l'idéaliser : c'était un trait d'eye-liner d'une précision diabolique, un rouge à lèvres un peu plus rouge que sur une autre, une pommette mystérieusement brillante – deux-trois paillettes, peut-être.

Affairée avec sa bassine et son shampooing, sur fond de mur blanc, Gail était en Technicolor. Elle avait passé toute son enfance à découper des vieux numéros de *Life* et *Variety*, fait de sa chambre un panthéon cinématographique où Gene Tierney et Veronica Lake chuchotaient rien que pour elle.

Et c'était elle, la star d'Hanna.

« Voilà, comme ça, reprit Gail. Au moins, si on t'amène une camarade de chambrée, tu seras présentable. Penche-toi sur le côté… Ça va ? »

Ouh oui, ça va… Hanna ferma les yeux. Son équilibre au bord du lit était précaire, mais cela valait bien l'eau tiède qui lui coulait sur la joue. Sous les yeux attentifs de son associée Patti, Gail se livrait à un massage précautionneux.

« Tu as eu des nouvelles des parents ? » demanda-t-elle, rompant le silence hypnotique.

D'un coup, l'eau devint plus froide.

« Tu veux dire, est-ce qu'ils ont pris des miennes ? répondit Hanna, émergeant de sa torpeur.

— Je suppose que c'est dans ce sens que les termes se posent, habituellement.

— Eh bien, Mme McCann m'a rappelée hier pour vérifier que j'étais toujours en vie. Puis, rassurée, elle est retournée s'allonger dans son riad à Marrakech. Quant à M. McCann, pas de nouvelles depuis la semaine dernière. Je suppose qu'il est parti chasser la grouse à Balmoral avec tout le saint-frusquin. »

Gail pouffa. Leurs parents n'étaient pas précisément leur sujet de conversation favori, aussi préféraient-elles user d'ironie. George et Evelyn McCann n'avaient jamais compris leurs filles – l'une épousant un Américain de douze ans plus âgé qu'elle, l'autre faisant un enfant avec on ne savait qui, l'une n'enfantant pas, l'autre lui refilant cette… *petite*, avait hésité Mamy Evelyn, refoulant le mot *bâtarde* derrière son triple rang de perles.

« En tout cas, ils m'ont fait le cadeau immense de ne pas se déplacer », conclut Hanna.

Avec un petit rire, Gail s'essuya les mains, puis enturbanna sa sœur avec la serviette parfumée.

« Voilà, dit-elle, satisfaite de son ouvrage. Maintenant, tu vas redresser la tête sans tomber dans les pommes. Et c'est une autre vie qui s'offrira à toi.

— T'as pas mal ? s'inquiéta Patti.

— Oh, non, ma chérie, sourit Hanna, je me sens légère ! »

Et c'était absolument vrai.

La porte s'ouvrit, grinçant sous la poussée d'un plateau-repas en lévitation porté par une jeune femme qui hésitait entre se servir de ses pieds ou de sa tête pour se frayer un chemin. Au vu du festin qui l'attendait, Hanna soupira intérieurement : une soupe aussi claire qu'un bouillon, des carottes vichy sous une feuille de cellophane perlée de gouttes d'eau, une sorte d'éponge posée sur du riz désespérément blanc et la sempiternelle compote étaient pourtant annoncées en grande pompe par une carte posée contre un verre d'eau : « *Reagan, hypercalorique* ». Tout avait l'air poché – même le pain.

« Votre voisine n'est pas encore là ? demanda l'aide-soignante, qui avait résolu son dilemme d'un coup d'épaule dans la porte.

— Quelqu'un va venir aujourd'hui ? marmonna Hanna, contemplant le désastre culinaire.

— Oui, une dame d'un certain âge. »

Ah ben merde, se dit Hanna. Elle était déçue. Elle avait naïvement espéré tromper son ennui avec une femme de son âge. Une jeune femme comme Gail. Ou Marsha. Son associée avait un côté légèrement barré qui la faisait rire. Et elle avait besoin de rire.

Mais on était ici à l'hôpital, pas en classe verte. Elle devrait s'accommoder de sa voisine de chambre, même avec un Sonotone.

« C'est une blessée grave ? demanda-t-elle, pour la forme.

— Oh, non, une fracture simple, ne vous inquiétez pas. »

Ne vous inquiétez pas... C'était une drôle de réponse, sourit Hanna.

Plus tard dans la soirée, alors qu'elle hésitait à s'endormir, il y eut une agitation dans le couloir. La porte s'ouvrit, et elle ferma les yeux à demi, pour voir sans être vue.

Sous l'éclairage faiblard du néon, elle aperçut un fauteuil roulant, qui passa rapidement devant son lit, poussé par ce jeune externe qu'elle aimait bien, ce Jonathan Parkinson, ou Madison, elle ne savait plus trop.

Elle distingua un casque de cheveux blancs comme du coton au-dessus d'un plaid multicolore. L'attelage était suivi par un homme très grand, enveloppé dans une gabardine et une écharpe.

Entre la fente de ses paupières, Hanna observa le cortège sans bouger d'un centimètre. L'homme posa un sac par terre, le rideau fut tiré. Elle entendit des chuchotements – on prenait garde à ne pas la réveiller. Sentit la fougère, et autre chose.

Il y eut des mouvements, le lit qu'on bougeait, le bruit des roulettes. Le manège dura un bon quart d'heure.

Le docteur Jonathan sortit de la chambre, sans le fauteuil roulant, l'homme costaud resta cinq minutes. Hanna perçut quelques bribes de conversation – « Tu es bien, là ?… demain après-midi… dans le tiroir, s'il te plaît… ça va aller ? »

Elle entendit le claquement d'un baiser prolongé, et encore un autre, puis un troisième.

« Bonne nuit, maman », dit l'homme.

Puis il sortit à pas feutrés.

7

« Alors, fit Jeffrey, quelle destination ? »

Gail sortit la tête de la valise dans laquelle elle entassait des vêtements.

« Acapulco. Une rotation de six jours, ensuite je passe par Londres. Je vais relever mon courrier, et je reviens une semaine à Dearbly.

— Acapulco, waouh… ça va te changer du crachin. » Gail fit claquer les fermetures de la valise. « Eh oui, je vais aller admirer les plongeurs pendant que ma sœur est recluse dans une chambre d'hôpital… » Jeffrey s'installa dans la chauffeuse, un bol de thé à la main.

Dans cette chambre, tout était à Gail : la chauffeuse en cuir mou, le tapis rapporté de Tanger, les coussins mexicains, et même la toile murale, aux motifs aztèques. La jeune femme s'était créé ici une annexe de son appartement de Londres où elle vivait entre deux vols. Jeffrey s'était habitué à ce qu'une pièce de sa maison, à Dearbly, soit dédiée à sa belle-sœur. Après la garde de Patti, c'était une deuxième couleuvre qu'il avait dû avaler.

« Déculpabilise, dit-il. Hanna va bien, et elle sera probablement rentrée en même temps que toi. Et puis, maintenant qu'elle peut recevoir des visites de n'importe qui, je suppose que la terrible Marsha va lui tenir le crachoir midi et soir. Je n'ose plus y aller. »

Gail éclata de rire.

« Tu ne l'aimes pas hein, Marsha ?

— Non, je n'ai rien contre elle. Disons que je me suis toujours demandé comment Hanna pouvait être copine avec cette hystérique.

— Tu as tort, c'est une chouette fille. Drôle et honnête. Hanna peut lui faire confiance. »

Jeffrey grommela en lançant son sachet de thé dans la poubelle. D'humeur moqueuse, Gail s'assit sur le bord du lit, face à lui.

« Regardez-moi ce vieux pépère qui remue sa tisane… En fait, tu es jaloux ! »

Il haussa un sourcil.

« Jaloux ? De Marsha ?

— De Marsha et de tout ce qui peut t'enlever ta petite femme. Elle travaille à la maison, elle ne te quitte qu'un jour par semaine, et c'est déjà trop !

— On voit ce que ça donne… »

Jeffrey avala une gorgée de… *Darjeeling parfumé au kiwi,* constata Gail, jetant un œil amusé dans la poubelle.

On voit ce que ça donne… Drôle de réflexion, mais Jeff n'avait pas l'air de plaisanter, estima-t-elle.

« Dis donc, beau-frère, tu penses sérieusement que ta femme devrait rester enfermée chez elle avec toi pour seul horizon ? Même pour limiter les risques d'accident de bagnole, ce serait pas humain. »

À son tour, Jeffrey jaugea le degré d'humour contenu dans la pique de sa belle-sœur. Il l'évalua à zéro, au vu du regard qu'elle lui lançait.

« Bien sûr que non ! » s'insurgea-t-il.

Il ne sut en dire davantage pour sa défense. Il aimait beaucoup Gail, mais elle avait une propension pénible à mettre les pieds dans le plat. Bien sûr qu'il détestait voir Hanna partir loin de lui. Bien sûr qu'il était rassuré quand elle était à la maison, près de lui. C'était simplement de l'amour – à cela, Gail, chantre du célibat, ne comprendrait jamais rien.

« Fais attention, reprit-elle, sur un ton qu'elle voulait léger. Le confinement étouffe les sentiments, à force…

— Et tu sais de quoi tu parles ! » répliqua-t-il, agacé. Gail sourit : elle s'attendait à cette sortie.

« Excuse-moi, fit-il, automatique.

— T'excuser de quoi, évidemment que je sais de quoi je parle, puisque c'est tout ce que je refuse. Je veux garder ma liberté, j'assume. »

Jeffrey soupira ostensiblement : il connaissait le discours par cœur. Et déjà, c'était reparti : « Le couple, les concessions, beurk… », continuait-elle. Il l'écoutait à peine. D'après ce qu'il en savait, Gail s'était fait une spécialité des aventures sans lendemain. Des hommes au loin. Ou mariés, de préférence. Ou les deux, comme le géniteur de Patti.

Hanna défendait sa sœur, ce qui l'énervait : « Elle n'est pas volage, le corrigeait-elle, elle n'a eu que peu d'hommes dans sa vie, au contraire. Ça ne l'intéresse pas. »

Il avait horreur d'entendre cela dans la bouche de sa femme. Elle avait l'air d'admirer le bon sens supérieur de Gail. Il se sentait alors comme un pauvre surplus mâle qu'elle s'efforçait de supporter.

Mais Gail n'en avait pas fini avec lui.

« Ce que je dis, reprit-elle plus calmement, c'est qu'il faut que tu laisses un peu d'air à Hanna. Ces derniers temps, je l'ai trouvée mélancolique...

— Elle est à l'hôpital, la coupa-t-il, alors forcément...

— Je sais, imbécile, je te parle d'avant son accident. Cette histoire de bébé commence à vraiment la déprimer. Ça l'obsède, elle se bloque, va savoir. Peut-être que si vous n'étiez pas tout le temps l'un sur l'autre, elle aurait moins de pression, et ça viendrait tout seul...

— Alors ça, c'est très fort, comme plan : pour faire un enfant, évitez d'être l'un sur l'autre ! Toi qui as réussi à en faire un entre deux avions, tu crois pouvoir conseiller ta méthode à tout le monde ? »

Ça y était. Ils se regardèrent un moment sans rien dire, effrayés l'un et l'autre par le dossier qui venait de s'ouvrir. Mais cette fois, Jeffrey choisit de ne pas s'excuser. Et Gail n'attendait pas d'excuses.

« Tu as le droit de penser ce que tu penses, dit-elle. Facile de tenir de grands discours féministes quand on abandonne sa fille pour garder sa liberté. Et je n'ai rien à répondre à cela. Je ne sais pas quoi dire.

— Arrête, Gail. Tu n'as pas abandonné Patti. Elle habite ici, c'est tout.

— Je te trouve bien magnanime. »

Il posa la tasse de thé qui avait refroidi. Les yeux de Gail étaient passés du brun au noir, arborant un air qu'il n'aurait su définir : triste ou bravache ? Cette bonne femme était un mystère.

« Écoute, reprit-il sérieusement. Moi non plus, je ne sais pas quoi dire. Tout ce que je sais, c'est que j'aime ma vie comme elle est. Avec ma femme. Et avec Patti. C'est donc beaucoup grâce à toi. C'est vrai que la situation est… comment dire… pas ordinaire. Il a fallu que je m'y adapte. Mais être un couple, c'est justement ça : s'adapter. À la famille de l'autre, en premier. Je suppose que c'est pareil pour tout le monde… »

Gail haussa les épaules. Évidemment, elle ne pouvait pas savoir.

« Juste un truc pour finir, dit Jeff. Mes parents sont morts bien avant que je rencontre Hanna, et je n'ai pas… comment dire, le "bonheur" de connaître les vôtres. Ce qui veut dire pas de papy, pas de mamy, pas de réunions de famille autour de vingt kilos de dinde pour Thanksgiving. Nous voilà réduits à quatre – si on excepte mon frère, sa femme hystérique et sa fille psychopathe à New York. C'est nous, notre famille. Et j'aime ta fille comme si c'était la mienne. Ne doute jamais de ça. »

Il vit passer une espèce de voile dans les yeux de Gail. Elle lui sourit, dans une éclosion de rouge à lèvres. Et c'était vrai qu'elle était jolie, quand elle souriait comme ça, se dit-il.

« Je m'envoie en l'air demain matin à 9 h 30… au sens figuré, bien sûr. Dis à Hanna que je l'appellerai d'Acapulco. »

Jeff s'extirpa des tréfonds de la chauffeuse en soupirant exagérément.

« Elle n'attendra que ça, tu sais bien… »

Il alla vers la porte, hésita, puis au passage colla un bref baiser sur la joue de Gail. « Et tu m'emmerdes

avec tes discours à la con », lui glissa-t-il à l'oreille.
Elle le mit dehors avec une claque sur les fesses.

Évidemment, Marsha était passée. Elle avait laissé
son sillage, un nuage d'Yves Saint Laurent gros
comme un champignon atomique. *Paris*. Hanna l'inhalait avec délices.

En fin de matinée, le rideau qui séparait la chambre
était toujours tiré. Sa voisine était silencieuse. Pour
ne pas la déranger avec des babillages, Hanna avait
convoqué son fauteuil roulant pour accompagner
Marsha dans la salle de détente.

« C'est tout de même pas très pratique, ces chambres
doubles, avait protesté sa visiteuse. Comment vas-tu
faire ta toilette ?

— Dans l'état où on est toutes les deux, je ne
pense pas qu'on se bousculera à la salle de bains »,
lui avait fait remarquer Hanna.

Elle adorait Marsha, pour ce genre de réflexions
pratiques, et pour beaucoup d'autres choses. Son sens
de l'organisation, son accent anglais affecté, sa garde-
robe hallucinante. Marsha qui avouait se maquiller
même le dimanche à six heures du matin, rien que
pour sortir son chien, un bouledogue à l'œil torve
baptisé Cassius. Avec sa coupe garçonne flamboyante,
ses poignets chargés de bracelets et ses parfums français, Marsha avait la classe.

Depuis trois semaines, elle tenait la boutique de
Cork à bout de bras. Évidemment, il avait fallu faire
le deuil des deux lampes Tiffany qu'Hanna avait restaurées, et qui avaient explosé dans le coffre de sa
voiture, mais leur propriétaire avait assuré Marsha de

sa compréhension. « Il était sincèrement navré, avait-elle dit à Hanna. Et je suppose que c'était vraiment pour toi, et pas pour ses lampes, vu la petite fortune que l'assurance va lui rembourser… »

Elles avaient ainsi passé deux heures à papoter avec gaieté dans la salle de détente déserte à l'heure du repas. Hanna gagnait au change : prévoyante, comme toujours, Marsha avait apporté des sandwichs au saumon fumé, des verrines de ceviche de dorade marinée au citron vert et d'épaisses chips bien salées confectionnées par leur traiteur favori, Pickle's, chez qui elles se servaient le mardi.

« Au moins, si on attrape des salmonelles, on est sur place, avait remarqué Marsha, en dégainant une demi-bouteille de petit-chablis.

— Je ne sais pas si je peux, avec mes médicaments, avait protesté Hanna.

— Tu ne prends plus de médicaments. »

C'était vrai, Hanna l'avait oublié. L'hôpital lui tapait sur le système. Elle avait l'impression d'être sous une médication permanente, alors qu'on ne lui proposait plus que du paracétamol en cas de douleur. Elle se demandait bien d'ailleurs ce qu'elle faisait toujours là.

Elle n'avait rien vu des fêtes de Noël, que Jeff et Gail avaient assurées pour Patti en son absence ; rien du Jour de l'An non plus, sinon les vœux obligés des infirmières. Tant mieux, elle détestait ça. Mais quand même, le temps passait sans elle.

« Sitôt que nous serons sûrs que votre jambe et votre hanche sont bien consolidées, nous vous relâcherons », lui avait assuré son chirurgien, il y avait deux siècles.

Le « pop » de la bouteille qu'on débouchait leur avait tiré des rires de gamines. Cette transgression avait rempli Hanna d'un bonheur parfait, en même temps que les notes abricotées du vin blanc. Elle avait dévoré son repas de gala avec jubilation, et tant pis si Jeff passait dans la chambre, il finirait bien par la trouver.

« Tu ne vas pas pouvoir conduire pendant un moment, avait observé Marsha, la bouche pleine. Je vais m'emmerder, moi, le mardi.

— Je m'en fous, je viendrai quand même. Je prendrai un taxi.

— Un taxi sur trente kilomètres, tu veux couler la boîte ? Non, non, j'ai une idée : je viendrai te chercher.

— C'est idiot. Tu ne vas pas faire l'aller-retour. »

Une légère ivresse les avait déjà gagnées toutes les deux, lorsqu'un homme très grand, en jean et gabardine, était entré, dans un parfum de fougère et d'autre chose. Il les avait saluées d'un sourire courtois, puis s'était abîmé dans la lecture du *Parisien* qu'il avait sorti de sa poche.

Tiens, un journal français, avait noté Hanna à travers la brume du petit-chablis. Il lui semblait avoir reconnu l'homme qui accompagnait sa nouvelle voisine de chambre cette nuit. Son fils. La vieille dame devait être en soins.

Réprimant à grand-peine un fou rire, les deux amies avaient remisé la bouteille sous une chaise, mais s'étaient bien gardées d'interrompre leur festin. Quand l'homme était ressorti, après les avoir de nouveau gratifiées d'un salut amusé, les verrines étaient vides, et il ne restait des sandwichs que des miettes.

Cette fois, Hanna avait pu voir l'homme en face. Des yeux d'un gris-vert étonnant sous des sourcils bruns, des cheveux châtains, une mâchoire ombrée, un nez un peu fort. Des épaules larges. Marsha avait résumé l'apparition à sa manière :

« Qu'est-ce que c'est que ce type ? Dis donc... Je veux bien me casser les deux jambes pour le voir se pencher au-dessus de mon lit ! Tu as vu ses yeux ? On dirait... un acteur, une pub pour un parfum ! »

Après un sifflement, elle n'avait pas oublié d'avaler la dernière goutte de son verre, puis, pour faire durer cette parenthèse enchantée, avait baladé Hanna dans les couloirs, poussant le fauteuil roulant avec la grâce d'une princesse des podiums, menton en avant, étole flottant derrière elle. Ses talons claquaient sur le linoléum.

L'escapade avait été presque parfaite, puisque Marsha avait fini par l'engouffrer dans l'ascenseur, pour une visite du hall d'entrée. Là, entre les plantes vertes, les larges rais de lumière entrant par la baie vitrée et le mouvement incessant des portes coulissantes, Hanna avait croisé en cinq minutes plus de visages qu'elle n'en avait vu depuis bientôt trois semaines.

À présent, alors qu'elle franchissait à nouveau le seuil de sa chambre, elle était rongée d'impatience. *C'est sûr, il faut que je sorte d'ici.*

L'infirmière qui l'avait récupérée en bas avec des reproches d'institutrice avait laissé une Marsha hilare. Quant à elle, elle avait tout bonnement envie de se lever et de détaler comme un lapin.

« Voilà, fit l'infirmière en la réinstallant dans son lit. Vous vous promenez à l'heure du déjeuner, et votre plateau est froid, maintenant.

— J'ai mangé », rétorqua Hanna, un peu pâteuse.

Et on a oublié la bouteille planquée sous le siège...
Ce constat lui arracha un petit rire. La regardant avec
étonnement, l'infirmière sortit.

Le rideau n'était plus qu'à demi tiré. Vaseuse,
Hanna était peu encline à la conversation. Elle remonta
sa couverture jusque sous ses yeux. Sa tactique de
super-commando planqué dans les hautes herbes ne
pourrait faire illusion que quelques heures, elle le
savait, mais ce n'était vraiment pas le moment de
se dévoiler.

De sa voisine, son champ visuel ne lui laissait
percevoir qu'une silhouette imprécise, car elle aussi
avait manifestement choisi de cacher tout ce qu'elle
pouvait sous un plaid tricoté. La pudeur d'ici ne se
mesurait pas à la même aune qu'à l'extérieur. Entre
les auscultations, les palpations et tout ce cortège d'at-
teintes diverses portées aux corps blessés, le rempart
précaire du drap vite remonté était tout ce qui restait
à l'intimité.

Cependant, un bruit léger s'échappait de l'autre
moitié de la pièce, qui disait que la vieille dame ne
dormait pas plus qu'elle. Ce n'était pas une respiration, mais une sorte de glissement feutré qui s'étirait
régulièrement.

Un peu malgré elle, Hanna se sentit réagir à ce
rythme familier. Son esprit embourbé dans la déprime
poisseuse qui suit l'euphorie s'éveillait de nouveau :
elle reconnaissait cette petite musique, c'était le feu-
lement d'un fil que l'on tirait à travers une toile.

Prenant des risques inconsidérés, Hanna bougea
de quelques centimètres de son poste de soldat à
l'affût. Son œil subitement intéressé s'arrêta sur le
tambour à broder, seule chose qui dépassât du rideau

de séparation. Elle reconnut la déformation particulière du pouce de la brodeuse, et se dit qu'elle partagerait au moins cette crampe-là avec sa voisine inconnue.

Les minutes s'égrainèrent doucement. Apaisée, Hanna suivait le mouvement régulier des doigts tirant l'aiguille, le coton rouge dessinant des volutes sur la toile bise. À sa manière de passer les fils derrière l'ouvrage, elle sut que la vieille dame n'était pas qu'une brodeuse de circonstance ; c'était une experte, comme elle.

Le silence s'étala, percé régulièrement par l'aiguille et le fil qu'on tirait, de l'autre côté du rideau. La conversation ne débutait pas, chacune craignant probablement de déranger l'autre. Cela ne pourrait pas durer, se disait Hanna, et les convenances exigeaient que ce soit elle qui salue la première.

Mais peut-être veut-elle qu'on lui foute la paix... *Ou peut-être qu'elle est autiste, comme toi, couillonne !* Il était temps.

« C'est du point de croix, ce que vous faites ? » Hanna entendit le son de sa propre voix, avec l'impression d'avoir sauté dans un puits. Elle n'avait pas pu faire ça.

La main au-dessus du tambour suspendit son geste, il y eut un grincement de literie, et le rideau s'ouvrit sur des cheveux très blancs et des yeux très bleus. Un sourire.

« Oui, du point compté. Vous connaissez ? »

8

« Vous pouvez m'appeler Zelda. C'est mon prénom, ma chère. »

Hanna sourit et hocha la tête.

Depuis deux jours, leurs conversations étaient émaillées des « madame » respectueux qu'elle distribuait à sa voisine de chambre. « Avez-vous bien dormi, madame ? » « Ne trouvez-vous pas que le chauffage est trop fort, madame ? » Après tout, « madame » avait, au jugé, plus du double de son âge, et c'est ainsi qu'Evelyn McCann lui avait appris à aborder les personnes âgées. L'éducation dispensée par sa mère avait été parfaite, on ne pouvait pas lui enlever ça.

À présent qu'elle démêlait un fatras d'échevettes pour la vieille dame, Hanna estima que la complicité qui s'installait entre elles était suffisamment convenable pour qu'elle adhère à sa proposition : ce serait donc « Zelda ».

« Zelda, c'est un joli prénom, remarqua-t-elle. Ce n'est pas banal. Comme Zelda Fitzgerald.

— Oui, enfin… Dieu m'a gardée d'avoir le même destin qu'elle. Ni les mêmes névroses. Ni le même talent pour l'écriture, malheureusement. Mais les deux vont-ils peut-être de pair ? Les névroses et le talent... Heureusement, je ne suis douée que pour la broderie ! »

Entre les lits, posé sur la tablette à roulettes, le sac à ouvrage de la vieille dame débordait de toile Aïda et de coton perlé, et Hanna commençait à se dire qu'il faudrait vraiment que Jeff lui rapporte le sien. Ses doigts avaient de nouveau envie de se dégourdir.

« En tout cas, concluait la vieille dame, je ne pense pas que mes parents aient voulu rendre un hommage appuyé à Zelda Fitzgerald en me baptisant ainsi, ils n'en avaient pas la connaissance... Et je ne veux pas croire qu'ils m'aient vouée à mourir brûlée dans l'incendie d'un hôpital psychiatrique... »

Malicieuse, elle se pencha vers Hanna.

« Quoique ici on ne sache pas à quoi s'attendre », chuchota-t-elle, jetant un regard circulaire sur la chambre.

Elles pépièrent ainsi de longues minutes, tandis que le nœud de coton se défaisait entre les mains d'Hanna. Un rayon de soleil filtrait à travers le store blanc et lui chatouillait l'œil d'un doigt aérien.

« Il faudrait peut-être baisser un peu le store », fit-elle, sans réfléchir.

Du fond de son lit, Zelda la regarda, amusée :

« Qui y va, vous ou moi ? »

Elles rirent de nouveau, contemplant leurs plâtres respectifs.

« Pour ce qui me concerne, poursuivit Zelda, je préférerais qu'on l'ouvre en grand, ce store. Nous n'allons tout de même pas nous priver de soleil ! Je propose qu'on fasse appel au jeune docteur Markinson, ce garçon se damnerait pour vous, il tournera royalement cette manivelle pour vous plaire. »

Hanna protesta avec bonne humeur. C'était exagéré, mais si le jeune externe ne semblait pas encore en proie aux affres de la passion, il était tout de même très empressé, constatait-elle quotidiennement.

Alors que toi, tu l'appelles « Parkinson » une fois sur deux, méchante, se reprocha-t-elle.

« Je sais pourquoi il est si attentionné. D'après ce que j'ai cru comprendre, c'est lui qui m'a sortie de ma voiture, après l'accident. J'avoue que je n'ai pas cherché à en savoir plus. L'idée du spectacle que j'ai pu lui offrir à ce moment-là m'enthousiasme moyennement... »

Zelda hocha la tête au-dessus de son ouvrage.

« Je comprends. Moi, c'est un vieil ami inquiet qui m'a découverte cul par-dessus tête. Et je peux vous dire que ça ne devait pas être beau à voir non plus... »

Elles s'esclaffèrent. La douleur était maintenant assez loin pour qu'elles puissent s'en moquer.

Trois jours auparavant, la vieille dame avait chuté d'un escabeau, se fracturant sèchement le péroné.

« Mais que faisiez-vous là-haut ? avait demandé Hanna, lors de leur première conversation.

— Je repeignais ma salle à manger, avait expliqué Zelda avec force gestes pour figurer sa périlleuse entreprise. Le plafond est assez haut, c'est une très vieille ferme. La peinture s'écaillait, ça m'énervait. Mon fils n'était pas là, alors j'y suis allée... »

La vieille dame vivait donc seule. Ou avec son fils. Mais sans mari ?

Hanna n'avait pas osé aller plus loin dans l'indiscrétion. Mais à présent que Zelda s'était autorisée à

74

la taquiner sur l'amour immodéré que lui portait le docteur Parkinson, peut-être pouvait-elle profiter de la badinerie ambiante pour en savoir davantage.

« Votre fils, dit-elle donc, je l'ai vu lire un journal parisien, j'ai cru qu'il était français. »

Sous le rai de soleil, Zelda cligna des yeux à son tour.

« Oh, mon Dieu, il le voudrait bien ! Non, Michael passe la moitié de son temps en France pour ses affaires, mais il reste aussi irlandais que moi. Il est dans l'import-export. Whisky irlandais contre vin français, en gros c'est ça. Il est d'ailleurs à Paris au moment où je vous parle, mais il a fallu que je l'engueule comme un gamin pour qu'il prenne son avion hier. Je sais qu'il rêverait d'ouvrir un pub là-bas, mais je crois qu'il a peur d'abandonner sa vieille mère.

— Pourquoi ne pas le suivre ? Paris, c'est magnifique.

— Oh, il me l'a demandé ! Je le soupçonne de vouloir utiliser mes talents de cordon-bleu pour ravitailler sa clientèle en *irish stew* derrière un comptoir, alors que je ne tiens déjà plus sur une échelle… Non, je plaisante, évidemment ! Michael me verrait plutôt calée dans un fauteuil toute la journée, sous sa haute surveillance… Mais je ne veux pas m'installer dans une grande ville comme Paris, à quatre-vingt-cinq ans. Je suis une paysanne, vous savez ! »

Quatre-vingt-cinq ans. À l'entendre parler, Hanna lui en aurait donné dix de moins.

Zelda avait des yeux d'un bleu porcelaine sertis d'un plissé soleil. Elle devait rire souvent. En revanche, aucune ride d'amertume ne venait affaisser son visage rond. La lumière du jour qui baignait son lit éclairait une peau très blanche, des joues duveteuses, une bouche encore bien dessinée. Ses cheveux neigeux et bien ordonnés avaient les mêmes reflets bleu clair que ses yeux.

Une bien jolie mamy, comme je voudrais l'être plus tard, se dit Hanna.

Et décidément bien loin du portrait tragique de Zelda Fitzgerald.

Gail avait appelé. Acapulco ! Hanna aurait payé cher pour un coup de soleil bien cuisant entre les omoplates. « J'aimerais encore mieux un mélanome que ce foutu plâtre ! » avait-elle assuré à sa sœur. Mais l'heure n'était pas au maillot de bain, c'est tout juste si elle commençait à se déplacer avec ses béquilles dans le couloir sans craindre de se casser l'autre jambe.

Marsha avait refait le coup du repas improvisé, mais, cette fois, elles étaient restées dans la chambre pour le partager avec Zelda. La vieille dame avait décliné le petit-chablis, mais avait mangé des sand-wichs au saumon de bon appétit. Volubile, comme à son habitude, Marsha s'était renseignée sur les origines de son prénom.

« Mes parents étaient d'origine allemande, je crois que cela vient de Griselda, mais je n'en suis pas sûre », avait éludé Zelda, qui goûtait manifestement davantage les conversations littéraires. Pas de chance, chez Marsha les livres servaient à tenir les étagères, et non l'inverse.

Dickie Moreno, l'ex-collègue de Jeffrey, avait expédié de Boston une énorme boîte de chocolats suisses – « *suisses !* » s'étaient-elles esclaffées : les friandises dorées avaient donc fait le voyage retour vers le Vieux Continent, et n'avaient miraculeusement pas souffert de leur second vol transatlantique. Jeff les avait apportés triomphalement, en même temps que le sac à ouvrage d'Hanna. Les chocolats voyageurs avaient été distribués aux infirmières, avec la recommandation de les apprécier à leur juste valeur.

Serena Teague, son amie depuis le Trinity College, avait appelé de Dublin pour prendre de ses nouvelles mensuelles. À Dearbly, elle était tombée sur un Jeffrey confus, qui n'avait pas songé à la prévenir de l'accident. Affolée, la douce Serena avait proposé de sauter illico dans un avion – une offre de services qu'elle ne pourrait pas tenir, accaparée qu'elle était par ses cinq enfants et son mari diplomate. Serena avait abandonné ses études à vingt ans, en même temps que toute ambition personnelle, par amour. Il semblait qu'elle ne le regrettait pas.

« Je lui ai dit qu'elle n'avait pas de souci à se faire, que tu étais bien entourée », avait dit Jeff à Hanna.

Ce qu'elle avait confirmé à Serena par un long coup de fil : définitivement rassurée, son amie l'avait régalée des anecdotes snobinardes dont elle avait la primeur dans les salons de sa maison bourgeoise.

Oui, Hanna était bien entourée.

Du côté de Zelda, il n'y avait en revanche rien pour interrompre son inlassable broderie. Le téléphone sonnait parfois, Hanna savait que c'était son fils, chaque fois. Le rideau entre elles n'était plus guère tiré que lors des consultations journalières, et pour la nuit.

Chaque matin, Hanna s'éveillait tôt, mais Zelda l'avait toujours précédée. Hanna percevait la petite lumière du chevet derrière le rideau de plastique opaque, et entendait sans se manifester le rituel quotidien de sa voisine. Durant une heure, la vieille dame griffait avec un stylo plume un gros cahier de papier recyclé qu'elle rangeait ensuite dans sa table de nuit. Hanna l'avait aperçu plusieurs fois.

Apparemment, les travaux manuels n'empêchaient pas Zelda de se cultiver elle-même, dans sa très vieille ferme. Hanna aurait voulu en savoir davantage, mais son côté Mlle McCann ne l'inclinait pas à l'indiscrétion.

Zelda était décidément une dame peu commune, et Hanna aimait à penser qu'il y avait une part de mystère en elle. Les murs de leur chambre concentraient tout, les humeurs, les impressions ; le confinement exacerbait les sentiments, elle le savait. Mais le temps qu'elle passait à s'interroger et à observer sa voisine était volé à l'ennui, et à l'impatience qu'elle avait de retourner à la vie extérieure.

Impatiente ? Elle croyait l'être. Elle avait en tout cas très envie de câliner Patti, de prendre un bain avec des bougies tout autour – mais ça, ce n'était pas pour demain, à moins d'installer une poulie dans la salle de bains, se disait-elle, déconfite. Pour le reste, sa maison s'était tellement éloignée d'elle depuis trois semaines qu'elle avait peur de n'y retrouver que des inconvénients à son retour. La penderie de Patti devait déborder de linge sale. Sa table de travail était sans doute enfouie sous la poussière.

Le jeune docteur Markinson lui avait assuré une fois de plus que sa sortie de l'hôpital n'était plus qu'une question de jours. Mais il aurait dit n'importe quoi pour lui faire plaisir, avait tempéré Zelda, taquine.

Patti lui manquait. La petite était partie en classe verte pour trois jours. Elle était passée en coup de vent avec un Jeff débordé par la préparation de son sac. Hanna lui avait fait une liste des choses à ne pas oublier – quel homme penserait à fourrer une crème hydratante Kiehl's dans une trousse de toilette, elle se le demandait...

« Nous voilà bien, avait constaté Zelda. Moi sans mon fils, vous sans votre fille. »

Hanna avait hésité. Puis, après tout, ici tout pouvait se dire.

« Patti n'est pas ma fille, avait-elle répondu. C'est la fille de ma sœur. Elle vit chez nous parce que Gail est hôtesse de l'air sur British Airways, elle voyage beaucoup. Jeffrey et moi, nous n'avons pas d'enfants, alors... »

Zelda avait hoché la tête, silencieuse. Puis elle était retournée à son point de croix.

« Vous savez, avait-elle fini par dire, sans lever les yeux de son ouvrage, j'ai eu Michael assez tard, alors que je désespérais d'avoir un enfant. C'est arrivé comme ça... »

Puis, ajustant ses lunettes sur ses yeux porcelaine :

« Tenez, il rentre demain ! Vous allez pouvoir faire sa connaissance. »

9

Pour ce qu'elle estimait être la douzième – voire quinzième – fois de sa vie d'adulte, Hanna vibrait au staccato du *Bûcher des vanités*. Ce roman-là, elle l'avait lu adolescente, dans l'herbe du Trinity College, et aussi jeune adulte dans son lit d'enfant, lors de vacances assommantes chez M. et Mme McCann, et encore femme mariée dans le lit conjugal alors que Jeff était endormi, ses lunettes sur le nez...

Elle l'avait lu partout, dans son atelier, dans le fauteuil à bascule de la chambre de Patti, aux toilettes, dans la cuisine. Mais encore jamais dans un lit d'hôpital, lestée par un quintal de plâtre. Une lecture inédite, donc. Mais comme chaque fois, la virée délirante de Sherman McCoy dans le Bronx au volant de sa Mercedes-Benz, l'écriture heurtée, la vision stroboscopique de New York l'amenaient doucement vers une sorte d'hypnose.

« *Tchok... le son du pare-chocs arrière frappant quelqu'un et le garçon maigre qui disparaissait... Mais il l'entendait encore. Le petit tchok. Et plus de garçon maigre.* »

Le « tchok » de la Mercedes-Benz opérait aujourd'hui sur elle comme une catharsis. Elle n'aurait jamais imaginé ressentir un jour aussi durement la blessure du garçon maigre.

Ce bouquin aurait toujours une place dans sa vie. Elle n'avait pas cillé depuis dix minutes. Elle entendit vaguement Zelda sortir de la salle de bains dans un couinement de déambulateur, puis vit du coin de l'œil la main noueuse ouvrir le rideau. Elle leva la tête, un peu hagarde, sans interrompre mentalement sa lecture. Zelda était pimpante, rondelette, joliment ficelée dans une robe de chambre en tartan bleu roi.

« Tom Wolfe ? fit-elle, en tordant le nez.

— Oui. Je suis amoureuse de ce livre.

— Je vois. »

Le bouquin n'était plus qu'un pavé en kit. Les pages s'en détachaient si bien qu'on aurait pu les lire comme des fiches individuelles.

« Chaque fois que je m'y replonge, ça me remplit d'extase, expliqua Hanna. J'aime tout de ce livre, même son poids, et son odeur. »

Au regard dubitatif de Zelda, elle comprit que l'odyssée judiciaire de Sherman McCoy ne la passionnait pas plus que cela. Mais visiblement, elle l'avait lue.

« C'est étrange, ce roman ne vous ressemble pas », remarqua la vieille dame.

Hanna referma sa bible, abandonnant ses digressions new-yorkaises.

« Ah bon, et pourquoi ? Vous trouvez que j'ai une tête à engouffrer du Barbara Cartland par cartons ? » demanda-t-elle avec un large sourire.

Zelda eut un petit gloussement en s'allongeant sur son lit. Empoignant d'une main la poignée qui pendait opportunément de la potence, elle se débrouillait fort bien.

« C'est juste que je trouve Tom Wolfe un peu… hystérique. Trop de ponctuation, parfois, et d'autres fois pas du tout. Vous m'avez l'air beaucoup plus tranquille que lui. »

Hanna fit la moue.

« J'ai dit tranquille, insista Zelda. Pas léthargique, Hanna. Ni idiote.

— Je suis rassurée… Et vous savez, c'est aussi le livre préféré de mon mari. Il est romancier, lui aussi, je vous l'avais dit ? »

Manifestement, non. La vieille dame ouvrit des yeux ronds.

« Reagan… Jeff… Dites-moi… Jeffrey Reagan ? »

Hanna acquiesça, pas peu fière.

« Alors ça, s'étonna Zelda, pourquoi n'ai-je pas fait le rapprochement ?

— Vous le connaissez ? se rengorgea Hanna. Il n'est pourtant pas si célèbre…

— Suffisamment pour être vendu à la librairie de Kinsale… Oh, je vous mentirais en disant que j'ai lu ses livres… »

Hanna rit :

« Il en sera navré.

— Mais je n'ai rien contre lui. C'est juste que je suis une très vieille dame plus très portée sur les romans policiers. »

Zelda savait donc que Jeff écrivait des polars, se dit Hanna, et sans trop comprendre pourquoi, ce constat la rendait presque aussi euphorique que si son mari lui avait rapporté le Pulitzer. Elle se contorsionna pour déposer religieusement Tom Wolfe sur la table de nuit, sous le regard amusé de Zelda.

Hanna aimait ces conversations du petit matin, l'esprit vif de sa compagne. Où donc avait-elle acquis cette culture, ces reparties de dîner chic ? Elle le lui demanderait, un jour. Enfin, rapidement. Leur cohabitation n'irait plus au-delà de quelques jours. Et elle prit conscience que cette idée l'attristait. Zelda voudrait-elle bien lui laisser son adresse ? À Kinsale, donc... Un numéro de téléphone ? Il faudrait qu'elle ose le lui demander...

« Oh, Jeffrey n'est pas Truman Capote, dit-elle en se redressant sur ses oreillers. Il est bien trop équilibré, comme écrivain. Et comme mari, d'ailleurs. »

Manifestement, Zelda aussi s'amusait. Elle chaussa ses lunettes et empoigna son tambour, bien décidée à poursuivre le débat.

« Eh bien moi, il faut croire que c'est le déséquilibre qui m'attire, dit-elle, particulièrement celui des romancières américaines du Vieux Sud. Avez-vous lu *Ne tirez pas sur l'oiseau moqueur* de Harper Lee ?

— Non, avoua Hanna, dépitée.

— Vous devriez, ma petite. Il y a un procès, ce qui devrait vous plaire, et des ignobles racistes, comme dans votre *Bûcher* ; et ce livre-là en dit bien plus sur l'Amérique que votre Tom Wolfe, je trouve... »

Hanna l'écoutait sans rien dire. Zelda n'avait peut-être pas passé toute sa vie sous un toit de chaume dans la lande irlandaise. *L'Amérique*, disait-elle, décrivant l'Alabama de Harper Lee comme si elle avait le livre sous les yeux.

« Vous avez voyagé aux États-Unis ? » demanda-t-elle finalement.

Zelda lui jeta un œil par-dessus ses lunettes.

« Pire que cela, j'y suis née, répondit-elle. Mais c'était il y a vraiment très longtemps ! Enfin, il faut croire que cela a suffi pour que j'en garde quelques particules dans le sang.

— Jeffrey est américain, lui aussi. De Boston. Je crois bien qu'il en est nostalgique… Vous aussi, vous êtes nostalgique du pays d'où vous venez ? »

Zelda secoua doucement la tête au-dessus de son ouvrage. Était-ce un « oui » ou un « non », Hanna n'aurait su le dire. Elle attendit une réponse, mais Zelda changea de sujet.

« Jeffrey Reagan. Seigneur, je n'en reviens pas… Dites-moi, ma chère, est-ce si difficile de vivre avec un écrivain ? »

Hanna aurait bien voulu continuer sur le thème « Zelda en Amérique », mais elle sentait confusément une distance dont sa voisine jouait comme avec un élastique. Proche un moment, loin celui d'après. Il lui faudrait donc se dévoiler la première, ainsi en avait décidé la vieille dame.

« Eh bien, commença-t-elle, Jeff est plutôt du genre à avoir les pieds sur terre. Cela vient sans doute du fait qu'il a été journaliste très longtemps.

— Je vois, fit Zelda. Mais comment écrire sur l'Amérique en vivant en Irlande ? »

Hanna réfléchit quelques instants.

« Je crois que c'est justement la question qu'il se pose. Et je crois aussi qu'il commence à regretter.

— Alors pourquoi vivre en Irlande ?

— Pour moi. » Zelda eut un geste du menton pour l'encourager à continuer, ses yeux porcelaine pétillants de curiosité. « Lorsque nous nous sommes rencontrés, j'étais encore étudiante, Jeffrey était journaliste. Spécialiste des pays en guerre, des mécanismes des conflits, ce genre de choses. Il intervenait en cours d'histoire. Il en profitait pour faire des repérages à Dublin pour son premier roman, avant d'aller à Belfast… Un truc sur l'IRA. Je lui ai servi de guide. Puis nous nous sommes mariés, et il a choisi de rester. »

Cette concision brutale ne contenta pas Zelda.

« Eh bien, dites donc, c'est terriblement résumé ! fit-elle, ironique.

— Oui, rit Hanna. Je préfère vous faire grâce du chapitre où mes parents me coupent les vivres quand ils apprennent que je fréquente un baroudeur de quinze ans de plus que moi.

— Vraiment ?

— Oui. Mais, d'une certaine manière, ils m'ont rendu service, puisque j'ai commencé à travailler dans ma chambre d'étudiante en restaurant de vieux objets chinés dans des brocantes, et en fabriquant des coussins, des plaids… Le bouche à oreille a bien fonctionné. Et Jeffrey a aussi eu du succès avec son premier livre. J'ai arrêté mes études, et nous nous sommes installés à Dearbly-upon-Haven. Au calme, pour que Jeffrey puisse écrire. J'ai commencé à travailler avec Marsha. Et puis voilà. »

En s'entendant parler, Hanna s'apercevait qu'elle n'avait jamais eu l'occasion de raconter sa vie. Depuis Marsha, qu'elle avait connue à Cork juste après son mariage, aucune nouvelle personne, qui soit suffisamment proche pour qu'elle se livre ainsi, n'avait mis les pieds dans son existence.

Zelda n'en perdait pas une miette.

« Oui, dit-elle, je connais Dearbly. J'y suis passée une ou deux fois. Ce n'est pas un peu… endormi, pour un jeune couple dynamique comme le vôtre ?

— C'est tranquille, fit Hanna par euphémisme. Pour broder et pour écrire, c'est parfait. »

Zelda se pencha sur son ouvrage.

« Et votre commerce marche bien ?

— Très bien. Avec Marsha, nous avons une petite réputation. Un site Internet, aussi. Des correspondants nous signalent des ventes aux enchères d'objets anciens. Marsha va parfois jusqu'à Paris ! On achète, on restaure, on revend… Je travaille à la maison, et le mardi je passe la journée à la boutique, à Cork. La dernière fois, ça s'est mal passé pour les deux lampes Tiffany que j'avais dans le coffre, comme vous le savez… »

La vieille dame confirma d'un signe de tête. Hanna hésita trois secondes, puis conclut, dans un élan d'autopersuasion :

« Bref, tout va bien dans le meilleur des mondes. »

Zelda posa son ouvrage et retira ses lunettes pour la regarder en face.

« Cependant, vous craignez que Jeffrey ne se morfonde loin de Boston, parce qu'il ne veut pas vous demander d'abandonner votre commerce pour le suivre en Amérique. Et comme vous culpabilisez, vous restez auprès de lui à travailler à la maison. Sans voir personne. Je me trompe ? »

Elle ne se trompait pas. Enfin, pas complètement.

« Il y a aussi Patti », dit Hanna, mollement.

Il y avait Patti, il y avait la boutique de autant de raisons de ne pas se poser la question nouveau départ.

Mais il y avait aussi d'un autre côté la culpabilité d'avoir coincé Jeff. Hanna avait du mal avec ça. Zelda avait tapé dans le mille.

La vieille dame reprit son point de croix, et, après quelques instants de silence à contempler le vague, Hanna retourna à son livre.

« ... *Tchok. Et plus de garçon maigre.* »

Le fils de Zelda était de retour, et la vieille dame semblait baignée d'une lumière juvénile. Ses yeux, son teint, son sourire, tout en elle irradiait. Hanna la soupçonnait même d'avoir passé un voile de rouge transparent sur ses lèvres.

En ouvrant ses cadeaux rapportés de Paris, Zelda battait des mains en poussant des « oh » de gamine à Noël. Éparpillés sur ce qui était supposé être son lit de douleur, des papiers colorés et froissés en boule avaient des airs de feu d'artifice. Zelda les jetait au fur et à mesure qu'elle découvrait les trésors qui lui faisaient monter le rose aux joues. Un parfum Chanel, une pochette dorée, une crème pour les mains. Et puis un dé à coudre en porcelaine, un chat noir de Rodolphe Salis sur une tasse à thé, et encore un bocal de foie gras, et un autre de confiture de figues...

« Oh, chantait Zelda, Michael ! Tu me gâtes ! Oh ! »

Michael était bien ce grand homme positivement séduisant qu'Hanna avait aperçu quelques jours auparavant dans la salle de détente, alors qu'elle et Marsha tentaient bêtement de dissimuler la bouteille de petit-chablis. Il l'avait reconnue, lui aussi, avait-elle compris au regard amusé qu'il lui avait lancé lorsque Zelda avait fait les présentations.

Hanna avait serré la main tendue, dont la poigne chaleureuse l'avait ravie. Michael avait les mêmes yeux porcelaine que Zelda, et une gueule de cinéma qui aurait fait frémir Marsha. Son sourire creusait une fossette d'un côté de sa bouche. Il ne ressemblait pourtant pas à sa mère – est-ce qu'un type presque aussi grand que Shaquille O'Neal et incontestablement viril pouvait avoir quoi que ce soit de commun avec la frêle silhouette courbée au-dessus de son tambour à broder ?

Mais à bien les regarder tous les deux, il y avait quelque chose de définitivement familial : de l'amour. Michael contemplait sa mère avec dévotion – et une tendresse que l'on aurait eue, au contraire, pour une enfant chérie. Les manches de sa chemise grise retroussées, la cravate desserrée comme dans un soupir de soulagement, il semblait se détendre sur son tabouret au fur et à mesure des « oh » de sa mère.

« Ah, voilà, dit Zelda, en cornant un paquet-cadeau. Hanna, celui-ci est pour vous. »

Surprise, Hanna attrapa le petit colis à la volée. Elle déchira le papier rouge brillant, un peu gênée. C'était un livre, en format de poche.

« *Alabama Song*, lui expliqua Michael. C'est un auteur français, Gilles Leroy. »

Hanna tourna le livre entre ses mains, ne sachant que dire. Sur la couverture, la photo noir et blanc d'une femme élégante, chapeautée, tirant sur un antique fume-cigarette, assise les jambes croisées sur un banc devant un lac embrumé.

Qu'est-ce que c'est ?

« Zelda Fitzgerald, répondit Zelda à sa question muette. C'est un livre qui raconte sa vie. Romancée, et à la première personne. Selon Michael, j'adorerais ce livre... S'il était traduit en anglais, évidemment. »

Hanna était touchée au-delà de ce qu'elle aurait pu dire. Zelda avait donc demandé à son fils de dénicher un livre *a priori* illisible, rien que pour le geste, rien que pour elle, alors que ce grand garçon n'avait certainement pas que ça à faire.

« Oh, merci, bredouilla-t-elle, dans un brouillard de sentiments. Je le lirai, vous savez. Quand j'étais étudiante, j'étudiais... J'étudiais le français. »

Zelda et Michael firent tous deux des « oh » et des « ah », et Hanna pesta intérieurement contre le rouge qui lui était monté aux joues. Bien sûr, elle avait étudié le français. Mais tout cela était si loin, si inutile dans sa vie quotidienne, qu'elle avait l'impression de s'être inventé un passé bien trop glorieux pour elle.

Dans la demi-heure qui suivit, elle choisit de laisser la mère et le fils à leur conversation – il était question de travaux à la ferme, d'un M. Collins, de chevaux, et de tout un tas de choses du quotidien de Zelda qui lui échappaient –, feuilletant son livre les yeux mi-clos.

Puis elle finit par les fermer tout à fait, bizarrement épuisée. Elle perçut les voix qui baissaient, puis le roulement du rideau qu'on tirait dans un chuchotement. Elle eut une impression de douce chaleur et, avant de s'endormir, put reconnaître ce que c'était : de la bienveillance.

10

« Je me demande pourquoi j'ai sorti tout ce bazar du sac, puisqu'il faudra tout remballer demain pour ma sortie… »

Autour de la jambe plâtrée qui continuait à trôner, immuable, le lit était devenu une table de travail. Hanna y avait empilé des carrés de tissu dans des camaïeux parfaitement déclinés – les beiges, du plus clair au plus foncé, les carreaux rouges, du vichy au pied-de-poule, et les feutrines vertes en éventail… Sa boîte à cotons perlés, ouverte à côté d'elle, affichait le même ordre, les échevettes rangées par couleurs dans des cases ressemblaient à de grands coups de pinceau sur un tableau impressionniste.

Hanna avait repris son ouvrage, et elle était contente que ses doigts qu'elle croyait engourdis lui répondent correctement. Ils savaient encore plier des ourlets de deux millimètres, tirer des aiguillées et faire des nœuds entre le pouce et l'index. Leur agilité n'avait pas été entamée.

Elle enfila du premier coup un fil dans le chas d'une aiguille aussi épaisse qu'un cheveu, veillant presque inconsciemment à ne pas dépasser les vingt centimètres réglementaires. *Une aiguillée de fainéante*, disait Evelyn McCann à sa fille, lorsque, encore enfant, elle tirait des fils longs comme son bras. Elle économisait certes sur le périlleux enfilage d'aiguille, et sur le nœud fastidieux, mais pas sur le courroux maternel. Mme McCann répugnait à la facilité.

« C'est très joli », dit Zelda.

C'était un couvre-lit destiné à Patti. Sur chaque carré de drap beige, Hanna appliquait des pièces en forme de patte, de museau, d'oreille, ainsi qu'une fourrure pelucheuse, le tout mis ensemble formant un mouton chaque fois différent. À ses heures perdues, elle y travaillait depuis bien six mois.

« Merci, répondit Hanna. Mais à ce moment précis, c'est surtout très bizarre. J'ai brodé ce mouton-là la veille de l'accident. Une vie semble être passée, depuis… C'est curieux, comme un ouvrage a une histoire… »

Elle prêchait une convaincue.

« Bien sûr, dit Zelda. Et celui-ci en raconte une très jolie. Il dit tout l'amour que vous portez à cette adorable petite fille.

— Vous la trouvez vraiment adorable, ou vous voulez seulement être gentille ? plaisanta Hanna. Vous pouvez y aller franchement, vous savez, j'ai moi-même souvent horreur des enfants des autres… »

La veille, Patti avait montré des signes d'énervement. Renfrognée sur ses dessins, elle ignorait ostensiblement Hanna, et ne lui répondait plus que par monosyllabes. La petite en avait marre de cet hôpital, c'était évident.

Les enfants sont ainsi faits, découvrait Hanna. Ils craignent vos faiblesses. Elle réalisait qu'au fil des visites, Patti était presque devenue méchante avec elle, comme pour la provoquer, et vérifier par une colère salvatrice qu'elle avait encore toutes ses capacités à réagir. Hanna ne s'était pas fâchée, elle se prenait à le regretter. Il était temps qu'elle rentre à la maison.

« Oui, elle est adorable, confirma Zelda, sincère. Et elle a bien de la chance, cette petite fille, d'avoir des parents tels que vous deux…

— Nous trois, rectifia vivement Hanna. Gail est sa mère. »

Zelda tendit la main vers elle, dans un élan réflexe pour se faire pardonner.

« C'est vrai, fit-elle, confuse. Excusez-moi, j'ai parlé trop vite.

— Ne vous inquiétez pas. » Faisant mine de se concentrer sur son carré de tissu, Hanna ne savait pas trop quoi répondre d'autre. Il était vrai que l'arrangement triangulaire autour de Patti devait paraître étrange. Elle éprouva le besoin de défendre sa sœur, ce qui ne lui était jamais arrivé auparavant.

« Gail n'est pas du tout… commença-t-elle. Enfin, elle n'est pas du tout le genre de mère qui abandonne son enfant. »

Dans le lit d'à côté, Zelda attaquait bravement la compote insipide qu'on leur servait pour le goûter.

« Et quel genre de mère abandonne son enfant, selon vous ? Est-ce un genre défini ? » demanda-t-elle tranquillement.

Cela méritait réflexion, supposa Hanna.

« Moi aussi, je parle trop vite, répondit-elle. Je ne voulais pas être péjorative. Je suppose que celles qui en arrivent là ont des histoires terribles. Ce que je voulais dire, c'est que Gail n'a aucune difficulté pour élever Patti. Ni matérielle ni maternelle. En fait, Patti habite chez nous, c'est tout. »

Zelda avala deux cuillerées de compote aromatisée pomme fade, et repoussa le pot d'un air déprimé.

« Vivement demain, dit-elle. Sitôt rentrée chez moi, je m'emploierai à faire exploser mon taux de cholestérol. »

Hanna accueillit cette bonne résolution avec enthousiasme. Oui, demain, dehors…

« Vous semblez beaucoup aimer votre sœur », poursuivit Zelda, tapotant son oreiller.

Hanna sourit à la vieille dame. Bien sûr que Gail était aimable. Même si, selon Marsha et Jeff, elle semblait vivre dans son monde merveilleux, parfaitement cloisonné – et surtout étanche aux problèmes bassement quotidiens.

« Gail a toujours aimé voyager, raconta-t-elle. Ne jamais être au même endroit, parler plusieurs langues, être insaisissable ; ma sœur est un oiseau. Elle vole vers le soleil quand il fait froid. Nous avons eu une éducation assez… »

Elle hésita. Stricte ? Oui, mais bon, on s'en remettait. Ennuyeuse ? Assurément.

« Froide, trancha-t-elle. Nos parents font partie de la bourgeoisie de Dublin. Ils possèdent aussi un château en Écosse, les McCann sont d'une lignée très ancienne. Mon arrière-grand-père a reçu de la reine Victoria quelques hectares près de Balmoral. Pour « services rendus au Royaume », je frémis encore de savoir lesquels.

— Balmoral, Seigneur ! siffla Zelda, épatée. Avez-vous croisé le prince Charles en kilt ?

— Non, rit Hanna, et mon père désespère d'être invité aux chasses royales. »

La vieille dame eut un sourire entendu.

« Donc, résuma-t-elle, l'ambiance à la maison McCann n'était pas à la franche rigolade. Et l'oiseau Gail s'est envolé, alors que la petite souris Hanna faisait son nid à Dearbly-upon-Haven...

— C'est un peu ça, fit Hanna. Gail est devenue hôtesse de l'air, elle en a toujours rêvé. Petite, elle voulait être une star de cinéma, elle a toujours été si belle... »

Les yeux grands ouverts, débarrassée de ses lunettes, Zelda attendait la suite, l'air indéfinissable.

« Et Patti est arrivée », amorça-t-elle.

Hanna hocha la tête. Elle n'aurait jamais imaginé dévoiler la vie intime de sa sœur à une quasi-inconnue. Même Marsha n'en connaissait que le minimum utile. Mais ici, enfermée dans cette chambre, elle se sentait en confiance, et n'éprouvait pas le sentiment d'indécence qui, à l'extérieur, l'aurait stoppée dans ses confidences. Elle poursuivit donc. Après tout, l'histoire n'avait rien de pathétique ni de sordide.

« Et Patti est arrivée, oui... Gail est tombée amoureuse d'un Américain, comme moi. À la différence près que le sien n'était pas disponible. Il était pilote sur Continental, je crois. Et marié. Bref, Gail n'a pas insisté. Elle ne lui a même pas dit qu'elle était enceinte. Ce bébé, elle l'aimait déjà, elle le voulait pour elle.

— Et pour vous », dit Zelda, doucement.

Hanna en fut troublée.

« Non, dit-elle. À cette époque-là, Jeff et moi ne nous doutions pas que nous avions des problèmes...

des problèmes de ce côté-là. Nous tentions déjà d'avoir un bébé, mais… sans en faire une obsession. Ça ne marchait pas, c'est vrai, mais nous n'en étions pas à compter les mois… Enfin, presque pas… Et nous étions disponibles pour accueillir Patti à la maison, pour que Gail puisse continuer à voler. »

Voilà, c'était tout. C'était simple.

Hanna saisit un bout de tissu. À côté, Zelda chaussa ses lunettes et attrapa son ouvrage. Elles restèrent silencieuses un moment et, comme tous les silences qu'elles partageaient depuis plus d'une semaine, celui-ci n'était pas pesant, pas pressé de partir non plus. Elles avaient appris à vivre ensemble, sans user des artifices sociaux. La pluie et le beau temps, et l'art de meubler le vide par des banalités n'étaient pas à leur programme.

« Et quel est votre… problème ? finit par demander Zelda. Si je ne suis pas indiscrète. »

Bien sûr qu'elle l'était, elles le savaient toutes les deux.

« Pour… avoir un enfant ? » fit Hanna, qui avait très bien compris la question.

Zelda hocha la tête, s'attelant consciencieusement à l'enfilage d'une aiguillée.

« Eh bien, dit Hanna. En fait… il n'y a pas de problème. Nous avons fait tous les examens possibles, il n'y a rien. C'est juste… comme ça. Ça n'arrive pas, c'est tout. Un blocage. Il ne faut plus y penser. »

Hanna hésita.

« Vous savez, dit-elle finalement, je ne veux pas passer pour une mystique, ou quelque chose comme ça… Mais je me dis qu'avoir survécu à ce terrible accident… Alors que tant d'autres gens sont morts…

Eh bien, dans ma vie, ça a une signification. Des choses vont changer. C'est obligé.

— Peut-être… » répondit la vieille dame, *mezza voce*.

Le silence s'installa de nouveau, plus long, cette fois, seulement troublé par une volée d'infirmières venues faire leurs relevés quotidiens. Mais entre Hanna et Zelda, la température était stable.

Le soir, Zelda passa du temps dans la salle de bains. Elle voulait être fraîche pour sa sortie du lendemain. Hanna lui avait posé quelques rouleaux dans ses cheveux neigeux. Elle entendait à présent la vieille dame entrechoquer des flacons sur le lavabo.

Debout devant la fenêtre, à regarder défiler les guirlandes de voitures dans la nuit, elle éprouvait des sentiments contradictoires, qui allaient du soulagement à l'angoisse. Mais de bonheur, point. Cela viendrait, à la maison. Chaque chose en son temps.

Se retournant pour regagner son lit pour sa dernière nuit ici, elle s'appuya sur celui de sa voisine. Et remarqua un dé à coudre, égaré entre les plis de la couverture. Elle ne se rappelait pas avoir vu la vieille dame en utiliser. Mais il était forcément tombé de son sac.

Sans trop savoir pourquoi, elle le fourra dans sa poche.

11

Michael finissait de remballer les affaires que sa mère avait laissé traîner avec la même révérence qu'il aurait eue devant une valise diplomatique. Hanna vit disparaître la robe de chambre en tartan bleu roi dans un sac, et c'en fut fini du séjour de Zelda au Mercy Hospital.

La vieille dame avait gentiment mais fermement envoyé paître son fils qui insistait pour l'accompagner au bureau des sorties. « Je peux descendre toute seule, j'ai besoin d'entraînement ! » avait-elle argué en empoignant ses béquilles, et Hanna avait bien senti que cette ultime démarche lui était nécessaire.

Après avoir été inféodée à son plâtre, sa potence et toute la sainte tuyauterie, et au despotisme alimentaire de l'unique yaourt nature sur le plateau de cantine, c'était à elle seule de mettre le point final à son emprisonnement.

Maintenant, la chambre était toute blanche. Hanna tenait sa valise prête, elle aussi. L'hôpital avait eu l'esprit pratique, à les faire sortir toutes les deux le même jour.

« C'est incroyable la place que ça prend, tous ces fils et ces tissus », constata Michael.

À voir ce grand type encombré par un cercle à broder, Hanna s'amusait. À côté de son fils, tout à l'heure,

Zelda avait l'air minuscule, habillée pour la première fois en mamy urbaine, son chapeau vissé sur la tête. La façon dont elle s'habillait ressemblait à ses broderies : un gai patchwork de rouge et de violet, un coquelicot de soie planté sur le chapeau de feutre noir.

« Mon mari dit la même chose, sourit-elle. Quand nous partons en voyage, j'emporte toujours plus de toiles que de vêtements. L'année dernière, nous sommes partis au Maroc, il a fallu que j'achète des tee-shirts sur place. Et une valise pour le retour. »

Renonçant à ses velléités de rangement, Michael s'assit sur le lit de Zelda avec un soupir amusé, le cercle à broder sur les genoux. L'image était drôle, sans qu'il s'en rende compte. *Marsha, tu devrais voir ça*, se dit-elle.

« Vous voyagez beaucoup ? » demanda-t-il, reconnaissant à Hanna de le détourner de sa tâche.

Elle réfléchit un instant. Elle ne savait pas si « une fois par an » entrait dans le cadre de « beaucoup ».

« Régulièrement, décida-t-elle. Je connais Paris, mais sans doute pas aussi bien que vous. Mon mari est américain, il m'a emmenée à Boston, c'est sa ville natale. À New York, aussi, il a des amis là-bas. Et son frère. Nous sommes allés à Rome, il y a deux ans. Et à Marrakech. Ma mère y habite. »

Sitôt dit, elle leva les yeux au ciel dans un réflexe supersonique. Que diable venait faire Evelyn McCann dans cette conversation ?

« Vraiment ? fit Michael, surpris.

— Oui. Ma mère est loin de moi. Dans tous les sens du terme. »

Et c'est bon, on n'en parle plus, se dit-elle. Pourquoi fallait-il qu'elle adjoigne des termes comme *loin, partie, absente* à celui de *ma mère*, alors que tout le monde s'en foutait ? Surtout un type qu'elle n'avait vu en tout que trois quarts d'heure dans sa vie.

Mais comme il semblait attendre la suite, ses beaux yeux gris posés sur elle, elle opta poliment pour le minimum.

« Mes parents sont divorcés. Ma mère s'est remariée avec un Marocain », résuma-t-elle, lapidaire.

Cinq ans auparavant, Evelyn McCann avait quitté George McCann, d'une manière feutrée, sans l'ombre d'un scandale. Hanna avait pensé que ce divorce inattendu la rapprocherait de sa mère. Ce qui avait été le cas. Dans une certaine limite.

Evelyn avait en effet eu avec sa fille sa discussion la plus construite depuis dix ans, dans un salon de thé, à Dublin où Hanna avait débarqué pour constater l'étendue des dégâts : vingt longues minutes pour lui annoncer qu'elle partait s'établir à Marrakech. Un diplomate marocain rencontré dans la galerie qu'elle tenait à Dublin y était pour quelque chose, inutile d'en savoir plus pour le moment. Puis Evelyn avait collé un baiser pointu sur la joue de sa fille avant de s'envoler dans un flot de soie parfumée. Hanna était allée dormir chez Serena, puis était rentrée à Dearbly, désabusée.

Le faire-part de mariage était arrivé deux mois plus tard.

« Ma mère et son époux ont ouvert une galerie d'art près du jardin Majorelle. Je suppose que s'ils avaient pu, ils l'auraient racheté à Yves Saint Laurent », dit-elle avec un grand sourire qui grinçait un peu sur les côtés.

Hanna et Gail s'étaient longtemps demandé comment Evelyn, fleur aristocratique et pâle poussée sous

la brume irlandaise, avait eu le courage de se débarrasser de sa petite laine torsadée et de ses mocassins
à glands pour s'alléger le corps et l'esprit dans des
djellabas vaporeuses – *a fortiori* les orteils à l'air, ce
qui pour elle avait toujours été une hérésie. « Un pur
pétage de plombs », avait commenté Gail, laconique.

Mme ex-McCann, qui avait tout de même tenu à
garder son nom sur ses cartes de visite profession-
nelles, avait été au début incommodée par les effluves
épicés et les charmeurs de serpents de la place Djemaa
el-Fna, puis avait fini par apprécier la langueur de la
vie là-bas, même si elle continuait à se faire livrer
son épicerie fine par avion.

« C'est très beau, Marrakech, commenta Michael.

— Oh, nous y sommes seulement passés. Pour dire
bonjour. Ma mère et moi ne nous entendons pas aussi
bien que vous avec la vôtre.

— Ma mère est une belle personne », dit Michael.

Il sembla aussitôt chercher quelque chose à dire
pour tempérer cette comparaison peu flatteuse pour
la défaillante maman McCann.

« Pas toujours facile à vivre non plus, ajouta-t-il vite
fait. Elle a un caractère de cochon, je vous jure. Et
elle se fait une grande idée de son indépendance, il ne
faut surtout pas que je me risque à trop empiéter sur
son territoire, ni à la surveiller de trop près, malgré
son âge... Pour bien me le faire comprendre, elle
pratique l'escalade sur des tabourets, avec le résultat
que vous avez pu constater. »

Hanna rit de bon cœur. Michael avait un si gentil
sourire, par-dessus le marché.

« En fait, continua-t-il en se grattant la joue, nous
sommes à la fois loin et proches. Indépendants, mais

toujours en contact. Je la surveille sans qu'elle le sache… Il a fallu que j'embauche un espion pour ça !

— Non ?

— Je vous jure ! Un type très gentil à Kinsale me sert d'homme de main. Oh, il n'est pas rétribué en mallettes de billets, mais il a suffisamment d'affection pour ma mère pour veiller au grain… Il passe tous les jours chez elle, sous prétexte que c'est sur le chemin de son haras. M. Collins partage sa passion des chevaux, lui fait son jardin et la conversation. En échange, maman l'étouffe à grands coups de marmites d'*irish stew*. Tout le monde est content. Et je suis tranquille ! Bon, je ferais mieux de finir ses bagages. »

Hanna lui sourit, enchantée du tour qu'avait pris la conversation. Michael était comme Zelda : sympathique et plein d'humour. Elle le regardait en silence, tandis qu'il finissait de bourrer un pan de toile Aïda dans un sac, avec le cercle à broder en guise de chausse-pied. Beau et émouvant, il lui distillait son admiration pour sa mère à travers les ouvrages qui devaient animer chaque pièce de leur maison depuis son enfance – et il y en avait, des merveilles, un trompe-l'œil de bateau de pirates dans sa chambre, des pulls à torsades tricotés l'hiver, et des calendriers de l'Avent brodés en cachette, avec un chocolat glissé dans chaque poche.

Les mains posées sur son plâtre, tirant par-dessus son pantalon dans un reste de coquetterie, Hanna l'écoutait et se projetait un film d'enfant. Elle voyait les guirlandes sur les portes à Noël, les œufs à Pâques, les clous de girofle piqués patiemment dans les oranges, les écorces jetées dans la cheminée, elle en percevait presque l'odeur. Comme Michael, Patti avait cette enfance-là. Mais il avait fallu qu'Hanna surmonte son dégoût des fêtes, du Noël obligatoire, véritable affaire d'État pour Evelyn McCann qui s'agaçait d'un rien et finissait probablement par en vouloir à ceux à qui elle dispensait ses cadeaux.

Lorsque Jeffrey arriva, la conversation portait sur les meilleures recettes de gâteaux parfumés à la fleur d'oranger et recouverts de bonbons, les couleurs presque fluorescentes de la pâte d'amandes, les fruits confits faits maison aussi brillants que des saphirs et des émeraudes.

Et les monceaux de crème chantilly sucrée qui, comme l'amour d'une mère, ne retombaient jamais.

Hanna avait la sensation d'avoir avalé un sac de billes. Elle les sentait bouger individuellement dans son estomac, floc, foc…

Elle aussi avait sacrifié seule à la cérémonie de la levée d'écrou au bureau des sorties, claudiquant rageusement sur sa béquille et chaperonnée par une infirmière aussi sévère qu'une duègne espagnole. Administrativement parlant, elle était déjà dehors.

Mais tandis qu'elle reprenait l'ascenseur pour regagner son ex-chambre et récupérer ses affaires – et Jeff, par la même occasion –, sa liberté nouvelle n'avait pas le goût qu'elle attendait. Celui-ci était saumâtre.

L'excitation de respirer à nouveau l'air du dehors lui faisait battre le cœur très fort, pourtant la sensation n'était pas agréable. Était-ce la peur d'être de nouveau livrée à elle-même qui l'oppressait ainsi, ou l'angoisse d'un quotidien qui serait difficile à réinitialiser, elle se posait la question.

Elle aurait dû être joyeuse. Elle ne l'était pas.

Dans la chambre, Jeffrey réunissait quelques magazines qui traînaient encore. En dehors de lui, la pièce était vide. Le rideau était à demi tiré sur l'autre lit blanc, dépourvu du plaid coloré qu'elle s'était habituée à y voir. Pas davantage de sac à ouvrage ouvert sur un fouillis de bobines, ni de flacon de crème à la lavande pour les mains sur la table de nuit, là-bas.

Hanna en fut saisie. « Ils sont partis », constata-t-elle, désemparée. Jeff haussa les sourcils. « Je suppose, fit-il en jetant un regard circulaire sur le désert blanc. Je ne sais pas, j'étais sorti téléphoner. Tout est réglé ? » Une grosse bulle mélancolique remonta dans la gorge d'Hanna. Alors ça y était. Le sanctuaire aseptisé qui avait abrité rires et bavardages n'était plus qu'une coquille vide. L'esprit qui l'habitait l'avait quitté. « Oui, tout est réglé », s'entendit-elle dire. Elle entreprit de faire le tour de la chambre avec ses béquilles, cherchant dans l'urgence ce qu'elle avait pu y oublier. Un poids dans son ventre, insidieusement, irradiait jusqu'à son cerveau, l'empêchant de ressentir le sentiment premier du bonheur qu'elle aurait dû éprouver à quitter cet endroit froid et infantilisant : la simple satisfaction.

Mais elle n'était pas satisfaite.

En fait, elle cherchait une note, un mot. Elle ne s'en aperçut que lorsqu'elle le trouva, sur sa table de nuit. Elle lut.

« *Life is what happens while you're busy making other plans.*

C'est une citation de John Lennon, ma chère, voyez comme je ne suis pas si vieille...

Bon vent, Hanna. Z. »

Il n'y avait rien d'autre. Juste ces mots jetés sur un bristol quadrillé. Hanna eut un moment d'absence, pliant et repliant le bristol, en équilibre sur sa béquille gauche, alors que la droite lui servait de tuteur. Elle en voulait à Jeff de s'être absenté. S'il avait été présent dans la chambre au moment où Zelda et Michael étaient partis, peut-être auraient-ils échangé une adresse, un numéro de téléphone où prendre des nouvelles ?

Elle retourna de nouveau le papier comme si une encre invisible avait pu apparaître. C'était idiot. Zelda n'avait pas envie de la revoir, c'est tout. Au fond, pourquoi en aurait-elle eu envie ? Leur sympathie n'était que de circonstance.

« Tu es prête, dit Jeff, tout sourires. Tu te débrouilles bien, avec ces fichues béquilles. J'ai déjà descendu une des valises en allant téléphoner. On y va ? On n'oublie rien ? »

Non, on n'oubliait rien. La chambre était vide.

Hanna pivota sur ses béquilles, entre les deux lits blancs. Effectivement, elle se débrouillait bien. *Pas le choix, en même temps*, râla-t-elle intérieurement.

Elle claudiqua jusqu'au pied du lit de Zelda. La feuille de soins y était encore attachée.

« Qu'est-ce que tu fais ? Tu veux emporter un souvenir ? »

Jeff avait déjà empoigné la valise, avec une impatience qu'elle n'avait pas.

« Non, je veux juste voir un truc. »

Au-dessus de la courbe des températures, elle trouva ce qu'elle cherchait : « *ZONK, Z. Mme* ».

Elle n'avait jamais vraiment enregistré le nom de Zelda. « Mme Zonk », c'était certainement ainsi que les médecins s'étaient adressés à sa voisine, mais les syllabes avaient glissé dans l'air cotonneux de la chambre blanche sans qu'Hanna prête attention à la drôle de combinaison que formaient son prénom et son nom remis dans l'ordre.

Zelda Zonk.

12

Au début, tout dans la maison avait changé de proportions.

Le lit était trop bas, le plan de travail de la cuisine trop haut, celui de l'atelier aussi. Sans parler du siège des toilettes, bien trop loin ; elle devait viser la lunette avant de s'y laisser tomber lourdement – plutôt se casser un bras que de se faire aider par Jeff, elle avait déjà eu trop de terrain à céder dans sa sphère intime. Elle détestait se souvenir que son mari avait pu la contempler alors qu'elle était comateuse à l'hôpital, entubée jusqu'à la trachée, et probablement la bave aux lèvres.

Attentionné, Jeffrey avait fini par glisser dans les toilettes le porte-serviettes de la salle de bains, sur lequel elle pouvait s'appuyer pour s'asseoir.

Une ou deux semaines étaient ainsi passées, à accommoder le quotidien. Chaque matinée la voyait claudiquer dans toutes les pièces du cottage pour s'en réapproprier la géographie et les odeurs, celles du bois et de l'encaustique, et des fougères que Patti lui rapportait par brassées.

Bientôt, elle avait oublié ses béquilles, se servant des coins de meubles pour se guider. Et des meubles, il y en avait ! Jeff avait manifestement calmé ses angoisses dans une frénésie de bricolage pendant son absence : une commode toute neuve marquetée de bois blond et une sorte d'escalier miniature destiné à porter des plantes en pot avaient trouvé leur place dans la grande salle à manger lambrissée. À la base, la pièce était déjà trop sombre. Là, c'était pire… Et puis les plantes en pot finissaient toujours par y faner.

Le plus difficile pour Hanna avait été de réinvestir sa chambre. Les souvenirs du matin précédant l'accident l'encombraient peureusement, telle une armée d'ectoplasmes silencieux et infiltrés dans tous les coins. Sur la table de nuit, où le réveil avait continué à courir sans elle, dans le tiroir du chiffonnier où le tee-shirt XXL qu'elle mettait pour dormir avait été soigneusement plié. Pas lavé, comme une relique – Jeff avait dû y voir le saint suaire alors qu'elle comatait au Mercy Hospital…

Tout en cet endroit de la maison la ramenait à ce funeste mardi, et à son ignorance de ce que la vie allait lui balancer dans la figure ce jour-là – et donc n'importe quel autre jour à venir. Elle faisait face à cet obscurantisme dans une sorte de sidération qui la laissait absente de longues minutes. Elle était ignorante, elle le serait toujours. Le vide la happait. L'avenir n'était qu'une vue de l'esprit, absolument rien de concret.

Et puis il y avait le lit. Son havre d'avant, où elle aimait s'affaler à plat ventre, étirée de tout son long, n'était plus guère qu'un radeau. Trop bas, au matelas pas assez épais. Et l'amas de coussins qu'elle avait édifié pour se caler le dos peinait à remplacer la télé-commande high-tech de l'hôpital, qui l'installait dans la position qu'elle voulait.

Le lit était trop étroit, aussi.

Et puis dedans, il y avait Jeff. Elle craignait de le cogner avec son plâtre, craignait aussi l'inverse, surveillait tous ses mouvements et ceux de son mari. Elle passait des nuits blanches. Un peu saumâtre mais compréhensif, Jeff avait fini par rejoindre le canapé du salon. Ce qui avait évidemment beaucoup amusé Gail qui l'y avait trouvé un matin où elle rentrait de voyage. « Alors, les carottes sont cuites ? » avait-elle demandé, l'air goguenard. Il avait tordu le nez.

Le mois suivant, on lui avait ôté son plâtre. Le joli docteur Markinson s'était lui-même chargé de la déli-vrance, avec des précautions d'orfèvre. Hanna avait contemplé la jambe marbrée qu'il avait extirpée de son sarcophage comme si elle n'était pas à elle. La chair était plus blanche que le plâtre.

La chair était triste, d'ailleurs.

Mais Jeff avait regagné le lit conjugal. À le voir se rapprocher d'elle, sans témérité certes, mais avec une tendresse suggestive, Hanna avait éprouvé de l'appréhension. Puis elle avait décidé de prendre les devants, en l'attirant à elle un soir où deux verres de vin l'avaient désinhibée.

Jeff était heureux, cette nuit-là, refrénant ses baisers à grand-peine, calculant chacun de ses gestes pour ne pas la heurter. Comme une première fois. Soulagée, elle avait aimé, finalement.

Sa rééducation amoureuse allait de concert avec sa rééducation physique. Les séances à domicile s'étaient succédé, et maintenant qu'elle était délivrée du plâtre et du reste, elle avait hâte de retrouver une vie normale. Elle enchaînait les flexions-extensions avec un acharnement de sportif que la jeune kinésithérapeute, une fille toute fine prénommée Muriel, devait parfois tempérer par des massages qui lui arrachaient des grognements de douleur.

Dehors, les jeunes feuilles frémissaient sur les arbres, et Hanna voulait tout recommencer : redescendre à pied, avec sa canne de randonneuse, faire son marché de légumes chez Noel Dawson, jardiner – et pourquoi pas grimper aux arbres… Conduire la voiture pour aller chercher Patti à l'école. Mais Jeffrey ne voulait pas. Il se dégageait du temps dans la journée, en écrivant la nuit, pour l'emmener où elle souhaitait.

Il l'avait déposée à Cork, ces deux derniers mardis, et elle avait pu passer la journée à la boutique avec Marsha, aller manger du ceviche et des chips maison bien salées chez le traiteur.

La vie reprenait donc son cours, plutôt mieux qu'avant d'ailleurs. Hanna le constatait d'une façon objective : on faisait attention à elle, et cette vie au ralenti n'était pas désagréable.

À l'intérieur d'elle-même, c'était autre chose. Elle sentait sourdre une angoisse mal définie qui la menait jusqu'au malaise. Souvent, au détour d'un gros nuage noir lui apparaissait toute la vacuité de sa vie.

L'accident s'éloignait d'elle, mais il y aurait un « avant » et un « après ». Elle sentait que de cet « après », il lui faudrait faire quelque chose. Restait à savoir quoi. Mais elle n'était pas pressée.

Elle pensait de temps en temps à Zelda, à leurs conversations, se demandant ce que la vieille dame aurait dit de telle ou telle chose. Le soir, lorsqu'elle sortait son ouvrage de son sac, elle imaginait Zelda Zonk faire de même, installée au coin du feu dans un fauteuil à bascule, avec derrière elle une immense bibliothèque. Cette image fantasmée la faisait sourire.

Un matin, alors qu'Hanna triait du linge, elle tira du panier la robe de chambre qu'elle avait portée à l'hôpital, et que depuis son retour elle tenait loin d'elle, tout comme les chemises de nuit qui allaient avec. Mais il était temps de passer tout ça à la machine...

Dans la poche, elle trouva un dé à coudre.

13

Une fois par semaine, qu'elle soit à Dearbly ou ailleurs, Gail se vouait un culte personnel. Elle voulait être une star, même si son rayonnement ne dépassait pas les murs de sa salle de bains. C'était une décision qu'elle avait prise adolescente, alors que sa lampe de chevet éclairait dans l'ombre de sa chambre un poster d'Ava Gardner dans *Pandora*, dont l'image était devenue granuleuse à force d'avoir été photo-copiée et agrandie.

Dieu seul savait comme elle s'était esquinté les yeux sur les pixels explosés du poster d'Ava, à traquer le moindre poil qui aurait brouillé la ligne parfaite des sourcils, à étudier l'ombre des cils déployés sur une ossature marmoréenne, à s'imprégner du regard languide.

Ava était sublime, Gail essayait juste d'être belle. Ce qui passait par une révision hebdomadaire, dont elle assumait tout à fait l'égocentrisme. Car c'était de cela qu'il s'agissait : une régénération de toutes les parties de son corps vouées à la dégradation.

Elle s'enduisait, s'exfoliait, s'hydratait, recensait chaque cellule défaillante, établissait un bilan qui exigerait qu'elle dépense une fortune en duty free lors de sa prochaine escale.

À Dearbly, la cérémonie commençait dans sa salle de bains personnelle, après le dîner. Gail allumait des bougies Diptyque parfum « Figuier » rapportées de Paris – qui lui coûtaient un œil, mais les murs patauds de Dearbly se paraient à ce moment-là des ors de la place Vendôme.

Puis elle alignait les pots de crème, de masques (pour le visage, mais aussi pour les cheveux) et d'onguents divers (certains n'avaient pas d'étiquette et elle seule savait ce qu'il y avait dedans). Hanna et Patti, qui étaient autorisées à assister à cette phase de préparation, la regardaient faire en silence, sagement assises dans la chauffeuse de sa chambre. Frappées par la magie.

L'eau coulait de la robinetterie ancienne avec des glouglous de fontaine, l'espace s'emplissait d'un voile de tulle, une brume légère, et on était dans la forêt de Brocéliande.

Puis Gail tirait la porte, et Hanna et Patti s'installaient sur son lit pour lire des contes de fées, ou *La petite taupe qui voulait savoir qui lui avait fait sur la tête*. C'était selon l'humeur de Patti ; en général, la petite taupe l'emportait. Patti riait aux éclats à la description des colombins, crottins et autres bouses de vache.

Parfois, la princesse de la salle de bains appelait de son sabot pour que Patti veuille bien venir lui « gratter le dos ». La petite fille s'exécutait bien volontiers, consciente de l'importance de sa mission : elle ajoutait de la mousse sur le loofa, ses petites mains le passant en cercles sur les épaules de sa mère qui soupirait d'aise.

La cérémonie prenait fin une heure plus tard. Gail sortait de la salle de bains enturbannée de blanc, lovée dans un peignoir aussi épais qu'un cumulonimbus. Les sourcils étaient épilés, les mollets rasés, les cheveux nourris et brillants. Gail n'avait jamais mis les pieds chez une esthéticienne, elle savait mieux que personne ce qui lui convenait. Et puis, en général, elle n'aimait pas qu'on la touche.

En revanche, elle adorait toucher Patti. Elle attrapait la petite dans ses bras, l'enveloppait dans son peignoir nuage, peau contre peau, lui diffusait tous les parfums mélangés de ses produits de beauté. *Mon Dieu, comme elle grandit*, se disait-elle chaque fois.

Ce soir-là, c'était la même chose.

« Comme elle grandit ! » dit Gail à Hanna. Puis elle alla coucher Patti qui piquait du nez sur son épaule. « Et puis, elle devient lourde, dit-elle en revenant. Bientôt, je ne pourrai plus la porter. »

Hanna n'avait pas bougé du lit. Elle goûtait le privilège d'assister à la touche finale de la cure esthétique de sa sœur : la pose du vernis à ongles. Pieds et mains, s'entendait. Gail disposait d'un nuancier qui couvrait toutes les couleurs de l'arc-en-ciel. Elle avait même du bleu canard de Saint Laurent, du gris flanelle de Chanel, et des teintes improbables qui venaient des boutiques de Phuket ou de Tokyo.

Après avoir joué deux minutes avec les flacons pour évaluer son humeur des jours à venir, elle opta pour du fuchsia. Après tout, c'était le printemps.

« Oh... tu vois la vie en rose, chantonna Hanna, en français.

— Moi, toujours ! affirma Gail, empoignant son pied gauche. Broyer du noir demande beaucoup trop d'énergie. »

Le pinceau traça une première ligne de fuchsia parfaitement droite, sans déborder.

« Alors que j'en connais qui ont tendance à voir la vie en gris », reprit-elle, jetant subrepticement un œil à sa sœur.

Hanna chassa la pique par un pied de nez :

« Au fait, pour qui fais-tu un tel chantier ? demanda-t-elle. Le ravalement de façade, les peintures, le vernis, tout ça... Tu as quelqu'un dans ta vie, en ce moment, madame Bonheur ? »

La question était purement formelle. Hanna savait très bien où elle mettait les pieds. Loin de se vexer de l'ironie à peine voilée, Gail allait lui répliquer par son discours habituel de femme émancipée et bien heureuse de l'être...

Ça ne loupa pas. C'était comme un jeu entre elles.

« Sûrement pas ! démarra Gail, triomphante. Je fais tout ça pour me plaire à MOI, c'est le principal. Je ne vais certainement pas m'amuser à investir dans un mec qui va me polluer ma salle de bains et prendre toute la place dans mon lit, juste pour être admirée cinq minutes dans la semaine... Regarde un peu ton ours qui tape sur son ordi enfermé dans son bureau : depuis combien de temps ne t'a-t-il pas fait un compliment ? »

Hanna fit mine de réfléchir.

« Une demi-heure, estima-t-elle. Il m'a déclaré que le pot-au-feu était bon. »

Gail émit un sifflet admiratif.

« Diable, fit-elle en empoignant son autre pied. Être encensée pour la qualité de sa viande, y a pas plus gratifiant. Mon parfumeur me répète ça tout le temps. »

Hanna éclata de rire. « Et tu ne couches pas avec ton parfumeur ?

— Non, madame. D'ailleurs… Je ne couche avec personne. » Là, on sortait du dialogue balisé. Et Hanna était intéressée. Depuis la naissance de Patti, qui avait forcément engendré quelques confidences, sa sœur n'avait plus défrayé la chronique. Lointaine, libre et discrète, voilà les adjectifs qu'on collait à Gail – et à sa vie amoureuse.

Mais là, elle semblait si… définitive que c'en était louche, au fond.

« C'est vrai ? osa Hanna, curieuse. Avec personne ? Jamais ? »

Gail reboucha son flacon de vernis et le secoua pour que les petites billes mélangeuses fassent leur travail.

« Jamais, n'exagérons pas. Ça m'est quand même arrivé de temps à autre ces dernières années ! Mais bon… Entre ça et un bon bouquin…

— Et qui était le dernier heureux élu ? s'enquit Hanna.

— Que je réfléchisse… Ah oui, grimaça Gail. Flavio. À Pise. Bas du front, un mètre cube de poils, la moitié dans le dos. Et la tour penchait gravement… Aucun intérêt. »

Hanna était hilare.

« Mais alors… pourquoi lui ?

— Je ne sais pas. Arrête de rire, tu fais trembler le lit. »

Gail traça un trait de fuchsia en tirant la langue.

« Bon, j'exagère, avoua-t-elle en jetant un œil oblique à Hanna. C'était un type charmant. Attentionné, avec un accent à tomber. C'était un guide touristique, il avait beaucoup de culture, je suppose que ça m'a emballée. Il a su s'y prendre.

— Et tu ne l'as jamais revu ?

— Si, deux ou trois fois. Une fois, on s'est retrouvés à Rome pendant deux jours, le truc romantique dans toute sa splendeur. Vespa, foulard dans les cheveux, trattoria… J'ai failli finir à poil dans la fontaine de Trevi.

— Et puis ?

— Et puis rien. J'ai l'intention d'épouser personne, encore moins de me transformer en mamma derrière une cuisinière. »

La pose du vernis était achevée. « Voilà », fit Gail, satisfaite du résultat. Elle en avait fini avec sa pédicure. Mais pas avec sa sœur, Hanna le sentit bien.

« Bon, et toi ? attaqua Gail, en se calant sur ses coussins.

— Moi ? »

Hanna aurait préféré que Gail continue à lui raconter d'autres aventures amoureuses désopilantes, mais c'était donnant-donnant. Et vu le cafard chronique qu'elle se traînait, elle s'attendait à un remontage de bretelles en règle. Gail n'avait que peu de tolérance pour le mal-être. Tout pour elle n'était qu'une question de décision, le bonheur comme le reste. Même si Hanna se demandait parfois à quoi pouvait bien penser sa sœur, seule le soir dans sa chambre d'hôtel.

« Moi, dit-elle, je n'ai pas d'amant grec ou italien, je suis mariée avec un Américain épatant. Et qui me rend très heureuse, merci.

— Je ne doute pas de sa capacité à te rendre heureuse. Ce dont je doute, c'est de TA capacité à être heureuse. »

Et c'est parti pour la psychologie de boudoir, se dit Hanna.

Curieusement, ça ne la gênait pas. Depuis quelque temps, elle avait appris à assumer sa mélancolie.

« Je sais, admit-elle. Je ne suis pas la femme la plus gaie du monde. Mais, objectivement, j'ai tout pour l'être. La déprime doit donc être un trait de mon caractère.

— Mmm… Moi je crois plutôt que tu souffres du syndrome du serpent qui se bouffe la queue : le bébé ne vient pas, donc tu déprimes, et comme tu déprimes le bébé ne vient pas. CQFD. »

Hanna hocha la tête machinalement. Cette analyse lui en rappelait une autre.

« Ma voisine de chambre à l'hôpital pensait à peu près la même chose.

— Ah bon ? fit Gail, surprise. Eh ben dis donc, tu as dû avoir une sacrée proximité avec elle pour lever ce tabou…

— Oui. Les circonstances… C'était une dame âgée… et on avait le temps de discuter, tu peux me croire. Elle a eu un fils sur le tard… Bref, comme toi, comme tout le monde, elle dit que le problème est psychologique. Le truc habituel.

— Oui, bon. Psychologique, c'est vaste. Encore faut-il déceler le blocage. D'où il vient. Des parents. De ton couple… Ou de moi avec Patti…

— N'importe quoi !

— Il y a forcément une raison, Hanna. »

Hanna soupira.

« La raison, c'est simplement moi. Ce qu'on attend de… moi. La pression que je me mets. » Dans un réflexe, elle attrapa un coussin et le cala contre sa poitrine. Il y avait encore quelque temps de cela, elle aurait pleuré à la simple évocation du sujet. Plus maintenant, constatait-elle, s'étonnant que les larmes ne viennent pas. À côté d'elle, Gail ne disait plus rien, attendant probablement la même chose.

« Tu sais, dit Hanna, depuis ce foutu accident, je me suis posé plein de questions. Et je n'ai eu qu'une seule réponse, pour toutes : "C'est comme ça…" Pourquoi ai-je survécu alors que d'autres sont morts ? C'est comme ça. Pourquoi mes parents ne se sont pas précipités à l'hôpital ? C'est comme ça… Pour le bébé, c'est pareil : c'est comme ça. Je ne serai peut-être jamais enceinte, c'est comme ça. Je me fais à l'idée. C'est la vie qui décide. Moi, je ne veux plus y penser. »

Gail la regarda, avec une drôle de lumière dans les yeux. Un sourire.

« Tu as raison, dit-elle. Tu as raison. » Elle passa un bras autour du cou de sa sœur, et un gros baiser résonna très fort dans la chambre feutrée.

Elles restèrent lovées dans les bras l'une de l'autre, pendant de longues minutes silencieuses. Hanna aurait voulu s'endormir, dans les parfums mélangés et le peignoir nuage, tranquille comme une petite fille.

« Tu sais ce que je pense ? demanda Gail, après un moment.

— Dis-moi.

— Je pense que tu ne devrais pas rester enfermée là toute la journée. Dearbly est un endroit paisible, mais c'est aussi un lieu propice à la rumination. Pourquoi ne vas-tu pas plus souvent travailler à Cork ? Marsha est une fille plutôt… récréative. »

Encore des réminiscences d'une conversation plus lointaine, se dit Hanna.

« Zelda disait que je restais à la maison pour consoler Jeff d'être coincé ici.

— Zelda ?

— Ma voisine de chambre.

— Une fine psychologue, cette voisine.

— Mme Zonk, experte en thérapie familiale, rit Hanna. Ç'aurait pu être inscrit sur sa fiche des températures. »

Gail eut un haussement de sourcils.

« Zonk ? C'est bizarre comme nom.

— Allemand. Un truc comme ça. »

Hanna bâilla. Les yeux commençaient à lui piquer. Dodo, se dit-elle.

« C'est Zelda, son prénom ? demanda Gail. À ta Mme Zonk ?

— Zelda, oui. Comme la Zelda de Francis Scott Fitzgerald.

— Oui, merci, je connais… »

Hanna bâilla de nouveau, ce qui la décida à s'extirper du monceau de coussins moelleux. Le lit de Gail était un piège à sommeil… Elle attrapa ses chaussons du bout des pieds.

« Quoi ? fit-elle, captant le regard en fugue de sa sœur.

— Euh non, rien, répondit Gail en secouant la tête. C'est juste que ce nom, Zelda Zonk, j'ai l'impression de l'avoir déjà entendu. Mais je ne sais plus où.

— Par Jeff, peut-être.

« — Non, je ne crois pas, bâilla Gail à son tour. Ça doit être un coup de ma mémoire immédiate. Je suis tellement crevée... »

Hanna atteignit la porte au radar, la fatigue lui était tombée dessus comme la misère sur le pauvre monde.

« Allez, bonne nuit ma sœur, lui lança Gail. Et n'oublie pas ce que disait Scarlett : "Demain est un autre jour..." »

Les chips au vinaigre de chez Pickle's, le traiteur attitré de Marsha et Hanna, étaient un crime contre le cholestérol. Au départ acides jusqu'à en faire pleurer les papilles, elles explosaient en bouche dans une charge de sel qui ne s'éteignait que sous un autre shot de vinaigre. Et ainsi de suite. Un véritable cercle vicieux huilé à l'arachide.

Les yeux fermés, le visage offert au soleil printanier, Hanna s'éclatait intérieurement. Sous ses paupières, des ombres rouges et des flashs dorés fusaient comme une aurore boréale.

« Eh ben dis donc, si c'est pas un orgasme, je ne m'y connais plus », fit la voix de Marsha.

Hanna ouvrit les yeux sur la terrasse de French Church Street.

« En cuisine, rien n'est jamais assez salé, ni assez piquant, répondit-elle doctement.

— Tu es comme Andrew. Il bouffe de la harissa jusqu'à s'en coller des hémorroïdes.

— Ce faisant, ton mari a tout mon respect. »

Dieu que cette journée était belle. Hanna respirait les embruns venus de l'estuaire par bouffées tranquilles. Ce matin, Jeff l'avait conduite à Cork, mais avait accepté qu'elle prenne le volant quelques minutes à travers la lande quasiment déserte. Les réflexes revenaient. Elle s'était sentie libre.

Et puis Marsha avait une bonne nouvelle. Le compte de résultat produit par le vétilleux M. Thomas Cook (ça ne s'inventait pas), l'expert-comptable de la boutique, affichait un joli chiffre d'affaires. « Et si on s'agrandissait ? » avait été le thème du débat qui les avait animées toute la matinée.

Marsha préconisait un nouveau local dans le « plat de la ville », comme on disait ici, dans l'îlot triangulaire délimité par la Lee, où l'on trouvait, entre l'église Saint Peter and Saint Paul et le National Monument érigé à la mémoire des patriotes irlandais, les boutiques à la mode et les pubs bourrés de monde à toute heure.

À l'heure du déjeuner, elles partageaient un silence gourmand.

« Un autre mimosa ? » intervint la jolie Nicole, leur serveuse attitrée chez Pickle's.

Le mimosa était aussi un tueur. Grenadine, champagne, un trait de vodka, et des baies de cassis givrées qui flottaient là-dedans comme des néons dans un aquarium.

« Non, Nicole, on a presque fini, décida Marsha. Et notre amie Hanna est déjà sur orbite. »

Hanna opina, souriante. Le soleil lui chatouillait les yeux jusqu'à lui donner envie d'éternuer.

Comme d'habitude, Marsha était spectaculaire. Sa blouse rose Saint Laurent se reflétait dans le miroir de son gloss assorti, ses cils ripolinés de noir faisaient une ombre d'aile d'oiseau sur ses pommettes lorsqu'elle aspirait le mimosa à travers sa paille. Elle trempait ses ongles carminés dans la marinade des crevettes mexicaines dont les reliefs tachaient la nappe en papier.

« De toute façon, lâcha-t-elle tout à trac, le bureau est bien trop petit. Pour répondre au téléphone, je suis obligée d'enjamber la photocopieuse.

— On n'a pas de photocopieuse.

— Évidemment qu'on n'en a pas, il n'y a pas assez de place ! » Hanna éclata de rire. On revenait donc au débat. Elle éternua un bon coup, puis se cala sur sa chaise en osier.

« Bon, dit-elle. De toute façon, j'ai pris une décision : je veux venir bosser à Cork au moins trois fois par semaine, disons le jeudi et le vendredi en plus du mardi, il me faut un atelier sur place, donc, oui, je pense que tu as raison : il nous faut un nouveau local. »

Les doigts soudain immobiles dans le fond de sa verrine pleine d'huile d'olive et de Tabasco, Marsha la regarda, éberluée.

« Putain. Je crois qu'il faut qu'on commande deux doubles mimosas, en fait. Qu'est-ce qui te prend ? Le saint patron des miraculés des autoroutes t'a parlé à l'oreille pendant ton coma ? Il t'a montré le chemin à suivre ? »

Marsha maniait l'humour noir avec un aplomb si élégant qu'on ne pouvait guère s'en vexer.

« En quelque sorte, admit Hanna. Et il avait revêtu la robe de chambre d'une vieille dame portée sur la broderie et la littérature.

— Ah oui... Zelda ? Sympa, pour son âge. Tu pourras la féliciter de ma part de t'avoir enfin fait comprendre ce que je m'échine à te dire depuis cinq ans.

— J'ai même pas son adresse. En plus, j'ai un dé à coudre à lui rendre. J'ai laissé mes coordonnées à l'hôpital pour qu'ils les lui transmettent, mais je n'ai pas de nouvelles.

— Essaye de soudoyer ton mignon docteur Parkinson. Si tu lui montres ton autre jambe, celle avec un porte-jarretelles à la place du plâtre, il fera l'effort de te refiler un numéro de téléphone. Enfin, pas le sien, celui de Mme Zelda. »

Hanna haussa les épaules en rigolant. Ce n'était pas si important, au fond, cette histoire de numéro de téléphone.

« Bon, reprit Marsha, et Jeffrey ? Que pense-t-il de l'idée que sa gentille femme déserte son hangar doré de Dearbly-upon-Haven ?

— Je ne lui ai pas dit. »

Marsha attrapa une mini-flûte aux olives noires qui traînait encore dans la panière.

« Tu sais, mâchonna-t-elle, je ne suis pas inquiète de sa réaction. Ton ours ne semble pas m'aimer beaucoup, mais je pense que c'est plus par principe que par haine véritable. Il est juste terrifié à l'idée que je sois une psychopathe qui te torture le mardi… Et je vois bien comment il est, ton mari. Il est plutôt sympa. Je ne pense pas qu'il soit un Barbe-Bleue qui veuille te tenir sous clé. En fait, je crois qu'il a surtout peur pour toi. »

Marsha fouilla dans son sac, en tira un paquet de cigarettes vide.

« Faut dire que quand tu t'y mets, râla-t-elle, tu ressembles à une souris dans un ascenseur. »

Une souris dans un ascenseur. Hanna enregistra rapidement l'image. Était-elle une souris, cette chose grise sans cerveau, peureuse et filant à toute vitesse, quitte à se cogner aux murs ?

« En fait, je crois que je veux changer de vie, dit-elle. Mais en gardant tout ce que j'ai. »

Marsha avala une dernière miette.

« Hum. Moi, je veux surtout changer Andrew. Il ronfle comme une turbine de cargo. »

Le lendemain matin, Gail repartait de Dearbly-upon-Haven, Acapulco, encore !

Avachie sur le lit de sa sœur, avec un vague mal à l'estomac, Hanna se moquait :

« Ma pauvre fille… Acapulco ! Le soleil, les plongeurs… Un calvaire ! »

Gail entassait ses vêtements dans ses bagages.

« Ne rêve pas trop, dit-elle en enfonçant à coups de poing un paquet de culottes dans une valise. C'est certainement le dernier voyage que je fais là-bas. Les touristes n'y vont plus. C'est déconseillé. La guerre entre narcotrafiquants fout un bordel pas possible. Dès que tu sors de la piscine de l'hôtel, tu prends le risque qu'on retrouve un jour ta tête dans un carton. »

La fermeture de la valise résistait. Gail lâcha un chapelet de jurons. Elle était vraiment de mauvais poil, constata Hanna. Maussade, elle se prit à penser que la vie de sa sœur n'était peut-être pas le rêve qu'elle imaginait. Partir quand on n'en a pas envie… Faire sa valise quand on n'en a pas envie… L'évasion devenait prison, dans ce cas-là.

Gail claqua les fermetures de sa valise en serrant les dents, puis la jeta au sol dans un mouvement d'épaule rageur. Hanna la regarda arracher les étiquettes d'aéroport pendues à la poignée. Celles d'un autre voyage.

« Voilà, fit Gail en dressant la valise sur ses roulettes. Au fait, dit-elle en attrapant son sac à main. Je sais pourquoi ta Mme Zonk me rappelait quelque chose.

— Zelda ? »

Hanna s'étira sur le lit, le cerveau en vrac. Elle se sentait toujours fatiguée, même le matin. Il fallait vraiment qu'elle sorte davantage.

« Oui, dit Gail, le nez dans son sac. Zelda Zonk... C'était le nom d'emprunt de Marilyn Monroe... Quand elle voulait passer inaperçue, dans des hôtels, elle s'inscrivait sous ce nom-là... Zelda Zonk. »

Hanna sourit. Elle était habituée aux fantasmes hollywoodiens de sa sœur, et à cette manière qu'elle avait de transformer la vie réelle en conte de fées. Même si son envol pour Acapulco n'avait plus l'air aussi magique que ça, finalement.

« Oui, conclut Gail, tournant les talons vers le Mexique. Zelda Zonk... J'ai une biographie de Marilyn dans ma chambre, tu regarderas dans ma bibliothèque. C'est marrant, quand même. Zelda Zonk... »

14

Marsha avait raison. Lorsque Hanna avait informé Jeff de son intention d'aller travailler à la boutique de Cork trois fois par semaine au lieu de son unique et rituel mardi, il n'y avait pas eu de dispute. Sans doute son mari avait-il pris sur lui ; elle avait quand même vu un nuage passer derrière le verre de ses lunettes.

« Bien. Bien, avait-il lâché tranquillement. De toute façon, je n'ai pas besoin de la voiture. »

Hanna n'avait pu s'empêcher de sourire devant tant de maladresse machiste. *Il n'a pas besoin de la voiture... Donc, c'est bon, je peux aller travailler !*

« Tu as raison, avait tout de même conclu Jeff. Je suppose qu'après ce que tu as vécu ces derniers mois, ça te fera du bien de sortir de ce trou... »

Ce trou.

L'expression avait trotté dans la tête d'Hanna jusqu'au repas du soir.

Une fois les pommes de terre au lard expédiées, elle remit donc le sujet sur la table.

« Tu penses vraiment qu'on vit dans... *un trou* ? demanda-t-elle à son mari.

— Quoi ? Ben non, pourquoi ? fit-il, surpris.

— C'est ce que tu as dit tout à l'heure. Que ça me ferait du bien de sortir de *ce trou.* »

Patti revint de la cuisine, avec une corbeille de fruits, interrompant son élan. Elle avait vraiment besoin d'une bonne conversation avec Jeff. Au sujet de Dearbly en tant que trou et de tout ce qui s'ensuivait.

« Tu peux aller manger ton dessert devant la télé, dit-elle donc à la petite fille. C'est l'heure des *Simpson.* »

Ravie, Patti attrapa une pomme et fila. Jeffrey haussa les sourcils, dubitatif.

« Les *Simpson* ? Eh ben… Pour une fois qu'elle n'a pas à réclamer… Qu'est-ce qui te prend ? »

Hanna entreprit de peler une banane qu'elle ne mangerait probablement pas. Les fruits, ce n'était pas son truc. Pas assez salés…

« Juste une question que je te pose. C'est important, Jeff. Est-ce que tu penses vraiment que Dearbly est un trou ? »

Il y eut un flottement. Jeff ne voyait pas où elle voulait en venir.

« Euh… Un trou… dit-il lentement. C'est peut-être exagéré. C'est vrai qu'on est tranquilles, ici, mais on est quand même loin de tout. Pourquoi ? Tu veux déménager ? Ça a un rapport avec le fait que tu veuilles aller bosser plus souvent ?

— Mais non, il ne s'agit pas de moi. Je ne suis pas en train de te dire que je veux déménager à Cork pour être plus près de la boutique… Il s'agit de toi.

— De moi ? Que veux-tu que j'aille foutre à Cork ? »

Hanna le vit presque changer de couleur : il avait du mal à organiser ses pensées, et devait peut-être la croire au bord de la demande de divorce…

« Mais rien, enfin, souffla-t-elle avec agacement. Oublie Cork, c'est de ta vie à Dearbly qu'il s'agit. »

Jeffrey avala un trait de vin, et reposa plus brutalement qu'il ne l'aurait voulu son verre sur la table, dans un bruit mat. *Il flippe*, constata Hanna. Encore un peu et elle verrait la fumée lui sortir par les oreilles.

« Bon, fit-il d'un ton brusque. Je n'y comprends rien. Explique-moi ce que cache ton interro-surprise. »

Hanna se lança, sans plus tergiverser :

« Jeff, est-ce que tu t'emmerdes à Dearbly ? Est-ce que tu t'emmerdes dans ce trou, comme tu dis ? Parce que, hein... Tu n'as pas dit ça par hasard. Est-ce que tu te forces à rester dans ce trou juste pour moi ? J'ai besoin de savoir. »

Les bras lui en tombant, Jeffrey roula des billes larges comme des assiettes.

« Mais enfin, chérie ! Trou, c'était juste une expression ! Je suis très bien ici, c'est notre maison, on vit en paix, j'ai le temps d'écrire... Et tu ne me forces à rien, j'ai choisi ! J'ai tout choisi, toi, l'Irlande, mon boulot...

— Tu as choisi, mais tu t'es peut-être trompé.

— Trompé de quoi ? »

Jeff laissa un silence inquiet lui dégouliner du coin de la bouche. La conversation ne lui plaisait pas. Hanna se mit à écrabouiller méthodiquement sa banane avec une fourchette, ce qui ne contribua pas à le rassurer.

« Pas de femme, j'espère, fit Hanna en s'essuyant les mains. En tout cas, moi je ne me suis pas trompée de mari... Et c'est parce que je t'aime que je me soucie de ton bien-être. »

Il soupira, soulagé.

« Tu m'as fait peur. J'ai cru que tu allais me virer de la maison.

— J'ai vu.

— Alors, sur quoi porte ton enquête ? Tu veux vraiment savoir si je m'emmerde ici ?

— Oui. Jeff, est-ce que Boston te manque ? »

Il réfléchit.

« Boston, non, pas particulièrement. L'Amérique, parfois. La ville, les gens, l'effervescence… Mais si je te dis que je me trouve bien ici, tu peux me croire. C'est le bon choix. Je bricole, parce que ça me plaît de bâtir notre maison à nous… Et j'écris, au calme. C'est parfait.

— Et tu es content de ce que tu écris ? »

La réponse intéressait Hanna au plus haut point. Il fallait qu'elle sache si le Jeffrey Reagan qu'elle avait connu, journaliste talentueux, conférencier respecté, était heureux de ce qu'il était devenu à ses côtés.

Pour elle. Dans ce *trou*.

Et la question gênait Jeff, c'était manifeste. Son regard en fuite chercha vainement une accroche dans l'espace. Hanna laissa le silence faire œuvre de réflexion.

Puis la lumière sembla se rallumer derrière les verres des lunettes de son mari. Il les ôta, et commença à les essuyer avec un coin de la nappe. Normalement, Hanna aurait dû l'engueuler pour cela ; elle détestait qu'il prenne sa nappe brodée pour un vulgaire chiffon. Là, elle le laissa faire.

« Pas trop, fit-il, finalement. Si tu veux tout savoir, je ne suis pas si content que ça. Mais j'avance. »

Jeffrey n'était pas du genre à livrer ses faiblesses. Hanna mesurait ce que cette confidence devait lui coûter, lui qui d'habitude affichait cette tranquille assurance censée la préserver, lui épargner les turpitudes ordinaires.

« Ce que j'essaye de te dire, c'est que peut-être ici l'inspiration te manque…

— L'inspiration ne me manque pas, l'interrompit-il. J'écris tous les jours sans la trouille de la page blanche.

— Ce n'est pas de cette inspiration-là que je te parle. Pas celle qui remplit les pages… »

Jeffrey lui sourit sans gaieté. Il voyait vers quel sombre constat Hanna l'emmenait.

« Bien sûr, lâcha-t-il en remettant ses lunettes. Tu fais donc une différence entre l'inspiration productive, et l'inspiration… disons, qualitative.

— C'est ça.

— Bref, j'écris de la merde, selon toi.

— Moi, je ne sais pas. Qu'est-ce que tu en penses, toi ? »

Hanna savait qu'elle plantait une flèche douloureuse, mais elle avait besoin de pousser Jeff dans ses retranchements. Depuis sa sortie de l'hôpital, elle ruminait pas mal de choses que ses conversations avec Zelda lui avaient laissé entrevoir. Entre autres : était-elle la femme castratrice de son mari, était-elle cette Méduse pétrifiant entre les murs proprets du cottage l'écrivain épris d'ailleurs, asséchant sa plume, le stérilisant en même temps qu'elle ?

Jeffrey fit la moue, ses yeux clairs passant au noir. « Tu es méchante », dit-il comme une simple observation. Navrée, elle attrapa sa main qui depuis un petit moment jouait de la batterie avec une fourchette sans qu'il s'en rende compte.

Tac-a-tac-atac… Stop. Elle porta son poignet à sa bouche et y posa un baiser appuyé.

« Méchante, répéta-t-il.

— Je ne suis pas méchante, assura-t-elle, appuyant sa joue sur la main de son mari. Au contraire, je veux être gentille avec toi, parce que je t'aime, je veux ton bien. C'est pour ça que je veux savoir si c'est moi qui te retiens ici…

— Tu me l'as déjà demandé, coupa-t-il, et je viens de te répondre que non. Tu veux me renvoyer à Boston, ou… quoi, à la fin ? »

Il élevait la voix, elle fit de même :

« Arrête de dire n'importe quoi, je ne veux te renvoyer nulle part, ni à Cork ni à Boston ! Où que tu sois, je serai avec toi, je suis ta femme, et je viens de te dire que je t'aime, imbécile ! J'essaye juste de te faire comprendre que tu es peut-être en train de gâcher ton talent dans *ce trou*, comme tu dis, parce que tu es trop éloigné de tout, de la ville, de l'Amérique, des gens… que sais-je, et que putain, si c'est ma faute, ça me tue, tu comprends ? »

Ébahi, il la fixa sans ciller.

« Depuis combien de temps n'as-tu pas rêvé au Pulitzer, Jeff ? continua-t-elle, presque tremblante. Depuis combien de temps ne t'es-tu pas couché le soir en étant content de ce que tu avais écrit… depuis combien de temps n'as-tu pas ressenti cette satisfaction ? Au lieu de ça, tu prends des notes sous la dictée de ton copain Dickie, qui lui est au bon endroit… » Jeff était frappé de mutisme. Il était à présent aussi immobile que sa fourchette, semblant coulé dans le même métal. Une statue.

« Alors, voilà, conclut Hanna, subitement fatiguée. Avant d'accepter de continuer avec Marsha, d'investir dans une boutique plus grande, je veux être sûre que je ne te bloque pas au mauvais endroit. Quand j'irai travailler et que tu resteras à la maison... »

Un rire guttural sortit enfin des tréfonds de Jeff-la-statue.

« Dieu sait que je ne suis pas macho, cracha-t-il, mais c'est quand même le monde à l'envers !

— Je ne veux pas te bloquer au mauvais endroit, répéta Hanna, pauvrement.

— Et si c'était le cas ? Si je me sentais au mauvais endroit ?

— Je laisserais tout tomber, et je te suivrais en Amérique. »

Voilà, c'est sorti. Dépassée par ce qu'elle venait de dire, Hanna défia Jeff, les yeux fiévreux. Ses joues aussi lui cuisaient. Elle sentait une moiteur désagréable sourdre sous son fin gilet de coton. Bien sûr, cela faisait quelque temps que cette phrase définitive était imprimée dans un coin de son cerveau, mais elle la gardait de côté, par sécurité, comme une grenade goupillée. Tant qu'elle n'aurait pas à s'en servir, tout dans sa vie resterait intact. Mais maintenant, l'explosion avait eu lieu, et il allait falloir gérer les dommages collatéraux.

« Et Patti ? fit Jeff, sonné. Et Gail ? »

Il pensait à la même chose qu'elle. Ils n'étaient pas les seuls que leur avenir concernait. Ils étaient engagés.

« On pourrait leur en parler, répondit-elle. Patti serait certainement mieux à Boston pour ses études, et Gail pourrait changer d'affectation. Je suis sûre que ce n'est pas compliqué. »

Comme si elle avait déjà réfléchi à la question…

Je laisserais tout tomber et je te suivrais en Amérique… Et pourquoi pas, puisqu'il lui fallait bien changer de vie après avoir frôlé la mort ?

Mentalement épuisée, elle se leva pour débarrasser la table, entrechoquant les couverts pour occuper le silence qui s'était abattu sur la salle à manger, tandis qu'au loin retentissaient les notes sarcastiques du générique des *Simpson*.

« Je suis crevé », dit Jeff à sa place.

Hanna avait, en plus, mal au ventre. Elle avait eu ses règles, ce matin. Mais il était inutile de le dire à Jeff. Une fois de plus. C'était leur routine mensuelle.

Elle fila à la cuisine, grimaçant sous la contraction permanente qui irradiait jusque dans ses reins et ses cuisses. Elle entendit Jeff empiler des assiettes, puis il la rejoignit au-dessus de l'évier où elle rinçait les couverts.

« Ne t'en fais pas, lui dit-il avec maladresse. Tout va bien. On en reparlera un autre jour… Là, ce soir, je vais revoir mon dernier chapitre, j'ai deux-trois trucs… »

Elle lui sourit bravement.

« Enfin, se reprit-il, j'irai me coucher plus tard. »

Le claquement des assiettes, des fourchettes et des couteaux rangés dans le lave-vaisselle résonnait sur les murs de la cuisine. Les odeurs familières de citron chimique qui émanaient du chariot tiré semblaient envahir toute la pièce – et leurs cerveaux, aussi.

Une fois le tiroir repoussé, Hanna appuya sur le bouton de la machine. Un ronflement salvateur emplit la cuisine, et finit la conversation à leur place.

Jeff s'échappa.

Lorsque Hanna entra dans le salon, Patti était endormie sur le sofa, tandis qu'Homer et Marge continuaient à s'engueuler sur l'écran de télé.

Elle prit la petite dans ses bras – *que tu es lourde –*, sentant un flux s'échapper d'elle et tremper son pantalon.

Une demi-heure après, recroquevillée dans un coin du lit conjugal, elle perdait à son tour conscience, comme bourrée de coups de poing.

Le petit déjeuner se passa comme si rien ne s'était dit la veille. De toute façon, Patti était là, entre eux, à papoter et à noyer ses Cheerios sous des flots de lait, ce qui lui attira la grimace habituelle d'Hanna.

« Beurk, tu en mets trop, lui reprocha-t-elle. C'est tout mou, je me demande comment tu peux avaler ça.

— Ça fait de la bouillie, confirma la petite, contente.

— Dans ce cas, pourquoi ne veux-tu pas que je te fasse directement de la vraie bouillie, comme quand tu étais petite, la biscuitée, tu te rappelles ?

— J'en prendrai aussi, intervint Jeff. J'adore ça. »

Patti eut l'air épouvantée.

« De la bouillie ? fit-elle à Jeff. Tu mangerais pas de la bouillie, quand même ?

— Bien sûr que si, répondit-il, tout à fait sérieux. Il n'y a pas d'âge pour en manger. Tiens, je suis sûre que M. Moriarty en mange à tous les repas.

— Mais il a au moins quatre-vingts ans !

— Justement, il en mange tous les jours, et avec une paille, en plus. »

Hanna s'esclaffa de bon cœur. Jeff était revenu de la boîte aux lettres avec le pied crotté, comme souvent, et le père Moriarty en prenait pour son grade à la place de son chien.

Depuis ce matin, elle observait son mari à la dérobée, au-dessus du toaster ou de sa tasse de thé. Il était plongé dans son journal, sur lequel il larguait les miettes de sa tartine comme des bombes sur une carte géographique, à son habitude. Rien n'avait changé dans son attitude.

Réfléchissait-il à une nouvelle vie en Amérique, se voyait-il déjà à Boston, ou New York, ou même Philadelphie, n'importe où sauf de ce côté-ci de l'Atlantique à Dearbly-upon-Haven, *ce trou*.

Lorsqu'il partit pour emmener Patti à l'école, elle n'avait eu aucun indice sur ce qui gouvernait ses pensées. *On en parlera un autre jour*, avait-il dit hier soir. Assurément, ce ne serait pas pour aujourd'hui, il avait des choses à faire à Cork. Aller acheter des cartouches d'encre, passer à la poste, « des choses comme ça ». Hanna devinait qu'il avait surtout besoin de respirer un autre air.

Elle ne lui en voulait pas, cela lui arrivait si souvent, à elle aussi.

Lorsqu'elle fut seule, elle finit la vaisselle du petit déjeuner à la main dans l'évier, après avoir monté le son de la radio qui diffusait du Depeche Mode. *Enjoy the Silence.* Elle chanta à voix basse. La journée ne démarrait pas si mal.

Le téléphone sonnait en sourdine, au fil de l'eau qui coulait. Fermant le robinet, elle ramassa un torchon par terre, soupirant après Marsha qui venait lui couper sa chanson.

« Oui, j'ai bien récupéré le Chesterfield », se prépara-t-elle à dire, empoignant le combiné d'une main humide.

Ce n'était pas Marsha. « Allô, fit une voix masculine. Bonjour... Hanna Reagan ? » Hanna récupéra le téléphone qui lui avait glissé des mains dans un grand fracas sur le meuble de l'entrée. « Allô, excusez-moi... Oui, c'est moi. » Par réflexe, elle sortit son carnet de notes du tiroir. *Un client*, se dit-elle.

« Bonjour, répéta la voix. Je suis Michael... Le fils de Zelda. »

15

Gail appela du Mexique.

« Maman me rapporte des poupées, annonça triomphalement Patti en passant le combiné à Hanna.

— Tu la gâtes, dit-elle à Gail.

— Pas ma faute. J'ai été harponnée par un vendeur dans la rue », répondit sa sœur, d'Acapulco, mais la voix aussi claire que si elle se tenait dans la pièce d'à côté.

Chaque fois que Gail l'appelait du bout du monde, Hanna se sentait une petite chose minable. Son bout du monde à elle s'arrêtait à la clôture du jardin.

« Pour me prouver qu'elles ne cassaient pas, il les a flanquées par terre, continua Gail. Des poupées en papier mâché, ou un truc comme ça. J'ai failli lui acheter le stock, au type, pour m'en débarrasser. »

Au son de sa voix, Hanna devina que sa sœur était lasse. Le décalage horaire, une fois de plus.

« Ça va ? » s'inquiéta-t-elle, attrapant entre deux doigts un bonbon qui traînait sur la desserte du couloir.

La réponse mit du temps à venir.

« Oui, bof. Je suis patraque. Fait une chaleur à crever. Et sitôt que tu rentres dans l'hôtel, tu te prends

136

un grand coup de clim dans les bronches. J'ai une sinusite abominable.

— Vois un médecin.

— Plutôt crever. Leurs pilules flanquent la gastro à tous ceux qui ne sont pas nés ici... Bref, je rentre mardi à Londres. Je prends un vol pour Cork jeudi, et je reste à Dearbly jusqu'au dimanche soir... Mais qu'est-ce que m'a dit Patti ? J'ai rien compris, qu'est-ce que c'est que cette histoire de... week-end-avec-les-chevaux ? »

Hanna sourit à la petite fille qui se tenait près d'elle.

« Elle t'a dit ça ? Rien n'est fait... Patti et moi allons peut-être – j'ai bien dit peut-être – rendre visite à Zelda, si ça s'organise. Zelda Zonk, tu t'en souviens... »

Il y eut une exclamation au bout du film. « Aaah bon ? La fameuse Zelda Zonk ? Tu l'as retrouvée ?

— J'avais laissé un message à l'hôpital, qui l'a transmis au fils... Il m'a demandé si ça nous ferait plaisir d'aller passer un week-end chez sa mère, à Kinsale.

— Pourquoi ne te l'a-t-elle pas proposé elle-même ? Elle n'a pas le téléphone, dans sa cambrousse ? »

Hanna sourit.

« Je suppose que son fils a voulu tâter le terrain. Être sûr qu'on ne frémissait pas d'horreur à l'idée d'aller se paumer dans la lande chez une très vieille femme... Zelda lui a parlé plusieurs fois de moi, paraît-il. Elle regrettait de ne pas avoir gardé le contact...

— Ben voilà ton message qui tombe à pic.

— Oui. Le fils... Michael était à Paris. Il va donner mon numéro à Zelda en rentrant demain. »

Au téléphone, Michael avait été charmant. Et Hanna enchantée. Ainsi donc, elle avait fait une excellente impression à Zelda, elle, la jeune femme mal dégrossie, naïve et timide... Ainsi donc, elle n'était pas qu'un mauvais souvenir d'hôpital.

« Je suis contente, moi aussi, confirma-t-elle à Gail. Et Patti est ravie à l'idée d'aller voir des chevaux, des moutons et des poules, et je ne sais quoi d'autre... Si cela s'organise, bien sûr, lui ai-je dit. »

À ses côtés, la petite fille opina du chef, la bouille fendue d'un grand sourire.

« C'est super, dit Gail. Elle va pouvoir patauger dans la gadoue, ça lui changera de l'herbe toute propre de Dearbly... »

Gail aussi ! se dit Hanna. Mais qu'est-ce qu'ils avaient tous avec Dearbly, à la fin ?

Elle jeta un œil maussade par la fenêtre. Dehors, la haie de buis taillée au cordeau dessinait un horizon rectiligne. Les feuilles minuscules semblaient avoir été vernies individuellement à la main, dans un beau vert profond.

« Oui, bref, rumina-t-elle dans le combiné. On prendrait le train pour y aller, par-dessus le marché, alors imagine comme Patti se réjouit d'avance.

— Oui ben espérons que le fils ne s'est pas trop avancé... En tout cas, si vous y allez, tu vas pouvoir enquêter !

— Enquêter sur quoi ? Tu veux savoir si les chemins de fer embauchent ? Tu veux te recycler ?

— Mais non, tas de nouilles ! Enquêter pour savoir si Marilyn Monroe se cache derrière la mystérieuse Zelda Zonk... »

Hanna rit. Sa sœur était une incorrigible starlette.

La nuit tombait sur Acapulco, Gail raccrocha de meilleure humeur que lorsqu'elle avait décroché. Hanna n'aurait su dire si les perspectives d'avenir qu'elle entrevoyait de son côté faussaient ses impressions, mais il lui semblait que sa sœur ruminait son quotidien autant qu'elle. Évidemment, cela l'arrangeait. S'imaginer que Gail avait envie de tout envoyer balader facilitait sa réflexion sur l'Amérique et une vie nouvelle. Certes, Jeffrey ne lui en avait pas reparlé, et Hanna s'était bien gardée d'aborder de nouveau le sujet, mais le ver était dans le fruit...

Si Marsha savait ça...

Elle avait l'impression de trahir son associée – et amie.

Elle aida Patti à faire ses devoirs avec le même sentiment de trahison. La petite fille ne savait pas ce qui se tramait dans son dos. Un départ, peut-être, pour un pays inconnu et lointain, et toutes les petites copines qu'on laisse derrière soi. Alexia, Molly et les autres.

Pour se changer les idées, elle décida d'investir la bibliothèque de Gail, à la recherche de la fameuse biographie de Marilyn Monroe dont elle lui avait parlé avant son départ.

À la recherche de Zelda Zonk.

Cette idée l'amusait, tout de même.

Les étagères débordaient de pavés et d'albums rangés en dépit du bon sens. La plupart étaient recouverts d'une bonne couche de poussière – Gail n'était pas la reine du ménage. Certains bouquins n'avaient pas dû changer de place depuis huit ans.

Hanna épousseta un *LIFE à Hollywood* qu'elle se souvenait d'avoir vu entre les mains de sa sœur alors qu'elle était adolescente. Sur la couverture rouge dont les coins étaient usés, elle reconnut une photo d'Elisabeth Taylor et Richard Burton et fut saisie : *On dirait Jeff !* se dit-elle, hypnotisée par le regard de l'acteur gallois.

C'était incroyable. Elle connaissait cette image depuis toujours – une couverture de *LIFE Magazine*, où Taylor et Burton posaient ensemble, tout de noir vêtus, elle de profil, lui de face. Elle l'avait remisée dans un coin de sa mémoire et, maintenant qu'elle la ressortait, cela lui sautait aux yeux : *On dirait Jeff ! Il faudra que je lui montre...*

Elle sourit.

« Patti, viens voir ! »

Elle entendit une cavalcade dans le couloir. La petite était pieds nus.

« Rah, tes chaussons, grogna Hanna, par principe. Regarde cette photo, ma puce. On dirait qui ? »

Patti jeta un œil curieux sur l'album, plissant son petit front.

« On dirait Jeff ! s'exclama-t-elle.

— Oui, hein ? »

Toutes deux éclatèrent de rire. *Entre Richard Burton dans le corps de Jeff, et Marilyn Monroe dans celui de Zelda, c'est Hollywood à la maison*, se dit Hanna.

Marilyn, justement. Elle était là, elle aussi. La mèche blonde, le regard azur, un collier entre les dents. Elle pétillait, pleine de vie. Hanna scruta les pupilles bleues pour y trouver quelque chose de Zelda. Et ce grain de beauté... La vieille dame avait-elle le même ? Elle ne s'en souvenait plus.

« Elle est belle, dit Patti, voyant sa tante plongée dans la photo.

140

— Oui, elle est belle… »

Hanna était troublée. Du regard de Marilyn se dégageait quelque chose de familier. *Évidemment, c'est Marilyn, idiote ! se dit-elle. Tu l'as vue si souvent que tu ne l'as jamais vraiment regardée. C'est tout.*

Elle reposa l'album à sa place. Intéressée, Patti le récupéra, et s'installa en tailleur sur le tapis, aux poils aussi longs et doux qu'un manteau d'astrakan.

Hanna poursuivit ses recherches dans la bibliothèque. Une biographie de Grace Kelly, une autre de Kirk Douglas. *Le Fils du chiffonnier*, lut-elle. Elle aimait bien ce titre.

Et puis Marilyn, encore. La fameuse biographie, supposa-t-elle, extirpant le pavé d'entre deux autres. « *Marilyn Monroe, enquête sur un assassinat* », lut-elle. Elle fit la grimace. Brrr.

Sur la photo de couverture, la star floutait ses cernes et sa peau fatiguée derrière des foulards orangés ; les yeux trop chargés, les lèvres un peu sèches et la mèche platine dont s'échappaient quelques cheveux indociles n'étaient pas filtrés par le voile glamour des photos d'époque. Mais elle regardait droit devant, mélange de défi et de langueur.

C'était donc à ça que ressemblait une star, une fois débarrassée des artifices.

Hanna était songeuse. Marilyn était si proche qu'elle aurait pu la respirer. Rendue réelle par ses rides en devenir, elle était magnifique.

Hanna feuilleta le livre, vit des noms passer à la volée des pages : *Robert Kennedy… Eunice Murray… Milton Greene… Arthur Miller… Peter Lawford…* Mais point de *Zelda Zonk*. Le titre du livre la déprimait, mais elle le mit de côté.

« *Chantons sous la pluie*, on l'a vu à l'école, l'informa Patti, rompant le silence.

— Oui, ma chérie ? C'est bien. Tu as aimé ?

— Oui, surtout quand la dame zozote. » La petite se replongea dans la lecture de *LIFE à Hollywood*.

Dans l'heure qui suivit, elles restèrent toutes deux dans le monde de Gail, peuplé de starlettes découvertes sur les hauts tabourets de chez Schwab's et de tycoons à cigare les expédiant au firmament en échange d'un bon relooking, et de menues faveurs.

Hanna vit défiler entre ses mains quelques destins souvent glauques. Veronica Lake, devenue serveuse dans un bar, Jean Harlow, morte à vingt-six ans d'une bizarre crise d'urémie, une très brune et boulotte Margarita Cansino qui devint Rita Hayworth après qu'on lui eut arraché quelques dents et épilé le front. Et finalement morte d'Alzheimer.

Au fil des albums, splendeurs et misères des courtisanes déroulaient des romans. Linda Darnell, brûlée vive dans l'incendie de sa maison. Jayne Mansfield, décapitée dans un accident de voiture. Vivien Leigh, merveilleuse Scarlett O'Hara, morte folle, ou quasiment…

Gail, Gail, Gail… soupirait Hanna. *Qu'il est triste, ton monde magique…*

Elle finit par se lasser.

« Viens, fit-elle à Patti. On va préparer à dîner.

— J'aime bien les livres de maman. Les dames sont belles.

— Oui, j'ai vu. » La petite fille referma son album à regret, et le remit religieusement à sa place sur la bibliothèque. Hanna réfléchit.

« Tu sais, dit-elle, j'ai bien envie de demander à Jeff de nous faire une étagère dans le salon, et on y mettra des DVD de vieux films. Comme *Chantons sous la pluie*, tu vois. Et *Autant en emporte le vent*. Des trucs comme ça. Ça va te plaire, tu verras. »

Patti la considéra avec les yeux bruns de sa mère.

« Et on va les trouver où ?

— Eh bien on les achètera, à Cork. Les vieux films existent encore, en DVD, tu sais. »

Elle se leva péniblement, sa hanche ankylosée par la position inconfortable à laquelle elle l'avait contrainte.

« Allez viens, grogna-t-elle. On va chercher tes chaussons. »

Elle avisa le bouquin sur Marilyn resté par terre. *Marilyn Monroe, enquête sur un assassinat*.

Une horreur de plus. Bienvenue à Hollywood.

« Chérie, dit-elle, peux-tu me passer ce livre-là ? Je vais le lire. »

« Allô... Hanna ? »

Le téléphone avait sonné peu après dix-neuf heures. La voix n'avait pas changé, douce et chaude, à peine voilée de cet enrouement que donne le grand âge.

« Zelda, je vous reconnais...

— Ah, ma chère, je suis si contente ! Quelle chance que vous ayez laissé votre numéro de téléphone à l'hôpital !

— Oui, j'ai retrouvé dans mes affaires un dé à coudre qui vous appartient, et j'ai voulu que l'hôpital vous prévienne, vous ne m'aviez pas laissé d'adresse... En partant, on ne s'est pas vues et...

143

— Oh, c'est que je n'ai plus de tête ! Un dé à coudre, dites-vous ? Eh bien il ne m'a pas manqué. Cette petite chose me permet au moins d'avoir de vos nouvelles. Comment allez-vous ? »

À vrai dire, Hanna ne savait pas trop. Plutôt pas terrible. Son état relevait de l'ataraxie. Une indifférence émotionnelle qu'elle laissait s'installer. Une absence de malheur, et c'était tout.

Elle n'avait pas envie de gratifier Zelda d'une réponse lénifiante – *Oh, bien ! Bien bien bien...* Elle le savait, la question était posée avec un réel intérêt.

« J'essaye de me remettre, dit-elle donc. Ça ne va pas sans mal, pour vous dire la vérité. Physiquement, je suis au bout de mes peines. Je boite un peu, quand je suis fatiguée. Si je veux faire ma maligne, je marche avec une canne. Mon mari trouve que ça me donne un air... romanesque. »

Elle entendit le petit rire typique de Zelda, comme un roucoulement.

« Vous avez de la chance, dit la vieille dame. Moi, ça me donne juste un air de gâteuse déglinguée... Sinon, le moral est bon ?

— Je ne sais pas, je cherche encore... comment aller mieux.

— Oh, vous trouverez. Vous en avez la force. »

Trouver quoi ? Hanna n'en avait pas la moindre idée. La conversation se poursuivit quelques minutes, sur le ton badin qui ne les avait presque jamais quittées au Mercy Hospital.

Zelda avait eu du mal à reprendre ses longues marches quotidiennes à travers la lande, et cela lui avait pesé – « Vous comprenez, mes chevaux avaient honte de moi en me regardant passer, c'était humiliant... »

À son retour à la maison, Michael n'avait pas voulu la quitter pendant deux semaines – « Vous savez ce que c'est que d'avoir un homme dans les pattes. »

Hanna était de bonne humeur. La vieille dame n'avait rien à envier à des jeunes femmes comme Gail ou Marsha pour l'amuser.

L'invitation qu'elle attendait arriva après un silence léger.

« Je me demandais… commença Zelda. Que diriez-vous de venir avec votre petite Patti ici, à Kinsale, voir les chevaux et les animaux de la ferme ?… Un week-end, par exemple. Si vous avez le temps… et si la compagnie d'une vieille radoteuse ne vous rappelle pas trop de mauvais souvenirs, bien sûr…

— Oh, Zelda, quel plaisir ce serait ! Je serais si heureuse de passer du temps avec vous, et Patti sera folle de joie !

— Bien ! Bien… Eh bien le plus tôt sera le mieux, je suppose que j'ai terriblement besoin de mon dé à coudre ! Organisons ça très vite… »

Zelda n'était pas du genre à lambiner : il fut convenu qu'elles partiraient pour Kinsale dès le week-end prochain.

16

Le train vert de la Iarnród Éireann avait longé la côte à distance, traversant les prairies morcelées de genêts d'or. Des murets de vieilles pierres subsistaient par morceaux çà et là, sans qu'on sache ce qu'ils avaient bien pu contenir, parcelles d'herbe à mouton ou corps de ferme dont ils étaient restés les dernières sentinelles.

Le paysage était magnifique. Le tortillard, qui n'aurait pas pu semer un vélo tant il roulait lentement, passa par Cobh, à l'extrémité de Great Island. Hanna raconta à Patti les émigrants sur l'embarcadère, pauvres et pleins d'espérance ; leurs économies en poche, ils avaient été des milliers à partir pour l'Amérique, terre promise.

« L'arrière-arrière-grand-père de Jeff était l'un d'entre eux, expliqua-t-elle à la petite fille. Il s'appelait Patrick, comme tous les Irlandais ! Je ne sais plus son nom, Jeff te dira. Mais ce n'était pas Reagan… Reagan, je crois que c'est le nom de l'époux de la fille de Patrick… Son arrière-grand-mère, donc. »

Buvant ses paroles, Patti s'y perdait : il y avait donc eu des gens sur terre avant les vivants…

Hanna avisa le port avec excitation :

« Regarde ! pointa-t-elle du doigt. Là, il y a eu le *Titanic* !

— Le film ? fit Patti, circonspecte.

— Non, le vrai ! »

La petite ne cilla pas.

« Patti, tu sais que le *Titanic* a vraiment existé ?

— Non.

— Bon… Eh bien, il est passé par là.

— C'est trop petit.

— Je sais. »

Après un long silence, Patti finit par demander comment on avait pu filmer un bateau qui avait vraiment coulé. Réprimant un fou rire, Hanna dut user de toute sa pédagogie pour lui expliquer le réel et la fiction, leurs différences même s'ils se rejoignent parfois.

Tout de même, elle était surprise de la naïveté de la petite fille. Elle non plus ne sortait pas assez de Dearbly. Pas assez de son école. Ne voyait pas assez de films. Ne lisait pas assez.

Tandis que sa mère parcourait le monde, Patti grandissait dans un périmètre aussi grand qu'un champ, dans lequel elle sautillait, libre et heureuse, mais dont les haies bien nettes lui bouchaient la vue. Son imaginaire ne s'épanouissait qu'à travers ses dessins.

Il faudrait que ça change, se dit Hanna, contemplant le petit nez et les joues moelleuses de sa nièce.

Je ne veux pas qu'elle devienne comme moi.

Serrant la main de la petite dans la sienne, elle arpentait à présent le quai de la gare de Kinsale, comme au départ d'une nouvelle aventure.

Un vent rosse leur giflait les joues – le même qu'elle avait vu faire ployer par ondes les herbes rousses, les bruyères mauves et les fougères bleues, dans un tableau impressionniste qui avait eu pour cadre la fenêtre de leur wagon.

Quel beau voyage, déjà...

Zelda leur avait dit qu'un M. Collins les attendrait à la gare. La description du bonhomme avait été succincte : « Petit, corpulent, barbe et cheveux blancs, mais vous le reconnaîtrez ! » avait assuré la vieille dame.

C'était sûr. D'autant qu'il n'y avait personne d'autre sur le parvis en ce milieu de matinée. Du moins, personne d'autre qui ressemble au Père Noël...

Hanna et Patti traversèrent la rue, répondant à l'appel de la main d'un homme râblé, costaud, en tout point semblable à sa description – à ceci près qu'il était vêtu d'un short kaki, d'une chemise orange à l'imprimé bizarrement hawaïen pour la contrée.

« Bonjour, je suis Edwyn Collins », se présenta le Père Noël New Age.

La poignée de main était ferme, le Collins avenant. Patti écarquilla les yeux.

« Eh oui, rigola Collins, je fais toujours cet effet-là aux enfants. Mais je m'appelle bien Edwyn, et je n'ai pas de traîneau. Juste une camionnette, là-bas... Je vais vous conduire chez Zelda. »

La camionnette de M. Collins était ancienne, mais rutilante. Il y avait manifestement empilé des couches de peinture verte au fil des ans, ce qui faisait qu'il n'y avait plus aucun angle nulle part. Tout était rond, épais, même le plateau qui servait habituellement à transporter les moutons, expliqua-t-il à Patti, déjà ravie du voyage.

« Et comme tu m'as l'air d'un joli petit agneau, ajouta-t-il, tu vas pouvoir y grimper. Il y a un banc, et les barrières sont assez hautes, c'est sans danger. De toute façon, on ne peut pas rouler vite sur les petites routes. »

Les joues de la fillette passèrent du rose au rouge, et un franc sourire lui fendit littéralement la bouille en deux.

« Je peux y aller ? demanda-t-elle à Hanna, les yeux grands comme des soucoupes.

— Ici, ce n'est pas moi qui commande, répondit-elle. Je t'avais dit que ce serait l'aventure ! Si M. Collins te dit que tu peux y aller, je lui fais confiance. »

M. Collins aida Patti à grimper. « Ta maman s'installera à l'avant », dit-il. Hanna ne jugea pas utile de relever. Elle regarda sa nièce cavaler jusqu'à la planche de bois qui faisait dos à la cabine de la camionnette. Son sac à dos serré sur le ventre, elle prit son air de petite fille sage.

« D'habitude, j'ai mal au cœur en voiture, dit-elle. Mais là, ça me fera rien. »

Les sièges avant étaient placés haut, et Hanna y grimpa à son tour avec un ravissement de gamine. Lorsque la camionnette démarra et prit son premier virage, les suspensions la ballottèrent comme sur un manège d'enfant. Elle jeta un regard complice à Patti à travers la vitre arrière.

« Ça va, la petite ? s'enquit Collins.

— Oh oui, ça m'en a tout l'air ! »

Ils serpentèrent dans les ruelles sinueuses entre les maisons à colombages. De tous points, la vue était féerique, un patchwork de mer et de prairies. Hanna comprenait maintenant l'inspiration que Zelda en tirait pour ses broderies saturées de couleurs. D'un côté, sur un fond bleu presque marine, les bateaux en acajou du port de plaisance ; de l'autre, plus haut, sur fond vert et violet, les taches blanches des moutons.

Hanna distinguait aussi la robe baie de quelques chevaux. « C'est beau, dit-elle.

— Oui, sûrement, sourit Collins. D'où venez-vous ?

— Dearbly, éluda Hanna. Pas loin de Cork.

— Cork ! Vous me croirez si vous voulez, mais j'y travaillais il y a quelques années.

— Je vous crois, fit Hanna, amusée. Qu'y faisiez-vous ? »

Edwyn Collins ménagea son effet.

« Chercheur en pharmacie », annonça-t-il, jetant un rapide coup d'œil à Hanna. Ça ne loupa pas : Hanna ne put réprimer un haussement de sourcils interloqué. Une pensée imbécile lui traversa l'esprit à la vitesse d'un cheval au galop : comment ? Le Père Noël de Kinsale qui trimballait des moutons dans sa camionnette était chercheur en pharmacie à Cork ? C'était une blague…

« Vraiment ? » se contenta-t-elle de dire.

M. Collins s'amusait visiblement beaucoup.

« Vraiment, confirma-t-il. Diplômé de l'UCC en 1977. Saviez-vous que George Boole y a quasiment inventé l'informatique ? C'était le premier professeur de mathématique de l'UCC, et c'est la faute à ce fichu type si on ne se parle plus que par Internet, maintenant… »

Hanna éclata de rire.

« Vraiment ? » répéta-t-elle.

Collins rit à son tour, et il eut l'air plus jeune, sous sa barbe.

« Je vois ce qu'elle est en train de se dire, fit-il en secouant la tête. Elle se dit : mon Dieu, comment ce bougre plein de poils blancs a-t-il pu être chercheur en pharmacie ? C'est vrai, non ?

— C'est vrai », concéda Hanna.

Inutile d'être hypocrite. On n'était pas dans un salon à Dublin, mais dans une camionnette à Kinsale – enfin, aux environs de Kinsale, car la ville de toutes les couleurs s'était éloignée.

« Je l'ai été, confirma Collins. Pendant presque trente ans, madame. Le nez dans les tubes à essai. Un véritable savant fou, un névrosé du travail. Quand mes collègues partaient en vacances au soleil, je restais à me bronzer le nez à la chaleur du bec Bunsen. J'ai testé des pommades sur moi, j'en ai eu des boutons. J'ai avalé toutes sortes d'aspirines transgéniques ou je ne sais quoi, et j'ai été plusieurs fois malade comme un chien. Ce sont les seuls congés que je me suis accordés ! »

Hanna était soufflée.

« Et maintenant, vous élevez des moutons…

— Tout à fait. Et avec bonheur ! »

Hanna hocha la tête, pensive. « Et de toute façon, conclut Collins, rigolard, maintenant que Cork est la capitale mondiale de production de Viagra, les chercheurs n'ont plus besoin de moi pour tester quoi que ce soit ! Pensez, un vieux bonhomme !

— Je suis sûre que vous avez fait le bon choix, sourit Hanna.

— On est bien, ici, vous allez voir. »

Hanna se retourna vers Patti. Le vent emportait sa frange trop longue vers l'arrière, dégageant son petit visage. Elle fermait les yeux de temps en temps pour chasser les mèches qui lui venaient dans les yeux, mais ne cessait pas de sourire.

Edwyn Collins jeta un coup d'œil dans le rétroviseur.

« Elle est contente, constata-t-il simplement. Le vent lui plaît. Il faudra la ramener quand il y aura des régates. Il y en a très souvent, et le port est magnifique ces jours-là. »

Hanna envoya un baiser à la petite fille, qui ne la vit pas. Le chemin était devenu cahoteux, et elle se cramponna des deux mains à son siège sauteur. Elle aimait cette sensation. C'était comme… grimper dans un arbre.

« Nous sommes bientôt arrivés, annonça Collins. C'est moi qui vous ramène à la gare, demain soir. Nous ferons un détour par le port de plaisance. »

Au bout d'un chemin de terre bien entretenu et bordé d'un camaïeu de fougères violines se dégagea une bâtisse de pierre blanchie plutôt basse, aux volets bleus.

Sur le perron, Hanna reconnut une silhouette familière. La vieille dame un peu voûtée s'appuyait sur une canne. Souriante.

« Ah ! fit Edwyn Collins, content. Mme Zonk est de sortie. »

17

La maison de Zelda était telle qu'Hanna l'avait imaginée. Les couleurs des patchworks muraux étalés en allégories naïves, comme elle avait pu en voir dans les ouvrages de Debbie Mumm dont elle s'inspirait depuis longtemps, les motifs des plaids jetés sur les fauteuils et les canapés ronds et larges gagnaient sur l'ombre prégnante. Les murs étaient épais, les fenêtres, petites – pour préserver de la chaleur et des grands froids, certainement.

Car le cottage était vraiment ancien, cela se voyait à certains détails : l'irrégularité des pierres qui avaient été laissées telles quelles à l'intérieur, sans plâtre ni papier peint, le sol dénivelé où quelques jointures de parquet couinaient sous les pieds.

Des abat-jour en verroterie disposés un peu partout dans la grande pièce éclairaient de leurs loupiotes orange et dorées des meubles en bois miellé, qui dégageaient un parfum sucré de cire. Un magnifique bouquet de fougères éclatait en soleil sur la grande table d'hôte.

« Oh, elles ne tiendront pas bien longtemps, à cause du manque de lumière, regretta Zelda. Mais il y en a tellement, tout autour de la maison, que j'en fais des bouquets de temps en temps. Cueillir des fleurs, c'est un excellent exercice physique, à mon âge ! »

Un pan entier de mur était creusé d'une immense cheminée où on aurait pu entrer de plain-pied. Les chenets étaient disposés, prêts à servir, mais il n'y avait ni bûches ni cendres dans l'âtre.

« Michael ne veut pas que j'allume un feu dans la cheminée quand il n'est pas là – d'ailleurs, j'en serais bien incapable ! Il a peur que je m'endorme dans mon fauteuil à bascule et que je m'écroule dans le foyer... On ne s'en sert que lorsqu'il est à la maison. Et je peux vous assurer que mon fils attend que le feu soit tout à fait éteint pour aller se coucher ! »

À côté de Zelda et Hanna, Patti avançait à petits pas convenablement timides, mais la curiosité semblait lui donner des coups de pied aux fesses. Il y avait dans un panier des ours en peluche boulochée. La bonhomie de leurs yeux de verre tout ronds et leurs sourires brodés au point de tige jusqu'aux fossettes attirèrent la petite fille.

« Oh, fit-elle, leurs petits habits sont tricotés, on dirait.

— Oui, c'est vrai, sourit Zelda. C'est moi qui les ai tricotés, comme pour de petits enfants. »

Elle tendit un ours à Patti. Son poil caramel semblait avoir cent ans d'âge.

« Regarde celui-ci. Il s'appelle Maff. C'est le tout premier que j'ai fabriqué. Tu vois, il est articulé.

— C'est vous qui avez fait ces ours ? réagit Hanna, épatée.

— Oui, ma chère. Et je n'en suis pas peu fière. Plusieurs fois, on m'a proposé d'en faire commerce.

Mais comment voulez-vous que je puisse leur donner un prix... J'y ai mis tellement de cœur et de minutie qu'ils sont inestimables ! Personne ne voudrait me les acheter... D'ailleurs, je ne voudrais pas les vendre. »

Elle ajouta à l'intention de Patti :

« J'ai cousu une poupée en chiffon, pour toi. Il ne manque plus qu'à lui ajouter des cheveux, mais ce sera ton travail. Je te montrerai comment faire. »

La petite s'abstint de justesse de battre des mains, mais ce n'était pas l'envie qui lui en manquait.

« Quand ? dit-elle précipitamment.

— Patti... la reprit Hanna.

— Tout à l'heure, sourit Zelda, lorsque nous reviendrons de voir les chevaux. Et les moutons. Il y en a tout un tas ici ! Ensuite nous prendrons un thé et des petits gâteaux au citron que j'ai faits pour toi, et je te montrerai comment coudre. De quelle couleur voudras-tu les cheveux de ta poupée ? Roux comme ceux d'une vraie Irlandaise ?

— Oui, roux !

— Dans ce cas, nous lui trouverons un prénom d'ici. Que dis-tu de... *Seursheu* ? Cela signifie « liberté », en gaélique.

— Seursheu... s'étonna la fillette. Oui, d'accord !

— Bien, mais il te faudra d'abord apprendre à l'écrire, s'amusa la vieille dame. Tu vas voir, tu auras une surprise... » Sa voix, ronde et chaude, partait parfois dans des aigus de grelot. Hanna n'aurait su dire à quel point elle était ravie de l'entendre. C'était une voix douillette, une tessiture aussi moelleuse qu'une couette rebondie. Cette voix-là ne pouvait pas dire de méchancetés, elle en était sûre.

« Vous chantez ? demanda-t-elle, avisant une guitare contre un mur après que Zelda eut poussé une porte.

— Chanter, moi ? Vous plaisantez ? Je ne sais pas chanter ! »

Elle avait dit cela dans un roucoulement harmonieux qui démontrait le contraire.

« Quand Michael était petit et incapable de protester, je lui fredonnais des comptines idiotes en tapant sur cette guitare comme sur un tambourin. À son adolescence il m'a fait promettre de ne jamais recommencer. »

Elle mit un coup de canne dans la porte pour l'ouvrir en grand.

« Voici sa chambre ; ce sera la vôtre ce week-end. Il n'y dort pas très souvent, sauf quand il joue les gardes-malades. Il a son propre appartement à Kinsale. Il ne voulait pas finir avec sa vieille mère comme Norman Bates dans *Psychose*, voyez-vous. Imaginez-le dévaler les escaliers en robe de chambre avec cette terrible musique !

— Quelle horreur ! » protesta Hanna en riant.

La chambre était nimbée d'une lumière bleutée. Hanna reconnut sur le mur le trompe-l'œil dont Michael lui avait parlé, le dernier jour à l'hôpital :

« Un océan, des bateaux et des pirates, vous vous y seriez cru », avait-il dit. C'était vrai. Patti ne put retenir une exclamation.

« Il n'y a qu'un grand lit, s'excusa Zelda. Si vous voulez, nous pouvons ajouter un matelas par terre pour Patti. Mais ce sera moins confortable pour son dos.

— Oh non, non, ce n'est vraiment pas la peine ! s'empressa Hanna. Nous avons dormi souvent toutes les deux sans nous gêner. »

Au grand dam de Jeff, obligé d'émigrer vers le canapé du salon pour céder sa place à la petite lorsqu'elle faisait des cauchemars, ajouta-t-elle mentalement.

Patti tira la valise, bien décidée à s'installer sur l'île aux pirates.

« Les draps sont tout neufs, dit Zelda, et bassinés à l'eau de Cologne. De la fleur d'oranger, pour aider à dormir. Michael en a pris l'habitude, et il en emporte toujours lorsqu'il voyage. Et il voyage beaucoup. »

Tirant les rideaux en chintz sur un océan d'herbes vertes et rousses, elle égraina un petit rire.

« D'ailleurs, dit-elle, malicieuse, je soupçonne mon fils de vous avoir appelée pour veiller sur moi. Il a dû partir à Dublin ce week-end. »

Hanna sourit sans répondre. Comme il le lui avait semblé, Michael était à cette période de sa vie où l'amour filial se retrouvait aux confins de l'amour paternel. Bien entendu, elle-même n'avait jamais connu ce passage de frontière. Sa mère restait sa mère, impressionnante et hiératique.

« Les hommes sont tellement prévisibles, continua la vieille dame avec légèreté. Ils pensent vous surprendre mais organisent tout de la moins discrète des façons. En laissant traîner des petits papiers, par exemple. »

L'œil pétillant, elle eut un mouvement du menton vers la table de nuit. Hanna s'y pencha avec hésitation, et lut rapidement un mot griffonné en majuscules : « *APPELER HANNA REAGAN* », suivi de son numéro à Dearbly.

Elle hocha la tête, amusée.

« Bien entendu, conclut Zelda, mon fils m'a fait croire qu'il n'avait pas préparé le terrain…

— Il vous adore, confirma Hanna. Et Patti et moi sommes ravies d'être ici ce week-end. »

Zelda lui prit les mains et la regarda profondément de ses yeux myosotis :

« Je sais, ma chère. Je sais. Vous serez bien, ici. »

Non, Patti n'avait pas faim. Elles avaient mangé un sandwich dans le train. Et puis surtout, la petite fille ignorait son estomac tant elle était excitée à l'idée d'aller voir les chevaux et les moutons.

Hanna était un peu inquiète pour Zelda :

« Ne marchons tout de même pas trop loin, lui avait-elle dit, en avisant sa canne.

— Ne vous faites pas de souci, petite, avait rétorqué Zelda. J'ai l'habitude, et je marcherai aussi loin que vous le pouvez vous-même. Je vous rappelle que c'est vous qui êtes en théorie la plus handicapée de nous deux…

— Ma hanche ne me fait plus souffrir. La rééducation a été douloureuse, mais efficace. Si je boite un peu, c'est probablement que l'on m'a rafistolé un os plus court qu'un autre. Vous savez, dans l'urgence, les chirurgiens ne font pas toujours dans la dentelle… Et dans mon cas, ils n'ont pas eu trop le choix. »

Munies de leur canne, elles s'étaient donc lancées à pas comptés sur un sentier vallonné, mais suffisamment bien entretenu pour qu'on n'y trouve pas un traître caillou ou une racine débordante. La terre de bruyère, d'un marron presque noir, était si fine qu'elle s'insinuait en poussière entre les orteils de Patti, qui, au bout de quelques dizaines de mètres, finit par renoncer à secouer ses sandales.

Il était étrange pour Hanna de voir Zelda déambuler ainsi dans la nature. Dégagée de sa robe de chambre d'hôpital, la silhouette semblait retrouver une tonicité qui la rendait plus grande que dans ses souvenirs. Il est vrai qu'elle ne l'avait guère vue qu'alitée et courbée au-dessus de son tambour à broder.

À présent qu'elles étaient à l'extérieur, Hanna pouvait contempler sa compagne de chambre en plein soleil. Elle paraissait à la fois fluette et ronde, vêtue d'un pantalon kaki confortable sur lequel une chemise à carreaux aux manches retroussées achevait de lui donner une allure de trappeur aguerri à la nature qui peu à peu les absorbait. Les épaisses chaussures à lacets parachevaient le tout. Même la canne, au lieu de trahir un handicap, participait de sa dégaine.

Le chemin monta un peu, et elles durent allonger leur foulée.

« Nous voilà bien, souffla Hanna. Quel beau spectacle nous offrons !

— Vous parliez de rééducation, répondit gaiement Zelda. Voici comment on la pratique à la campagne. Et croyez-moi, pas besoin de kinésithérapeute pour ça ! »

Parfaitement valide, Patti avait déjà couru au sommet de la colline.

« Des chevaux, là ! Des chevaux !

— Les moutons sont plus loin, avertit Zelda. Il va vous falloir encore un peu de courage.

— J'y arriverai », promit Hanna.

Sa jambe ne lui renvoyait aucun signal négatif, pas de douleur ni de craquement suspect. C'était le souffle qui lui manquait. Elle n'avait plus l'habitude de marcher autant. Quand elle arriva vers l'enclos, ses poumons lui semblaient de la taille d'une noisette. Au sommet de cette colline, l'océan en contrechamp, son univers se dilatait.

Elle s'appuya sur le mur de pierre, la main sur le côté.

« Ça va ? s'enquit Zelda, étonnamment fraîche.

— Pas de problème, couina Hanna. Je revis. J'adore. »

Rassurée, la vieille dame poussa le portail de rondins, Patti sur les talons. « Ma chérie, je te présente Amerigo ! » Le cheval n'était pas très grand, peut-être pas aussi majestueux que ceux qu'elles avaient aperçus à travers la fenêtre du train. Ceux qui galopaient dans la lande semblaient en liberté, ils étaient racés, blancs, pommelés. Celui-ci était plus court, mais féerique, à en croire Patti :

« On dirait une licorne ! s'exclama-t-elle.

— Détrompe-toi, rit Zelda, c'est un gitan, un tinker. »

Elle extirpa un licol de la poche de son pantalon, et le passa au cou de l'animal, lui flattant le museau, invitant Patti à faire de même.

Hanna, ravie de retrouver petit à petit sa capacité respiratoire, se sentait euphorique. Le cheval avait un regard doux, frangé de longs cils épais comme ceux d'une ballerine. Sa robe pie était d'un noir bleuté éclairé de larges taches blanches, dont l'une lui courait tout le long des yeux jusqu'aux naseaux.

« Vous le montez ? demanda-t-elle à Zelda.

— Oh oui, jusqu'à cette satanée fracture. Et je le monterai de nouveau, croyez-moi ! »

Elle eut un moment de silence béat, à démêler entre ses doigts noueux la crinière argentée de l'animal.

« Ce n'est qu'une question de temps », ajouta-t-elle.

Patti ne disait mot, n'osant rompre la magie de la rencontre. Sa main timide suivant celle de Zelda, elle effleurait le cheval qui pour elles deux baissait la tête. Aux anges, Hanna prenait mentalement une photo de la scène ; elle regrettait d'avoir laissé son portable dans son sac. Quel dommage ! se dit-elle, Gail devrait voir ça…

« Amerigo est trop grand pour toi, dit Zelda à Patti. Mais là-bas, il y a Kibootz, c'est un poney Connemara.

— Comme le lac ?

— Oui, ma chérie, il vient de là-bas. Ce sont des poneys très anciens, croisés de bric et de broc, mais ils sont très gentils avec les petites filles. Demain, M. Collins viendra t'aider à monter dessus. »

Elles firent le tour de l'enclos, à la rencontre du poney. Patti ne marchait plus, elle volait. Hanna elle-même se sentait pousser des ailes. Ses poumons atrophiés s'étaient déployés comme des chrysalides, et elle sentait couler l'air qu'elle aspirait jusque dans son ventre.

Elles trouvèrent le poney derrière des feuillages, comme s'il avait voulu lui-même mettre en scène son apparition-surprise. Il était là, planté dans l'herbe dans sa robe dorée – « une robe isabelle », précisa Zelda –, regardant droit devant lui, ses crins noirs coupés comme une frange.

La boucle du retour les conduisit à travers un nuage de moutons que Zelda tint à distance respectable avec sa canne. Leur laine couvrait les trois quarts de leurs pattes noires, et les deux brodeuses devisèrent en riant sur le nombre d'échevettes que cela pouvait représenter. Hanna dut plusieurs fois freiner Patti, dont le débit de questions était ininterrompu.

« Laissez-la, laissez-la », protestait joyeusement Zelda.

La petite ne se calma qu'une fois attablée dans la salle à manger du cottage, devant un bol de jus de pomme et une assiette de gâteaux.

Zelda lui apporta la poupée en chiffon qu'elle lui destinait, encore chauve, et une épaisse pelote de laine rousse. La poupée Seur-sheu.

« Regarde, dit-elle, voici comment ça s'écrit. Seur-sheu. »

Elle prit un papier et un crayon et écrivit, en grosses lettres : « SAOIRSE ». Patti n'en revenait pas. Encore une chose qu'elle apprenait, se dit Hanna, se massant les chevilles devant son thé. Zelda passa l'heure suivante à aider la petite fille à coudre la laine rousse sur la tête de la poupée. À l'heure du dîner, Patti avait les yeux qui lui piquaient à force d'application, mais Saoirse avait enfin des cheveux.

Elles dînèrent frugalement d'une soupe de légumes, le goûter ayant traîné en longueur. Patti piquait du nez dans son assiette, la conversation autour de la table en bois s'était peu à peu atténuée, jusqu'à devenir un murmure haché.

Zelda finit par les envoyer toutes les deux au lit.

« Allez, dit-elle à Hanna, ne restez pas ici à me tenir compagnie, vous êtes fatiguées, moi aussi. Et nous avons beaucoup de choses à faire demain. »

Hanna coucha Patti après l'avoir débarbouillée sans que la petite s'en aperçoive. Elle renonça au brossage de dents.

162

Dans la salle de bains, elle rit d'elle-même : elle s'était attendue à trouver dans cette maison rustique une baignoire à sabot affublée d'une robinetterie à l'ancienne. Au lieu de cela, elle découvrit un bain high-tech ressemblant à un jacuzzi, ainsi qu'une douche multijet équipée d'une petite banquette pliable. Une attention d'un fils à sa mère, supposa Hanna, désarmée.

Elle se plongea avec précaution dans un bain à la verveine qui manqua d'achever de l'endormir tout à fait.

Lorsqu'elle se glissa dans les draps parfumés, elle retrouva sous la peau fine de ses plantes de pied la sensation délicieusement râpeuse du lin de sa literie d'enfant.

Je n'ai pas appelé Jeff, se rendit-elle compte, sans inquiétude. *Bah, ce sera pour demain.*

Cette promesse étant faite, elle pensa à Gail.

Veillant à ne pas réveiller Patti – alors qu'il n'y avait manifestement aucun risque de ce côté-là... –, elle attrapa dans son sac au pied du lit la biographie de Marilyn Monroe. Regarda la photo de couverture, encore.

C'est vrai que Zelda a les yeux bleus, et un grain de beauté aussi, se dit-elle en souriant à Gail, à travers les airs. Mais il est sur l'autre joue, non ?

Elle feuilleta l'ouvrage en bâillant, à la recherche de Zelda Zonk. Les pages passaient sans qu'elle puisse les retenir. Épuisée, elle abandonna. Pensa aux chevaux, compta deux-trois moutons, et s'endormit.

18

« Hanna… Haaaa-naaa… »

La voix musicale de Patti lui parvenait à travers des flots de coton. Elle émergea de sous la couette les yeux lourds, avec dans la bouche le goût un peu âcre de celle qui a trop dormi.

« J'ai déjà pris mon petit déjeuner », annonça Patti.

Hanna déglutit pour amorcer son réveil, puis ouvrit les yeux trop vite, trop grands, se sentant ahurie et hirsute. À genoux sur le lit, la petite fille était déjà habillée convenablement, constata-t-elle après un état des lieux machinal. Jean rose, tee-shirt jaune, gilet beige, c'est bon.

« Quelle heure il est », ânonna-t-elle du coin de la bouche, pour ne pas polluer l'air de la chambre de son haleine de chacal. Et ce n'était pas une question. D'ailleurs, Patti n'y répondit pas.

« Y avait des pancakes, des œufs au bacon et des patates aux herbes, énuméra-t-elle. Mais Zelda dit qu'il ne faut pas que tu manges trop à cette heure-ci, parce qu'elle prépare du ragoût pour midi. »

Hanna se redressa tout à fait. « Mais enfin, quelle heure est-il ? » Cette fois, c'était vraiment une question. « Bientôt dix heures, fit la petite fille, en fronçant son nez près du sien. Faut que tu te brosses les dents ! »

Dix heures... Seigneur. Mais je me crois où ? À l'hôtel ? Hanna sauta du lit, et grimaça sur ses courbatures.

« Moi, je me suis levée à huit heures, continua Patti pour remuer le couteau dans la plaie. J'ai aidé Zelda pour la pâte à pancakes. Elle a dit de pas te réveiller parce que tu étais bien. »

Et c'était tellement vrai ! se dit Hanna en empoignant ses vêtements. Elle n'avait pas aussi bien dormi depuis des mois. Depuis ses derniers jours à l'hôpital, en fait, où les antidouleurs plus faiblement dosés lui assuraient des nuits tranquilles.

Hier, la balade dans la colline et les caresses du vent sur la lande avaient fait mieux que les médicaments. Car une fois le choc du réveil encaissé, elle ne se sentait plus du tout pâteuse, mais en pleine forme et... morte de faim.

Ce qui tombait bien. Car, dans la cuisine, il était question d'*irish stew*.

Même si le goût du dentifrice lui remontait encore dans le nez, Hanna sentit l'odeur piquante des oignons mélangée à celle, douceâtre, des carottes, sitôt qu'elle ouvrit la porte de la chambre.

« Oooh, voilà le soleil qui se lève ! s'exclama joyeusement Zelda.

— Je suis affreusement gênée, vous auriez dû laisser Patti me réveiller...

— Ttttt-tttt... Ne pas être obligée de se réveiller est un grand plaisir de la vie. »

Hanna réfléchit dix secondes.

« Je n'en suis pas sûre. Je ne sais plus qui disait que le sommeil était une petite mort. »

Zelda hocha la tête au-dessus de la grande marmite en fonte d'où s'échappaient des effluves corsés.

« Oh, qui que ce soit, il ou elle se trompait. La petite mort, c'est autre chose, selon les poètes… Et quelque chose d'autrement plus sensuel, selon Verlaine. »

Hanna hésita un instant, puis finit par comprendre que Zelda, campagnarde octogénaire, était bel et bien en train de lui parler d'orgasme. Tout cela avant le petit déjeuner.

Elle jeta un œil curieux à la vieille dame qui disposait alternativement des couches de légumes, de viande de mouton et de pommes de terre dans la cocotte.

Zelda avait donc été jeune, il fallait vraiment qu'elle intègre cette notion. Sous la chemise de cotonnade boutonnée jusqu'au creux du cou, il y avait eu un décolleté, et un soutien-gorge à balconnet, probablement ; sous les cheveux blancs, il y en avait eu des roux, des noirs ou des blonds. Et elle gardait le souvenir des petites morts qui avaient fait vibrer son jeune corps.

Inopinément, l'image de Marilyn sur la couverture du bouquin qu'elle avait refermé avant de dormir vint s'imprimer dans l'air odorant. Peut-être Zelda lui avait-elle ressemblé un jour ? Après tout, chaque femme avait des airs de Marilyn, à l'époque ; ou d'Audrey Hepburn, d'ailleurs. *Ou de je-ne-sais-plus-qui, dans les livres de Gail.*

Le tapotement de la cuillère en bois sur la marmite la sortit de ses pensées. Zelda s'essuya les mains puis lui tendit un bol de framboises qu'elle avait mis de côté.

« C'est tout ce que vous aurez pour votre petit déjeuner, chère lève-tard. Mais elles sont de mon jardin ! Je ne veux pas gâcher votre appétit pour l'*irish stew* de midi !

— Ça sent tellement bon ! soupira Hanna, dans un reste de torpeur.

— Il ne manque que quelques louches de bouillon, et une heure et demie de cuisson. M. Collins déjeune avec nous. Puis nous emmènerons Patti faire du poney, Kibootz l'attend dans son enclos. »

La petite fille finissait de tresser les cheveux en laine rousse de sa poupée Seursheu – « Saoirse », corrigea Hanna, ravie du regard étoilé que leur rendit la petite fille.

Elles étaient si bien, ici. « Il faut que j'appelle Jeff », se souvint-elle, contrite. Elle avait encore failli oublier.

À Dearbly, Jeffrey tournait en rond, parlait tout seul et mangeait n'importe quoi, bref, c'était un homme abandonné.

À le voir ainsi traîner sa misère, personne n'aurait pu croire que le même gaillard avait en d'autres temps essuyé l'opération « Tempête du désert » avec la presse américaine à l'hôtel Hyatt de Ryad, enchaînant les exercices d'alerte en attendant que l'ultimatum de l'ONU expire ; et, deux ans plus tard, avait été l'un des pensionnaires du Hilton pendant le siège de Sarajevo. Dans le bâtiment qui n'était plus qu'un cube jaune délabré sans aucune étoile au fronton, il avait mesuré la progression des Serbes, téléphonant ses articles à Boston depuis un appareil qui lui crachotait dans les oreilles. Entre ça et les pilonnages au mortier au loin, il avait gardé des acouphènes pendant un temps… indéterminé. À présent, il n'en avait plus, c'est tout ce qu'il savait.

Car Hanna avait changé tout ça. Hanna lui avait donné envie de paix. Dans le monde, d'accord, mais dans sa maison, surtout. Il avait suffisamment sué comme ça. Il aimait bien avoir de l'eau chaude à profusion, son après-rasage sur la tablette de la salle de bains, et un lit propre avec une femme qu'il connaissait depuis plus de deux heures dedans.

D'ailleurs, Hanna aurait pu appeler, tout de même. Un week-end à Kinsale, c'est quand même pas la guerre du Golfe, râlait-il à voix haute. *Doit bien y avoir des moyens de communication qui fonctionnent toute la journée.*

Assis à son bureau, il contemplait d'un œil morne son héros, le flic Rick Mantella, agoniser sous son stylo. Il avait envie de le tuer, ce con. De l'expédier *ad patres* sous les coups de machette d'un proxénète thaïlandais. À cet effet, il griffonnait des plans sur son gros cahier de brouillon, n'ayant même plus envie de toucher son ordinateur.

Hanna avait raison, ce bouquin n'était qu'une grosse merde.

Hanna, qui avait changé. Même près de lui, il la voyait s'éloigner. Elle s'agaçait d'un rien, restait longtemps silencieuse. Un jour, elle souhaitait travailler plus souvent à la boutique, à Cork ; le lendemain, elle lui proposait de déménager en Amérique. Elle ne savait plus ce qu'elle voulait. Il ne savait pas ce qu'elle voulait. Quelle réponse lui ferait plaisir. Il pensait à l'Amérique, à Boston, à la vie différente qu'ils auraient là-bas, au milieu de tout.

Depuis cette fameuse discussion, un soir, il avait essayé de rassembler ses idées, d'imaginer ce qui lui conviendrait, à LUI, comme elle le lui avait demandé. Mais il n'y arrivait pas. Le projet était trop gros, trop loin, trop compliqué. Lui, ce qu'il voulait, c'était récupérer sa femme, sa petite souris heureuse et tranquille. En ce qui le concernait, écrire à Boston ou ici ne ferait pas de meilleur livre, tant qu'il ne retrouverait pas ces certitudes, celles qui l'avaient fait quitter sans regret une vie de nomade.

Bon sang, elle pourrait appeler.

Non, ce n'était pas de l'inquiétude. Plus de la vexation.

Un sentiment d'abandon, allez, il devait bien l'admettre.

C'est le plaisir qu'Hanna avait eu à partir qui le chiffonnait. Était-il si loin, ce temps où sa femme avouait dormir dans l'odeur d'un de ses tee-shirts lorsqu'il s'absentait ? L'amour ne durait-il vraiment que trois ans, comme l'avait édicté Dieu sait quel philosophe frustré ?

Pour les femmes, peut-être, se dit-il avec cynisme. En ce qui le concernait, il était toujours aussi amoureux d'Hanna. Bien sûr, il n'avait plus vers elle les élans fougueux des débuts. Quoique, si elle l'avait laissé faire… Mais c'était autre chose : savoir que quelqu'un le connaissait aussi bien, pouvait faire l'inventaire de ses goûts et des raisons de ses colères, était profondément émouvant. En bon égoïste, c'est ainsi qu'il aurait pu expliquer l'amour d'un couple : par le geste qu'avait Hanna de trier les carottes dans son assiette, parce qu'elle savait qu'il en gardait une aversion profonde depuis un régime contraint dans les Balkans. Il les aimait crues, mais pas cuites. Et ça, seule sa femme le savait.

Lorsque le téléphone sonna sur le coup de onze heures, il se composa une attitude mi-distante, mi-énervée, laissant l'appareil sonner convenablement dans le vide avant de répondre.

« Tu aurais pu appeler, dit-il, faussement paternel.

— J'appelle, rétorqua-t-elle. Le portable ne passe pas, ici, je t'avais prévenu. »

Il entendait en fond sonore des bruits de vaisselle, et le pépiement de Patti.

« Mme Zonk a un fixe, la preuve, fit-il plus sèchement qu'il ne l'aurait voulu. À moins que vous ne vous trouviez dans une auberge ?

— Bon, écoute, je suis désolée. On a été bien occupées, depuis hier. On a marché, on est allées voir les chevaux et les moutons. Patti est enchantée. Tout à l'heure, elle va monter sur un poney. Si tu la voyais… elle adore la campagne.

— Ici aussi, c'est la campagne, répliqua-t-il maladroitement. Enfin… je veux dire, c'est pas comme si on habitait à Times Square, à Piccadilly Circus, ou je ne sais où. »

À l'autre bout du fil, Hanna avait compris son manège, son envie de s'énerver, il le savait très bien. Elle le laissa donc ruminer des réflexions idiotes, sans les relever, poursuivant la conversation sur un ton enjoué.

« Patti fait de la cuisine, elle prépare un *irish stew*. »

Un truc de bouseux avec des putains de carottes cuites, tu parles d'une affaire, pensa-t-il.

« Super, dit-il au lieu de cela. Tiens, Gail a appelé, elle s'inquiétait que tu ne répondes pas au téléphone. »

Cette fois, la température changea du côté de Kinsale.

« Bon, fit Hanna, baissant la voix, tu commences à m'emmerder, Jeff. Qu'est-ce que vous avez, tous les deux, à vous prendre pour mon père et ma mère ? Au moins, eux, ils me foutent la paix ! J'ai plus douze ans, bordel, je peux partir en week-end sans autorisation de sortie du territoire, et sans avoir les flics au cul ! »

Jeffrey respira deux fois avant de parler, signe de bouillonnement intérieur.

« Patti est sa fille, c'est normal qu'elle puisse avoir de ses nouvelles…

— Ah oui ? Arrête tes conneries. Quand c'est Gail qui s'en va trois jours au Mexique, on ne fait pas tant d'histoires. »

Elle fulminait. Jeff avait dépassé les bornes, il était suffisamment intelligent pour le savoir, mais pas assez malin pour avoir pu s'en empêcher.

« Bon, souffla Hanna, je ne veux pas monopoliser le téléphone plus longtemps. On rentre ce soir, de toute façon. On se verra demain. »

Elle raccrocha. Jeffrey passa le restant de la matinée à se traiter de con.

L'*irish stew* était délicieux. Zelda le servit dans de larges bols à soupe, accompagné de pain de seigle. Patti en redemanda, et Hanna la soupçonna de faire du zèle pour montrer à tout le monde son bonheur d'être ici. Habituellement, la petite fille n'avait pas un gros appétit. Elle ne releva même pas le fait que le mouton sacrifié avait pu faire partie du troupeau qu'elles avaient traversé la veille.

Grâce aux anecdotes d'Edwyn Collins, qui leur raconta sa balourdise de citadin découvrant les joies du fumier, des juments poulinant et des levers à l'aube, Hanna chassa rapidement Jeffrey de son esprit. Le bonhomme à la barbe de Père Noël fit hurler de rire Patti, tandis que Zelda partait parfois dans de longs roucoulements, s'essuyant les yeux, alors qu'elle connaissait certainement ces histoires par cœur.

Hanna se faisait spectatrice, avec un sentiment de contentement que seul un coup d'œil à la pendule, de temps en temps, gâchait un peu. Le train du retour était à 18 h 20.

« Ainsi, concluait M. Collins, je suis bien la preuve que tout est possible dans ce bas monde. Si un fringant rat de laboratoire, plutôt mince, est capable de se transformer en vieux barbu, plutôt gros, et expert en tondeuse à moutons, c'est que nous pouvons tous avoir autant de vies qu'un chat. »

Zelda acquiesça.

« Et vous, Zelda, lui demanda Hanna, amusée, avez-vous toujours été une campagnarde, ou avez-vous dû vous adapter, comme M. Collins ?

— Oh, moi... Je n'ai pas eu grand mal. J'ai été élevée les pieds dans l'herbe, en Oklahoma. Nous n'étions pas riches, mais nous avions du bétail. Mes parents travaillaient dur, ils sont morts assez jeunes. Plus tard, j'ai un peu connu la ville. Reno, Nevada... Mais ce n'était pas pour moi. Je suis bien ici. »

Encouragée, Hanna voulut la faire continuer :

« Quand avez-vous quitté l'Amérique ?

— Il y a fort longtemps. Mon défunt mari avait quitté l'Europe au début de la guerre, il a voulu y revenir avec moi, dans les années 1960. Nous nous sommes établis ici. Il est mort peu de temps après, hélas ! »

La vieille dame semblait troublée ; elle n'en avait jamais autant dit sur elle-même. Mais les confidences ne durèrent pas.

« Et toi, ma chérie, dit-elle à Patti. Quelle vie rêves-tu d'avoir plus tard ? »

Ravie d'être au centre de l'attention, la petite avait une liste de souhaits longue comme le bras.

« Voyager, comme maman, et écrire mes aventures comme Jeff… Et avoir une écurie, avec des chevaux, comme M. Collins. »

Rien comme moi, se dit Hanna, mortifiée.

Lorsque la table fut débarrassée, ils reprirent tous quatre le même chemin que la veille. Patti courait devant, suivie d'un bon pas par M. Collins. Hanna et Zelda les laissèrent filer. Hanna sentait ses jambes chauffer sur un reste de courbatures, mais elle parvenait à contrôler son souffle, inspirant de longues goulées d'air et les expirant jusqu'à vider complètement ses poumons.

Lorsqu'elles arrivèrent en haut de la colline, Patti était déjà en selle, rayonnante. Hanna entra dans l'enclos, prit quelques clichés avec son portable, tandis que M. Collins guidait Kibootz. Le ciel moutonnait depuis ce matin, mais le soleil qui transperçait les nuages l'éblouissait. « Je n'y vois rien », se plaignit-elle, suivant le poney aussi vite que ses jambes le lui permettaient. La voyant se contorsionner, Patti ne s'arrêtait plus de rire.

Lorsque Hanna revint vers la murette, Zelda avait chaussé des lunettes de soleil qu'elle ne lui avait encore jamais vues sur le nez.

« Elle a le maintien d'une véritable écuyère, dit la vieille dame. C'est la première fois qu'elle monte sur un poney ?

— Oui. En fait, c'est la première fois qu'elle fait beaucoup de choses, ici. Faire du poney, finir son assiette, coudre des cheveux sur une poupée en chiffon… Merci pour votre accueil, Zelda.

— Je suis heureuse que ce séjour lui plaise. »

Toutes deux partagèrent un moment de silence radieux, regardant Patti trotter au rythme des « hop-hop-hop ! » de M. Collins, qui courait à côté de Kibootz sans lâcher son licol.

« Et vous ? demanda Zelda.

— Moi ? Oh, je suis très heureuse d'être ici aussi. »

Zelda rectifia la position de ses lunettes ; Hanna pouvait y voir son reflet.

« Ce n'est pas ce que je vous demande, ma chère, dit doucement la vieille dame. Ce que j'aimerais savoir, c'est si vous allez bien, vous.

— Oh, oui, je vais bien, je suppose. »

Hanna laissa passer un ange.

« Aussi bien que possible, reprit-elle. Bien sûr, j'ai beaucoup réfléchi, après l'accident. Quand je suis rentrée à la maison, mon mari ne me reconnaissait pas toujours. Mais il a été patient.

— À quoi avez-vous réfléchi ?

— Eh bien, ma foi… Aux choses habituelles après un traumatisme, comme beaucoup d'autres gens, j'imagine… Aux raisons pour lesquelles j'avais survécu, alors qu'il y a eu tant de morts. Si cette survie avait un sens. Des choses comme ça. On en avait déjà un peu parlé à l'hôpital, je m'en souviens. »

Zelda hocha la tête.

« C'est vrai, mais il faut bien que ces choses finissent par vous laisser en paix… Vous savez, on survit à tellement de choses, sans même s'en rendre compte… Il faut avancer. »

Oui, il fallait avancer. Sans respirer, parfois, pour mieux prendre de l'élan. Aussi Hanna lança tout de go :

« J'ai proposé à Jeff de déménager en Amérique. »

Zelda haussa les sourcils par-dessus ses lunettes.

« C'est ce que vous voulez ?

— Je ne sais pas. Avec Marsha, mon associée, nous sommes sur le point d'agrandir notre boutique. Il faudrait que j'y travaille plus souvent. C'est un moment de ma vie où il faut que j'envisage toutes les options. Sans mettre ni Marsha ni Jeffrey dans l'embarras…

— Et votre embarras à vous ? »

Hanna sentit que Zelda ne lui passerait rien.

« Zelda, souvenez-vous de cette discussion que nous avions eue à l'hôpital.

— Nous en avons eu beaucoup…

— Celle-ci portait sur la culpabilité…

— Celle que j'aurais à retenir Jeff à Dearbly. J'y ai réfléchi. Il est vrai qu'ici, dans notre coin bien propre et tranquille, Jeff n'écrit pas bien. Son inspiration est devenue fainéante. Le livre qu'il écrit ne lui ressemble pas. C'est mauvais, et il le sait. Là est mon embarras. Voyez-vous ? »

Elle fit un signe à Patti qui passait devant elles, M. Collins s'essoufflant à côté de Kibootz.

« Bien, reprit Zelda. Bien. Mais vous est-il venu à l'idée que Jeffrey pouvait fort bien se contenter de ce qu'il écrit ? Peut-être ne vise-t-il pas le Pulitzer, ma chère. Peut-être est-il simplement heureux de faire un travail qu'il aime, et qu'il sait faire, près de vous. »

Un silence. Zelda continua, de sa voix douce qui ne pourrait jamais dire de méchancetés :

« Vous savez, personne n'est obligé de laisser une trace. Si on se débarrasse de cette ambition, peut-être qu'on apprécie bien mieux la vie… »

Non, jamais Hanna n'avait pensé à cela. Elle avait épousé un homme qu'elle admirait. Et soudain, Zelda tentait de lui faire passer le message que c'était peut-être elle qui avait une ambition larvée, à travers lui, pour lui. Et qu'elle ne l'autorisait pas à la décevoir. Tout cela était confus. Elle eut froid, tout à coup. Elle savait au fond d'elle-même que c'était cette conversation, même brève, qu'elle était venue chercher ici, chez la vieille dame, loin de toutes les réflexions solitaires qui la minaient à Dearbly. Elle avait encore beaucoup à réfléchir.

« Il ne faudrait pas trop tarder, dit M. Collins, ramenant le poney vers elles.

— Ooooh, noooon ! se plaignit Patti.

— Malheureusement, si, petite fille, lui répondit M. Collins, le temps de rentrer et de récupérer vos bagages, il faudra que je vous ramène au train.

— Tu reviendras, ma chérie », lui assura Zelda.

Hanna émergea de ses pensées, démêlant rapidement la dragonne qui retenait son portable à son poignet.

« Attendez, dit-elle alors que M. Collins s'apprêtait à faire descendre Patti du poney. Il me faut une photo de vous tous : Patti, Kibootz, Edwyn et Zelda.

— Non, fit Zelda, allez-y, Hanna, je la prendrai. »

Edwin Collins parut hésiter.

« Je vais le faire, dit-il.

— Non, non, non, lui opposa Hanna, je souhaite vous avoir tous les trois. »

Il y eut une sorte de flottement autour de la barrière, comme si ni Zelda ni M. Collins ne savaient trop où se positionner. Puis le bonhomme à la barbe de Père Noël attrapa gentiment le portable dans les mains d'Hanna.

« Je vais le faire, assura-t-il. C'est à vous d'être sur la photo. Ensuite, si vous voulez, vous en prendrez une avec Kibootz, Patti et Zelda. »

Hanna n'était même pas sûre que cela donnerait un résultat correct, au final. Avec les reflets du soleil, on n'y voyait pas grand-chose.

Dans le train du retour, Patti s'était endormie comme une masse, après avoir avalé un des copieux sandwichs à la dinde que Zelda avait fourrés dans leurs sacs avant leur départ. Heureusement, le compartiment était vide, et elle avait pu étendre ses jambes sur la banquette.

La fenêtre du wagon offrait un paysage contrasté, des langues infinies de vert, puis des touches de jaune et de brun plombées par le ciel gris qui semblait descendre de plus en plus bas, au point d'occuper tout le cadre à mesure que la nuit s'abattait.

Quand il fit tout à fait sombre, Hanna alluma la loupiote au-dessus de sa tête. Elle avait sommeil, mais craignait de rater l'arrêt de Dearbly. Le roulis métallique la berçait, et elle luttait à la fois contre les picotements qui engourdissaient ses paupières, et les pensées qui se bousculaient dans sa tête. Qu'allait-elle retrouver à Dearbly ? Les mêmes choses qu'elle avait quittées la veille au matin, et qui lui semblaient si loin ? Sa chambre, sa table de couture, sa cuisine… Jeffrey gueulant sur la crotte d'Uncle Bob, au pied de la boîte aux lettres ? Les voisins… Quels voisins ? Ceux à qui elle n'avait jamais osé dire que leur chien vandalisait son allée ? La routine…

Bah, elle penserait à tout ça demain.

Se faisant violence, elle farfouilla dans son sac pour en extirper le bouquin sur Marilyn Monroe. Elle se cala contre le dossier de la banquette, veillant cependant à ne pas trop bien s'installer, pour ne pas s'endormir. Elle étira sa nuque, et croisa les jambes.

Elle feuilleta encore une fois, machinalement, le livre qui lui parut peser une tonne. Elle ne savait pas où fixer son attention, ses bâillements fermant ses yeux sur des voiles humides.

Puis son pouce baladeur s'arrêta, et revint en arrière. Elle bougea ses fesses engourdies, se redressa, toute droite, comme piquée par une onde électrique qui se répandit dans ses épaules.

Chapitre 34 : Zelda Zonk.

Tout à fait éveillée, elle lut rapidement les sept pages que comportait le chapitre.

Marilyn était à New York, dans les années 1950. Star, blonde, magnifique, mais excédée par cette image de poupée stupide que les studios la sommaient d'entretenir. Marilyn voulait jouer *Les Frères Karamazov* de Dostoïevski – « Et comment écrivez-vous "Grouchenka" ? » lui avait demandé un journaliste moqueur.

Marilyn voulait être étudiante, inconnue, insignifiante, et suivre les cours de Lee Strasberg à l'Actor's Studio.

Et, écrivait l'auteur :

« *Démaquillée et coiffée d'une perruque brune, elle devenait Zelda Zonk pour arpenter les rues de Manhattan.* »

19

Toute la nuit qui avait suivi le retour de Kinsale, le vent avait tapé aux carreaux, cognant par saccades les volets entrebâillés. Les rafales rondes et sifflantes donnaient envie de se pelotonner sous la couette ; Patti s'était roulée en boule comme un lapin dans son terrier.

Pour ceux qui s'installaient dans le sommeil, le vent chuchotait comme une berceuse. Pour les insomniaques, il éclatait comme des paires de claques.

Hanna, elle, n'avait pas dormi. Les yeux grands ouverts, elle voyait s'abattre des salves de pluie sur la fenêtre de sa chambre, écoutait le vacarme des arbres rompus au vent, oubliant sporadiquement de respirer.

Lorsqu'elle s'en rendait compte, elle rattrapait son souffle dans une longue goulée sèche, puis reprenait sa respiration d'une manière méthodique – expire… inspire… – pour ne pas oublier de nouveau. Elle se concentrait sur ses poumons, sa gorge, son nez, et le mécanisme qui faisait passer l'air à travers tout cela, et dont elle était sûre qu'il s'arrêterait si elle ne lui donnait pas les impulsions nécessaires.

Les gouttes de pluie sur sa fenêtre avaient soudain grossi en rigoles, qu'un essuie-glace ne parvenait pas à contenir, les lampadaires du jardin étaient devenus des phares de voiture, le vent soufflant dans les branches faisait un boucan de ferraille.

L'esprit embrumé, sa respiration régulée, son cœur ayant enfin retrouvé la raison, Hanna avait renoncé au sommeil.

Alors, un peu apaisée, elle avait pensé à Zelda. Zelda Zonk. Se repassant en boucle des passages du chapitre qu'elle avait lu dix fois dans le train. Marilyn Monroe, à New York, Marilyn incognito, perruquée, pas maquillée. Sans manières. *Et Marilyn devenait Zelda Zonk.*

Aux petites heures du matin, celles de la plus profonde solitude, lorsque l'esprit n'a plus de garde-fou, Hanna avait écrit l'histoire dans sa tête : Marilyn n'était pas morte, ni suicidée, ni assassinée, ni outragée. Marilyn avait quitté une vie qui ne lui convenait pas. Elle avait inventé son propre mystère, puis était partie. Elle avait pris un avion, choisi l'Irlande comme terre d'exil volontaire, et était définitivement devenue Zelda Zonk.

Maintenant, la plus grande star de tous les temps élevait des chevaux dans la lande de Kinsale. Et brodait tranquillement devant sa cheminée.

Voilà ce qui s'était passé. Il faudrait qu'elle en parle à Gail.

Lorsque le réveil sonna, Hanna avait toujours les yeux grands ouverts.

Patti était grincheuse.

Hanna lui prépara rapidement un bol de corn-flakes dans du lait de soja – il ne restait plus que ça. Elle n'avait pas fait les courses avant de partir, et il ne fallait pas compter sur Jeff pour remplir le réfrigérateur.

« Tu aurais pu penser à acheter du vrai lait, reprocha-t-elle à son mari.

— J'ai cru que c'en était.

— C'est du lait de soja. C'est celui que je mets dans mon thé, tu devrais le savoir. Patti boit du lait de vache... »

La petite confirma en grimaçant. Jeff avala son café sans mot dire.

Depuis qu'il les avait récupérées à la gare, la veille au soir, Hanna cherchait le conflit. Déjà, dans la voiture, alors qu'il se concentrait sur la route, dans la nuit rendue tout à fait opaque par les nuages qui commençaient à s'amonceler, il avait senti sa femme crispée, à ses côtés. Fermée. Mutique. Une grenade dégoupillée.

De retour à la maison, Hanna chipotait sur tout. Un verre à whisky qu'il avait laissé traîner sur la table du salon, une serviette de bain roulée en boule, une odeur de tabac froid qui flottait vers son bureau... Bref, tout ce qui témoignait de sa vie dans la maison. Manifestement, il l'encombrait.

Maintenant, c'était le lait de soja qui posait problème. Jeffrey choisit la seule solution raisonnable : la fuite. « Viens, on y va ! lança-t-il à Patti. La route est mouillée, on va rouler doucement. Il faudrait pas que tu arrives en retard à l'école. »

Puis, à l'adresse d'Hanna : « Je ne rentrerai pas tout de suite, j'ai des trucs à faire à Cork. »

Des trucs à faire ? Il trouverait bien quoi sur place. Passer à la banque ; à la librairie, pour chercher de la documentation, au pressing pour récupérer un cos-tard ? N'importe quoi.

Hanna n'était pas dupe. S'ils avaient évité d'un accord tacite un règlement de comptes nocturne suite au coup de fil tendu passé chez Zelda dimanche matin, ils savaient aussi bien l'un que l'autre qu'il leur fau-drait bientôt s'exposer leurs rancœurs. Hanna y était prête. Jeffrey visiblement pas.

Embarquant son caban d'une main, et une Patti maugréant de l'autre, Jeff prit la poudre d'escampette sans qu'Hanna souffle mot. Puis, comme si elle avait oublié quelque chose, elle rattrapa au vol la porte qui allait claquer dans un courant d'air :

« Au revoir, à ce soir, ma petite chérie ! » lança-t-elle dans l'air humide.

Ce qui ne s'adressait pas à Jeff, il ne pouvait en douter. Avant de s'engouffrer dans la voiture, il lui fit un demi-sourire.

Gentil, mais narquois.

Hanna se retrouva seule, à traîner dans la maison silencieuse, ne réprimant plus ses bâillements, s'en décrochant la mâchoire jusqu'à se tirer les larmes des yeux, comme s'il était déjà minuit. Sauf que la journée ne faisait que commencer.

Elle débarrassa donc consciencieusement les reliefs du petit déjeuner, frottant la cuisinière avec une éner-gie d'automate, puis s'en alla tapoter les coussins du canapé où Jeffrey n'avait pourtant même pas dû poser les fesses de tout le week-end.

Mais, dans cette maison, Jeffrey était partout, du côté du lit où il avait dormi du sommeil du juste tandis qu'elle luttait pour contrôler sa propre respiration, jusque sur les étagères où ses bouquins s'empilaient sans que l'un dépasse de l'autre – le contraire de la bibliothèque de Gail.

Et ce bureau, Seigneur... Hanna s'empressa d'en ouvrir la fenêtre, car ça puait décidément la cigarette, par ici.

Plutôt qu'une douche qui l'aurait réveillée, elle choisit de prendre un bain bien chaud, pour entretenir cette espèce d'état semi-comateux dans lequel elle se complaisait.

Avant de s'installer dans l'eau mousseuse parfumée au chèvrefeuille, elle alla récupérer dans son sac à main la seule chose qui l'empêchait de s'endormir tout à fait. La biographie de Marilyn. LE chapitre. New York. L'Actor's Studio. La perruque brune : Zelda Zonk.

Elle le relut une fois de plus, la nuque calée sur un oreiller en éponge, la jambe gauche tendue sur le rebord de la baignoire – une habitude dont elle n'arrivait pas à se débarrasser.

Les phrases défilaient si vite, à présent qu'elle les avait photographiées, qu'elle ne dut pas mettre plus de trois minutes à tourner les pages.

Zelda Zonk. Ça ne pouvait pas être une coïncidence. Comment deux personnes dans le monde pouvaient-elles porter un nom pareil ?

Au milieu du recueil, il y avait un portfolio. Norma Jean bébé et dodue, Norma Jean ado et brunette, Marilyn Monroe dans sa splendeur éthérée, Marilyn en sweater, foulard et lunettes noires. Et puis un gros plan, aussi, où sur ses joues pâles courait un duvet décoloré mais que l'on percevait à l'œil nu, un duvet de vieille dame, déjà. Hanna avait vu cette même douceur flottant sur les rides de Zelda.

183

Vers la fin du portfolio, Gail avait corné une page. Enfin, plus que corné, puisqu'elle l'avait carrément pliée en deux, de manière qu'on ne voie pas ce qui figurait sur le verso.

Hanna la déplia. La photo était ignoble. *Marilyn morte.* C'est tout ce que disait la légende. Sur la table du coroner, un drap blanc remonté jusqu'à la gorge, son profil lavé à grande eau n'exhalait plus sa miraculeuse poudre d'étoiles, mais rien d'autre que des lividités cadavériques qui marbraient son front, son menton, sa bouche fine dont la mort avait asséché toute la pulpe.

Ses yeux étaient fermés sur des cils transparents. Ses cheveux pendaient, blancs, lisses.

Hanna surmonta la répulsion qui l'avait tout d'abord saisie au point de faire retomber sa jambe dans le bain onctueux, dans un réflexe de protection. La pliure qui coupait la page témoignait du refus de Gail d'affronter cette image obscène. Hanna en fut émue.

Mais elle, elle voulait voir.

Elle scruta le cliché dans sa froideur morbide, le blanc clinique des murs et du drap qui, par contraste, plaquait chaque détail de la peau dans une lumière crue. Le paradoxe était que, nettoyée de ses artifices, la morte paraissait plus jeune que vivante. Un visage d'enfant atroce.

Hanna imagina le paparazzi ajustant son objectif tandis qu'une patte convenablement graissée lui ouvrait le tiroir de la morgue. Il fallait être sacrément bien introduit pour pouvoir prendre une photo pareille, alors que la plupart des autres chacals n'avaient même pas eu droit à la mise en terre, tout juste à deux ou trois photos du cortège funèbre prises au téléobjectif, que l'on voyait plus loin dans le portfolio.

En échange de quelques billets, ce type avait dû toucher une fortune, et il ne s'en était jamais vanté à personne ?

Son bain refroidissait, elle ajouta de l'eau chaude, veillant à ne pas éclabousser le livre. Elle avait replié soigneusement la page maudite.

Mais il faudrait vraiment qu'elle en parle à Gail. *Imagine-toi, Gail, que cette photo soit une mise en scène ?* Après tout, Jeff lui avait dit un jour que quelque chose comme 10 % de ses congénères américains ne croyaient pas que l'homme avait marché sur la Lune, et étaient persuadés que les premiers pas d'Armstrong et d'Aldrin avaient été tournés dans des studios secrets, pour faire la nique aux Soviétiques...

D'ailleurs, il faudrait aussi qu'elle en parle à Jeff. *Mais pas tout de suite*, se dit-elle.

20

Marsha était d'une humeur de dogue. Elle avait expédié son maquillage en trois coups de crayon et une traînée de rouge à lèvres, ce qui ne lui ressemblait pas.

Au-dessus de la tasse de thé qu'elle avait lapée d'un air réprobateur – tiède, supposa Hanna – et reposée aussi sec, sa peau était plus rosée que d'habitude, signe d'un teint mal maîtrisé par un pinceau de « trompe-couillon », comme elle disait.

Depuis son arrivée à la boutique, avec une bonne demi-heure de retard, Marsha avait fait beaucoup de bruit. En tirant sa chaise sans prendre la peine de la soulever. En posant son sac sur le comptoir. En renversant ce faisant un pot à crayons, ce qui lui avait arraché une bordée de jurons absolument grossiers. Hanna avait dû couvrir le combiné du téléphone d'une main. Au bout du fil, Nelly Harvey et Paris tout entier avaient eu le temps d'essuyer la pluie ordurière qui traversait la Manche et un bout de l'Atlantique.

« Mais qu'est-ce qui lui prend ? nasilla la très aristocratique Nelly, fouineuse de déco chic en goguette sur la rive gauche.

— Je ne sais pas, répondit Hanna.

— Oui, eh bien dis-lui qu'elle se calme, je l'attends ici mardi. »

Marsha avait prévu de faire un saut à Paris, sans enthousiasme. Nelly avait repéré sur le catalogue Christie's une paire de tentures Stéphane Boudin qui revenaient on ne sait comment de Buckingham Palace, et elle voulait que Marsha voie ce qu'on pouvait en faire avant de se jeter dessus aux enchères – elles avaient mal supporté le voyage, apparemment.

Dans l'atelier, c'était maintenant le silence, seulement interrompu par le cliquetis des crayons que Marsha remettait dans leur pot. Une fois que le délai raisonnable pour lui laisser accomplir cette tâche fut passé, Hanna lui servit un thé. Tiède, donc.

« Tout va bien ? osa-t-elle.

— Non, fit Marsha tout de go.

— Explique. »

Marsha se leva, sa tasse à la main, et disparut derrière les étagères. Hanna entendit un cliquetis de bouton, puis le micro-ondes se mit à ronronner.

« Andrew me trompe », lança Marsha sans réapparaître.

Hanna ne sut quoi répondre. Elle n'était pas vraiment surprise. Elle s'était toujours imaginé le couple Andrew et Marsha Gleeson comme plutôt libre. Dieu sait pourquoi, elle se les figurait même tous les deux libertins. Peut-être parce qu'ils avaient fait le choix de ne pas avoir d'enfants, mais n'utilisaient pour autant pas leur temps libre à des activités communes.

Marsha voyageait beaucoup, se rendait dans des clubs à Punta Cana ou aux Baléares, seule. Andrew, cadre chez IBM, était souvent en déplacement.

Le couple qu'ils formaient était surprenant.

D'ailleurs, ce qui était surprenant, c'est que cet adultère supposé soit… surprenant.

Voilà ce qu'aurait pu répondre Hanna. Elle ne le fit pas. « Comment le sais-tu ? » demanda-t-elle, au lieu de cela. Le ronronnement du micro-ondes s'arrêta, la porte claqua, et Marsha réapparut, sa tasse fumante à la main.

« Relevé bancaire, résuma-t-elle. Hier soir, j'ai ouvert le sien au lieu du mien. Les enveloppes sont les mêmes. Je me demande d'ailleurs comment ça n'est pas arrivé avant.

— Et alors ?

— Et alors, un achat de 1 450 livres chez Repossi, à Londres. À ce prix-là, c'est au moins une émeraude, un saphir, ou un truc dans ce goût-là. Et que je sache, c'est pas mon anniversaire.

— Ni votre anniversaire de mariage ?

— C'était en novembre. Il m'a offert un imper Burberry à 450 livres, ce rat. »

Hanna se retint de sourire.

« C'est sûr que 1 000 livres de moins, ça fait râler, dit-elle sérieusement.

— Moque-toi, pouffa Marsha. Ton Jeffrey ne te ferait jamais un coup pareil. D'après ce que je connais de ton mari, c'est un sauvage, mais il a une éthique. Et il t'aime. Il ne te trompera jamais, j'en suis sûre. »

Hanna attrapa le coussin « Victoria & Albert » sur lequel elle travaillait depuis le matin.

« Il le pourrait, rétorqua-t-elle, enfilant un fil de coton bleu roi dans une aiguille courbe. Il en aurait le droit, en ce moment. L'ambiance n'est pas au beau fixe entre nous. »

La veille au soir, Hanna et Jeffrey avaient joué la comédie du bonheur à table, pour Patti. Lorsque la petite s'était absentée trois minutes au dessert pour aller récupérer un cahier de devoirs à faire signer, ils s'étaient regardés en chiens de faïence. Une fois la table débarrassée, Jeff avait filé dans son bureau, où il était resté enfermé toute la soirée. Quand il était venu se coucher, Hanna avait déjà éteint la lumière. Jeff sentait la cigarette. Et peut-être même le whisky.

Noyée dans ses pensées furibardes, Marsha ne releva pas la remarque.

« Que vas-tu faire ? demanda donc Hanna, le nez froncé sur sa broderie.

— L'attraper par les couilles et le faire avouer, dans un premier temps. Il rentre demain de son foutu Londres.

— Tiens, Gail aussi, fit Hanna, machinalement.

— Sérieux ? Tu crois que mon mari couche avec ta sœur ? » ironisa Marsha.

Hanna ne put réprimer un rire.

« Non, dit-elle. Excuse-moi, mais Andrew n'est pas son genre.

— Bref, trancha Marsha. Je vais demander le divorce.

— À quoi bon, osa Hanna. Vous ne vous voyez jamais… »

Marsha s'installa devant sa machine à coudre, et chaussa ses lunettes Chanel. « Et cela vaut peut-être mieux. Quoique toi et ton Jeffrey qui êtes toujours collés ensemble, vous finirez bien par vous détester aussi. »

Pendant quelques minutes, le staccato de la machine déversant des flots de mousseline leur imposa le silence. Sans s'en rendre compte, Marsha affichait sa grimace habituelle de quand elle s'appliquait à coudre – sourcils relevés, lèvre supérieure légèrement retroussée. Cela amusait beaucoup Hanna, aujourd'hui comme les autres jours, malgré l'ambiance morose.

« Ton week-end, c'était bien ? demanda Marsha, son ourlet terminé.

— Tu me l'as déjà demandé hier au téléphone, lui fit remarquer Hanna.

— Oui, je sais. Mais j'ai envie de parler d'autre chose que de mon connard d'Andrew en particulier et de la vie de couple en général. »

Hanna posa son coussin et eut un franc sourire.

« Eh bien, j'ai de quoi te distraire.

— Oh, quel bonheur, fit Marsha, sans joie. Vas-y. »

Hanna tourna sa chaise face à elle, ménageant son effet, pesant chacun de ses mots.

« Je crois que Zelda Zonk est Marilyn Monroe », annonça-t-elle, les yeux brillants d'excitation.

Marsha ne cilla pas.

« Tu as raison, c'est très distrayant.

— Je ne plaisante pas, Marsha. Je n'en suis qu'au début de mon enquête, mais il y a un fort faisceau de présomptions, comme écrirait Jeff dans ses polars. »

Marsha entreprit de piquer des épingles sur un coussinet, comme si elle trucidait une poupée vaudoue.

« C'est intéressant. Marilyn est morte il y a au moins quarante ans.

— Bientôt cinquante, rectifia Hanna. Le 5 août 1962, selon ce qu'il est communément admis…

— Et toi, tu as décidé de ne plus l'admettre parce que tu as rencontré une mamie qui aurait son âge.

— Pas seulement. »

Marsha releva la tête et la considéra, soudainement ravie.

« J'adore ! Raconte-moi ton enquête, inspecteur ! »

Hanna ne demandait que ça.

« Alors, se lança-t-elle, surexcitée, Zelda a quatre-vingt-cinq ans. Elle est mystérieuse, elle ne parle pas de son passé. Ou alors très peu. Mais je sais qu'elle vient d'Amérique, et qu'elle est arrivée en Irlande dans les années 1960 – soi-disant pour y suivre son mari, mais soit le pauvre est mort, soit il n'a jamais existé. Il n'y a pas une seule photo souvenir dans sa maison, ni du mari ni de Zelda jeune. J'ai remarqué ça, après coup. »

Marsha se régalait.

« Continue !

— Elle ne parle jamais du métier qu'elle faisait aux États-Unis, avant d'immigrer…

— Elle n'en avait peut-être pas, si elle était mariée. Tu sais, à cette époque reculée, nos ancêtres les femmes n'étaient pas obligées de se tuer au boulot, c'était le rôle des mâles. Tant que le linge était repassé, la vaisselle faite, et les chaussons de Monsieur avancés…

— Je n'ai aucune idée non plus du métier du mari. Là encore, mystère… Avec quel argent Zelda a-t-elle vécu depuis qu'elle est arrivée à Kinsale ?

— Elle faisait peut-être commerce de ses patchworks, elle est douée.

— Non. On en a parlé une fois. Elle m'a dit qu'elle ne saurait donner une valeur à ce qu'elle fait de ses mains. »

Marsha sirotait son thé, dont la température était enfin à son goût.

« Et leur fils ? souffla-t-elle. Comment s'appelle-t-il, déjà ?

— Michael. À l'approche de la cinquantaine.

— Mon Dieu, s'esclaffa Marsha, le fils du président Kennedy !

— Arrête de rire ! fit Hanna, riant aussi. Non, à la réflexion, il fait plus jeune que cinquante ans. Quarante-cinq, peut-être. »

Posant sa tasse tremblotante, Marsha se tapait littéralement sur les cuisses.

« Je vois d'ici le topo, jubila-t-elle. Marilyn est enceinte, elle veut garder le bébé et l'élever avec des chevaux, les Kennedy et la CIA lui organisent un faux suicide et lui refilent une nouvelle identité, un aller simple pour un trou paumé en Irlande, et suffisamment d'argent pour qu'elle élève correctement le bâtard royal et ferme sa gueule sur tout ça. C'est génial !

— Pas mal, concéda Hanna, ravie du jeu. Mais je t'ai gardé le meilleur pour la fin.

— C'est pas vrai ? Kennedy n'a jamais été assassiné, et il vend du poisson sur le port…

— Arrête. Non, le meilleur, c'est que j'ai lu ce week-end une biographie de Marilyn que Gail avait dans sa bibliothèque. Dans les années 1950, Marilyn est partie à New York étudier la comédie.

— Quelle idée ? l'interrompit Marsha. C'était déjà une star, elle n'en avait pas besoin.

— Ce séjour à New York, c'était justement pour fuir le *star system* qu'elle ne supportait plus. Elle se déguisait pour passer inaperçue. Perruque brune, pas de maquillage… Et elle se faisait appeler Zelda Zonk. »

Hanna s'arrêta, satisfaite du crescendo dramatique de son incroyable récit, et de sa conclusion, qui tombait comme une masse sur un billot.

Boum.

« Alors là, tu m'en bouches un coin, convint Marsha. C'est vrai, cette connerie ?

— C'est vrai. »

Hanna sortit le livre de son sac, le chapitre new-yorkais dûment balisé par un marque-page.

« Tiens », dit-elle.

Marsha parcourut le chapitre en diagonale, avec l'air de s'amuser follement.

« Bon sang, c'est vrai, admit-elle. J'adore cette histoire. Qu'en pense Jeff, lui qui adore toutes ces théories du complot, machin…

— Je ne lui en ai pas parlé. Tu es la première.

— Eh bien, siffla Marsha, je suis très flattée d'être dépositaire d'un secret d'État. Est-ce que ma vie est menacée, maintenant ?

— Non, pouffa Hanna. Mais j'ai peur que la CIA ne mette un contrat sur la tête d'Andrew, en guise d'avertissement.

— Qu'ils le fassent ! s'exclama joyeusement Marsha. Et qu'ils me ramènent ses couilles au bout d'un bâton ! »

Le débat s'était poursuivi à midi, comme prévu, autour d'un panier de chips au vinaigre givrées de sel. Hanna et Marsha s'étaient enivrées au mimosa, échafaudant des hypothèses plus farfelues les unes que les autres sur l'exil de Zelda Zonk.

Zelda était amnésique, et ne se souvenait même pas qu'elle était Marilyn ; Michael n'était pas son fils, mais un agent secret chargé de sa surveillance.

Aussi, quand le téléphone d'Hanna sonna, le soir même, et qu'elle reconnut la voix de Michael, elle ne put réprimer un joyeux « Michael ! », comme si c'était un bon copain.

« Oui, fit Michael, surpris. Je suis content de vous entendre. Ma mère a passé un super-week-end, grâce à vous et Patti. Je suis de passage à Kinsale, et je voulais vous remercier, avant de repartir quelque temps à Paris.

— Oh, si vous saviez ! Nous avons été si bien accueillies, un vrai bonheur ! Franchement, je ne sais pas qui de nous trois a été la plus heureuse, mais je crois que pour Patti l'expérience sera inoubliable.

— Eh bien, il faudra la renouveler dès que cela vous fera plaisir. »

Sa voix était chaleureuse, Hanna prenait plaisir à l'entendre. Un peu plus tard, au moment de raccrocher, elle ne sut ce qui lui passa par la tête.

« Mais, dit-elle, vous retournez à Paris, avez-vous dit ? Y serez-vous mardi ou mercredi prochain ?

— J'y reste toute la semaine », confirma Michael.

Et là, le coup de théâtre : « Quelle coïncidence, s'entendit-elle dire. Je devrais y être aussi ! »

Ils se promirent de déjeuner ou dîner ensemble, en fonction de l'emploi du temps de chacun, et Hanna raccrocha, médusée par ce qu'elle avait osé dire.

Partir à Paris ? Avec quel naturel avait-elle sorti une énormité pareille ? Qui était le petit monstre en elle qui avait craché cette certitude avec autant d'aplomb ? Mais c'était fait. Et du fond d'elle-même, elle sentit

194

monter une boule de chaleur qu'elle n'aurait su définir. Excitation, provocation… Liberté ? La boule lui arriva dans la gorge, et disparut dans un souffle libérateur.

Assise sur le bord de son lit, devant le téléphone muet, elle se sentit subitement légère, et se leva sans effort.

Il ne restait plus qu'à faire avaler cette couleuvre à Marsha, et à Jeff.

Pour Marsha, le lendemain, ce fut facile. Son amie fut tellement ébahie de la liberté soudaine que la casanière Hanna s'accordait, qu'elle accepta illico d'être remplacée à Paris. Nelly Harvey serait certainement frappée de stupeur en la voyant débarquer, et cette idée réjouissait Marsha.

Et puis, concéda-t-elle, ce serait l'occasion d'approfondir son enquête sur Zelda Zonk, et de s'affranchir de Jeffrey par la même occasion – « en couchant avec ton Michael Monroe, tu feras d'une pierre deux coups : réveil de ta libido et confidences sur l'oreiller… ».

Hanna avait protesté à grands cris.

« Bon, c'est sûr que s'il est vieux et moche, tu n'es pas obligée, avait ri Marsha.

— C'est le type qu'on a croisé dans la salle de détente, à l'hôpital, quand on buvait du vin blanc…

— Quoi ?! Nooon ? Oulà ! Dangereux. Très dangereux. Il vaut mieux que j'y aille à ta place, je suis déjà cocue, donc j'ai des prérogatives… »

Pour Jeff, ce fut une autre histoire. D'abord Kinsale, maintenant Paris… jusqu'où irait-elle comme ça ?

« Mais, et Patti ? » tenta-t-il, sachant que c'était peine perdue. Gail rentrait dans la soirée, et il le savait très bien. « Gail sera là toute la semaine, confirma Hanna. Et je ne pars que mardi et mercredi. » Elle n'osa ajouter que, même si sa sœur n'avait pas été là, Jeff aurait très bien pu s'occuper de Patti seul, puisqu'il travaillait à la maison. Mais elle ne voulut pas lui infliger cette évidence supplémentaire.

« Bon, conclut-il, visiblement déboussolé, si ça te fait plaisir… Je n'ai pas mon mot à dire. »

Hanna rangea le goûter de Patti que la fillette avait abandonné sur la table pour aller prendre son bain et se faire belle car sa maman ne tarderait pas à rentrer. Jeff tourna en rond dans la cuisine, ouvrant le frigo pour rien, le refermant trop brusquement, au point d'en faire tomber des magnets que Patti avait collés sur la porte. Il les ramassa, et prit tout son temps pour les remettre à leur place ; il attendait une réponse.

« Ce n'est pas seulement que ça me fait plaisir, dit Hanna, rompant le silence oppressant. C'est surtout pour le travail. Jusqu'ici, c'est toujours Marsha qui s'est déplacée. À Paris, à Dublin ou à Londres… Il est temps que je prenne ma part. Surtout si on veut agrandir l'entreprise. »

Jeff sauta sur l'occasion :

« Justement, je te remercie de me tenir informé de tes projets, cingla-t-il. Agrandir la boutique ? Travailler à Cork tous les jours ? J'ai souvenir aussi que tu m'avais proposé de partir vivre avec moi à Boston ? Où en es-tu ? Que veux-tu, Hanna ? Est-ce que tu le sais toi-même ? Je ne te suis plus ! »

Hanna se dit qu'après une envolée pareille, il était primordial qu'elle garde son calme. Jeffrey ne lui avait pas adressé autant de mots d'un coup depuis qu'elle était rentrée de Kinsale. Si elle répliquait sur le même ton, les rancœurs accumulées de part et d'autre exploseraient en un cataclysme domestique.

« Non, admit-elle doucement. Je ne sais pas ce que je veux, c'est vrai. Je pense que Marsha me laisse réfléchir avant de prendre une décision pour la boutique, elle ne m'en a pas reparlé. Elle sait que j'ai besoin de temps.

— Cette chère Marsha te comprend sans doute mieux que moi, railla Jeff. Je ne te donne sans doute pas assez de "temps", comme tu dis... Alors que depuis quelques mois, j'ai l'impression de ne te donner que ça : du temps. De mon temps à moi, du temps pour te remettre, du temps pour prendre tes décisions à toi.

— Et du temps aussi pour réfléchir à une nouvelle vie en Amérique ? coupa Hanna, maîtrisant son énervement à grand-peine. Je te signale que, depuis notre conversation, tu ne m'as même pas donné ton avis là-dessus ! Alors oui, du temps, tu m'en donnes. Mais j'ai aussi besoin d'en prendre par moi-même. À Kinsale ou à Paris. Deux jours chaque fois, rien que pour moi, ce n'est pas grand-chose... »

Jeffrey s'écroula lourdement sur une chaise, en soupirant.

« Je ne te reconnais plus.

— Je ne me reconnais plus non plus, admit-elle. Et il faut que tu saches si tu aimes aussi cette femme-là. Parce que je changerai peut-être encore, mais je ne redeviendrai jamais celle que j'étais... avant. »

Jeff hocha la tête, sans rien dire.

Gail rentra juste à l'heure du dîner, et de très bonne humeur. Racontant son dernier voyage à Los Angeles en câlinant Patti, elle leur dépeignit le Grauman's

Chinese Theatre et les empreintes des stars sur Hollywood Boulevard avec une profusion de détails qui les ravit tous les trois.

Hollywood. Hanna mourait d'envie de parler de Zelda Zonk à sa sœur. Elle dut se retenir de déballer la totalité de son dossier sur la table lorsque Gail leur montra une photo sur son portable, où elle posait les mains dans les empreintes de Marilyn gravées dans le béton.

« À l'origine, il y avait un faux diamant à la place du point sur le "i", mais il a été volé, raconta Gail.

— Oui, j'ai lu sa biographie. Enfin, un peu », risqua Hanna, trépignant d'en dire plus.

Cela dut attendre que Patti fût couchée, et Jeffrey enfermé dans son bureau. Hanna rejoignit Gail dans sa chambre, tandis qu'elle défaisait sa valise. Assise sur le bord du lit, elle lui raconta tout...

21

Dès qu'elle mettait les pieds dans un avion – ce qui ne lui arrivait pas souvent –, Hanna se demandait comment Gail pouvait s'infliger une telle torture de son plein gré, au point d'en avoir fait un métier.

Sanglée sur son siège, Hanna était pétrie de trouille. De l'avion, elle détestait absolument tout. L'odeur de l'air pressurisé et du plastique qui enrobait les coussins, le sifflement en perpétuel fond sonore, même quand l'appareil était au sol, le claquement sec des coffres à bagages, barricadés pour ne pas que les turbulences à venir les envoient valdinguer à travers la cabine, cette foutue ceinture de sécurité qui ne maintenait guère que les cuisses, preuve de son inutilité en cas probable de crash.

Et le sourire des hôtesses, qui, comme sa sœur, avaient la naïveté de croire qu'elles survivraient à toute la série de catastrophes potentielles...

Hanna serra les fesses au décollage, accompagnant le monstre dans son élan, car il en allait de sa responsabilité : c'était elle qui maintenait ce machin en l'air par la force de ses muscles ; si elle se décrispait, il se casserait la gueule. Boum, deux cent quarante-quatre morts à cause d'un fessier mal maîtrisé.

Lorsque l'avion atterrit à Roissy, son corps entier était endolori. Tu parles d'une voyageuse, se dit-elle, soulagée mais de mauvaise humeur.

Un taxi l'emmena à Montparnasse, où elle s'installa dans un Novotel face à la tour. Elle connaissait peu Paris, et fut déçue par le quartier, qui ne correspondait pas au souvenir des petites rues typiques qu'elle avait arpentées avec Jeffrey deux ou trois ans auparavant – ou était-ce encore avant ?

La gare occupait tout un bloc, et son parvis était encombré par des marchands de foulards fabriqués en Chine, et de peluches mécaniques qui aboyaient sur des tapis. Autour, la circulation des voitures étirait un cordon grouillant et permanent qui décourageait les piétons de traverser le boulevard.

Et puis la tour Montparnasse était moche.

Bah, elle prendrait le métro et irait déjeuner ailleurs. Sur les Champs-Élysées, tant qu'à faire. Son rendez-vous avec Nelly Harvey dans le Marais n'était qu'à seize heures. Les tentures qu'elle devait expertiser attendaient chez un antiquaire leur mise aux enchères.

Il y avait aussi une paire de lampes de chevet et une chauffeuse, un ensemble dont la propriétaire, une vieille Anglaise, prétendait qu'il venait des appartements privés d'Édouard VII à Buckingham, lorsque le décorateur d'intérieur français Stéphane Boudin les avait réaménagés. Après expertise, le lot semblait d'époque, et la lady immigrée à Paris, et désargentée, espérait en tirer un prix raisonnable.

Nelly Harvey, habituée des salles des ventes, dénichait souvent ce genre d'affaires pour Marsha. Une fois restaurées, les tentures seraient revendues à des collectionneurs comme M. Huxley. Encore fallait-il qu'elles ne soient pas trop fanées. Hanna était là pour en juger.

Elle avertit Nelly par SMS de son arrivée à Paris. L'avion ne s'était pas écrasé, ce qui méritait qu'un certain nombre de gens en soient informés.

Elle envoya donc un message à Jeffrey (*Bien arrivée*), un autre à Gail (*Horreur de l'avion ! Mais comment tu fais ??? Bises à Patti*), puis un dernier à Marsha (*Suis vivante, je vois Nelly à 16 heures*).

Et encore un dernier, en fait. *Bonjour, je suis arrivée à Paris. Disponible pour le déjeuner, ou un verre en fin d'après-midi. Hanna.*

La réponse de Michael ne tarda pas, entre celles de Gail (*T'es qu'une lopette !*) et de Marsha (*Fais des folies de ton corps, ma chérie !*) : *Un dîner ce soir ?*

Elle n'avait pas osé le lui proposer.

Pourquoi pas ? tapa-t-elle, hésitante. Mon Dieu, mais que dirait Jeff s'il apprenait qu'elle dînait à Paris avec un autre homme ?

19 heures au Quartier latin ? Vous attendrai devant métro Cité.

Métro Cité ? Bon, elle trouverait bien. Son téléphone bipa de nouveau. *Profite.* C'était Jeff. Elle ne répondit pas, honteuse.

Il faisait beau.

Pour s'être trompée de métro, Hanna était restée trois bons quarts d'heure sous terre. Après la tentaculaire plate-forme de Châtelet où elle avait dû changer de ligne, elle avait pris une rame dans la direction opposée à celle de sa destination.

Elle s'était aperçue de son erreur en comptant les stations dans le wagon, les mains accrochées à une poignée, debout et brinquebalante, au milieu de la cohue des heures de pointe. Il lui avait fallu refaire le trajet en sens inverse. Pourquoi n'avait-elle pas pris un taxi ? Pour faire couleur locale. Et puis elle avait envie de se débrouiller toute seule.

Lorsqu'elle descendit à Charles de Gaulle-Étoile, elle fut saisie par le vent violent des ventilateurs qui soufflait dans le dédale menant à la sortie. En haut de l'escalier, le soleil arrosait les pavés.

L'Arc de triomphe lui apparut en majesté, drapé de marbre blanc, et couronné par l'éternelle guirlande de voitures qui s'engageaient sur les douze avenues aux noms de batailles et de maréchaux.

Paris ! Hanna y était, et n'en revenait pas ; elle y était seule, et ne le regrettait pas. Descendant la plus belle avenue du monde, elle jetait tous les dix mètres un œil par-dessus son épaule, se retournant parfois de tout son corps, pour revivre encore et encore l'émerveillement qui l'avait étreinte en sortant du ventre de Paris. Dans son dos, le monument s'éloignait, mais restait extraordinairement imposant.

Hanna souriait sans s'en rendre compte. À ce moment, à cet endroit, elle n'avait besoin de personne pour partager sa jubilation. Ni des pépiements de Marsha, ni de la science touristique de Gail, ni de la main de Jeff. Toute intervention extérieure aurait entravé son euphorie.

Elle s'arrêta devant la devanture Art déco de Guerlain, avec le réflexe d'acheter *Shalimar* pour Marsha, *Mitsouko* pour Gail, et elle ne savait quel autre parfum pour Jeff. Puis elle y renonça aussi sec :

rapporter des souvenirs lui parut puéril. Elle n'était plus une petite fille reconnaissante de son voyage magique. Elle était une femme, bosseuse, jouisseuse et égoïste. Une fois que cela fut décidé, elle cessa de regarder les vitrines à travers les yeux des autres. Tout juste rapporterait-elle un joli cadeau à Patti. À elle, et rien qu'à elle.

Tout bien réfléchi, voilà avec qui elle aurait voulu partager cette balade : Patti. Elle aurait adoré tenir la main de la petite fille sur les Champs-Élysées. Et elle le ferait, plus tard, bientôt. Elle voyagerait avec Patti.

Elle entra dans des boutiques sans but précis, juste pour entendre le français chantant des clientes qui s'y pressaient. Mais elle fut déçue : même les vendeuses parlaient anglais. Chez Vuitton, un cortège de riches modeuses asiatiques défilait devant les corners, essayant sur la saignée du coude trois ou quatre modèles de sacs dont Hanna ne percevait pas l'originalité, l'un après l'autre, avec les mêmes tourments qu'elles auraient eus à choisir une robe de mariée.

Sans s'en apercevoir, elle parcourut tout le chemin jusqu'à la place de la Concorde. De là, elle entrevit la pointe de la tour Eiffel, par surprise, au-dessus d'un immeuble, et son cœur bondit dans sa gorge. Elle se promit d'y aller le lendemain, avant de retourner à l'aéroport. Impossible de quitter Paris sans avoir vu la tour Eiffel. C'était kitsch, peut-être ; indispensable, absolument.

Alors que l'après-midi était déjà entamé, Hanna sentit son estomac la rappeler à l'ordre. Elle jeta son dévolu sur le George-V – non pas l'hôtel de luxe, mais une brasserie, sur les Champs, où les serveurs vêtus à l'ancienne faisaient des allers-retours à pas pressés entre le restaurant et la terrasse, rompant plateau à la main le flot des badauds qui leur coupaient le passage, en un ballet bien réglé.

Installée devant un guéridon, elle commanda un steak tartare, lequel lui parvint dans une version « à composer soi-même » : le filet de Salers haché au couteau, et couronné d'un jaune d'œuf dans sa coquille, était flanqué de toute une escorte, persil plat, échalotes, câpres, et d'un bataillon de sauces, tabasco, ketchup et Worcestershire. Hanna dut faire sa tambouille toute seule, ce qui l'amusa beaucoup. En plus, c'était délicieux. Les frites étaient à tomber.

Pour accompagner son festin, elle s'accorda un demi de bière blonde, qui la précipita aux toilettes sitôt la dernière goutte avalée. Sa vessie avait toujours été d'une contenance inférieure à la moyenne, pesta-t-elle.

Nelly Harvey lui avait renvoyé un SMS, pour lui confirmer l'adresse de l'antiquaire dans le Marais. Compte tenu de son expérience matinale du métro, Hanna préféra prendre de l'avance, ce qui l'autoriserait à se tromper deux ou trois fois de ligne et de direction.

Après un dernier regard ravi à l'Arc de triomphe, elle redescendit dans le ventre de Paris.

Nelly Harvey était charmante, quoique... assez froide. Hanna lui avait souvent parlé au téléphone, mais rarement vue à Cork. Cheveux courts et d'un roux endiablé, visage nu, mais sourcils épilés et teint parfait, elle s'habillait sobrement, d'une couleur uniforme – aujourd'hui, c'était un kaki sourd, des ballerines jusqu'au petit pull mérinos, mais elle mettait le paquet sur les bijoux. Le pendentif en métal bronzé qu'elle portait était aussi large qu'une roue de carrosse.

Son parfum était une abomination, un mélange de patchouli et de bois de santal qui aurait fait fuir une meute de Huns. Le pauvre antiquaire en avait été tout retourné.

Hanna, de retour sur le trottoir, inhalait de grandes bouffées d'air pollué par l'essence des voitures, avec un soulagement qu'elle n'aurait jamais imaginé.

Nelly alluma une cigarette, et Hanna comprit que le parfum dont elle s'aspergeait était un cache-misère. Les rides caractéristiques qui se creusèrent au coin de son œil droit et de sa bouche lorsqu'elle tira goulûment une première bouffée trahissaient une grande fumeuse.

« Bon, souffla Nelly, je pense qu'on peut y aller pour les lampes, il n'y a pas grand-chose à faire… En revanche, pour les tentures, est-ce que ça vaut le coup, à ton avis ? »

Hanna sortit son carnet de notes de son sac.

« Alors, résuma-t-elle, la trame est abîmée dans le bas, et il y a des plis d'usure un peu partout. La toile est cassante, à ces endroits-là.

— Hum hum », fit Nelly.

Hanna se sentait jaugée. Elle mourait de peur de ne pas faire aussi bien que Marsha, de ne pas avoir l'air d'une experte. De passer pour une gourde.

« Bref, se lança-t-elle, telles quelles, elles sont inutilisables. On peut acheter le tissu pour faire des coussins, mais avec une sacrée coupe dans le prix. Au bout du compte, ça restera du Stéphane Boudin. »

Nelly tira quelques goulées de nicotine, et jeta son mégot dans le caniveau.

« OK, conclut-elle. Je préviens la dame qu'on les lui achète si elles ne partent pas aux enchères chez un crétin. Pour le coup, ce sera au moins offrant... La chauffeuse ?

— Elle est défoncée, mais on peut en tirer quelque chose. Mais reste au-dessous des 500 euros, sinon on n'en tirera aucun bénef... »

C'était bon. Les mots étaient sortis dans un ordre correct. Elle avait été précise, efficace. Hanna était soulagée. En quelques phrases, elle avait payé son voyage à Paris.

Nelly cala une nouvelle cigarette dans la ride de sa bouche, et jeta un œil nu sur elle. Un œil de poisson.

« Bien sûr, assura-t-elle. Je m'en occupe et je vous appelle, Marsha et toi. »

Marsha et toi. Le sens de la hiérarchie selon Nelly était fielleux. Hanna sourit intérieurement. L'autre lui donna une espèce d'accolade, lui collant sur les deux joues des baisers secs, goudronnés de Marlboro, et la quitta, sans s'enquérir de ce qu'elle ferait du restant de son séjour.

Hanna se demanda si Marsha était mieux accueillie, si Nelly et elle allaient s'encanailler dans les boîtes de Saint-Germain-des-Prés, si elles partageaient leurs repas et des conversations qui traitaient d'autres choses que d'estimations et de surenchères.

Regardant la silhouette kaki de Nelly s'éloigner sans un regard supplémentaire, son cou de moineau déplumé trimballant ses dix kilos de bronze, elle haussa les épaules. Elle s'en foutait, de Nelly Harvey.

D'ailleurs, elle se foutait aussi de Stéphane Boudin et des tentures de la vieille aristo anglaise.

Elle était à Paris, et elle avait un rendez-vous.

22

Métro Cité. Hanna déboucha sur le parvis, le souffle court. Il n'était que 18 h 30. À côté de la bouche de métro, un marché aux fleurs s'abritait sous une grande pergola. Elle s'y balada un quart d'heure, s'émerveillant de bricoles aussi banales que des arrosoirs en aluminium ou des insectes en ferraille à piquer dans des pots de fleurs. Son cortex était en feu, son esprit en ébullition. Qu'allait-elle pouvoir raconter à Michael, ce quasi-inconnu, de suffisamment intéressant pour meubler un repas de deux heures, sans autre convive pour émulsionner la conversation ? Bien sûr, un sujet l'animait tout entière : Zelda Zonk. Mais comment arriverait-elle à l'amener discrètement sur la table, entre la poire et le fromage ?

Elle rit intérieurement en pensant à Marsha, que son enquête passionnait au plus haut point, semblait-il – pour de vrai, ou pour se débarrasser l'esprit de son mari volage. Gail, elle, s'était gentiment moquée d'elle. Lorsque Hanna lui avait confié le fruit de ses réflexions, l'autre soir, sa sœur avait réagi comme si elle marchait sur ses plates-bandes. À elle, la spécialiste de la chose hollywoodienne, Hanna osait faire un délire pareil ? Marilyn, Gail la connaissait bien !

Elle avait lu toutes les biographies, « de Norman Mailer à Donald Spoto ». Elle avait lu tout ce qui pouvait être dit. Marilyn était morte, et c'était ce qui faisait son charme…

Alors, OK, Zelda Zonk, c'était une drôle de coïncidence, d'ailleurs Gail lui rappelait qu'elle avait été la première à la remarquer, mais enfin… Il fallait arrêter de prendre ça au sérieux.

Hanna avait été déçue. Elle qui espérait la curiosité et l'intérêt de sa sœur n'avait reçu qu'un revers de main balayant son beau conte de fées. Mais ce n'était pas bien grave, avait-elle décidé. Elle aussi avait le droit de se passionner pour ce qu'elle voulait, toute seule dans son coin.

Elle était en avance, Michael aussi. Lorsqu'elle sortit du marché aux fleurs, un arrosoir en étain à la main, elle aperçut sa haute silhouette sous le panneau du métro.

Le fils de Zelda était là, vêtu comme un trader de la City, un pardessus anthracite sur un costard-cravate, élégant contraste avec les passants désinvoltes qui le croisaient.

Même si elle s'y attendait forcément, le voir ici ébranla Hanna. Elle fit rapidement le point sur sa propre tenue vestimentaire afin d'évaluer sa présentation. Elle portait une robe bleu marine trois-trous très Jackie O., mais son chignon banane s'était quelque peu écroulé sur sa nuque. Et ses tout petits talons lui faisaient mal.

En tout cas, elle n'était plus celle que Michael avait rencontrée dans une chambre toute blanche puant la

Bétadine et la commisération. Elle avait juste mal aux pieds. Il ne la reconnaîtrait jamais…

Pourtant, il la vit et sourit.

« Vous avez tout compris au vrai chic parisien », lui dit-il, désignant l'arrosoir.

C'était ridicule. Mais elle avait craqué pour l'objet, sur lequel était peint un coq multicolore. Peut-être aussi avait-elle voulu se donner une sorte de contenance avec ce truc à la main, et amuser Michael pour alléger l'atmosphère d'entrée de jeu. C'était gagné.

« Je suis allée chez Vuitton, mais c'était au-dessus de mes moyens », répliqua-t-elle, tout de suite détendue.

Il serra sa main fine dans la sienne, chaude et ferme. Ils échangèrent les politesses d'usage, s'intéressant mutuellement au but de leur visite parisienne. Chine de luxe pour elle, whisky irlandais et vin français pour lui, mais ils le savaient déjà tous les deux.

Bizarrement, Hanna n'était pas intimidée. Était-ce le fait de retrouver un visage connu – et plus avenant que celui de Nelly Harvey – qui avait raison de ses appréhensions ? Retrouvait-elle en Michael un peu de Zelda, de sa chaleur humaine et de sa complicité ? Au bout de dix minutes à marcher à ses côtés, elle n'eut plus peur de rien. Pas même des éventuels blancs dans la conversation.

Michael la guida à travers l'esplanade, et ils débouchèrent devant l'Hôtel-Dieu, le plus vieil hôpital de Paris. Le panneau des urgences détonnait sur la façade moyenâgeuse du bâtiment. Quelques pas plus loin apparut une merveille : Notre-Dame s'élevait dans son immensité hiératique, gargouilles en avant pour éloigner les pigeons qui emplissaient le ciel par volutes grises et noires.

« Seigneur, que c'est beau, souffla Hanna. La dernière fois que je l'ai vue, il y avait des échafaudages qui cachaient la façade.

— Il y en a souvent, dit Michael. Les fientes de pigeons attaquent la pierre, il faut nettoyer.

— Pourquoi ne pas chasser les pigeons ? suggéra Hanna.

— Et comment vous y prendriez-vous ? s'amusa Michael. Avec une sarbacane ? »

Ils s'arrêtèrent un moment sur le parvis. Michael cherchait quelque chose sur le sol, sa haute silhouette vêtue de sombre dépassant de la foule qui se pressait pour entrer dans la cathédrale. « Ah, fit-il, victorieux, c'est là. » Il montra à Hanna une plaque ronde et pas plus grande qu'une roue de vélo – pas facile à trouver, effectivement.

« C'est le kilomètre zéro, expliqua-t-il. D'ici sont calculées toutes les distances vers les principales villes de France. »

Hanna posa la pointe du pied sur la plaque, amusée. Autour d'eux, les badauds faisaient demi-tour en râlant dans toutes les langues : la cathédrale fermait.

Ils entrèrent dans le Quartier latin par la rue de la Huchette. C'était un autre Paris, cosmopolite, étroit, à hauteur d'homme. De chaque côté de la rue piétonne, les restaurants grecs, italiens, indiens affichaient leurs menus sur des ardoises géantes, tandis que sur le pas des portes, les serveurs hélaient les passants en leur offrant l'apéro. La concurrence était redoutable. Paris ici ressemblait aux souks de

Marrakech, se dit Hanna, ou à Camden Town, dans le nord de Londres.

Michael resta sourd aux invitations, il avait manifestement déjà son idée en tête.

« Avez-vous déjà mangé des escargots ? » lança-t-il à Hanna par-dessus un bruit d'assiettes cassées qui leur parvenait d'une gargote grecque.

Elle le regarda, moqueuse :

« Mon Dieu, comme c'est caricatural… Vous n'allez quand même pas me faire ce coup-là ? »

À Dearbly, la cohabitation entre Gail et Jeffrey relevait davantage de petits accommodements que de la franche camaraderie. Ils se croisaient le moins possible mais se posaient la même question : quelle mouche avait piqué Hanna ? La petite souris casanière était sortie de sa boîte à bonbons et partie découvrir le monde. C'était, selon Gail, l'événement le plus incroyable depuis que l'homme avait marché sur la Lune.

Le soir, alors qu'elle finissait de débarrasser la table, tendant les trois assiettes au fantôme de Jeff qui planait au-dessus de l'évier, elle aborda le sujet, à bout de curiosité.

« Bon, dit-elle, qu'est-ce qui se passe ici ? »

Jeff leva les yeux au ciel : c'était parti.

« Que veux-tu dire ?

— Tu n'as pas ouvert la bouche depuis ce matin.

— Toi et moi, on n'a pas vraiment l'habitude d'avoir des conversations à bâtons rompus. J'ignorais que ça te manquait. »

Gail laissa passer une minute de silence – elle empiétait sur le territoire sacré de la vie privée, il fallait y aller sur la pointe des pieds.

« Sérieusement, reprit-elle. J'arrive ici après deux semaines d'absence, et tout a changé. Hanna, qui est la fille la moins aventurière du monde, part en week-end je ne sais où dans la cambrousse, puis prend un avion pour Paris, seule. Et toi, tu tournes en rond, avec l'air d'un mort vivant.

— Je te remercie, ricana Jeff.

— Elle a quelqu'un ? » lâcha Gail, le plus légèrement possible. Jeff la regarda en secouant la tête comme si elle était une irrécupérable idiote. Elle vit bien qu'il ne s'était même pas posé la question. *Quelqu'un ?* Non, Hanna n'avait pas d'amant, qu'elle s'ôte cette ineptie du crâne.

« Oui, elle a quelqu'un, dit-il cependant. Une vieille bique qui lui a collé des idées ésotériques dans la tête, comme quoi il faut retourner à la nature, tricoter les moutons, se shooter à l'*irish stew* et partir en quête de sa liberté, des conneries dans ce goût-là.

— Mme Zonk ? supposa Gail.

— Ouais, fit Jeff, furieux. Depuis qu'elle a rencontré cette bonne femme, elle n'est plus la même.

— Mais enfin, s'inquiéta Gail. Des plantes, la nature… C'est une espèce de secte, chez elle ? Ou quoi ?

— Non, je ne crois pas. Patti m'a raconté qu'elle avait passé un week-end sympa. Qu'elle avait fait du poney et mangé des petits gâteaux, rien que de très normal dans la campagne irlandaise. Il n'en demeure pas moins que cette Zelda Zonk est un véritable gourou pour ma femme. Même si elle est sa seule adepte, elle lui a bien bourré le crâne. »

Gail ne savait pas si elle devait s'amuser ou s'alarmer. Dans sa détresse de mari abandonné, Jeffrey était à la fois touchant et risible. Mais tout de même…

« Dis donc, dit-elle, Hanna m'a parlé d'un drôle de truc, l'autre soir… Enfin, je suis un peu embêtée, parce que c'est moi qui ai commencé à lui mettre ça dans la tête…

— Vas-y. Tourne pas autour du pot. »

Jeff était prêt à tout entendre. Tout, plutôt que le silence assourdissant qui s'était abattu sur sa maison depuis deux semaines.

Gail hésita, ne sachant pas trop comment présenter la chose. À la lumière de ce qui se passait à Dearbly en ce moment, de l'attitude d'Hanna, du désarroi de Jeff, l'anecdote légère prenait une tout autre consistance.

« En fait… commença-t-elle. Bon sang, c'est idiot ! C'est tellement con que ça fait peur de le dire. »

Jeff attendait, s'essuyant compulsivement les mains avec le torchon, sans s'en rendre compte, une lueur inquiète dans l'œil.

« En fait, recommença Gail, c'est complètement con, mais Hanna m'a dit qu'elle pensait que Zelda Zonk était Marilyn Monroe. Elle te l'a dit, à toi aussi ?

— Pardon ? Non. Qu'est-ce que c'est que cette histoire ? Redis-moi ça, fit-il les yeux ronds.

— Je te dis qu'Hanna pense que cette chère Mme Zonk est Marilyn Monroe, répéta-t-elle, articulant bien chaque mot. Marilyn. L'actrice.

— Oui, je te remercie, je sais qui est Marilyn Monroe. »

Jeffrey était passé de l'inquiétude à l'effarement.

« Je ne sais pas si elle parlait sérieusement, temporisa Gail. Pour tout te dire, c'est moi qui lui ai appris ça : Zelda Zonk, c'était le nom qu'utilisait Marilyn pour descendre incognito dans des hôtels, réserver l'avion ou le resto à New York… Enfin, des trucs comme ça. Bref, sur mes conseils, Hanna a lu une biographie récemment, et elle est tombée là-dessus aussi. Partant de là, et du fait que la mamie Zonk a grosso modo le même âge que devrait avoir l'autre si elle n'était pas morte, ma sœur s'est fait un film comme quoi Marilyn vivrait ses vieux jours cachée en Irlande. À Kinsale. Secret d'État depuis cinquante ans. Tu vois. »

Oui, Jeffrey voyait très bien : sa femme était folle.

Ce qui expliquait ses constants changements d'humeur, ses insomnies, son attitude bizarre. Cette idée le transforma en statue de sel au milieu de la cuisine. Gail, elle, préféra s'asseoir. Elle était fatiguée. Le jet-lag, sans doute, qui commençait à lui bousiller la santé.

« Je ne sais pas si elle parlait sérieusement », répéta-t-elle, pour Jeffrey comme pour elle-même.

Jeffrey bougea sa silhouette fantomatique vers la cafetière électrique. Le bruit de l'eau coulant du robinet trancha le silence. Gail ne voyait que son dos, massif, et ses gestes mécaniques au-dessus du plan de travail – saisir une tasse, ouvrir un tiroir, se tromper et en sortir une fourchette, prendre un sucre, deux sucres dans la boîte en fer-blanc – et, la fatigue aidant, en fut émue. Son beau-frère, si costaud, était perdu.

Il finit par se retourner vers elle, se calant contre l'évier. Derrière ses lunettes, ses yeux semblaient plus grands que d'habitude, nota Gail. Plus enfantins, peut-être.

« Tu crois que l'accident… commença Jeff, finissant sa phrase par un geste vague de la main.

— Tu crois que l'accident lui a tapé sur le système ? » compléta sèchement Gail.

Jeff hocha la tête. Ce n'était pas le moment d'être choqué par le ton de sa belle-sœur. C'était exactement la question qu'il se posait.

« Indéniablement, oui, affirma Gail. Oui… D'une manière ou d'une autre ! Est-ce que cette horreur l'a simplement changée, et lui a fait se poser des questions sur sa vie… Ou est-ce que c'est… pathologique ? C'est ce que tu te demandes ?

— Tu veux dire… Est-ce qu'elle aurait besoin d'un traitement ? »

Gail sourit.

« Je veux dire que ce n'est pas un traitement qui la fera redevenir ta docile petite femme d'avant, de toute façon, railla-t-elle. Je ne crois pas qu'elle soit dans le délire. Reste à savoir si elle croit vraiment à cette histoire de Zelda Zonk… »

Oui, il faudrait vraiment qu'ils se posent la question, se dit Jeffrey, se noyant dans son café.

23

Hanna avait commencé par décliner les escargots. Et pourquoi pas des grenouilles, pour que le paysage gastronomique soit complet ? Michael avait ri, sincèrement amusé par ses réticences toutes culturelles.

« Vous n'êtes pas une aventurière, constata-t-il.

— Non, mais c'est surtout que je lutte contre les clichés, protesta-t-elle. Ce n'est pas parce que je suis à Paris que je dois ingurgiter le premier batracien qui passe dans mon assiette.

— Gastéropode », rectifia Michael, extirpant un escargot juteux de sa coquille avec délectation.

Hanna grimaça.

« C'est vous qui êtes dans le cliché ! s'exclama Michael. Pourquoi tous les étrangers doivent-ils se sentir dégoûtés par ces délices typiquement français ?

— Les Français seraient dégoûtés par le haggis.

— Et ils ont raison. D'abord, le haggis est écossais, pas irlandais. Ensuite, et surtout, c'est absolument dégueulasse… Allez. »

Il lui tendit une bestiole et une petite fourchette. « Allez, insista-t-il. Vous serez surprise et fière de vous. » Elle hésita, puis, piquée au vif, sortit la bête de sa coquille, et l'avala en fermant les yeux, la mâchant le moins possible. C'était comme si sa gorge refusait de s'ouvrir, mais, une fois la chose descendue dans son œsophage, il lui resta dans la bouche un goût de sauce aillée et persillée, et vraiment délicieuse, elle dut en convenir.

« C'est fait », dit-elle. Michael rit doucement.

« Bravo, la félicita-t-il. Mais vous savez, j'ai avalé pire. À New York, un magasin de SoHo vend des horreurs telles que des mygales naturalisées, et des sachets de vers séchés aromatisés au bacon. Une véritable friandise !

— Vous êtes fou ! lâcha-t-elle, horrifiée.

— Non, juste curieux. »

Le ton était donné, le décor planté. Une petite table en bois, une bouteille de bon vin. Le restaurant était niché dans un coude de la rue Saint-André-des-Arts, entre une boutique de gadgets pour la maison et une papeterie. Michael y avait visiblement ses habitudes. Le patron et serveur s'appelait Kevin, mais était aussi français que la fontaine Saint-Michel, qui, à une volée de pigeons de là, gargouillait à grand bruit.

« Kevin ? s'était étonnée Hanna. C'est curieux, c'est un prénom irlandais...

— Beaucoup de Français s'appellent Kevin, vous n'avez pas idée, avait répondu le patron dans un anglais charmant. Et si vous connaissiez le prénom de ma sœur...

— Hum ?

— Pamela. Et mes parents n'ont jamais mis les pieds à Dallas non plus. Mais ma mère regardait beaucoup la télé... »

Ce garçon était sympa. Michael était sympa. Hanna était bien. La lumière était douce, la banquette en moleskine bordeaux confortable, et le chuchotis des conversations des convives installés aux autres tables donnait sa couleur musicale à l'endroit.

« Kevin, veux-tu apporter deux ou trois cuisses de grenouille à notre amie, dit Michael, en français dans le texte.

— Attention, je comprends le français », répliqua Hanna, dans la même langue.

Michael afficha sa surprise avec un grand sourire.

« Et je vous préviens, reprit-elle, en anglais cette fois, je ne toucherai pas à une huître.

— Et pourtant, on en mange plus à Cork qu'à Paris ! »

Les grenouilles arrivèrent dans une petite poêle en fonte grésillante. Et, là aussi, c'était bon. Il fallait bien l'admettre. Même délicieux. Michael était ravi.

« Il y a beaucoup d'ail un peu partout, tout de même, constata Hanna en se léchant les doigts avec autant de chic que possible.

— Et pourtant, le *french kiss* a une réputation internationale », intervint Kevin.

Hanna ignorait ce que le serveur pensait du couple qu'ils formaient ce soir, autour de cette table romantique à deux pas de Saint-Germain-des-Prés. Les prenait-il pour des amoureux se découvrant l'un l'autre, pour des amants tout neufs en échappée belle ? Hanna s'en fichait. En tout état de cause, Michael n'avait pas l'air d'un dragueur. Enfin… Il n'avait pas l'air de faire exprès d'être séduisant. Il était tellement naturel et spontané qu'on en oubliait presque qu'il était aussi beau qu'une affiche de film, avec ses yeux si clairs, sa mâchoire carrée, son nez un peu cassé et ses mains viriles. Hanna était tout à fait à l'aise avec lui.

Elle se demandait tout de même s'il avait invité d'autres femmes dans ce restaurant. Sûrement, jalouse ! La tête lui tournait un peu.

« Votre mère fait le meilleur *irish stew* d'Irlande, se souvint-elle.

— Ma mère est la meilleure Irlandaise du monde. »

C'était le moment. Hanna se lança, les joues rosies par le gigondas.

« Pourtant, elle est américaine, elle aussi, dit-elle, s'essuyant le coin de la bouche.

— Oh, elle ne l'est plus depuis longtemps.

— Et votre père ? » osa Hanna.

Il la regarda deux secondes en avalant son gratin, apparemment pas gêné par l'enquête qu'elle menait.

« Mon père était un Juif d'Europe de l'Est, il a émigré aux États-Unis pendant la guerre. Il était bien plus âgé que ma mère, il est mort il y a longtemps. Je ne l'ai pour ainsi dire pas connu.

— Et ensuite, elle vous a élevé seule ?

— Oui. Nous avons toujours vécu tous les deux dans le cottage de Kinsale. J'y suis né. Mais maintenant que je suis un grand garçon indépendant, maman est beaucoup aidée dans son quotidien. Par Edwyn Collins, entre autres. C'est l'homme de main dont je vous parlais à l'hôpital.

— Oh, oui, je l'ai rencontré. Il est très gentil. Patti l'a pris pour le Père Noël ! »

Ils rirent tous les deux. Michael versa les dernières gouttes de gigondas dans le verre d'Hanna.

« Tenez, intervint Kevin en leur retirant la bouteille, vous savez ce qu'on dit, ici, à celui qui finit la bouteille de vin ? "Une petite fille dans l'année !"»

Hanna haussa les épaules. « Si seulement », dit-elle doucement. Michael lui sourit gentiment, et eut la délicatesse de changer de sujet, comprenant que la maladresse du serveur l'avait conduit en terrain fragile.

« Oui, alors, ce cher M. Collins… Depuis des années, il s'occupe des courses et du jardin de ma mère. Je ne sais pas quelle est leur relation exacte, elle me tape sur les doigts sitôt que je la taquine à son sujet. »

Hanna rit de bon cœur.

« Je plaisante, bien sûr, continua Michael. Ma mère et Edwin ont une génération d'écart.

— Mais votre mère est bourrée de charme. Elle a dû être une jeune femme très séduisante, cela se voit encore… Il n'y a pas de photos, chez elle.

— Non, c'est vrai. Dans la famille, on n'a pas le culte de l'image. Ma mère dit que les photos empêchent la mémoire de travailler. »

Il avala sa dernière gorgée de vin.

« Vous savez, dit-il, le plus beau texte que j'aie jamais lu sur le vin a été écrit par un auteur français, un type habituellement assez cynique qui s'appelait Pierre Desproges. Il décrit une femme superbe dont il est très amoureux, au cours d'un dîner. C'est très poétique. Il parle de ses yeux, de ses gestes, c'est un texte empreint d'une émotion propre aux grandes passions… et qui finit sur cette phrase : "Elle a mis de l'eau dans son vin. Je ne l'ai plus jamais aimée." »

Lorsqu'ils sortirent du restaurant, Hanna en découvrit seulement le nom : la Demi-Lune.

Elle s'en souviendrait. Comme elle se souviendrait du mi-cuit au chocolat qui avait conclu le repas dans l'extase, et du parfum de nuit de printemps qui la remplit quand ils se retrouvèrent dans la ruelle pavée.

Il n'était pas très tard, même si le banquet lui avait paru durer des heures. Mais des heures si agréables.

Michael sembla hésiter, puis lui dit :

« Si vous n'êtes pas trop fatiguée, je vous emmènerais bien voir quelque chose de magnifique...

— Oh oui ! » répondit Hanna, spontanément.

Peut-être trop spontanément, se mordit-elle les lèvres. Elle rectifia le tir aussitôt :

« Bien sûr, je suis à Paris, et j'imagine qu'à cette heure-ci il y a encore beaucoup de choses magnifiques à découvrir... »

Michael eut l'air content.

« La plus magnifique des choses, dit-il. Mais, pour ça, il faut prendre le métro. Obligatoire. »

Ils changèrent deux fois de ligne, marchant côte à côte dans les couloirs souterrains, bavardant gaiement. Michael ne se trompait pas de direction, lui. Elle lui raconta sa mésaventure du matin, il se moqua gentiment.

Dans les rames, les inévitables musiciens tziganes firent miauler leurs violons dans les oreilles de jeunes fêtards pour qui la soirée ne faisait que commencer, récoltant quelques refus dédaigneux de la main lorsqu'ils tendirent leur sébile à d'autres voyageurs crevés et solitaires. Ravie du spectacle, Hanna paya son écot.

Ils s'arrêtèrent à la station Trocadéro. Lorsqu'ils parvinrent en haut des escaliers, Michael saisit doucement Hanna par le bras.

« Maintenant, lui dit-il, vous allez me faire confiance et fermer les yeux. Ne les ouvrez que quand je vous le dirai, je vais vous guider. OK ?

— OK. »

Il enroula fermement son bras autour du sien, avec le même mélange de respect et de précaution qu'il aurait mis à aider une vieille dame à traverser la rue. À cette idée, Hanna sourit, et ce sourire ne la quitta pas tandis qu'elle avançait pas à pas à ses côtés, en aveugle. Bien sûr qu'elle lui faisait confiance. Autour d'eux, elle percevait des voix qui s'exclamaient par groupes plus ou moins lointains. Des rires, des langues différentes.

Un vent léger apaisait sa peau échauffée par le gigondas et la soufflerie du métro. Elle se sentait écarlate, mais ce n'était pas grave, les lumières de la nuit parisienne étaient accommodantes.

Michael stoppa, et la fit légèrement pivoter. « Ouvrez les yeux ! » lui souffla-t-il. Nom de Dieu ! Le blasphème lui resta dans la gorge, étouffé dans une respiration bruyante. Devant eux, à deux ou trois cents mètres, la tour Eiffel jaillissait en milliers d'étoiles clignotantes, une Voie lactée sortie de terre et pointant sa flèche vers l'infiniment grand.

Hanna et Michael étaient plantés en plein milieu de l'esplanade du Trocadéro, et la distance était parfaite. La tour était immense, sans pour autant leur imposer de lever la tête : du plein écran. Hanna en eut le souffle coupé.

Les yeux écarquillés comme ceux d'une gamine devant les vitrines des grands magasins à Noël, elle sentit une onde de chaleur l'envelopper tout entière, en même temps qu'un vieux reste de culpabilité : bon sang, comment oserait-elle raconter ça à Jeff ? Le restaurant, passe encore, il fallait bien manger, alors autant être en bonne compagnie dans une ville inconnue. Il tordrait le nez, mais comprendrait.

Mais la tour Eiffel à minuit, avec un autre homme, ce n'était pas une facilité. C'était un choix. Là était toute la différence.

« Alors ? » demanda Michael.

Elle penserait à Jeff plus tard...

« Pfou, c'est... C'est incroyable. C'est magnifique. Je suis sciée. C'est... splendide !

— Oui. Et aussi "cliché" que les escargots, les huîtres et les grenouilles... »

Michael était tout heureux de son effet, la regardant profiter du spectacle. Elle lui adressa un sourire plein de gratitude. Un sentiment de bien-être l'étreignit comme les manches d'un pull-over qu'elle aurait rabattues autour de son cou.

Elle resta béate et silencieuse, embrassant la vue, aspirant le ciel, s'hypnotisant au clignotement des ampoules.

Alors qu'elle ne fumait plus depuis ses vingt-cinq ans, il lui vint à l'idée que c'était typiquement le genre de moment où elle aurait eu envie d'allumer une cigarette.

D'ailleurs, elle en AVAIT très envie. Frémissante, elle se tourna vers Michael.

« Vous ne fumez pas, je crois ? dit-elle.

— Non... Plus. »

Il fut tellement pris de court qu'il eut tout de même le réflexe de fouiller dans ses poches, bêtement. « Moi, non. Mais eux oui ! » dit-il dans un discret élan du menton. Appuyé contre la rambarde, un quatuor de jeunes gens abîmés dans la contemplation du plus célèbre monument du monde exhalait en chœur un nuage de fumée.

Sans rien demander à Hanna, Michael fila à leur rencontre, et revint trente secondes plus tard avec une cigarette déjà allumée, conscient de l'urgence de la situation.

« Brésil, toussa-t-il, tendant la cigarette à Hanna.

— Quoi, le tabac ? s'esclaffa-t-elle.

— Non, ces jeunes gens. Ils sont brésiliens. »

Il avait été si empressé à satisfaire sa demande – comme si son état exigeait sur-le-champ de l'oxygène – que c'en était comique. Tirant sa première bouffée en riant, Hanna faillit s'en étrangler.

« Comment vous faites ? lui demanda-t-il. C'est vraiment dégueulasse, d'après mes souvenirs. »

Elle sentit le goudron lui dévaler la gorge en une coulée brûlante.

« Non, là, c'est bon, exhala-t-elle. C'est un instant parfait. »

Il eut l'air touché.

« Ah, fit-il. Et un instant parfait exige qu'on l'enrobe de substances toxiques ?

— Ne soyez pas moralisateur. Je vous rappelle que sous votre influence déplorable j'ai dû avaler un escargot, une bestiole affreusement baveuse qui traîne toute sa vie par terre en ramassant des saletés.

— J'en conviens. Tirez toutes les taffes que vous voulez. Ensuite, j'irai vous chercher une autre cigarette, en échange de vous voir gober une huître.

— J'ai une grenouille d'avance », rigola-t-elle.

Il hocha la tête avec un grand sourire. Puis retourna voir le quatuor brésilien.

Michael l'emmena à Saint-Germain-des-Prés.

En taxi, cette fois, le dernier métro étant passé depuis peu de temps lorsqu'ils quittèrent le Trocadéro et le petit groupe de cariocas avec qui ils avaient réussi à mener une joyeuse discussion, même si l'anglais des uns était sommaire, et le portugais des autres inexistant. Les Brésiliens étaient deux couples. Hanna et Michael ne se donnèrent pas le mal d'expliquer qu'eux-mêmes n'en étaient pas un. Trop compliqué. Tout le monde était bien heureux d'être là, c'était tout ce qui comptait.

Quand ils les quittèrent, Hanna avait fumé trois cigarettes, et repartait avec un paquet à moitié plein que les jeunes gens avaient insisté pour lui donner. Il devait être une heure du matin, et elle était complètement réveillée.

D'accord pour Saint-Germain-des-Prés.

Elle ne savait pas vers où cette aventure nocturne l'emmenait, mais ne s'en faisait aucun souci. Dearbly-upon-Haven était loin, elle avait fait son boulot aujourd'hui avec cette conne de Nelly Harvey, elle ne grugeait personne en faisant ce qu'elle voulait, là, maintenant. Elle prenait la part de Paris à laquelle elle avait droit.

Le taxi les déposa devant la Rhumerie, un bar à cocktails ouvert « toute la nuit », comme le garantissaient le panneau sur la devanture et la lumière qui s'en échappait.

« Vous voulez m'enivrer, reprocha-t-elle à Michael, ravie.

— Non, madame, c'est à vous de décider. Et rassurez-vous, je vous stopperai avant que vous ne vous donniez en spectacle. »

Il lui fit goûter un « russe blanc », dont l'opacité laiteuse lui arracha une grimace.

« Ça m'a l'air dégoûtant.

— Eh bien, comme ça, vous en boirez moins. »

Vodka, liqueur de café, lait. Le mélange était à la fois doux et costaud.

« Ça vous ressemble », dit Hanna, mise en jambes par sa première gorgée.

Il eut l'air surpris mais content. Elle mourait d'envie d'en savoir plus sur Michael. Et les premières vapeurs d'alcool qui lui montaient à la tête avaient l'avantage d'aiguiser son audace sans émousser sa stratégie.

Elle commença donc par se livrer elle-même, se disant que Michael en ferait de même en retour. Elle lui raconta brièvement son enfance avec Gail, et les impayables M. et Mme McCann. Brièvement, car elle se souvenait de lui en avoir déjà tracé les grandes lignes, un jour, au Mercy Hospital.

Et lui, quels souvenirs gardait-il de son enfance ? Oh, rien que de très simple : sa mère, la lande, les chevaux, les moutons.

Tout juste put-elle apprendre que Zelda faisait alors de petits travaux de couture pour arrondir leurs fins de mois, mais que le père de Michael leur avait laissé de quoi vivre correctement. *Un trésor familial amassé avant la guerre ?* se demanda-t-elle. Il n'en dit rien.

Elle lui brossa les portraits de Gail et de Patti.

Et lui, avait-il souffert d'être enfant unique ? Non, il était heureux avec sa mère, et s'était fait beaucoup d'amis un peu partout, tout au long de ses études et de ses voyages.

Elle lui parla un peu de Jeff – pas trop, pour ne pas le gêner.

Un second cocktail aidant, elle effleura les difficultés de la vie de couple, des compromis liberticides, juste un peu, sans vouloir paraître amère. Pour ça, elle s'aida de Gail à distance, mettant la plupart de ses réflexions dans la bouche de sa sœur.

Et lui, avait-il déjà vécu en couple ? Non, pas vraiment. Trop de voyages. Trop d'absences.

Il n'en dit pas plus, et sa réserve laissa un drôle de goût à Hanna : dans sa bouche, alors qu'elle finissait son verre, les saveurs de la vodka et du café se mélangeaient avec des remugles de trahison. Comment osait-elle infliger un tel interrogatoire psycho-flic à un homme qui avait veillé toute la soirée à la contenter, sans forfaiture ?

« C'était mon dernier », annonça-t-elle en repoussant son verre vide.

Il lui sourit, de son bon sourire, son si gentil sourire, et elle eut honte d'elle.

« Fatiguée ? demanda-t-il. Il est cinq heures… »

Elle le regarda éperdument, se fichant qu'il puisse mettre ses œillades imbéciles sur le compte de l'ivresse. Au contraire, ça l'arrangeait. Avant de quitter cet homme, elle voulait s'en imprégner sans vergogne, imprimer en pleine page les souvenirs de cette nuit qui déjà finissait.

Il la regarda aussi, en silence, sans plus sourire. Dans ses yeux, aucune moquerie. Mais quelque chose qui ressemblait aux regrets.

À l'ombre de ces yeux, Hanna trouva un courage qu'elle n'avait pas vu venir. Il fallait que ça sorte, maintenant, il fallait qu'elle lui dise, il ne fallait plus le trahir, il ne fallait plus qu'il lui reste quoi que ce soit à lui cacher.

Cet homme-là ne méritait pas la perfidie.

Aidée par la bienfaisante fatigue dont l'enveloppait le « russe blanc », elle prit un ton léger :

« Vous savez, dit-elle comme en passant, en ramassant sa veste sur la chaise d'à côté, votre maman a le même nom que Marilyn Monroe. Zelda Zonk. Parfois, Marilyn se faisait appeler ainsi, pour se cacher. »

Michael ne cilla pas.

« Ah bon ? fit-il. Marilyn Monroe ? C'est drôle. Je ne savais pas. Je le lui dirai, ça l'amusera… »

Au risque qu'elle ne veuille plus jamais me voir, pensa Hanna. Mais elle se sentait plus légère. La boule de trahison s'était dissoute dans son estomac, dans un tourbillon laiteux de café-vodka.

Sans épiloguer, Michael régla la note, et fit appeler un taxi. Ils sortirent l'attendre sur le trottoir. Le ciel était rose.

La totale, pire que dans un navet hollywoodien, se dit Hanna, sentant le parfum de Michael lui monter insidieusement à la tête.

Elle n'avait pas sommeil. Elle ne voulait pas rentrer. Sa tête lui brûlait.

Soudain, Michael lui attrapa la main. « On laisse tomber le taxi », lui dit-il, tout à trac. Hanna sentit son cœur s'emballer, son souffle tourner court.

Elle n'avait pas ressenti cet affolement intérieur depuis si longtemps. Depuis que Jeffrey un jour avait eu le même geste, au sortir d'un café. Lui aussi. Fallait-il décidément que la relation entre un homme et une femme prenne le même virage, au même endroit, après les libations réglementaires ? *Tu ne connais pas ce type...* se dit-elle, tourneboulée. Où voulait-il l'emmener ? Elle se rendit compte que le problème n'était pas là. Le problème, c'était que Michael venait de lui prendre la main aussi fermement que l'aurait fait un amant sur le chemin de l'hôtel ; et le problème était qu'elle aimait ça.

Tu en auras fait des conneries, cette nuit. Boire, fumer. Et maintenant ?

Elle décida qu'elle s'en foutait.

Elle ne posa aucune question, ne protesta pas quand il reprit sa marche, d'un pas plus rapide, sans lâcher sa main.

Il était si beau, si gentil. Il pouvait l'emmener là où il voulait.

24

Il y eut quelques turbulences lors du vol retour, ce qui, en temps normal, aurait dû la faire s'accrocher à son siège, mais Hanna les laissa filer avec un détachement qui l'étonna elle-même. Elle rendit même son sourire à l'hôtesse qui passait dans la travée.

Le Valium, conjugué aux restes de sa nuit blanche, faisait son effet. Elle était dans une sorte de coton qui lui rappelait l'hôpital.

Elle avait essayé de dormir un peu, au petit matin, lorsque Michael l'avait déposée à son hôtel. Mais la crainte de ne pas se réveiller avait rendu vains ses efforts, transformant en vague somnolence le bon gros sommeil réparateur qu'elle attendait. Elle était épuisée. Vidée. Noyée dans des sentiments contradictoires. Elle avait longuement fixé le plafond de sa chambre, comme fascinée par les moulures autour du lustre qui lui tombait pile au milieu de la figure.

À présent, les yeux collés sur le hublot, elle faisait la même chose : elle fixait, hypnotisée, la lumière du bout de l'aile. Au fond de sa bouche subsistait un arrière-goût de tabac froid, malgré un brossage de dents dans les règles.

Ou alors, ce n'était qu'une impression. Pas un arrière-goût, non, un souvenir. Car depuis qu'elle avait éteint sa dernière cigarette, elle avait avalé deux cocktails, un grand verre d'eau, et un petit bonbon à la menthe extra-forte qui traînait dans un panier sur le comptoir de la Rhumerie – les tenanciers assuraient les arrières de leurs clients.

Et elle avait embrassé Michael. Enfin, non : la première fois, c'était lui qui l'avait embrassée. Ils étaient arrivés devant les portes du jardin du Luxembourg peu avant qu'elles ouvrent – il n'était guère plus de sept heures du matin. Il avait lâché sa main, puis ils s'étaient adossés tous les deux contre les grilles pour patienter, reprenant leur conversation là où ils l'avaient laissée, c'est-à-dire au fond de leur « russe blanc » sur le guéridon du bar.

Même si la tension physique était un peu retombée après leur cavalcade jusqu'au jardin, pendant laquelle ni l'un ni l'autre n'avaient prononcé un mot, elle savait qu'il se passait quelque chose. Lui le savait aussi. Ils ne seraient pas là tous les deux, sinon.

Quand les grilles s'étaient finalement ouvertes, il lui avait de nouveau tendu la main, avec son gentil sourire.

« Votre dernière étape à Paris, avant de retrouver la lande irlandaise, avait-il dit. Vous allez voir, c'est merveilleux. Venez… »

Pour cette dernière étape, il fallait donc absolument qu'il lui tienne la main, c'était confirmé. Le cœur d'Hanna s'était remis à battre bien trop fort, pendant qu'elle se traitait intérieurement de *stupide-conne-débile* – les trois à la fois, elle n'avait pas assez de mots pour ça.

Ils avaient repris leur marche rapide à travers les chaises vertes disposées en tous sens entre les parterres de fleurs, le palais en contre-plan. C'était beau à faire mourir Cendrillon, se disait Hanna, mais elle était incapable de visionner correctement le film qui se déroulait devant elle.

Ils étaient arrivés devant une fontaine presque monumentale. Michael l'avait dit, c'était merveilleux. L'édifice de pierre grise se reflétait dans un miroir d'eau.

« Voilà, avait dit Michael, la fontaine Médicis dans la bruine du petit matin… C'est écœurant de romantisme, n'est-ce pas ?

— C'est beau », avait-elle répondu, le regardant piteusement.

Il était 7 h 30 du matin, elle avait une haleine de vodka-café-cigarette, un teint blafard de noctambule et probablement le mascara qui lui tombait au milieu des joues. Mais Michael lui avait souri, lui avait fait un clin d'œil, et avait déposé un baiser furtif sur ses lèvres.

« Tradition française », avait-il vite dit.

Dans l'avion du retour, emmitouflée dans un pull doux qu'elle aimait particulièrement, elle se souvenait, tandis que l'appareil entamait sa descente sur Cork.

Elle se souvenait d'avoir fermé les yeux, comme une invite. Elle se souvenait des lèvres qui s'étaient de nouveau posées sur les siennes, doucement, sans les forcer. Un baiser détendu tel qu'on pouvait le recevoir d'un ami, au petit matin, après une nuit de fête. Non ?

Elle se souvenait qu'ils étaient ressortis du jardin, sans autre commentaire. Mais ça n'allait pas, elle s'en souvenait aussi. Elle n'était pas du tout détendue…

Alors, mue par elle ne savait quelle folie, elle avait tiré sur la main de Michael tandis qu'ils passaient près d'un porche. Et cette fois, c'est elle qui l'avait embrassé.

Et sous ce porche germanopratin aussi cliché qu'une fontaine, il lui avait rendu son baiser, caressant sa langue, tenant sa nuque. Ils s'étaient arrêtés comme ça deux ou trois fois, au gré des portes cochères, à se bousculer contre les murs, à se coller l'un contre l'autre, se prenant la tête à pleines mains, se mordant la bouche.

Puis Michael avait fait signe à un taxi, sans lui lâcher la main. Après un court trajet où la radio du taxi avait fait l'illusion d'une conversation, ils étaient arrivés devant son hôtel, à Montparnasse. Hanna, tremblante, en était descendue.

Alors que, ce soir, elle atterrissait en Irlande, non loin de sa maison, elle se souvenait qu'à Paris, Michael avait embrassé sa main. Et, la gratifiant d'un dernier sourire, une lueur dansant dans ses beaux yeux gris-vert, il était resté dans le taxi, repartant très vite, la laissant là sur le trottoir, le cœur fou.

« Alors ? » lui avait demandé Gail dans la voiture qui les ramenait à Dearbly.

« Alors ? » lui avait demandé Jeffrey quand il leur avait ouvert la porte, avec un drôle d'air timide.

« Alors, rien, avait-elle répondu en substance. C'était beau. J'ai travaillé. Je suis fatiguée. »

À sa sœur, elle avait raconté les monuments de Paris comme l'aurait fait un guide touristique. Puis elle était passée en mode télégramme.

« Déjeuné sur les Champs. Ai bossé. Suis allée voir la tour Eiffel, vite fait. Me suis couchée tôt, crevée. Ce matin, suis allée faire un tour au Luxembourg. Enfin, Paris, tu connais. »

À Jeff, elle n'avait rien eu besoin de raconter. Un long bain avait eu raison de ses approches, et il avait fini par retourner dans son bureau, après lui avoir déposé un baiser dans le cou. Elle lui avait souri. Elle ne ressentait pas de gêne – elle verrait bien demain.

Le lendemain matin, elle le croisa autour de la table du petit déjeuner, avant de partir à Cork. *À ce soir. À ce soir.*

« Alors ? lui demanda Marsha, sitôt qu'elle mit un pied dans la boutique.

— Alors Nelly Harvey est une espèce de peigne mal lavé qui se prend pour Daphne Guinness. »

Marsha éclata de rire :

« Ah, tu as aimé !

— Nelly, pas trop. Paris, beaucoup. »

Marsha se cala sur son siège, les bras croisés, l'œil pointu – elle comptait bien sur un compte rendu exhaustif des folies parisiennes de la petite souris Hanna.

« Nelly m'a appelée hier soir. Elle, elle t'a trouvée très sympathique », dit-elle.

Hanna leva les yeux au ciel, pas dupe.

« Quelle hypocrite !

— Oui, mais une hypocrite efficace. Bref. »

Marsha eut un geste de la main pour clore le chapitre « Nelly Harvey ».

« On s'en fout, conclut-elle. On fera ces foutus coussins si Miss Pète-Sec arrive à avoir les tentures pour des kopecks. On fourguera ça une fortune à

Huxley ou à la reine d'Angleterre, Nelly aura sa com, et tout le monde sera content...

— La reine d'Angleterre... rigola Hanna. Mais que tu es bête ! »

Marsha la regarda tressauter sur sa chaise et secoua la tête, l'air navré.

« Et tu ris pour ça ? Un truc même pas si drôle... Tu es ivre ? »

Hanna rit de plus belle. C'était nerveux.

« Bref, répéta Marsha. Une fois que tu auras fini de te marrer comme une dinde de dessin animé, tu répondras à la question cruciale : où en est notre enquête ?

— Sur Zelda Zonk ?

— Non. Sur le naufrage du *Koursk*... Ben oui, sur Zelda Zonk, enfin ! Tu as vu le fils prodige ? À la base, c'est bien pour ça que tu allais à Paris, non ? »

Hanna se calma. L'heure était grave, Marsha était tout ouïe.

« Euh... Oui, je l'ai vu. Mais en fait... J'ai pas appris grand-chose. »

Elle essaya de remettre de l'ordre dans ses souvenirs. C'était à la Demi-Lune... Ou à la Rhumerie ?

Michael n'avait pas connu son père. Il n'y avait pas de photos chez eux, ni du père ni de Zelda jeune, parce que la vieille dame pensait que les photos empêchent les souvenirs, ou quelque chose comme ça. En vrac, c'était tout ce dont elle se souvenait.

Elle fit le topo à Marsha, qui en fut déçue.

« Tout ça pour ça, soupira-t-elle. Tu aurais dû passer plus de temps avec le fils. »

Hanna sourit.

« Ça m'aurait été difficile, dit-elle tranquillement.

— Pourquoi ? Il est aussi chiant que Nelly ?

— Oh non... Si seulement. »

Marsha se trouva subitement un autre centre d'intérêt. Oubliée, Zelda. Passons au fils, maintenant...

« Et... il est comment ?

— Tu l'as déjà vu...

— Pitié, oui.

— Sinon... Il... euh... il est gentil, attentionné. Et il a de l'humour.

— Le rêve de toute femme, conclut Marsha, les yeux rivés sur elle.

— Oh, je suppose qu'il était encore plus séduisant, parce que c'était Paris.

— Oui, peut-être. Mais un gabarit comme ça, je le prends même à Cork. »

Hanna rigola de nouveau, comme si c'était la meilleure blague de l'année.

« Tu as l'air complètement stupide, remarqua Marsha. Raconte-moi. »

Hanna regarda son amie, les yeux dans le vague. La question qu'elle se posait était jusqu'à quel point elle était prête à trahir Jeffrey. Parce que c'était bien de cela qu'il s'agissait : du désir pour un autre que lui. Donc d'une trahison.

Ce qui était à Paris devait-il rester à Paris ? « Bien, fit Marsha. Ne dis rien, si tu ne veux pas. » Hanna hocha la tête, machinalement. Son amie lisait en elle comme dans un livre ouvert ; suivait le cours de ses pensées tandis qu'elle comparait le poids de sa culpabilité à celui de son amitié.

L'amitié, et le cœur que Marsha y mettait, fut plus lourde.

« On s'est embrassés », lâcha Hanna, rougissante.

236

Marsha lui balança un gros mot en même temps qu'un grand sourire.

« Ben merde ! Nom de Dieu, c'est pas vrai ! Il n'est pas marié, au moins ?

— Je te rappelle que moi, je le suis !

— Oui... Je sais pas pourquoi j'ai dit ça. Sûrement qu'Andrew me tape sur le système...

— Tu ne trouves pas ça grave ? s'enquit Hanna.

— Ça dépend... Tu as aimé ?

— Oh, oui.

— Alors c'est grave, décréta Marsha, visiblement ravie. Combien de fois ? Une fois comme ça, ou... »

En faisant mentalement ses comptes, Hanna sentit la totalité de sa masse sanguine affluer dans ses joues. Le souvenir des lèvres de Michael lui serrait le ventre.

« Non, pas une fois comme ça, dit-elle, frissonnante. Plusieurs fois...

— Et vous n'avez pas couché ?

— Non ! »

Marsha balança un autre juron, se mettant à fouiller fébrilement dans son sac.

« J'en reviens pas ! Tu embrasses plusieurs fois un type atrocement séduisant, et vous ne couchez pas ! Quelle force morale ! s'exclama-t-elle, extirpant un paquet de cigarettes de son fouillis.

— J'en veux une », intervint Hanna.

Marsha la considéra d'un air amusé :

« Tiens, ça aussi, c'est nouveau... Tu roules des pelles, tu fumes, tu fais ta crise d'adolescence ? »

Hanna haussa les épaules. Marsha lui tendit une cigarette et s'en alluma une.

« Si quelqu'un entre, ça va puer, constata-t-elle, tendant son Zippo à son amie. Mais on s'en fout, y a urgence à fumer... Dis-moi, est-ce que tu regrettes ? »

Les pieds bien posés par terre, le buste penché en avant, elle s'était mise en position pour l'interrogatoire final. Hanna exhala un cumulonimbus de nicotine ; elle était prête.

« De quoi ? De l'avoir embrassé ? » demanda-t-elle.

Marsha leva les yeux au ciel.

« Mais non ! Ma pauvre chérie, à partir du moment où tu embrasses plusieurs fois un type, c'est que tu ne regrettes pas d'avoir commencé... Non, est-ce que tu regrettes de ne pas avoir couché avec lui ? »

Hanna rougit violemment derrière la fumée de sa cigarette.

« Je ne sais pas, avoua-t-elle. Sur le moment, j'en avais très envie. J'étais ailleurs... Et je n'étais pas moi-même. Mais je ne regrette pas. J'aurais trompé Jeff, et je ne sais pas si j'aurais pu me le pardonner.

— Oh, je suis sûre que si. » Marsha écrasa sa cigarette, réfléchissant deux secondes. « Avec Andrew, j'ai appris au moins une chose, commença-t-elle. Pour durer, un couple ne doit pas savoir. Si on ne découvre rien, on n'est pas trahi. La trahison, c'est pas de tromper, c'est d'être assez con pour se faire prendre, ou pour le dire. À peine commences-tu à penser à ton prof de yoga avec les yeux dans le vague que déjà tu trompes l'autre. C'est un fait. Le reste, ce n'est que de la gymnastique... »

Hanna ne savait quoi penser de cette analyse. Marsha sortit de nouveau son paquet de Menthol de son sac, sembla hésiter, puis se contenta de le tripoter entre ses mains jointes.

« Si je n'avais rien su, pour Andrew, continua-t-elle, on aurait été mariés encore longtemps. On s'entendait bien. Mais la découverte de son adultère m'oblige à le foutre à la porte. C'est comme ça, c'est culturel. Il ne fallait pas qu'il se fasse prendre, c'est ça qui est impardonnable... Je ne demandais pas à savoir, moi ! »

Elle finit par sortir une cigarette du paquet.

« Alors, qu'il aille se faire foutre », conclut-elle en l'allumant.

Hanna hocha la tête.

« Tu es amoureuse ? demanda Marsha.

— Je ne sais pas. Je l'étais hier. Mais c'était là-bas. Et puis ça faisait longtemps que je n'avais plus connu ça...

— Jeff ne t'embrasse donc pas ?

— Si. Mais rarement sous une porte cochère.

— Alors selon toi, le désir est juste une question de géographie ?

— Je ne sais pas. Peut-être. »

Marsha soupira :

« "Je ne sais pas. Peut-être", la singea-t-elle. Si tu es amoureuse, fonce. »

Hanna sourit sans répondre.

« Même si tu ne l'es pas, d'ailleurs, rectifia Marsha. Si tu en as juste envie, fonce aussi. Après tout, nous les femmes on y a droit aussi... »

Elle leva l'index et arrondit les yeux, comme si elle venait d'avoir une idée géniale :

« Et va savoir, peut-être te fera-t-il des confidences sur l'oreiller ? Excellent, pour notre enquête ! »

Hanna éclata de rire :

« En gros, tu me demandes de coucher pour notre cause ?

— Non. Pour la tienne, chérie. Juste pour la tienne... »

25

Sous le toit du cottage de Jeffrey et Hanna Reagan couvait un vent mauvais. Hanna était mutique, se réfugiant à Cork dès que le jour se levait. Elle en revenait tard, sous l'œil furibard mais taiseux de Jeff qui détestait la voir conduire à la nuit tombée, mais qui n'osait plus rien lui dire. Il passait de longues heures enfermé dans son bureau. Hanna sentait une odeur de cigarette s'en échapper, et mourait d'envie de lui en piquer une ; mais elle ne se le permit pas. Pour son mari, ç'aurait été le pompon, se disait-elle.

Les yeux dans le vide, elle pensait à Michael plus souvent qu'elle n'aurait dû. Ne se séparait jamais de son portable. Vérifiait compulsivement qu'il n'était pas sur « silencieux ». Il ne l'était pas. Mais Michael n'appelait pas.

Pour lui dire quoi, d'ailleurs ? Ce qui était à Paris devait rester à Paris, décidément. En lui téléphonant, Michael se serait immiscé dans sa vie ; et elle devinait que cet homme si gentil et honnête ne se le permettrait pas. Après tout, il était parti en taxi, ce matin-là devant l'hôtel, alors que n'importe quel coyote l'aurait suivie dans sa chambre, profitant de la faiblesse qu'elle avait eue à l'embrasser comme une folle…

Donc, Michael n'appellerait pas, il fallait qu'elle se colle ça dans le crâne.

En revanche, un soir, Zelda lui téléphona. Elles papotèrent un long moment. De tout, de rien – et de Paris, aussi, en toute innocence.

« Michael m'a dit qu'il vous avait vue, là-bas, et que vous étiez rayonnante. C'est formidable que vous commenciez à voyager ! »

L'adjectif tournoyait dans la tête d'Hanna comme un nuage de lait dans un « russe blanc » : « rayonnante ». Michael l'avait trouvée *rayonnante*. Son cœur battait au rythme d'un cheval au galop.

Rayonnante.

Pensait-il à elle comme elle pensait à lui ? Devait-elle l'appeler, elle ?

Non, elle ne pouvait pas faire ça…

Sinon, Zelda était en pleine forme. Elle avait remonté Amerigo. « Juste un petit tour de manège, au pas. Ce cher Edwyn n'a pas lâché le licol une seconde ! »

Lorsque Hanna raccrocha, la voix de sa vieille amie l'avait mise de bonne humeur – ce qui était un exploit.

« Vous reviendrez à Kinsale ?

— Oh, bien sûr ! Dès que possible. Comme vous voudrez… »

Aller à Kinsale ? Elle en avait tellement envie. Se poser. Dormir dans des draps bassinés à la fleur d'oranger, se balader sur les chemins de terre noire jusqu'à l'enclos des chevaux. Respirer.

Elle oublia presque que Michael était le fils de Zelda, et que c'était dans son lit qu'elle avait dormi, là-bas.

Puis elle avait repris le cours de sa mélancolie. Le bureau de Jeff était toujours fermé, sans qu'elle voulût en pousser la porte.

Hanna brûlait de l'intérieur ; Jeff était froid comme une brique.

Entre ces deux pôles contraires, Gail vaquait à ses occupations sans trop cacher son exaspération. Elle s'occupait de Patti, faisait la conversation à table. Dès que la petite était à l'école et qu'elle avait tout son temps devant elle, elle voyait bien qu'Hanna la fuyait. Deux jours avant de rentrer à Londres, elle prit sa décision, et posa une semaine de congés.

« J'emmène Patti pendant les vacances scolaires, décréta-t-elle. On ira visiter les cachots de la tour de Londres. Ce sera plus gai qu'ici. »

Hanna ne releva pas. Mais s'en voulut intérieurement. L'ambiance était-elle si pesante pour Patti ? Assurément, elle l'était, dut-elle reconnaître.

Mais elle n'arrivait pas à donner le change.

« Gail m'a parlé de votre histoire de Zelda Zonk. Tu es sérieuse ? »

Pour une fois, Jeff se couchait tôt. Lorsque Hanna l'avait découvert déjà installé dans leur lit alors qu'elle sortait de son bain, elle s'était attendue à tout, comme entrée en matière, sauf à celle-ci.

« Gail ? répondit-elle, interloquée. Elle t'a parlé de... ça ? Tu... Tu parles avec Gail, maintenant ?

— Des fois. De trucs en passant, comme ça. Il arrive qu'on se retrouve tous les deux... tout seuls... à discuter de tout et de rien... On est une famille, non ? »

Saisissant le reproche au passage, Hanna hocha la tête, désabusée. On parlait dans son dos, et cela lui déplaisait autant qu'on la regarde dormir.

Mais le début de cette conversation lui plaisait davantage que… l'autre, décida-t-elle, s'installant dans le lit à son tour. Elle leur permettrait peut-être de faire un pas l'un vers l'autre en évitant l'obstacle d'une engueulade. Car elle n'avait surtout pas envie d'une engueulade. Elle avait trop peur d'elle-même ; de ce qu'elle pourrait dire de définitif.

Elle lissa les draps et prit un air aussi léger que possible.

« Alors… Cette histoire de Zelda Zonk… reprit-elle. C'est bizarre, voilà. Toi qui es un grand adepte de la théorie du complot, tu devrais adorer.

— Vas-y. »

Et elle recommença : Marilyn. New York. L'âge de Zelda. Son passé mystérieux. Elle n'évoqua pas Michael, trop périlleux. Son trouble se verrait probablement comme son nez au milieu de sa figure.

Elle fit son exposé, il l'écouta avec attention.

« Effectivement, c'est étrange, admit-il quand elle eut fini. Mais un peu tiré par les cheveux, non ?

— Pas plus que ta théorie qu'Apollo XI a été filmée en studio.

— Ce n'est pas MA théorie, rectifia-t-il. C'est une idée partagée par plusieurs millions d'Américains. Avec qui partages-tu la tienne ?

— Avec personne », reconnut-elle, décontenancée.

Elle se rembrunit. Elle n'aimait pas l'air railleur de Jeff. Il dut s'en apercevoir, car son regard sur elle s'adoucit, et il prit un air intéressé.

« Alors, dit-il, d'après mes souvenirs, Marilyn est morte suicidée en…

— 1962.

— C'est ça. Il y a cinquante ans, donc. Et il y a pas mal de gens pour prétendre qu'elle ne s'est pas suicidée toute seule…

— Dans le bouquin que j'ai lu, l'auteur explique que l'autopsie a révélé l'équivalent de quarante cachets de somnifère, alors qu'il n'y avait même pas un verre d'eau pour les avaler dans la chambre.

— Elle s'est peut-être levée pour aller à la salle de bains, suggéra Jeff.

— Non, la gouvernante qui la surveillait ne l'a pas vue sortir de sa chambre, d'après ce qu'elle a déclaré à la police… Et d'ailleurs, la gouvernante était très bizarre. Un garde-chiourme qui lui servait aussi d'infirmière, à la solde du psy de Marilyn, qui était lui-même très bizarre aussi…

— La théorie qui circule serait que quelqu'un d'autre lui aurait administré les somnifères par piqûre…

— Ou par lavement », grimaça Hanna.

Jeff attrapa un oreiller supplémentaire pour se caler le dos. Il semblait se prendre au jeu.

« C'est donc un assassinat, conclut-il. C'est communément admis. Voilà une mort bien réglée. Fin de l'histoire. Ce n'est pas ta conclusion ? »

Hanna secoua la tête.

« Non. Non, dit-elle. Ma conclusion, c'est que c'est n'importe quoi, tout ça. Le coroner qui a fait l'autopsie a été viré en 1982 pour avoir falsifié des rapports, dans d'autres affaires. Pourquoi pas celle-là ?

— Que veux-tu dire ? Tout ça parce qu'il a prétendu qu'elle avait une pharmacie dans l'estomac ? Et qu'il n'y avait pas d'eau dans la chambre...

— Non... Tout ça parce qu'il n'a peut-être jamais vu son cadavre ! »

Jeff haussa les sourcils : on arrivait à la théorie de sa femme, et au pourquoi du comment elle s'intéressait autant à une vieille estropiée rencontrée au Mercy Hospital.

« Continue », dit-il, sincèrement curieux.

Hanna se redressa, arrangeant le col de sa chemise de nuit sans s'en rendre compte. Elle se sentait intéressante, ce qui n'était pas un sentiment habituel chez elle.

« Jeff, c'est juste une histoire... Ne te moque pas de moi.

— Non, assura-t-il. Je t'écoute.

— Alors voilà comment ça commence : on est en 1962. Marilyn en a marre. Elle n'aime plus sa vie, Hollywood, le cinéma, tout ça. Elle couche avec le président des États-Unis, il la jette, elle se plaint, elle devient dangereuse...

— Et il la fait tuer, suggéra Jeff. Déjà entendu cette histoire.

— Non. Pourquoi prendre un tel risque ? Marilyn veut changer de vie, ça arrange le gouvernement. Qui lui file du fric pour être tranquille, disparaître et s'installer ailleurs. Avec l'aide des services secrets qui lui organisent une fausse mort.

— Et la voilà qui débarque en Irlande, sous un faux nom qu'elle a déjà utilisé et qu'on peut trouver dans toutes ses biographies... »

Jeff avait beau jouer les sceptiques, Hanna avait déjà la parade.

« Seules deux ou trois personnes à New York savaient qu'elle utilisait parfois le nom de Zelda Zonk, pour qu'on lui fiche la paix. Et ils n'en ont parlé que très longtemps après sa disparition, quand des biographies plus fouillées ont commencé à paraître. Alors que Zelda était déjà loin, à Kinsale, dans une lande perdue… »

Elle réfléchit :

« Et puis je pense qu'en choisissant ce nom, elle a voulu emporter une partie d'elle-même. Celle qu'elle aimait le mieux. Pour ne pas être dépossédée de tout son passé, aussi. »

Jeff la considéra en silence. Hanna attendait son avis.

« Hum, finit-il par dire. C'est intéressant. Mais ça fait quand même beaucoup de moyens déployés et beaucoup de personnes impliquées pour une seule femme qui a envie de changer d'air. D'autant que personne n'était à l'abri qu'elle en ait marre, des moutons et des bruyères, et qu'elle fasse un retour fracassant. »

Hanna fit la moue.

« Si tu connaissais Zelda, si tu la voyais dans sa maison… Tu verrais qu'elle est bien là où elle est, et qu'elle n'en serait jamais partie, pour rien au monde. Qu'elle soit Marilyn, ou pas. Ce que je veux dire, c'est qu'il y a des gens qui aiment cette vie. Simple, sans tourments. »

Jeff hocha la tête, un peu soulagé. Il avait eu peur, à un moment. La première partie de la phrase l'avait gêné : Hanna pensait-elle vraiment, sans doute aucun, que Zelda était Marilyn ? Mais elle avait ajouté : « Marilyn ou pas… », et il avait soufflé. Sa femme avait encore un peu de conscience.

« Il n'empêche que c'est beaucoup de moyens pour une seule femme, répéta-t-il.

— Et s'il s'agissait d'un secret d'État ? lâcha Hanna, tirant sa dernière cartouche.

— Si on l'avait fait disparaître, d'une manière ou d'une autre, bien sûr que ce serait un secret d'État ! s'étonna Jeff.

— Non, je veux dire : si ce secret d'État-là devait en cacher un autre ?

— Du chantage sur des trucs qu'elle aurait su ? Ça s'est dit, je crois, pour expliquer son éventuel assassinat.

— Non, non, non… Un enfant, par exemple, qui gêne en haut lieu.

— Ta Mme Zonk a un enfant ?

— Un fils, éluda-t-elle. Rappelle-toi. Tu l'as vu à l'hôpital. »

Seigneur… Il fallait qu'elle fasse vite. Surtout ne pas parler de Michael trop longtemps.

« Peut-être, réfléchit-il. Je l'ai croisé, je crois. Pas fait attention. Et alors ?

— Et alors, Marilyn a subi des avortements, et un nombre incalculable de fausses couches. Elle est désespérée. Et, alors qu'elle n'y croit plus, elle attend l'enfant qu'il ne faut pas, quel que soit le père. Elle est heureuse. Elle accepte de partir. Elle ne veut rien d'autre qu'une vie normale, elle a trop souffert… Et on l'aide pour ça. Fin de l'histoire. »

Jeff sourit, un peu admiratif quand même. L'hypothèse d'Hanna était séduisante, et son scénario était bien meilleur que celui du roman qu'il peinait à terminer, la nuit dans son bureau.

« Tu as de l'imagination, admit-il.

— À la différence que c'est peut-être vrai.

— Mais tiré par les cheveux.

— Mais tiré par les cheveux… »

Jeffrey regarda sa femme attraper un tube de crème sur sa table de chevet, dont elle commença à s'enduire soigneusement les mains, signe que la conversation était terminée. Mais lui ne voulait pas rompre l'échange qui s'était de nouveau mis en place entre eux deux, après des jours interminables d'indifférence.

« Écoute, dit-il. Je vais mettre mon pote Dickie sur le coup. À Boston, on sait beaucoup de choses sur les Kennedy. Je lui dirai que c'est pour mon roman… »

Elle s'interrompit dans son crémage de mains, les yeux écarquillés.

« Tu vas en parler à Dickie ? N'importe quoi. Ne fais pas ça. Je ne veux pas. »

Elle avait haussé le ton, le fusillant du regard. Parler de Zelda à… Dickie Moreno, ce fouineur ?

« N'en parle pas à Dickie, Jeff. Je ne veux pas », répéta-t-elle.

Un voile sombre passa sur le visage de Jeffrey : il l'avait de nouveau perdue.

« Mais non, dit-il, abattu par sa propre maladresse. Je plaisantais. »

Il l'embrassa sur l'épaule, comme en passant ; il ne voulait pas la brusquer.

« Hanna… Je t'aime », chuchota-t-il.

Elle se raidit.

« Moi aussi », lâcha-t-elle du bout des lèvres.

Il soupira, et s'enfouit sous les draps, de son côté du lit. Il ne s'aventurerait pas plus loin ce soir.

Il fallait qu'elle revienne.

Le lendemain fut le même que tous les autres lendemains. Hanna fila à Cork, Jeffrey, dans son bureau.

Hanna était reconnaissante à son mari de ne pas l'avoir approchée de trop près, hier soir. Il n'avait donc pas fait semblant de lui porter de l'intérêt rien que pour la séduire de nouveau.

Elle lui aurait dit non, de toute façon. Pas vraiment pour le repousser… lui. Mais pour empêcher un autre de venir envahir son esprit.

Hanna et Jeffrey croisèrent à peine Gail, qui ne faisait plus l'effort de donner le change : elle était de mauvaise humeur, s'ennuyait ici, et attendait le début des vacances scolaires pour fuir à Londres avec Patti.

À la boutique, Hanna eut un long échange avec Marsha au sujet de Gail.

Évidemment, elle culpabilisait de pourrir les journées de sa sœur.

Et évidemment, Marsha était d'un autre avis.

« Tu m'excuseras… » commença-t-elle en lui balançant un regard aigu par-dessus ses lunettes.

Aïe, se dit Hanna… Quand Marsha commençait par s'excuser, c'est qu'en général elle sortait l'artillerie lourde tout de suite après.

« Tu m'excuseras, reprit Marsha, mais tu ne dois rien à ta sœur. Elle n'est pas en vacances, chez toi. Tu lui gardes sa fille…

— Rah, la coupa Hanna, ne commence pas avec ça. Tu sais que ça me fait plaisir d'avoir Patti à la maison. Tu sais comme je l'aime.

— Oui, je n'en doute pas une seconde. Mais si tu veux mon avis, ta sœur est une égoïste. Et tu refuses de te rendre compte à quel point.

— Je ne voulais pas ton avis, mais merci », bougonna Hanna.

Cette réflexion méritait un silence de quelques minutes. Marsha replongea le nez sur sa marqueterie, Hanna sur son abat-jour en toile de Jouy.

Au fond, il n'y avait rien à répondre à ça.

« Tu veux encore mon avis ? reprit Marsha sans relever la tête.

— Toujours pas.

— Je pense que malgré tout l'amour que tu portes à Patti, ou peut-être à cause de ça, cette petite prend la place de l'enfant que tu n'arrives pas à avoir. CQFD. »

Nouveau silence. Hanna encaissa. Elle jeta un œil à Marsha, toujours absorbée par son ouvrage ; c'était fou comme un travail de précision pouvait servir de rempart par-dessus lequel on pouvait balancer des obus, sans regarder où ils tombaient.

Son médecin lui avait déjà suggéré la même chose ; elle-même y avait déjà réfléchi. Patti comblait son désir d'enfant sans qu'elle ait à passer par l'épreuve du questionnement, de la grossesse, de l'accouchement et de tout le cortège de souffrances physiques et morales qui feraient d'elle une bonne ou une mauvaise mère. Son ventre restait vide car il n'avait pas besoin d'enfant : il y en avait un, déjà tout fait, juste devant.

« Que faudrait-il que je fasse ? finit-elle par demander, brusquement. Que je me sépare de Patti ? Pour laisser sa chambre à un autre ? C'est aussi simple que ça ? »

Marsha ôta ses lunettes. Mauvais signe.

« Bon, déjà : un… autre, comme tu dis, ce ne serait pas un étranger, ou une espèce d'envahisseur… Ce serait TON enfant. Ensuite, tu n'es pas obligée de te séparer de Patti, si ça vous fait du mal à toutes les deux, ce ne sera bénéfique pour personne, et surtout pas pour un autre. Tu vois. Le seul truc, c'est qu'il faut que tu en prennes conscience, c'est tout : Patti n'est pas TON enfant. Et il y a de la place pour deux. »

Marsha remit ses lunettes. Il y eut un nouveau silence, seulement percé par de petits coups de marteau sur la plaque de bois.

« Je sais, admit Hanna, lorsque le martèlement eut cessé. Mais je n'ai pas envie d'en faire un débat maintenant. »

Marsha hocha la tête et eut un mouvement de la main. OK, elle avait compris. Elle s'arrêtait là.

« Mais il y a autre chose, reprit Hanna. Ce qui m'ennuie en ce moment, c'est que je n'arrive plus à parler à ma sœur. À me confier à elle. Je ne peux pas lui parler de Jeff, elle dit qu'il me tient sous un éteignoir ; je ne peux pas lui parler de Zelda, elle se fout de moi ; je ne peux pas lui parler de...

— Michael, suggéra Marsha.

— Voilà. Je n'arrive plus à me confier à elle. »

Marsha souffla un grand coup sur sa marqueterie, pour en éliminer les poussières de bois. Puis elle y passa le revers de la main, satisfaite du résultat.

« Ce n'est pas ça, conclut-elle. C'est qu'avant, tu n'avais rien à lui confier. »

Ce soir-là, quand elle rentra à Dearbly, Hanna était épuisée. Pour s'occuper, Gail avait préparé le dîner avec Patti. Poulet rôti, pommes de terre et tarte aux pommes. Pas de légumes. Dès que ça concernait la famille, sa sœur oubliait son régime macrobiotique.

Le repas avait été agréable. Chacun avait fait un effort en l'honneur des deux cuisinières. Hanna avait parlé à Patti du petit chat qu'elle pourrait peut-être adopter, en rentrant de Londres.

Patti était contente ; contente du chat, et contente de partir.

Pour la première fois depuis une semaine, ils avaient traîné tous les quatre à table. Gail avait interrogé Jeff sur l'avancement de son roman, alors qu'elle savait qu'il avait horreur de ça.

Mais il avait répondu de façon assez urbaine. Oui, il avait fini. Il en était à la relecture, mais il souhaitait changer pas mal de choses. Ce qui lui faisait beaucoup de boulot. Manière d'expliquer ses retraites nocturnes dans son bureau.

En échange de ces civilités, Gail leur avait parlé de son projet plus ou moins lointain de ne plus voler qu'en Europe. Elle en avait marre des longs-courriers. Marre du jet-lag. Marre d'être loin tout le temps. Enfin, elle verrait.

En écoutant sa sœur, Hanna avait pensé à Marsha.

Lorsqu'elle sortit de son bain, un peu plus tard dans la soirée, elle trouva Jeff installé sur le lit, comme la veille au soir. Au détail près qu'il n'était pas allongé sous les couvertures, mais par-dessus, en jean, tee-shirt et chaussettes.

« Chérie, il faut que je te parle de quelque chose », dit-il.

26

Jeff était malheureux. Jeff ne comprenait plus rien. Jeff avait besoin de souffler. Lui aussi.

Voilà ce qu'il voulait lui dire.

Hanna avait eu peur, lorsqu'il avait commencé à lui parler, cherchant ses mots. Elle avait eu peur qu'il ne la quitte ; peur qu'il n'aborde son escapade à Paris, peur qu'il ne se doute qu'un autre occupait ses pensées. Mais il ne lui avait même pas posé la question.

« Je t'aime », avait-il d'abord dit en lui prenant les mains.

Elle avait attendu le « mais » qui ne manquerait pas d'arriver après cette déclaration habituelle ; et il était arrivé.

« ... mais je suis fatigué », avait-il poursuivi.

Il avait ensuite dressé la liste des choses qui faisaient qu'il était fatigué :

« Fatigué de ne plus te comprendre. – Fatigué de marcher sur des œufs. – Fatigué de te courir après sans que tu te retournes. – Fatigué d'être seul, même avec toi... » Il y en avait comme ça un ou deux autres, mais elle n'avait pas tout retenu, crispée qu'elle était à sentir ses mains devenir moites dans les siennes.

« Pourtant, j'ai essayé de me mettre à ta place, avait-il expliqué. Je me suis dit que la peur que j'avais eue de te perdre dans cet accident n'était rien à côté de celle que tu avais pu ressentir, dans la voiture, ou à l'hôpital, avec tes opérations, tes plâtres, ta rééduc… J'ai pensé que si moi j'avais été simplement… soulagé de te voir en vie, toi, tu avais dû te poser tout un tas de questions compliquées. Pourquoi toi, et pas les autres… Et pourquoi la vie peut-elle s'arrêter comme ça, sans prévenir… »

Elle avait lentement hoché la tête. Jeff s'imaginait ne plus la comprendre, alors que tout ce qu'il lui disait semblait directement sorti de son cerveau à elle. Combien de nuits d'insomnie avait-il dû passer à ne penser qu'à elle ? Fallait-il qu'elle soit égoïste pour ne pas percevoir la souffrance que son accident avait pu provoquer chez son mari ? Elle y avait bien pensé, quelquefois, mais pas assez souvent.

Jeffrey s'était allongé sur le côté, comme pour la rassurer avant de continuer. Ainsi, il lui montrait qu'il ne partait pas ; qu'elle n'avait pas à avoir peur. Alors, elle s'était allongée aussi.

« J'ai compris que tu avais besoin de temps pour digérer tout ça, avait-il dit, à voix presque basse. Je ne sais pas ce qu'il en ressortira, au final. Si l'un de nous deux quitte l'autre, j'ai toujours su que ce serait toi. »

Bouleversée, elle avait posé la main sur sa joue ; mais il l'avait ôtée, y déposant un baiser tendre.

« Attends, lui avait-il demandé. Ne me dis rien. Ne me fais pas de promesse. Prends ton temps. Je ne veux pas d'une femme malgré elle. »

Hanna avait senti les larmes lui monter aux yeux. Et n'avait rien fait pour les essuyer.

« Mais tu comprends, avait-il continué d'une manière quasiment inaudible, il faut que je rentre un peu… chez moi. J'en ai besoin.

— Mais… tu n'es pas chez toi, ici ? » avait-elle balbutié.

Il avait soupiré.

« Je suis rarement chez moi, ici. Avec ta sœur qui habite à mi-temps dans la chambre d'à côté. Avec une petite fille que j'adore, mais dont je ne serai jamais le père. Et avec une femme qui n'est plus là. »

Seigneur, telle était la vie de son mari ; telle était la vie de l'homme qu'elle avait épousé parce qu'elle l'aimait.

« Tu veux retourner en Amérique ? »

Il partait. Elle le savait.

« Quelque temps. Une dizaine de jours. Puisque Gail emmène Patti à Londres, ça ne changera rien pour toi. Pour le travail, tout. »

Silence. Qu'aurait-elle pu dire ? Elle avala une larme qui lui tombait dans la bouche.

« Il faut que j'aille à New York voir mon éditeur. Je veux prendre une nouvelle orientation, et je préfère en discuter avec lui en face, plutôt que par mail. Tu vois. J'irai quelques jours chez mon frère, je ne l'ai pas vu depuis un bail ; et j'en profiterai pour passer à Boston ; voir Dickie et les copains… Tu comprends ? »

Oui. Il fallait qu'elle lui dise « Oui », qu'elle l'accompagne dans sa démarche, c'était le moins qu'elle pouvait faire.

Alors, elle n'avait pas su répondre autre chose que ce « Oui », qui englobait tous les vœux de respect et de bonheur qu'ils s'étaient faits une nuit sous une arcade de fleurs en plastique, à Las Vegas. C'est là-bas qu'ils s'étaient mariés ; non pas qu'ils aient été soûls de jeu et de shots de vodka, mais parce que ça avait été la seule façon pour Jeff d'emmener Hanna loin de M. et Mme McCann, pour qu'elle vive enfin sa vraie vie, avec lui. Ils n'avaient d'ailleurs jamais songé à faire valider leur mariage en Irlande. Pas la peine. Leur union se satisfaisait du symbole.

Un voyage de presse pour une ouverture de casino, une invitation pompeuse pour deux personnes. Ils en étaient au début de leur amour.

Et voilà qu'il voulait repartir. Que sous le regard abasourdi d'Hanna, l'ancien Jeffrey se montrait de nouveau. L'avait-elle à ce point oublié ?

Alors elle avait dit « Oui ». Et rien d'autre.

« Le chat, ce sera une fille ou un garçon ?

— Comme tu veux, ma chérie. Les animaux, on peut choisir. »

Accroupie devant Patti, Hanna arrangeait le tee-shirt dans le jean de la petite fille, alors qu'il n'y en avait nul besoin. Patti était parfaite, bien habillée et coiffée, une toute nouvelle valisette à la main – « avec des chevaux dessus », avait-elle exigé.

Debout à côté d'elle, Gail n'était pas dupe : sa sœur se donnait une contenance pour ne pas verser la petite larme qui attendait sournoisement. Hanna passa furtivement son index entre son œil et son nez, là où la chose menaçait de dégringoler. Elle commençait toujours par pleurer de l'œil droit ; le gauche ne suivait qu'après, une fois qu'il avait reçu de l'autre côté le signal d'ouvrir les vannes. Ça amusait Jeff ; elle faisait tout le temps ça devant les films avec Meg Ryan, à une époque. Ils louaient un DVD, s'installaient dans le canapé sous un plaid fait maison, et Hanna pleurait de l'œil droit, puis de l'œil gauche.

« En route, mauvaise troupe ! » fit Jeff, rentrant dans la maison. Il avait fini de charger les bagages dans le coffre de la voiture. Demain, il ferait de même pour les siens.

Hanna les chassa prestement du palier, sous le vieux prétexte du vous-allez-rater-votre-avion, qui, utilisé devant une hôtesse de l'air, était encore plus stupide. Il était tôt. Et Gail connaissait l'aéroport comme sa chambre à coucher.

Devant l'œil gauche qui menaçait à son tour de tomber en déliquescence, Jeff saisit le message et poussa Patti dans la voiture.

Gail sembla hésiter, puis fit un petit demi-tour. « Que vas-tu faire ? » demanda-t-elle à sa sœur. Hanna ravala rapidement sa larme ; curieusement, ce fut l'air que Gail arbora à ce moment-là – mi-inquiet, mi-compatissant, pour tout dire… condescendant – qui la libéra tout à fait de l'étau de tristesse qui lui empoignait les deux seins depuis la veille jusqu'à lui couper le souffle.

« Ce que je vais faire ? lança-t-elle. Vivre sans vous ! C'est possible ? »

Elle avait été beaucoup plus brutale qu'elle ne l'aurait voulu, et Gail eut un mouvement de recul. Du coin de l'œil, Hanna vit que Jeff s'en était aperçu, là-bas dans la cour, car il mit bien dix secondes avant de claquer sa portière.

Gail eut un bref sourire.

« Je ne me fais pas de souci pour toi. Ça va être cool. Profites-en bien. »

La voiture démarra, et Hanna agita la main en direction de Patti, qui dodelinait de la tête comme un petit chien sur la plage arrière.

L'œil droit et l'œil gauche rompirent leur digue quasiment en même temps. Et si elle ne me la ramenait pas ? s'étrangla Hanna en fermant la porte sur la vision de la petite fille qui s'éloignait.

Elle décida de pleurer toutes les larmes de son corps, une bonne fois pour toutes.

Ensuite, elle penserait à autre chose.

Jeff ne rentra de Cork qu'en fin d'après-midi, et il employa la soirée à préparer ses affaires. Hanna fit mine de s'occuper dans son atelier, réparant la housse d'un canapé, qui ne devait avoir de valeur que pour les paires de fesses qui s'y étaient posées.

Elle s'en sortait mieux avec les objets qu'avec les gens, constatait-elle amèrement, en tirant son fil avec application. Elle avait mis de la musique classique assez fort – du Vivaldi, comme chaque fois qu'elle voulait contraindre son spleen –, autant pour ne pas s'entendre penser que pour tenir Jeff à distance. Pour son mari, les miaulements d'un violon étaient un véritable répulsif ; la musique en général l'était. Jeff aimait le silence et les froissements de papier. Sans doute ses tympans avaient-ils été trop agressés par des bruits de toutes sortes – brouhahas guerriers, tirs de mortiers, avions qui décollent, il lui avait raconté tout ça.

D'un accord tacite, ils ne dînèrent pas ensemble. Tout avait été dit, inutile de s'infliger une discussion de convenance à table. Pour la même raison, Hanna évita la chambre jusqu'à ce qu'elle fût morte de fatigue, ses yeux s'abîmant sur l'aiguille qui finissait par lui piquer les doigts.

Elle n'avait aucune envie de voir Jeff entasser ses caleçons dans une valise. Il avait dû s'en douter, car lorsqu'elle finit par se traîner jusqu'à la salle de bains, la valise était bouclée, posée dans un coin, et le lit était vide. Il avait fait vite. Et avait regagné son bureau.

Hanna remarqua avec un pincement au cœur l'étiquette toute neuve accrochée au bagage. Son adresse à Dearbly-upon-Haven. Et une destination : Boston, USA. Un monde entre les deux.

Le vol était très tôt, à l'aube. Hanna supposa que Jeffrey ne viendrait pas se coucher.

Elle prit un bain brûlant. Des gouttes de sueur dégringolaient de la lisière de ses cheveux tirés en chignon, se faufilaient sur les ailes de son nez, diluant les larmes salées qu'elle laissait couler, le visage luisant, les pores dilatés comme dans un sauna. Elle ressentait cela comme une purification ; elle voulait se vider de toutes les humeurs qui lui gâtaient l'intérieur, gangrenaient ses organes avec des douleurs sourdes qui la saisissaient par séquences : d'abord l'estomac, puis le foie, puis les poumons, chacun leur tour, puis le dos tout entier.

Seule sa jambe abîmée ne la faisait pas souffrir, constata-t-elle avec ironie. C'était la seule partie de son corps qui avait bénéficié de toutes les attentions, ces derniers mois.

Sa tête à moitié immergée, ses seins flottant comme deux îles au milieu d'un océan laiteux, elle pensa à Michael, à son sourire, à ses mains, à ses lèvres. Ferma les yeux devant la fontaine Médicis. Puis s'ébroua dans un sursaut. Qu'avait-elle fait ? Comment en était-elle arrivée là, à cette explosion familiale, à l'abandon de tous les siens ?

Lorsqu'elle sortit du bain, l'eau était tiède, la peau de ses doigts fripée. Elle s'enveloppa frileusement dans son peignoir, puis alla se rouler en boule sous les draps sans l'enlever.

Elle se brosserait les dents demain matin. Elle n'avait envie de rien de froid.

Dans son bureau, Jeffrey enchaînait les cigarettes comme s'il avait décidé de finir son paquet avant de partir.

Ne rien laisser derrière lui. Ne rien laisser d'entamé. Passer à autre chose. Il en avait mal au cœur.

Il avait un instant pensé à écrire un mot à Hanna, un mot pour la rassurer : bien sûr qu'il reviendrait. Qu'il ne la laisserait jamais. À moins qu'elle ne le veuille, elle, mais ça lui briserait le cœur, tellement il l'aimait. Elle ne devait pas avoir peur. Il voulait lui dire ça.

Puis il décida que si, justement : il fallait qu'elle ait peur. Ce serait un sentiment plus salutaire pour leur couple que cet accablement dans lequel elle les engluait tous les deux : une non-vie. La peur bousculerait cette non-vie, servirait de révélateur.

Alors il n'écrivit rien. Hanna ne voulait plus qu'il la protège... Eh bien, il ne la protégerait plus. Du moins, plus autant qu'avant.

La mort dans l'âme, il laissa sa femme avoir peur de le perdre, derrière les deux portes fermées du bureau et de la chambre.

Et il fuma jusqu'à s'en coller la nausée. Lorsque le paquet de cigarettes fut fini, la nuit finissait aussi. Il ouvrit les deux portes sans faire de bruit, sans allumer aucune lumière, entrevit la forme roulée en boule sous les draps, attrapa ses bagages.

Quelques minutes plus tard, il flanquait sa valise dans le coffre du taxi qui stationnait tous feux éteints devant la maison.

Boston, USA. Il rentrait chez lui.

Hanna s'éveilla à midi dans la maison vide, repliée sous la couette de la même façon qu'elle s'était endormie. Mal au dos, mal partout. Elle eut la plus grande difficulté à se lever.

Le couloir puait le tabac froid. Jeffrey avait laissé la porte de son bureau grande ouverte, comme pour lui signifier son absence.

Hanna sentit un gargouillis lui remonter de l'estomac, et n'eut pas le temps de faire demi-tour : une main appuyée contre le mur, elle vomit un long filet de bile entre ses pieds. Saisie de tremblements, elle traversa sa chambre jusqu'à la salle de bains, se rinça la bouche en évitant le miroir.

Tête baissée, elle retourna dans son lit.

Allongée sur le dos, bien droite sur les draps à peine défaits, elle garda les yeux ouverts pour retrouver ses esprits, tenant à distance la sournoise spasmophilie qui toujours menaçait.

Il fallait qu'elle fasse quelque chose. On était dimanche, la boutique était fermée. Pas de Marsha. Personne d'humain qu'elle pourrait croiser ici ou nulle part.

Le téléphone. Elle pensa appeler sa copine Serena Teague, prendre des nouvelles de la haute société de Dublin ; mais on était dimanche, encore une fois, et précisément le dimanche Serena Teague était dans la haute société. Brunch. Golf. Thé. Petits-fours et perfidies.

Appeler sa mère ? N'importe quelle fille ayant une mère vivante l'aurait fait, se dit-elle, réprimant une remontée acide.

Appeler Gail ? Non plus. La veille, elle avait assuré à sa sœur pouvoir vivre sans elle, sans Jeff. Sans Patti.

Son œil droit s'emplit de larmes, mais elle secoua la tête, et empêcha l'œil gauche d'en faire autant.

Elle s'assit face à la table de nuit, contemplant ce foutu téléphone. Ouvrit le tiroir, en extirpa un carnet, composa un numéro.

« Zelda ? C'est Hanna. Excusez-moi de vous déranger, mais j'ai besoin de parler à quelqu'un. De vous parler. Je suis seule, et… »

Son œil gauche capitula. Elle renifla dans le téléphone sans avoir le temps de se retenir.

« Venez, dit la vieille dame. Prenez tout le temps qu'il vous faut, et venez. »

27

Lorsqu'elle l'aperçut, elle fut anéantie.

Michael était là-bas, plus loin, adossé au mur de la gare de Kinsale, les mains dans les poches.

Elle n'avait jamais envisagé le fait qu'il puisse être là. Elle venait à Kinsale pour se reposer d'un tas de choses, et elle n'imaginait pas que la cause de ses tourments puisse apparaître précisément dans l'antre où elle souhaitait faire retraite. C'était saugrenu. Même si Michael était le fils de Zelda, une singulière dichotomie les séparait l'un de l'autre dans son esprit. Les lieux où elle les avait rencontrés séparément, les... choses qu'elle avait pu faire avec l'un ou l'autre n'avaient rien en commun.

Et puis on était lundi. Le lundi, les gens travaillaient. En tout cas, ce lundi, à Kinsale, Michael n'était pas censé lui infliger le spectacle de sa silhouette, dont elle sentait déjà le parfum... toxique.

Il regardait dans l'autre sens. Affolée, elle faillit faire demi-tour avant qu'il ne la vît. Elle savait que s'il se retournait, s'il la voyait, c'en serait fini d'elle, de sa vie telle qu'elle était.

Il se retourna. Aimantée, sans respirer, elle entama sa marche vers lui, un pauvre sourire accroché aux lèvres. Les yeux de Michael vrillaient son estomac. Elle se sentait physiquement malade ; elle eut la vision atroce du filet de bile qu'elle avait craché sur le plancher du couloir, la veille.

Il vint à sa rencontre, souriant aussi, sans plus d'aise qu'elle, son regard nuageux désavouant une désinvolture trop travaillée pour être honnête ; les mains dans les poches, toujours.

« Bonjour, dit-il.

— Vous êtes là », constata-t-elle bêtement.

Lorsqu'il fit le dernier pas vers elle, tendant une main vers la petite valise qu'elle avait posée à ses pieds, tous les pores de sa peau s'ouvrirent à son parfum.

« Oui », dit-il simplement.

Elle le laissa prendre son bagage, et ils traversèrent côte à côte la gare qui bruissait des conversations des voyageurs habituels, qui en cette heure matinale partaient peut-être au boulot, eux.

En arrivant à la voiture, à l'écart du monde, il fallut bien dire quelque chose ; ce fut lui qui s'y colla.

« Bon voyage ? » demanda-t-il en ouvrant sa portière.

Elle lui jeta un œil, vit son gentil sourire, et eut le bon réflexe : un peu d'humour la sortirait de là.

« Non, atroce ! » rétorqua-t-elle avec une grimace censée alléger les kilos de plomb qui lui étaient tombés sur les épaules.

Elle improvisa :

« J'ai dû partager mon compartiment avec deux gamins sans doute trop petits pour aller à l'école, mais suffisamment mûrs pour aller en prison. Ils se sont battus en hurlant sans que les parents disent rien. La mère n'est intervenue que quand le plus petit m'a piqué mon sac.

— Vacances scolaires, lui rappela-t-il dans un petit rire.

— Ah oui, c'est vrai. »

Ils montèrent dans la voiture pour un trajet qu'Hanna envisageait déjà interminable. Elle espéra de toutes ses forces que Michael ait la présence d'esprit de mettre la radio, mais il ne le fit pas, au nom d'une courtoisie imbécile qui pour le coup causait son calvaire. Il fallait qu'elle parle, qu'elle alimente une conversation la plus anodine possible, alors qu'elle respirait sa présence à plein nez, les joues en feu.

Cependant, ni l'un ni l'autre ne purent rien contre le silence qui s'installa pendant les premières minutes. Michael faisait mine de se concentrer sur la route, Hanna faisait mine de tripoter son portable, à la recherche de SMS super-urgents mais totalement imaginaires.

Lorsque la route déboucha sur la crête de la falaise qui surplombait le littoral, une multitude de petites voiles rouges, bleues, jaunes apparurent sur l'océan, et leur sauvèrent la vie.

« Les régates, fit la voix de Michael. Il y en a eu ce week-end. »

Il se lança dans un exposé nautique auquel Hanna n'entendit rien, mais qui lui permit de prendre un air intéressé et de hocher la tête régulièrement. De la même manière, elle aurait pu écouter un discours d'Angela Merkel sur la crise de l'euro, et en allemand, encore, et sans sous-titres… Tout, sauf le silence.

« ... Enfin, les bateaux sont encore là, terminait Michael. Ma mère voulait vous emmener les voir. Mais elle s'est foulé la cheville, une fois de plus. J'ai bien peur que vous ne deviez vous contenter de moi pour la visite. »

Merde. Un cauchemar, se dit-elle, changée en statue de sel. Il dut entendre sa pensée hurlante, car, après un bref coup d'œil vers elle, il ajouta : « Ne vous inquiétez pas, Edwyn Collins nous servira de chaperon. »

Elle se secoua intérieurement. *Réponds, espèce de dinde.* « Mais je ne m'inquiète de rien, répliqua-t-elle posément. Et puis, nous ne sommes pas à Paris. » Il osa rire, la glace était rompue. Souriante à son tour, Hanna était fière d'elle ; elle avait bien fait de tordre le cou au souvenir qui les taraudait tous les deux. Cela fait, Michael préféra quand même changer de sujet.

« Ma mère est très heureuse de votre visite, dit-il. D'autant qu'elle peste contre sa cheville qui la cloue à la maison. Évidemment, pas question pour elle de rester dans son fauteuil, elle claudique en se tenant aux meubles. Même si je l'engueule, vous la connaissez...

— Qu'est-il arrivé ?

— Grand nettoyage d'été. La plupart des gens le font au printemps, mais ma mère n'aime pas les traditions. Elle a donc décidé de décrocher tous les rideaux en juillet. Une tringle a résisté, mais pas le tabouret sur lequel elle était montée. Pas bien haut, cette fois, heureusement. Mais sa cheville est toujours fragile. »

Elle le savait déjà, Zelda lui avait raconté tout ça au téléphone. Mais ils se servirent de ce prétexte pour deviser un moment sur l'entêtement de la vieille dame à se battre sans arrêt contre sa vulnérabilité. Puis le silence menaça de nouveau.

« Ma mère m'a dit que vous étiez seule cette semaine, reprit alors Michael. Rien de grave, j'espère. »

Il ne fallait pas être grand clerc pour entrevoir la – légitime ? – inquiétude qui pointait derrière cette – innocente ? – question. Hanna devina que ce que Michael espérait, surtout, c'était de n'être en aucun cas un des motifs d'une soudaine rupture. Comme si un baiser à Paris pouvait engendrer un séisme domestique à Dearbly-upon-Haven, selon l'effet papillon.

« Non, non, s'empressa-t-elle de répondre. Rien de grave. Juste des coïncidences d'emplois du temps. Ma sœur a emmené Patti en vacances à Londres, où elle a un appartement. Patti est assez grande pour profiter des voyages, maintenant... Et Jeffrey a dû se rendre chez son éditeur, à New York. Et à Boston. Pour son roman. »

Michael hocha la tête, mais ne répondit pas. Bien sûr, il n'était pas dupe : si Hanna avait souhaité venir s'aérer chez Zelda, c'est qu'il y avait un loup quelque part.

Alors, elle osa : « Ce qui est à Paris reste à Paris, Michael », dit-elle. Elle n'en pensait pas un mot.

Il eut un petit sourire et lui jeta un œil amusé.

« J'ai déjà entendu ça quelque part, mais je pensais que ça concernait uniquement Vegas.

— Je me suis... euh... mariée à Las Vegas.

— Vraiment ? Ça ne vous ressemble pas du tout.

— Et qu'est-ce qui me ressemble, selon vous ?

— Paris. Paris vous ressemble. »

Elle sentit une flamme naître dans son ventre. Elle fixa les mains de Michael sur le volant. De grandes mains où saillaient des veines bleutées sur un duvet châtain. Elle se souvenait de la chaleur de ces mains qui enfermaient les siennes. Puis enserraient doucement son visage...

Elle avait envie de ces mains ; les siennes lui faisaient mal, comme si toutes ses terminaisons nerveuses y palpitaient en un sac de nœuds.

Quand ils arrivèrent enfin devant la maison de Zelda, au bout du chemin, Hanna avait fermé dix fois, vingt fois, cinquante fois les yeux sans le vouloir, son imagination la faisant délicieusement souffrir, exaltée par les effluves de la peau de Michael.

Tu as ta réponse, Marsha. Je suis amoureuse.

Zelda était assise dans sa chauffeuse, mignonne petite chose nacrée comme un biscuit de porcelaine.

« Ah, ma chère, s'exclama-t-elle. Vous me sauvez ! Je m'ennuie à mourir.

— Merci, c'est agréable pour moi », commenta Michael, tandis qu'Hanna se penchait vers la vieille dame pour l'embrasser.

Elle était soulagée de la voir, comme une noyée aurait approché d'une bouée de sauvetage.

« Mon fils est épatant, comme garde-chiourme, dit Zelda, faisant mine de chuchoter à l'oreille d'Hanna. Mais il râle sitôt que je bouge d'un centimètre. Et puis il n'a pas une conversation très féminine.

— Détrompez-vous, fit Hanna en s'asseyant près d'elle. Il a une vraie idée du chic parisien. »

Elle pensait à l'arrosoir qu'elle tenait lorsqu'il l'avait retrouvée à la station Cité, et se demandait s'il s'en souvenait ; en tout cas, il lui sourit, complice.

« Vous m'expliquerez, dit Zelda. Et je suis bien contente qu'il vous ait servi de guide.

— Il a été parfait », confirma Hanna, sans rougir.

Depuis les derniers mots de Michael dans la voiture, le malaise d'Hanna s'était dissous. « Paris vous ressemble », avait-il dit. Cette phrase tombée de sa bouche exquise l'avait rassurée. Peut-être parce qu'elle y avait vu la... considération qu'il avait pour elle. Il ne la voyait pas comme une idiote. C'était déjà ça.

Et dans cette maison, entre Zelda et Michael, elle se sentait bien. Elle n'avait plus peur de rien. Sauf peut-être de ce qui n'arriverait jamais.

« Je rentre chez moi, annonça Michael, effleurant les cheveux de sa mère d'un baiser. Des trucs de boulot à régler ce matin. »

Il regarda Hanna en face, sans qu'elle puisse définir son expression. Heureusement, la lumière était toujours assombrie, entre les vieux murs du cottage.

« Si vous voulez, je reviendrai vous chercher dans l'après-midi, pour aller faire un tour au port. Pendant que ma mère sera assez raisonnable pour faire une sieste.

— Bien sûr qu'elle veut faire un tour au port, c'est un si joli spectacle ! répliqua la vieille dame. Et oui, Michael, je ferai une sieste. Avec toute l'énergie que je dépense à ne rien faire, je suis épuisée, tu penses bien. »

Michael secoua la tête d'un air blasé, et Hanna capta le dernier regard qu'il posa sur sa mère avant de tourner les talons : c'était un regard plein d'amour et d'estime, un regard qui souriait. Elle eut un coup au cœur : Michael était ce qu'on pouvait appeler un bel homme ; mais là, il était carrément à tomber.

Son parfum flotta encore autour d'elle après qu'il eut refermé la porte.

« Et si vous nous faisiez du thé ? suggéra Zelda, la sortant de sa torpeur. J'ai bien peur de ne pas être une hôtesse… à la hauteur, cette fois ! Mais j'ai eu le temps de préparer des muffins aux myrtilles hier matin, avant de tomber de mon piédestal. Je suppose qu'ils sont encore bons.

— Vous n'êtes pas raisonnable, la gronda Hanna en se levant. Vous auriez pu vous fracturer le col du fémur.

— Oh, je suppose que mon fils a dramatisé ma chute. Je ne suis pas vraiment tombée, vous savez ; je me suis seulement mélangé les pinceaux en descendant d'un tabouret haut comme trois pommes. Mais je suis restée debout, vaillante ! »

Hanna connaissait la cuisine. Elle trouva facilement la bouilloire, la remplit d'eau, alluma la gazinière, et dénicha la boule à thé dans le tiroir à couverts. Dans le salon adjacent, Zelda bavardait avec bonne humeur.

Patti avait-elle de bons souvenirs de son séjour à Kinsale ? Elle-même avait été si heureuse de monter de nouveau Amerigo, et voilà que cet accident stupide la freinait dans ses exploits. Et cette histoire d'adopter un chat pour la petite fille ? En avaient-elles trouvé un ?

Hanna tassa des feuilles de Earl Grey dans la boule à thé, prépara un plateau avec le sucrier, le petit pot à lait.

« Les muffins », lui rappela Zelda, qui supervisait les opérations.

Ah oui, les muffins. Hanna était à l'aise, enveloppée de ce petit bonheur confortable qui rend les instants juste parfaits.

Elle déposa le plateau sur la petite table, et fit le service : lait d'abord, thé ensuite, comme le lui avait enseigné Mme McCann. Elle le raconta à Zelda, imitant sa mère en parfaite maîtresse de cérémonie du thé.

« Vous exagérez, rit la vieille dame. Je suis sûre que votre maman ne fait pas tous ces gestes.

— Détrompez-vous. Mme McCann en fait toujours beaucoup plus que n'importe qui. Au moins m'aura-t-elle inculqué deux ou trois choses. L'essentiel est d'avoir une mère, même indifférente, qu'en pensez-vous ? »

Zelda avala une gorgée de thé, ses yeux bleus la fixant au-dessus de sa tasse en porcelaine.

« Je ne sais pas, dit-elle. Je n'ai presque aucun souvenir de mes parents. Petite, j'ai été placée de foyer en foyer… Mais c'est vrai que je me suis souvent demandé si je n'aurais pas préféré avoir des parents imparfaits plutôt que toutes ces familles auxquelles je voulais m'accrocher, mais qui n'avaient rien de moi. »

Elle eut un regard dans le vague, puis se reprit en balayant l'air d'un revers de main.

« Enfin, dit-elle rapidement. Arrive un temps où il faut faire le deuil de ses parents, d'une manière ou d'une autre… Mais, dites-moi, *McCann*, c'est curieux, je croyais que tous les Irlandais s'appelaient O'quelque chose ? »

En écoutant Zelda, Hanna s'était tétanisée.

Marilyn non plus n'a presque pas connu ses parents. Père inconnu. Mère internée. Placée de foyer en foyer…

Elle se brûla avec son thé, et se cala maladroitement contre les coussins du canapé.

Mais il fallait poursuivre cette conversation comme si de rien n'était, avec le ton de salon *ad hoc*, pour chasser le trouble qui l'avait envahie.

« Mon père est écossais, récita-t-elle. Il s'est installé en Irlande après avoir épousé ma mère, une O'Flaherty bien conforme. Décidément, c'est une histoire qui se répète… Il semblerait que tous les hommes de la famille aient tendance à quitter leur pays pour suivre leur femme en Irlande. Et que ça ne leur réussisse pas trop. »

Voilà, un autre sujet à aborder, se dit-elle, soulagée du virage qu'elle avait réussi à prendre. Un sujet épineux aussi, mais au moins y était-elle préparée.

« Jeffrey est parti ? demanda doucement Zelda.

— Oui. Chez lui, en Amérique. Pour une dizaine de jours.

— Bien. Il ne vous a pas quittée, donc.

— Non… Enfin… Je ne sais pas encore. »

Hanna soupira et reposa sa tasse. On y était. Jusqu'ici, elle n'avait vraiment parlé du départ de son mari à personne. Avait éludé le sujet avec Gail. N'avait rien dit à Marsha, au téléphone, prétendant seulement qu'elle avait un gros coup de fatigue, qui nécessitait qu'elle prenne deux jours de repos.

« Je n'ai pas été… disons… très accommodante avec Jeff, depuis mon accident. Je crois que je vous l'avais déjà dit la dernière fois qu'on s'est vues.

— C'est normal. C'est une année difficile, pour vous. On ne s'attend jamais à tout ce qui peut nous arriver quand on s'embrasse gaiement sous le gui pour le Nouvel An.

— Oui. Mais cette année-là dure depuis trop longtemps. Mon mari a souffert aussi, et je n'ai pas fait suffisamment attention à lui.

— C'est souvent difficile, d'être à deux.

— Oui, alors pourquoi l'être ? Pourquoi faut-il absolument que les gens veuillent vivre à deux ? »

Zelda sourit.

« Vous savez, ce n'est pas typiquement humain. Les perruches aussi sont en couple. »

Elle tendit sa tasse vide à Hanna qui la lui remplit de nouveau.

« En ce qui nous concerne, reprit-elle plus sérieusement, je crois qu'on a besoin que quelqu'un nous connaisse. Nous reconnaisse. Ça nous rassure de vivre aussi dans le regard de l'autre... C'est la promesse de survivre à soi-même. »

Hanna la regarda sans rien dire.

« Enfin, ajouta Zelda, ça vaut ce que ça vaut, comme analyse. J'ai moi-même commencé à vivre pleinement quand j'ai décidé d'arrêter de vivre dans le regard des autres. La sagesse de la vieillesse, je suppose. »

Hanna, muette, sentit une nouvelle onde lui traverser le corps. Qu'est-ce que Zelda venait encore de lui dire ?

J'ai moi-même commencé à vivre pleinement quand j'ai décidé d'arrêter de vivre dans le regard des autres...

Elle fixa la vieille dame, pétrifiée. Il y avait ces yeux bleus ; il y avait bien ce grain de beauté – oh, tout petit et enchâssé dans une ride entre le nez et la bouche, mais il y était. Tranquillement, Zelda attrapa un sucre, le cassa en deux, et en lâcha une moitié dans sa tasse.

Hanna ne savait pas quoi dire. Elle était ici, assise dans cette maison, mais son esprit flottait entre deux mondes dont elle ignorait lequel était le bon. C'était vertigineux.

Zelda planta ses yeux brillants dans les siens et lui fit un gentil sourire.

« Ne vous inquiétez pas, dit-elle. Il reviendra.

— Pardon ?

— Il reviendra parce qu'il vous aime. Je l'ai bien vu, à l'hôpital. »

De qui parlait-elle ? *De Jeffrey, idiote. Elle te parle de Jeff.* Hanna était confuse, elle avait mal au cœur ; le thé semblait s'être arrêté en suspension juste au-dessous de sa gorge, à croire qu'elle avait avalé la boule avec.

« Et vous, Zelda, dit-elle d'une voix mal assurée. Vous... comment avez-vous fait ? Avez-vous souvent connu l'amour ? La vie à deux... »

La vieille dame eut un petit rire.

« Oh, moi... J'ai arrêté il y a très longtemps. J'ai eu ma part. Et puis j'ai découvert la paix. Avec mon mari, d'abord. (Elle eut un sourire bref). Ce n'était pas l'amour fou, mais cela me convenait. Avec moi-même, ensuite. Pas l'amour fou non plus... »

Elle haussa les épaules.

« Mais je me suffis, avec tout mon bazar dans mon sac à ouvrage et ma bibliothèque. Et j'ai mon fils.

— Quand avez-vous renoncé ? Après la mort du père de Michael ?

— Renoncé à quoi ? À l'amour d'un homme ? » Zelda eut un air à la fois nostalgique et amusé. « Mais je n'y ai pas renoncé, ma petite, dit-elle. Il n'est plus venu, c'est tout. Le temps passe plus vite qu'on ne le croit. »

Hanna laissa passer un silence réglementaire, pour ne pas avoir l'air de conduire un interrogatoire. Son

274

cerveau fourmillait de questions. Il fallait juste qu'elle se calme, les mette dans l'ordre, et les distille sans trop d'empressement.

« Vous étiez jeune, pourtant, s'étonna-t-elle.

— J'ai toujours été beaucoup plus vieille que mon âge. »

Hanna sourit. Toujours ce sens de la repartie.

« Et les hommes d'avant… en Amérique ? » risqua-t-elle.

Zelda fit un geste de la main, comme pour débarrasser la table de ses miettes.

« Ouf, c'est si loin… Vous savez, eux aussi j'ai appris à les quitter. »

Un nuage passa dans le bleu de ses yeux. Hanna attendit un peu, consciente de la fragilité du fil de la conversation. Zelda se livrait comme jamais.

« Parlez-moi de votre jeunesse, demanda-t-elle timidement. Je voulais savoir… Comment étiez-vous à mon âge ? »

Zelda ne parut pas gênée.

« Jolie, je crois, dit-elle, pétillante. Dans un autre genre que vous.

— Ah, et dans quel genre ? »

Zelda sembla hésiter, ses yeux cherchant en l'air des images anciennes. Elle inspira, une fois, puis une autre, comme si elle allait commencer une phrase puis préférait en changer au dernier moment. Enfin, elle dut trouver les mots corrects, puisque ses yeux revinrent sur Hanna, puis elle lâcha dans un grand sourire :

« Du genre à danser sur une table de casino à Reno pendant que des messieurs vous glissent des billets dans le porte-jarretelles. »

Hanna fut soufflée. C'était une blague ?

Zelda la regarda, calée dans sa chauffeuse. Satisfaite de son effet.

« Vous… avez fait ça ? articula Hanna. Ou c'est une image ?

— Oui, ma petite, j'ai fait ça. Effeuillage, jeu, vilains messieurs. Oh, rien de bien méchant, tout cela restait au-dessus du caniveau. Et puis, couverte de paillettes, on se sent moins déshabillée… Je n'avais que cela à vendre, et j'avais besoin de manger, comme tout le monde. »

Hanna n'osait rien dire. Non pas qu'elle fût choquée par la vie interlope que Zelda lui racontait. Mais bien parce qu'elle se demandait si cette histoire n'était pas une parabole.

Zelda s'y méprit, puisqu'elle ajouta :

« Je ne m'en vante pas, vous savez. »

Hanna réagit vivement :

« Oh, non, non je ne suis pas choquée ! C'est seulement que tout cela paraît si ancien, si… On dirait un film.

— Un film ? Peut-être. D'autant qu'il finit bien… »

La vieille dame prit le temps de grignoter un muffin, avec un geste du menton vers le plateau qu'elles n'avaient pas touché. Hanna attrapa un gâteau. En fait, elle mourait de faim.

« Un jour, continua Zelda, j'ai porté mon petit chien chez le vétérinaire parce qu'un imbécile l'avait jeté dans la rue si violemment qu'il lui avait cassé une patte. J'adorais déjà les animaux, vous voyez, et ce petit chien me suivait partout. C'était un bâtard de bichon tout blanc, que je shampouinais aussi souvent que moi. Il s'appelait Hoover. Mais Hoover aboyait tout le temps et faisait ses besoins partout, et l'imbécile n'avait pas supporté de marcher dedans… Bref, j'arrive chez le vétérinaire avec le pauvre Hoover, et je tombe sur un homme immense avec un accent à couper au couteau… Il a bandé le chien, puis m'a offert des fleurs pendant trois ou quatre mois. Un soir, j'ai fini par accepter son invitation. Et voilà.

— Et vous l'avez épousé.

— Je dirai plutôt que c'est lui qui m'a épousée. Il avait une vingtaine d'années de plus que moi… Il était gentil, patient, tout le contraire de ce que j'avais connu d'un homme, jusque-là. Il m'adorait, et je l'aimais bien. »

Regardant dans le vide, Hanna vit passer la vision de Jeffrey allongé dans leur lit, l'autre soir. Était-ce ce qu'il ressentait lui aussi, lorsqu'il lui avait dit : « J'ai toujours su que si l'un de nous quittait l'autre, ce serait toi » ?

Parce que, si lui l'adorait, elle ne l'aimait que… bien ?

« Avant de partir, lâcha-t-elle, Jeff m'a dit qu'il m'aimait plus que je ne l'aimais. Ou quelque chose d'approchant… »

Zelda sembla revenir de ses souvenirs.

« C'est mieux ainsi, dit-elle. Dans un couple, il vaut mieux que l'un des deux garde la tête plus froide que l'autre. Deux personnes qui s'aiment à la folie finissent par se consumer. Et se réveillent un matin sur un tas de cendres. »

Hanna se contenta d'approuver sans rien dire. Elle ne voulait plus parler d'amour. Elle ne voulait plus d'images dans sa tête. Jeff. Michael.

Stop.

Zelda observa le silence flotter un moment au-dessus des tasses de thé froid. Puis elle continua son récit.

« Et puis mon mari a voulu rentrer en Europe. Pas en Pologne, où il était né, mais où il avait perdu toute sa famille... Il rêvait de l'Irlande, où il était resté quelque temps, pendant la guerre. Il voulait une ferme, avec des chevaux... Et moi, j'en avais assez de Reno, des paillettes, et des messieurs qui vomissent leurs dollars. Bref, nous sommes partis. J'ai dû laisser Hoover, mon petit chien, à une amie. En Amérique, mon mari, Adel, avait gagné un peu d'argent, en soignant des animaux dans les fermes du Nevada... Voyez-vous, il était seul, sans enfants à nourrir... Il avait son bas de laine. »

Elle eut son petit rire roucoulant, puis termina :

« Il avait gardé des contacts à Kinsale, nous y avons acheté le cottage. À l'époque, la propriété s'étendait sur plusieurs hectares, mais j'ai dû revendre des terrains au fil du temps. Je ne pouvais plus m'en occuper. »

La vieille dame sembla rêvasser quelques secondes, reprenant son souffle.

« Bref. Michael est arrivé. Et Adel est mort. Et je n'ai pas bougé d'ici. »

Elle tapa des deux mains sur ses cuisses, en guise de conclusion, et eut un large sourire.

« Eh bien, dites donc, je n'ai pas vu la matinée passer.

— Moi non plus. »

Et ce n'était pas une formule de politesse. Hanna avait l'impression de sortir d'une salle de cinéma après la projection d'une saga. Elle avait des images plein la tête, des mélanges de vieux films et de photos de

Marilyn tirées des bouquins de Gail. Elle ne savait que penser.

« Vous devriez aller vous préparer pour votre balade au port, dit Zelda. Je suppose que ces litres de thé et les muffins nous auront servi de déjeuner... À moins que vous n'ayez faim ?

— Non, plus du tout. C'était délicieux. »

Oui, la matinée avait été délicieuse, se dit Hanna. Bizarre, mais délicieuse.

« Bien, dit Zelda. Michael ne va pas tarder à revenir. Et je suis bien fatiguée, ce qui lui fera plaisir. Je vais gentiment m'assoupir dans mon fauteuil, c'est encore là que je suis le mieux, selon lui. »

Michael.

Hanna avait presque pu le chasser de son esprit, une matinée durant.

Et voici qu'il revenait.

28

Hanna accorda une attention particulière à sa tenue. Elle avait sorti de sa valise une robe en coton toute simple, droite, sans manches, dont l'imprimé à petites fleurs violettes servait de toile de fond à la danse de ses cheveux châtains lâchés sur ses épaules nues.

Jeffrey adorait la voir dans cette robe. À cette pensée, elle se mordit les lèvres.

Des sandales compensées à talons de corde, aussi. Elles lui faisaient une jolie démarche… avant. Elle eut un doute, et les enfila après avoir envoyé valdinguer ses traditionnelles tennis. Elle fit quelques pas de long en large, devant le trompe-l'œil de la chambre de Michael qu'elle occupait de nouveau.

OK. C'était bon. Malgré tout ce temps où elle avait marché avec des béquilles, puis sur des semelles plates en crêpe, ses pieds avaient gardé en mémoire la cambrure de ses sandales de femme. Le talon n'était pas trop haut. Tout juste changea-t-elle de trou dans la lanière de gauche, avec une satisfaction teintée de nostalgie lorsqu'elle vit la marque usée dans le cuir rester de l'autre côté de l'attache.

Elle se regarda dans le miroir en pied de l'armoire. Ça allait. Elle était mignonne. Pas apprêtée. À l'aise. Au moins dans ses vêtements…

Elle entendit la porte qui s'ouvrait, puis se refermait. La conversation de Zelda et Michael parvenait jusqu'à elle, atténuée : comme prévu, le fils engueulait gentiment la mère qui préférait somnoler dans son fauteuil plutôt que sur un bon lit.

Elle prit son souffle et choisit de rentrer dans l'arène tout de suite. Son cœur partait dans tous les sens.

« Ah, la voilà ! s'exclama Zelda, plus fatiguée du tout. Mais montrez-moi donc… Vous êtes ravissante, en robe ! »

Et paf ! se dit Hanna. Elle qui avait pourtant modéré ses prétentions vestimentaires avait complètement foiré son coup : jusqu'ici, Zelda ne l'avait guère vue qu'en pyjama ou en jean, elle l'avait oublié. La robe, c'était une surprise.

Atterrée, elle dut se présenter devant la vieille dame comme une débutante devant une douairière, sentant le poids du regard de Michael sur elle.

« Je suis d'accord », dit-il.

Elle lui sourit, une bouilloire à la place du cerveau. Lui aussi s'était changé ; il avait troqué son élégant pardessus matinal contre une décontraction… euh… magnétique ; un jean, une chemise blanche dont les manches retroussées faisaient ressortir le hâle de ses avant-bras. Il n'était pas rasé, et avait dû peigner ses cheveux en y passant la main. Les yeux gris-vert étaient toujours les mêmes. Des yeux de loup. Hanna était perdue.

« Et M. Collins ? demanda-t-elle, minable.

— Il nous attendra au pub, sur le port », la rassura Michael, pas plus à l'aise qu'elle.

Zelda les chassa, leur signifiant qu'il faisait bien plus beau dehors qu'à l'intérieur de la maison, indifférente au drame qui se jouait devant elle : son fils et cette femme mariée brûlaient l'un pour l'autre et, sous prétexte d'une visite touristique, partaient pour leur calvaire.

Hanna se dirigea vers la voiture comme un automate, se concentrant sur ses chevilles, qui sur leurs petits talons ne devaient pas faiblir.

Ils refirent le trajet du matin en sens inverse.

La lande ondoyait sous le souffle tiède du cœur de l'été. Hanna avait ouvert sa fenêtre, replié son coude et posé son menton dans sa main. Elle était dans la voiture, mais à la fois n'y était pas, s'abîmant dans la contemplation des prairies moutonneuses et des écumes de l'Atlantique qui se fracassait en contrebas.

Hanna avait les mains glacées, douloureuses et le ventre brûlant. Le contraste entre ses températures externe et interne était saisissant.

Derrière ses lunettes de soleil, elle fixa la cuisse droite de Michael, hypnotisée par le mouvement des muscles sous le jean chaque fois qu'il changeait de vitesse. Si elle avait été une jeune fille, à l'âge où l'on n'a pas froid aux yeux, elle aurait posé la main sur cette cuisse. Mais elle n'était plus une jeune fille, elle était une femme mariée. Et elle avait toujours eu froid aux yeux, aussi loin qu'elle s'en souvienne.

Alors elle ne fit rien, se contentant laborieusement de regarder Michael du coin de l'œil. À quoi pensait-il, lui ? Ressentait-il le… désir qu'elle avait pour lui ? En ressentait-il aussi pour elle ?

Ou en était-il simplement gêné ? À cette idée, Hanna eut honte de sa petite robe à fleurs, de ses petits talons, et de ses cheveux lâchés sur ses épaules nues.

Puis, tournant de nouveau la tête vers la fenêtre ouverte, elle respira l'air vif et salin de l'océan, et se rassura en fermant les yeux. Dans ses souvenirs, c'était bien lui qui l'avait embrassée, en tout premier.

Michael gara la voiture et fit le tour pour lui ouvrir la portière, en gentleman, mais elle s'extirpa du carcan brûlant qu'était devenue l'auto avant qu'il n'arrive. Il lui tendit la main alors qu'elle se redressait et tanguait sur ses talons.

Seigneur, supplia-t-elle, alors qu'elle mêlait ses doigts aux siens. Comme s'il l'avait entendue, il la lâcha sitôt qu'elle fut bien droite sur ses pieds. Puis, chacun se protégeant de l'autre de ses lunettes fumées, ils eurent leur premier échange verbal depuis des lustres :

« Une bière sur le port, devant les bateaux, ça vous dirait ? proposa-t-il. On y trouvera ce cher M. Collins.

— Oui. Enfin non. L'alcool ne me réussit pas trop », remarqua-t-elle, bêtement.

Il sourit – sans les yeux, ce qui était moins dévastateur… mais guère moins.

« Moi, je trouve qu'il vous réussit très bien. »

Elle lui rendit courageusement son sourire.

« Oui, bien sûr que ça me dirait. Et je serai ravie de voir M. Collins. »

Ravie était un mot bien faible pour évoquer le soulagement qu'elle ressentait. Dans l'état actuel des choses, elle se disait que la bière et Edwyn-le-Père-Noël allaient probablement lui sauver la vie.

Michael hocha la tête, extirpant un paquet de cigarettes de sa poche. Il était déjà entamé, remarqua Hanna, alors qu'il le tendait vers elle.

« Vous fumez ? fit-elle, surprise, attrapant avidement une cigarette.

— Je ne fume plus, depuis longtemps. » Il en prit une à son tour, la fichant dans le coin de sa bouche. « Mais avec vous, je fais beaucoup de bêtises », constata-t-il, faisant claquer un Zippo.

Le ventre d'Hanna se serra un peu plus.

Ils allumèrent leur cigarette chacun leur tour, et elle ne put s'empêcher d'y voir le prélude à une longue marche vers elle ne savait quelle mise à mort : celle d'un fantasme ou d'une frustration. Dans les deux cas, elle rentrerait laminée à Dearbly.

Ils se mirent en route, chacun tirant des bouffées avec une application nerveuse. Hanna marchait légèrement en retrait, tressaillant chaque fois que sa main frôlait celle de Michael. Ils s'engagèrent dans des ruelles animées, zigzaguant entre les maisons à colombages passés au badigeon vif.

À un moment, Michael s'arrêta pour saluer un petit groupe à la sortie d'un pub ; une jeune femme aux cheveux blonds presque blancs, un jeune homme lui ressemblant comme un frère et un type costaud plus âgé eurent quelques exclamations joyeuses : « Kate, Nicholas et Pete, leur papa », expliqua Michael à Hanna.

Puis, la leur présentant à son tour, il dit simplement : « Hanna. » Hanna. Seulement Hanna. Non pas « Hanna, une amie », ou même « Hanna, une amie de ma mère ». Hanna, et rien d'autre derrière. Les amis de Michael pouvaient imaginer ce qu'ils voulaient.

Ce fut cette absence de dénominatif qui ouvrit la porte derrière laquelle Hanna patientait, fébrile. Le cœur battant à tout rompre lorsqu'ils quittèrent le petit groupe, elle voulut prendre sa main, se disant qu'il venait de lui en donner le droit en ne justifiant pas sa présence à ses côtés. Elle voulut, la frôla une fois, renonçant une fois, la frôlant deux fois, renonçant deux fois.

Puis il s'arrêta pour allumer – déjà – une autre cigarette, dans un coude pavé à l'abri du vent.

Alors elle l'appela, comme elle aurait interpellé quelqu'un qui ne la voyait pas, pour qu'il la reconnaisse.

« Michael ! »

Le timbre de sa propre voix, haut et clair, la surprit. Elle avait besoin de dire son nom, de sentir les syllabes lui caresser la langue.

« Mmm ? » fit-il, les mains en coupe devant son briquet.

Elle vit la couleur de ses yeux au-dessus de ses lunettes. Bien sûr qu'il savait...

Elle n'ajouta rien. *Michael*, et ce fut tout.

Il la regarda avec un air de dire « Non ». Un léger mouvement de tête.

Elle ôta héroïquement ses lunettes, pour qu'il voie de quelle manière elle l'appelait, de tout son regard, et de l'âme qu'il y avait derrière.

Il hésita, la mâchoire contractée, puis jeta sa cigarette à peine allumée.

Son geste arracha un soupir à Hanna, un tout petit bruit qu'elle n'entendit même pas.

La seconde d'après, elle était précipitée dans ses bras, alors que dans un souffle chaud il prenait sa bouche. Elle sentit derrière elle les pierres du mur contre lequel il la plaquait, protégeant son bassin et ses épaules de ses bras. À l'intérieur d'elle-même, une lente mélopée accompagnait les baisers, dans une transe bouleversante.

Puis Michael s'écarta d'elle, ses lunettes tombant sur son nez, et saisit son visage à pleines mains.

« Hanna, on n'est plus à Paris, ici… Et il est trois heures de l'après-midi… Je suis presque sûr que ce n'est pas une bonne idée. »

Il avait l'air désespéré du type qui sait qu'il ne s'en sortira pas.

« Je m'en fiche », dit-elle d'une voix vacillante.

Elle s'enroula de nouveau autour de son cou, sans qu'il oppose aucune résistance, capitulant devant ce petit bout de femme qui le voulait tellement.

Collés l'un à l'autre, affolés par ce qui les dépassait, ils commencèrent une valse-hésitation contre le mur de pierres, chacun cherchant le corps de l'autre puis le repoussant, le souffle court, pour regarder autour d'eux puis se regarder de nouveau eux-mêmes, jaugeant l'étendue des dégâts.

Il n'y avait guère qu'une robe légère entre la peau d'Hanna et le corps de Michael. Alors que leurs bassins s'imbriquaient l'un au-dessus de l'autre, le désir viril s'imprima dans son ventre, et elle fut saisie par un tremblement.

Michael la repoussa doucement, ce qui la terrorisa. Il ne pouvait pas la laisser, non, c'était trop tard !

Mais il lui prit la main, remontant la rue pavée d'un pas rapide, sans qu'elle pense à ses chevilles fragiles sur ses petits talons. Le visage dévasté par les baisers, elle enfila de nouveau ses lunettes, se demandant vaguement quelle image ils offraient aux passants. Dans cet endroit escarpé de la ville, ils n'étaient pas nombreux. Et Hanna ne voyait de toute façon rien d'autre que les pans de la chemise de Michael qui flottaient au vent, laissant parfois deviner sa ceinture.

Je veux. Je veux. Je veux.

Lorsqu'ils s'arrêtèrent devant une porte peinte en bleu vif, elle eut de nouveau peur : sans la lâcher, Michael mit un temps infini à extirper des clés de sa poche.

Il va renoncer, se dit-elle. *S'il me lâche la main, c'est qu'il renonce.*

Dans un geste presque inconscient, elle fit grimper ses doigts sous la manche de sa chemise, en une caresse qui se voulait apaisante.

Il ne lâcha pas sa main, et trouva la bonne clé. C'était chez lui.

Michael l'attira à l'intérieur. Une fois la porte refermée sur la rue, il se tourna face à elle, la tenant à distance.

Hanna sut qu'il avait voulu les mettre tous les deux à l'abri, pour qu'ils puissent peut-être reprendre leurs esprits, et se raisonner. Elle sut qu'elle n'échapperait pas au rappel de son statut. Elle sut que Michael ne lui ferait pas l'économie d'une mise en garde, d'une mise en demeure de renoncer à l'impensable.

Alors, elle ne lui en laissa pas le temps. Dans un assaut qu'elle savait définitif, elle se colla contre son corps tout entier, lâchant sa main pour mieux saisir son cou, attirant vers elle tout ce qu'elle pouvait prendre de lui – sa nuque, ses cheveux, son menton.

Toutes ses défenses tombant, Michael la souleva vers ses lèvres et le crime qu'ils allaient commettre.

Dans une chorégraphie maladroite qui les tenait soudés l'un à l'autre, ils firent quelques pas titubants, se heurtant aux murs en aveugles.

Accrochée à son cou, à sa bouche, Hanna le laissa soulever sa robe, sentit des milliers de doigts faire glisser un tissu le long de ses cuisses, le piétina une fois qu'il fut tombé autour de ses sandales. Ses mains courant sur le jean, elle entendit un cliquetis de ceinture.

Ils s'abattirent sur un lit, à moitié habillés. Et dans un abandon vieux comme le monde, elle s'ouvrit sous lui, pour l'accueillir, l'accepter, l'attirer en elle.

Ce fut rapide, brutal, presque douloureux ; il la prit d'un coup, sans autres préliminaires que ses baisers qui en appelaient toujours d'autres. L'onde de choc la fit frémir tout entière. Déjà, elle basculait sous ses assauts, sans pouvoir réprimer ses plaintes.

Ce n'était pas faire l'amour. C'était un accouplement. Primaire, impérieux. Nécessaire.

Puis ils finirent par se séparer, échouant sur le dos côte à côte, à bout de souffle et de jouissance.

Il ne la prit pas dans ses bras, ne dit rien.

Hanna glissa la main entre ses cuisses endolories par le frottement de la toile du jean, comme un pansement, pour éteindre les dernières flammes qui y brûlaient, apaiser le pouls qui battait encore dans ce qui était devenu le centre précis de son corps.

Ils restèrent là, sans bouger, les yeux clos, dans le fouillis de leurs vêtements saccagés qui ne tenaient sur eux que par quelques attaches.

Un temps infini.

Émergeant d'un brouillard qui avait étendu sa chape sur toutes les secondes, les minutes, et peut-être plus d'une heure qui passa, elle sentit Michael bouger. Entrouvrant les yeux sans totalement sortir de sa plénitude, elle le vit s'asseoir sur le bord du lit, ramenant autour de lui les pans de sa chemise.

« Bon Dieu », s'exclama-t-il dans un chuchotement assez fort pour qu'elle l'entende.

Il lui tournait le dos, et elle devina qu'il allait se lever et que c'en serait fini de cette brûlante parenthèse.

« Non », gémit-elle, se redressant à demi.

S'il la laissait, elle mourrait, exsangue dans sa robe tire-bouchonnée.

Il se retourna vers elle, la fixant de ses yeux embrumés, le visage grave.

« Non », dit-elle de nouveau, plus fort, tendant une main vers lui.

Il sembla hésiter, soupira, la repoussant doucement sur le lit.

Puis, lentement, lui ôta ses sandales, détachant les lanières avec délicatesse, remontant les mains le long de ses jambes.

Hanna ressentit un intense soulagement. *Oh, mon Dieu...* Il ne la laissait pas. Embrassant ses cuisses, son ventre, ses seins, Michael acheva de lui enlever sa robe, la déboutonnant, la faisant passer par-dessus ses bras, ses épaules, sa tête. Elle le laissa faire, ne contrôlant plus ses propres doigts qui tiraient sur les boutons de sa chemise, poussaient le jean qui l'entravait.

Puis Michael ouvrit les draps, et ils s'y glissèrent tous les deux.

On recommence... On recommence.

Comme un leitmotiv, seuls ces deux mots traversaient la tête d'Hanna.

On recommence... « Oui », murmura Michael à son oreille. Et ils recommencèrent, longuement, précautionneusement, mesurant chacun de leurs gestes, découvrant le corps de l'autre, se caressant, se goûtant, reprenant tour à tour leurs précipitations, alors que le soleil entrait à flots dans la chambre.

Longtemps après, elle rouvrit les yeux. La nuit était tombée. Elle devina le regard de Michael sur elle, dans la pénombre.

« Il faut rentrer », lui dit-il.

29

Quand ils arrivèrent au cottage, Zelda était toujours installée dans son fauteuil.

Levant les yeux du canevas qu'elle tissait, sur fond de musique classique diffusée en une sourdine craquelante par le petit transistor posé sur le guéridon, elle laissa filtrer un air indéfinissable à travers ses lunettes.

Ils ne jugèrent pas utile d'inventer quoi que ce soit pour justifier leur retard.

Le bref rafraîchissement qu'ils s'étaient accordé devant le miroir de la salle de bains, avant de quitter l'appartement de Michael, n'avait pas effacé les stigmates de la bataille qu'ils avaient livrée.

Zelda n'était pas idiote. Ç'aurait été lui faire offense que de lui servir une excuse foireuse.

Tandis qu'elle leur donnait ses consignes pour le repas, Hanna et Michael se regardaient parfois comme saisis de stupeur, absents de la pièce où ils se trouvaient tous les trois.

Dans la voiture qui les ramenait sur pilote automatique, Michael avait rompu le silence.

« C'était la dernière fois », avait-il dit, sans quitter la route des yeux.

Comme si, avant ça, il y en avait eu plein d'autres. « Je sais », avait répondu Hanna. Maintenant, elle se réfugiait dans la cuisine, soulagée de l'occasion qui lui était donnée d'organiser leur dîner, tirant un poulet rôti du réfrigérateur, triant une salade, tandis que Michael sortait des assiettes du buffet du salon, discutant avec sa mère de tout et de rien – de tout, comme les travaux que Zelda envisageait de faire dans le jardin, ou de deux ou trois étagères à poser dans le couloir, et de rien, surtout rien qui puisse concerner les régates, le port, et leur trop longue échappée de l'après-midi.

Lorsque Hanna tira la chaise pour prendre place à table, elle sentit ses chevilles l'abandonner. Dans un réflexe vif, Michael attrapa son poignet.

Leurs regards qui se fuyaient jusqu'alors se croisèrent en une fulgurance qui la fit s'écrouler, pauvre chose sur le coussin qui amortissait sa chute.

Occupée à s'installer précautionneusement, Zelda ne vit rien de cet échange, mais elle entendit : le silence.

Michael lâcha le poignet d'Hanna dans une caresse furtive qui la fit frissonner. Elle vit la ligne dure de sa mâchoire, s'abîma dans le ciel de ses yeux, et souhaita de toute son âme ne plus être ici, et se retrouver derrière la porte en bois bleu vif, avec lui. Et tout recommencer, encore…

« Vous avez froid, dit gentiment Zelda, avisant la légère robe à fleurs qui avait subi tant d'outrages.

— Oui, frémit Hanna. Je vais chercher un gilet. »

Saisissant l'occasion de s'échapper, elle fit mine de se lever, mais, d'un geste par-dessus la table, Michael l'en empêcha.

« Non, dit-il, j'y vais. Dites-moi juste où il est. Vous n'êtes pas bien solide sur vos jambes. »

Hanna se rassit lourdement.

« Sur le lit, dit-elle, terriblement gênée. Dans… votre chambre. Merci. »

Il lui sourit, pour la rassurer.

« Voilà ce que c'est que de marcher longtemps avec des talons, dit Zelda en dépliant sa serviette. Vous n'êtes pas prudente, vous sortez à peine de votre rééducation. »

Hanna sentit le rouge monter sur ses joues en feu, ravagées par la peau rugueuse de son amant. Elle ne broncha pas. Elle n'avait jamais su mentir. Zelda lui fit la grâce de changer de sujet de conversation, l'interrogeant gentiment sur ses derniers ouvrages. Lorsque Michael revint, elles parlaient chiffon. Il vint mettre le gilet sur les épaules d'Hanna, et, dans un réflexe, tout en bavardant, elle posa brièvement ses mains sur les siennes, comme pour retenir le vêtement. Zelda eut le tact de faire semblant de ne rien voir.

Le repas sembla durer des heures. Manifestement, Zelda était ravie de leur compagnie. Elle papotait, se plaignait tour à tour de sa cheville et de son grand âge, de son cheval qui se morfondait à l'attendre dans son enclos, et des mauvaises herbes qu'il fallait arracher dans le jardin.

Hanna saisit la balle au bond.

« Je m'occuperai des mauvaises herbes, lança-t-elle. Demain, avant de m'en aller. J'ai l'habitude, j'ai un jardin, moi aussi. »

Zelda lui sourit, la remercia d'un signe de tête, consciente de l'échappatoire que la jeune femme s'offrirait ainsi. Hanna n'était pas dans son assiette, et elle serait toujours mieux dehors demain, à s'aérer et à s'occuper les mains, plutôt que de rester confinée dans la maison, sous le regard pesant d'une vieille femme qui n'ignorait rien de la vie et de ses petits désastres.

Hanna insista pour débarrasser la table, malgré ses chevilles qui ne la portaient plus guère. Tout sauf rester assise là.

« Laissez », dit Michael.

Elle n'obéit pas, filant vers la cuisine les bras chargés d'assiettes. Il lui emboîta le pas, avec le reste.

Zelda n'avait évidemment pas de lave-vaisselle. Fébrilement, Hanna fit couler de l'eau dans l'évier, sentant la présence de Michael à ses côtés, sur un fond de fracas de couverts. Il faisait du bruit, pour occuper l'espace.

« Je vais le faire », dit-elle nerveusement, sans le regarder.

L'eau continua de couler tandis qu'elle y trempait puis en égouttait la maigre vaisselle qui ne lui demanderait pas plus d'une minute. Elle finit par fermer le robinet, empoignant un torchon qu'elle avait une forte envie de se coller sur le visage. Au lieu de cela, elle s'essuya les mains, mécaniquement et bien trop longtemps.

Elle entendit la porte du réfrigérateur se refermer.

« Je ne serai pas là demain, dit Michael. C'est M. Collins qui vous raccompagnera à la gare. »

Elle ferma les yeux. C'était donc vraiment fini.

Elle le sentit s'approcher d'elle, tout près, frôler son bras d'une caresse rassurante, comme elle se souvenait de l'avoir fait elle-même alors qu'il cherchait ses clés devant la porte en bois bleu vif. Puis il attrapa doucement son menton, tournant son visage vers lui.

Il ne fallait pas qu'elle ouvre les yeux. Elle serra les paupières de toutes ses forces devant la douleur qu'il allait lui infliger, et il posa sur ses lèvres le même baiser que devant la fontaine Médicis. Léger, doux et chaud.

Tandis qu'à l'intérieur d'elle-même, elle hurlait.

Le soleil lui tapait sur la tête.

« Je vous assure que j'ai toutes sortes de chapeaux dans le placard de l'entrée, la gronda Zelda, installée à l'ombre de la pergola.

— Je n'en ai pas besoin, répéta Hanna pour la troisième ou quatrième fois. Je vous jure que j'adore ça. »

Elle déroula d'un rosier un liseron long comme son bras, puis ôta son gant de jardinage pour fouiller dans sa poche. Elle en extirpa une pince, la coinça entre ses dents, et échafauda avec ses deux mains un fouillis de cheveux qu'elle fixa au-dessus de sa nuque, d'où coulait une rigole de sueur.

« C'est terrible, ça, grommela Zelda. Le soleil est cancérigène et ride la peau.

— Tant pis, lui sourit Hanna. Le soleil me remplit de vitamine D et recharge mes batteries.

— C'est vrai aussi, concéda la vieille dame. Lorsque j'étais jeune, on se gardait bien de s'exposer au soleil. Il fallait que la peau soit blanche, très blanche. Évidemment, il n'était plus question de se promener avec une ombrelle comme les élégantes du début du siècle, ni avec une grande capeline – ce n'était plus à la mode depuis longtemps. Non, la vérité, c'est qu'on sortait peu. Et si on sortait, on rasait les murs, d'une boutique à une autre. »

Elle soupira.

« Bilan des opérations, les femmes avaient une jolie peau très blanche, mais des piqûres de vitamines pour tenir debout.

— Voilà », conclut Hanna, retournant à ses liserons, le visage en plein soleil.

Elle était de bonne humeur ou, plutôt, parvenait à faire illusion grâce à la flatteuse lumière jaune tombée du ciel. Ses mains étaient occupées, son attention concentrée sur les massifs de fleurs qu'elle débarrassait des adventices, elle avait bien dormi, voilà pour les points positifs.

Quant aux points négatifs, ils étaient plus nombreux, et résidaient principalement à l'intérieur de ses cuisses endolories, sur son visage qu'elle avait dû enduire de crème hydratante en se regardant bien en face dans la glace, dans son ventre d'où sourdait un mal diffus ; et en général de chaque partie de son corps qui expédiait à son cerveau des flashs de Michael. Il n'y avait guère que ses pieds, de nouveau calés dans leurs confortables tennis de toile, qui lui foutaient la paix.

Heureusement, Zelda était bavarde, et s'y connaissait en botanique. En une heure, Hanna en avait appris davantage sur les fleurs que dans l'*Oxford University Herbaria*. Alors qu'elle arrachait le chiendent, éliminait les « gourmands » des rosiers et taillait les fougères pour faire place nette, il lui était inutile de relancer la discussion.

Pourtant, avant de rentrer à Dearbly, elle aurait aimé aborder d'autres sujets. Elle voulait en savoir plus, continuer la conversation de la veille, avant que... Elle chassa la vision de Michael saisissant sa main à la sortie de la voiture. Elle eut un moment de flottement : hier, à la même heure, elle était la femme d'Avant. Cette innocente qui n'avait pas encore fait l'amour avec cet homme-là.

« Vous n'avez pas gardé de photos de votre jeunesse ? lança-t-elle, vite, pour tenir ses pensées à distance.

— Oh, si, je dois bien en avoir quelque part, répondit Zelda naturellement. Mais elles sont si bien rangées qu'il faudrait retourner la maison à l'envers et la secouer pour les retrouver. Vous savez, je n'aime pas trop les photos. Je préfère les souvenirs.

— Oui, Michael m'a dit ça », lança Hanna, par réflexe.

Elle se mordit les lèvres, s'étouffant avec le prénom qui venait de les franchir.

« Ah oui ? dit Zelda, après un silence.

— Oui, souffla Hanna, au bord de la nausée. Les photos. »

Pitié. Je voudrais être ailleurs.

« C'est sûr, reprit Zelda d'un air qui se voulait enjoué, mon fils n'a jamais eu entre les mains un album de photos de famille. Il n'y en a pas.

— Il y avait des albums chez moi, dit Hanna. Mais pas de famille. Alors, vous savez...

— Oui. Les apparences sont souvent trompeuses. »

Hanna s'essuya le front d'un revers du poignet.

« Vous devriez arrêter, vous êtes en nage, s'exclama Zelda. Laissez donc ces saletés, et venez vous rafraîchir près de moi, à l'ombre. Il reste du thé glacé. »

Surtout pas, se dit Hanna. *Pas maintenant.*

« Tout va bien, j'ai bientôt fini », dit-elle en passant derrière un rideau de rosiers grimpants.

Zelda n'insista pas. Mais, au fond, Hanna avait besoin de lui parler.

D'une manière ou d'une autre.

« Mais, tout de même, c'est important, la transmission familiale, reprit-elle d'un ton égal. Je veux dire… Votre fils n'aura pas de photos de vous et de son père à transmettre à ses… enfants ? »

Derrière la tenture végétale, Zelda lui fit la grâce d'un petit rire.

« Michael, des enfants ? Non… J'ai bien peur que la lignée s'éteigne avec lui.

— Pourquoi ? hésita Hanna. Il n'en veut pas ?

— Je ne pense même pas que ça lui ait traversé l'esprit.

— Il n'a donc jamais voulu fonder… un foyer ? une famille ?… »

Évidemment que Zelda la voyait venir, avec ses questions. Hanna se sentait si stupide, mais ne pouvait pas s'en empêcher. Elle voulait tout savoir de Michael. Ses mains recommencèrent à lui faire mal. Elle était jalouse. Elle était perdue.

La vieille dame choisit de l'aider, comme elle l'avait toujours fait depuis leur rencontre. Elle prit sa voix la plus naturelle possible, et se mit mentalement à sa disposition : elle répondrait à ses questions sur Michael. Autant que faire se peut.

« Vous savez, dit-elle, j'ai bien peur d'avoir enseigné à mon fils une notion qui m'est essentielle : la

liberté… Seulement, c'était peut-être à ses dépens…
Aux dépens d'une vie plus paisible qu'il pourrait
avoir. Avec des attaches affectives, un foyer à lui. »

Elle marqua un temps d'arrêt, qu'Hanna respecta
sans mot dire, claquant du sécateur dans la haie,
comme pour lui signifier qu'elle l'écoutait bien,
qu'elle était là, juste derrière.

« Michael, lui, ne m'a connue que libre, sans
attaches ni compromis. Il est donc entré dans la vie
ainsi, avec moi comme seul exemple. Je crois qu'il
n'a jamais envisagé de vivre autrement.

— C'est difficile de fonder une famille… ou d'être
en couple quand on voyage beaucoup, dit Hanna,
fébrile. Ma sœur, Gail, est ainsi. Pas d'homme dans
sa vie, des hôtels partout mais que deux endroits pour
vraiment se poser : un petit appartement à Londres
où elle ne met quasiment jamais les pieds, et chez
nous, surtout.

— Et c'est vous qui gardez sa fille… Donc, voyez.

— Oui.

— Michael est comme votre sœur, toujours par
monts et par vaux. Depuis qu'il a été en âge de
m'envoyer paître – c'est-à-dire assez tôt –, il a pris
l'habitude de disparaître, des jours et des semaines.
Il a fait ses études en France, puis il a travaillé à
Rome, à San Francisco et je ne sais plus où… Cela
a changé depuis que je suis une vieille femme brinquebalante, avec une fâcheuse tendance à se casser
tout et n'importe quoi… Il a pris un appartement pas
loin d'ici, pour me surveiller… Mais quelque chose
le pousse toujours à partir. »

Zelda soupira, et eut un petit rire.

« Mais quand il est là, je l'ai sur le dos. Fini, ma liberté ! C'est un comble… Enfin, il est plus souvent à Paris ou à Dublin qu'ici… Dans des avions, lui aussi. C'est pour cela, je crois, que je n'aurai jamais de petits-enfants. Je serais bien trop vieille pour les garder, comme vous gardez Patti. »

Hanna hocha la tête en silence, repensant à ce que lui avait dit Marsha à propos de Gail et de son égoïsme – puisque c'est bien le terme qu'elle avait employé.

Michael avait choisi la liberté, lui aussi, mais il ne l'imposait à personne.

« Mais… fit-elle, se frottant machinalement la joue du revers de son gant. Et une… femme ? Je veux dire… Michael a forcément eu des femmes dans sa vie. Pourquoi… »

Atterrée par sa maladresse, elle laissa sa phrase en suspens. Bienveillante, Zelda lui fit l'aumône de la finir à sa place.

« Pourquoi n'y aurait-il pas une femme suffisamment casanière pour garder les enfants ?

— Oui… Enfin, je ne sais pas…

— Parce que je crois que ce ne serait pas… le genre de femme de mon fils. Vous voyez. »

Oui. Hanna voyait bien. Elle n'était donc *a priori* pas le genre de Michael. Elle, qui passait ses après-midi à dérouler des mètres de tissu sous le pied-de-biche de sa machine à coudre, avant de préparer le goûter de Patti et de lui faire couler son bain.

Mais je ne suis PAS QUE comme ça, avait-elle envie de hurler.

Zelda dut apercevoir la blessure qui se cachait sous son silence, car elle rectifia le tir rapidement :

« Attention, dit-elle. Il n'y a là-dedans aucun mépris pour les femmes au foyer ! Et c'est une vieille mère qui a découvert le vrai bonheur en élevant son enfant et en cuisant des tonnes de tartes aux pommes qui vous l'assure... Simplement, je pense que Michael n'aimerait pas qu'une femme l'attende sagement quelque part. Il culpabiliserait d'imposer sa vie à quelqu'un d'autre... »

Elle s'interrompit, le temps d'avaler une gorgée de thé glacé dont Hanna perçut le glouglou.

« Car même si c'est un fils parfois pénible... Et un séducteur, certainement... Michael est un homme bien », conclut Zelda.

Un « séducteur »... Hanna ferma les yeux. Était-ce un message de la vieille dame ? Avait-elle été... séduite, bêtement, comme beaucoup d'autres ? Elle avait mal à l'estomac. Le claquement du sécateur avait cessé.

« Vous savez, reprit précipitamment Zelda, sur un ton qui se voulait léger, mon fils est un homme séduisant – pour peu qu'une mère objective puisse en juger... Donc je suppose qu'il n'a jamais eu à se battre de ce côté-là... Mais je ne suis que sa mère, et voici bien longtemps que je ne sais plus rien de sa vie privée.

— Il ne vous a jamais présenté personne ? demanda Hanna, misérable.

— Quelqu'un de sérieux ? Avec qui il aurait souhaité s'installer ? Non... Il a été vu en ville avec des jeunes femmes différentes, au fil des années... Mais je n'ai jamais eu droit à des présentations. »

Hanna sentait s'écrouler son fragile chignon sur sa nuque humide. Son cerveau aussi était un sac de nœuds. Son ventre creux et vide. Ses cuisses et ses joues douloureuses.

« Edwyn, vous voilà ! » s'exclama Zelda par-dessus la haie.

Hanna se retourna. Le Père Noël débarquait dans le jardin, vêtu de sa sempiternelle chemise à carreaux et de ses grosses sandales. Elle eut le temps de se composer un sourire.

« Hanna ! dit-il joyeusement. Quel plaisir de vous voir enfin ! Vous n'êtes pas venue au pub, hier… »

Elle sentit son estomac passer du brûlant au glacé, tout le poids de son corps lui tombant sur les pieds.

Comme d'habitude, Zelda la sauva.

« Allez, tous les deux, dit-elle d'une voix forte. Venez donc transporter une vieille femme impotente jusqu'à sa maison… Hanna, il est temps de prendre une douche pour vous débarrasser de tout ce soleil poisseux, et de préparer vos bagages. L'heure tourne. »

Dix minutes après que le train se fut ébranlé de la gare de Kinsale, où l'avait laissée un M. Collins heureusement très bavard, le portable d'Hanna sonna, dans les entrailles de son sac qu'elle avait abandonné à ses pieds.

Elle fouilla les poches sans précipitation, étrangement léthargique, trouva le téléphone et ses mains se glacèrent.

« Je voulais vous dire au revoir, dit-il à son oreille.

— Au revoir », lui répondit-elle en fermant les yeux.

Elle craignit qu'il ne raccroche tout de suite, mais elle était incapable de prononcer le moindre mot. La voix chaude de Michael la traversa de nouveau de part en part.

« Je suis désolé que ce soit arrivé. J'espère que vous ne souffrirez pas… de ça. Dans votre couple. »

Elle ne répondit pas. Bien sûr qu'elle souffrait. Mais pas de la manière qu'il imaginait. Elle souffrait parce qu'il lui manquait, physiquement, dans son ventre creux d'où irradiait un mal insidieux ; elle souffrait parce qu'elle ne pensait qu'à lui, qu'elle le voyait même les yeux ouverts. Elle souffrait parce qu'elle était dans ce train qui s'éloignait.

Et elle se fichait bien qu'il soit… Comment Zelda avait-elle dit ? Un « séducteur »…

Elle prit le temps de s'asseoir, ses deux pieds bien plats sur les ronds en caoutchouc noirs et usés qui recouvraient le sol.

« Michael… Donnez-moi deux jours », dit-elle sans réfléchir.

Sa voix tremblait, mais elle était forte, et rebondissait sur les parois du sarcophage qui la ramenait à Dearbly.

Un silence, de son côté à lui. « Deux jours ? » finit-il par demander. Elle prit son élan : « Deux jours avec vous, n'importe où. Vous et moi. Deux jours, deux nuits. » Il comprit.

« Vous ne pouvez pas faire ça, dit-il gravement.

— C'est moi qui décide de ce que je peux faire. Je ne l'ai jamais fait de ma vie, jusqu'ici.

— Je ne peux pas faire ça non plus. Je ne peux pas prendre la femme d'un autre.

— Vous l'avez déjà fait. »

Hanna forçait sa voix avec maladresse, au point d'y mettre des accents de colère. Mais ce n'en était

303

pas. C'était un autre sentiment ravageur, encore plus puissant que la colère.

Un nouveau silence.

« Et après ? demanda-t-il.

— Après, nous reprendrons chacun notre vie... Deux jours, Michael. Deux nuits pour se lasser l'un de l'autre. »

Elle entendit un soupir au bout du fil.

« Je n'aurais peut-être pas assez de toute ma vie », lâcha-t-il doucement.

Elle ferma les yeux, son ventre se serra plus encore. Que venait-il de dire qui la poursuivrait durant tout son voyage vers Dearbly, et après, quand elle serait rentrée ? « Je n'aurais peut-être pas assez de toute ma vie... » Elle n'eut pas le temps de se remettre les idées en place que déjà il continuait, ferme et définitif.

« Ce n'est pas envisageable, Hanna. Il ne faut pas. Oubliez... tout ça.

— Oublier ? Vous... Vous le pourrez, vous ? demanda-t-elle, dans un souffle.

— Hanna, Hanna, nous ne nous connaissons pas. Nous ne pouvons pas avoir de mots... malheureux... l'un envers l'autre. »

Hanna éloigna un instant le combiné de sa bouche. Des mots malheureux, elle en avait présentement toute une série qui ne demandait qu'à sortir.

Du calme.

Elle se força à penser à Jeff, à Patti. Visualisa sa table de nuit, à Dearbly, sa coiffeuse avec son pot à crayons en cloisonné chinois. Sa lampe sur sa table de travail. Sa vie.

Elle respira un grand coup.

« Bien, dit-elle. Moi aussi, je suis désolée.

— Ne le soyez pas. Je vous embrasse.

— Ne faites pas ça... »

Ne faites pas quoi ? Ne m'embrassez pas ? Ne raccrochez pas ? Il raccrocha. Elle fixa hébétée le téléphone qui pesait une tonne dans sa main. Le nom de Michael disparut en même temps que le signal de fin d'appel.

Puis, sur la photo de Patti qui s'affichait en fond d'écran, apparurent quatre messages. Elle les ouvrit machinalement, les larmes aux yeux.

GAIL : *Bien arrivées.*

MARSHA : *Ça va mieux ?*

GAIL : *Tout va bien. Patti adore Londres ! Où es-tu ? On t'envoie des gros bisous !*

JEFF : *Appelle-moi quand tu en auras envie.*

Ils étaient tous vieux de plus de deux jours.

30

« Alors, qu'est-ce que ça te fait de dormir toute seule ? demanda Marsha, une chips coincée dans la joue.

— Je prendrais bien un autre mimosa », fit Hanna, hélant la serveuse d'un geste las.

Elle n'avait quasiment pas ouvert la bouche depuis son arrivée à la boutique, en vrac et en retard. Pas mangé, non plus. Juste avalé un mimosa, faisant rouler machinalement les billes de cassis glacées à l'intérieur de sa joue.

« Moi aussi, répliqua Marsha, les yeux fixés sur elle. Mais prends des chips, avec… Alors, ça te fait quoi, ce grand lit pour toi toute seule ? Moi, j'adore. J'occupe toute la place. Je m'étale, si tu voyais ça.

— Mmm », émit Hanna, chopant une chips dans le panier.

Marsha s'essuya les mains sans la quitter des yeux.

« Et je ne suis pas obligée de dormir sur le ventre pour qu'Andrew n'entende pas mes gargouillis d'estomac. Je gargouille à mort.

— Mmm.

— Et le matin, je balance des pets merveilleux.

— Mmm.

— Bon... »

Marsha fit à son tour signe à la serveuse. Et revint à Hanna, qui n'était manifestement pas là, en face d'elle. Hanna dont les yeux traînaient partout sans trouver de point d'accroche. Hanna qui semblait écouter le bourdonnement des conversations avec application. Hanna dont les cheveux sentaient le propre, mais n'étaient pas coiffés ; les yeux cernés de bistre. Du maquillage, un peu, mais service minimum. Du mascara. Un doigt de baume Carmex sur les lèvres. Et des joues trop roses, comme grignotées par le soleil et on ne savait quoi d'autre.

Elle était ravissante.

« Toujours malade ? demanda Marsha. Tu aurais peut-être dû rester au lit. Et profiter de ton grand matelas pour toi toute seule... »

Hanna sembla se réveiller.

« J'étais à Kinsale.

— Ah... Pour notre enquête ?

— Oui, mais pas juste pour ça. J'avais envie d'être là-bas. Je sais pas.

— Et... Tu as vu le fils prodige ?

— Oui.

— Hum. Et tu as couché avec lui.

— Oui.

— D'accord. »

Marsha se renversa sur sa chaise, s'éventant d'une main. La jolie serveuse apporta les deux mimosas avec un sourire, indifférente à la comédie qui se jouait à la table n° 8, celle des dames de la boutique d'en face. « Voilàààà ! » chanta-t-elle en posant les deux verres, escamotant les précédents avec une dextérité de magicienne. Puis elle tourna les talons comme sur une toupie, laissant les deux amies plonger sur leur paille, dans un bel ensemble d'alcooliques mondaines.

« Alors ? » toussa Marsha.

Hanna ne répondit pas, se contentant de se frotter les tempes en soupirant. Elle n'avait pas envie de donner à son amie les détails de ce qui s'était passé. Elle voulait garder tout ça pour elle, encore un peu.

Ne rien partager. Ce n'était pas possible.

« Nom de Dieu, dit Marsha, mon monde s'écroule. Andrew me trompe. Tu trompes Jeffrey.

— Je ne l'ai pas trompé, puisque je n'y ai même pas pensé. C'est toi qui m'as appris ça.

— Tu vas lui dire ? Ne lui dis pas.

— Jamais. Ça aussi, tu me l'as appris... »

Marsha soupira, comme écrasée par sa propre responsabilité.

« Alors ? » répéta-t-elle.

Hanna haussa les épaules.

« Alors, rien. »

Elle agita sa paille avec une frénésie de gamine, regardant les baies s'entrechoquer, tournant dans le maelström qui se formait dans le liquide rose.

« Fais des bulles, si ça peut te détendre », proposa Marsha.

Hanna redressa la tête, et sourit à son amie.

« Je suis amoureuse, annonça-t-elle, sans détour. Il m'a... tuée. »

Marsha eut l'air de quelqu'un qui passe à côté d'un accident sans oser regarder.

« Il va tuer ton mariage, surtout... Fais attention, Hanna. Il faut que la chair exulte, c'est vrai. Mais tu ne connais pas ce type. Ne plante pas ta vie pour un... orgasme malencontreux.

— Ce n'est pas ça. Ce n'est pas... que ça !

— Mais c'est un peu ça quand même. Tu te laisses surprendre par une sorte de passion... »

Marsha fit un geste vague de la main, qui finit la phrase à sa place. Elle avala une gorgée de mimosa, et entra dans le vif du sujet.

« Bon, reprit-elle. Peut-être qu'avec Jeffrey, la routine s'étant installée, tout ça... Ça ne me regarde pas, mais peut-être qu'au lit ce n'est plus le feu d'artifice des premiers temps ?

— Mais non, s'offusqua Hanna. C'est toujours... très bien. Et puis d'ailleurs, je n'attache pas énormément d'importance à l'amour physique.

— Gnagnagna... Écoutez-moi ça. Tu devrais, je vais te dire.

— Je ne suis pas une oie blanche, Marsha. Je sais ce que c'est que de faire l'amour et d'aimer ça. Pas attendu... Michael pour ça. J'avais besoin de l'embrasser, qu'il me touche... Mais c'est une conséquence. Pas une cause. »

Marsha secoua la tête, sceptique.

« Garde la tête froide », dit-elle simplement.

Hanna eut un petit rire.

« C'est exactement ce qu'il m'a dit, lui aussi.

— Eh ben, il est gonflé. Il te bascule sur un capot de voiture et il te demande de garder la tête froide !

— Sur un capot de voiture, rit Hanna. Quelle idée ?

— Je sais pas. J'ai pris le premier fantasme qui me passait par la tête. C'était où, sur un bateau ?

— Non, c'était sur un lit. Chez lui. »

À ce souvenir, elle sentit un frémissement lui parcourir la colonne vertébrale. « On est dans la merde », constata Marsha. Hanna acquiesça sans mot dire, le nez plongé dans son verre.

Les glaçons avaient fondu, diluant le nectar en un bouillon insipide. Et tiède. Elle fit la grimace. Tout était fade, en ce moment. Même les chips manquaient de sel. Elle avait envie d'être à Paris, à manger des escargots grésillants, à boire du gigondas ou un autre vin terrible qui fait chaud au ventre. Elle avait envie d'être à Kinsale, couvrant de baisers les joues râpeuses de son amant, s'éraflant les cuisses contre sa ceinture.

« Et à quel moment t'a-t-il demandé de garder la tête froide, ce gentil garçon ? demandait Marsha en fond sonore. Avant ou après pénétration ?

— Oh ! »

Hanna ressortit brusquement de sa torpeur.

« N'importe quoi, dit-elle, rougissante. Il m'a appelée quand j'étais dans le train. Pour me dire au revoir...

— ... et merci pour tout », la coupa Marsha, ironique.

Hanna la fusilla du regard. Elle ne savait même pas si elle avait envie de se confier davantage.

« Je lui ai demandé de passer deux jours avec lui, continua-t-elle, presque à regret. Il m'a dit qu'il fallait que je garde... la tête froide. »

Voilà, c'est tout. Plus envie d'en parler.

Pour siffler la fin du match, Hanna avala d'un trait son restant d'eau tiède et rosâtre. Mais Marsha n'en avait pas fini avec elle.

« Bon, il m'a l'air honnête, concéda-t-elle. Alors qu'est-ce que c'est que cette idée de... passer deux jours avec lui ? »

Hanna en avait marre.

« Écoute, dit-elle un peu trop fort. J'en avais envie, je le lui ai dit. C'est tout. Ai-je le droit d'avoir des envies ? »

Marsha sembla surprise par la brutalité de sa repartie. Elle vida sa coupe à son tour, puis saisit la main d'Hanna, juste à côté de la corbeille de chips. Elle était chaude. Elle la serra un peu, pas trop fort, se penchant vers elle, les yeux dans les siens.

« Ma chérie, dit-elle doucement. Je ne sais pas si tu as raison ou si tu as tort, toi seule le sais. Finalement... si tu as envie de passer deux jours à te faire du bien avec un type beau comme un astre, fais-le. Tu verras bien après. »

Hanna sentit son œil droit se remplir d'eau. Foutues larmes, se dit-elle en serrant les dents.

« Il ne veut pas, chuchota-t-elle. Il m'a dit qu'il n'aurait peut-être pas assez de toute sa vie pour se lasser de moi. Alors il ne veut pas...

— Hein ? fit Marsha, tendant l'oreille. Il ne veut pas ? Eh bien, insiste ! Seigneur, je ne crois pas à ce que je suis en train de te dire... Mais si tu te voyais ! »

Elle lui tendit une serviette en papier.

« Et je vais te dire un truc, conclut-elle. Je crois que je suis un peu jalouse... »

Lorsqu'elles retournèrent à la boutique, deux personnes attendaient déjà pour prendre livraison d'un plaid et d'un abat-jour. « On ne devrait jamais fermer entre midi et deux, bougonna Marsha. Ou prendre quelqu'un. »

Elles avaient laissé s'étirer le temps chez Pickle's, mais n'avaient pourtant rien mangé du tout. Leurs estomacs ne contenaient que du champagne, de la grenadine et d'autres substances quasi illicites dans lesquelles flottaient une poignée de chips et quelques baies rouges.

Hanna se sentait comme en convalescence. Elle laissa Marsha s'occuper des clients, reprit un plaid pour enfant sur lequel elle travaillait avant de partir à Kinsale. La vie continuait.

« Je leur ai soufflé mes deux grammes d'alcool dans le nez, dit Marsha après avoir salué les clients. Ils ne sont pas près de revenir. Tu veux de la musique ?

— Un petit Nigel Kennedy ?

— Allez. »

En sourdine, *L'Estate* grignota le silence. Elles n'auraient su dire ni l'une ni l'autre combien de fois les notes des *Quatre Saisons* de Vivaldi avaient glissé dans cet atelier, en même temps que leurs aiguillées. Petit à petit, alors que les minutes s'égrainaient par dizaines au son du violon, Hanna s'apaisa.

Puis, entre deux mouvements, une idée lui revint en tête, une idée qui restait tapie derrière toutes les autres.

« Je suis SÛRE que Zelda est Marilyn, lança-t-elle.

— Ah bon ? Tu as bien fait d'approfondir ton enquête…

— Arrête.

— J'arrête… Raconte ! »

Hanna fit pivoter son siège vers son amie, rassemblant tous les coins du plaid sur ses genoux.

« Eh bien, j'ai beaucoup discuté avec elle. Elle m'a raconté sa jeunesse. Et ça ne tient pas debout… Ou alors, si, ça tient debout, mais c'est bancal, comme si c'était une histoire inventée et apprise par cœur, mais avec plein de références.

— Du genre ?

— Des réflexions qu'elle fait. Du genre… Que sa vraie vie a commencé quand elle a cessé de vivre dans le regard des autres. »

Hanna réfléchit, rassemblant ses éléments d'argumentation. Elle repensa à une chose.

« Ça va même jusqu'au chien, dit-elle, soudain excitée. Elle raconte qu'elle avait un chien, un bâtard qui aboyait tout le temps. Devine comment elle dit qu'il s'appelait ? Hoover !

— Comme le boss du FBI ?

— Comme J. Edgar Hoover, le boss du FBI, qui espionnait Marilyn. Il avait des dossiers sur elle. Hoover, le bâtard qui aboyait tout le temps, et qu'elle a laissé en Amérique… Tu vois ? »

Hanna écarta les mains, triomphante.

« Pas mal, admit Marsha. Quoi d'autre ?

— Eh bien, elle mélange plein de choses… des références : elle a été danseuse dans des clubs. Quand elle me racontait ça, je voyais la Marilyn de *Bus Stop*, avec son corsage vert et ses bas résilles. C'était à Reno. Reno, comme dans *Les Misfits*, son dernier film. Elle a voulu quitter Reno… Tout quitter, avec un certain Adel, un gentil vétérinaire immigré…

— Bien, c'est une femme qui a tout quitté par amour, et alors ? Tu commences à savoir ce que c'est…

— Je sais ce que c'est que l'amour depuis longtemps, s'énerva Hanna.

— Pardon. J'essaye juste de me faire l'avocat du diable. Mais les choses sont tellement… bizarres depuis que tu connais cette femme ! »

Marsha regarda autour d'elle, au cas où une douzaine d'espions de la CIA soient en planque derrière les étagères, et revint vers Hanna en chuchotant.

« Quand même, ça me fait beaucoup de trucs à avaler en peu de temps : tu me dis que Marilyn Monroe est bel et bien vivante... et que par-dessus le marché tu couches avec son fils ! Mets-toi à ma place... J'ai les neurones qui font des loopings. »

Hanna se recula sur sa chaise, comme pour avoir une vue d'ensemble de la situation.

« C'est sûr, c'est bizarre... Mais qu'est-ce que tu en penses ?

— De Zelda ou de son fils ? plaisanta Marsha.

— De Zelda, de Marilyn ! lança Hanna, perdant patience.

— J'en pense que n'importe quelle femme peut tout à fait changer de vie par amour. Et c'est valable pour les deux affaires qui nous occupent. Même si ça me fait peur de te le dire. »

L'ombre de Michael passa dans les yeux d'Hanna ; pourrait-elle tout quitter pour lui ?

« Zelda m'a dit elle-même que ce n'était pas la passion, avec son mari. Pourquoi tout laisser pour suivre... pas un amour, non, mais disons une... affection raisonnable ?

— Va savoir... »

Elles réfléchirent un petit moment toutes les deux.

« Le dégoût de soi, suggéra enfin Marsha. Elle n'aimait pas ce qu'elle était.

— Exactement. Marilyn ne s'aimait qu'en Zelda Zonk. »

Marsha hocha la tête sans rien dire. Était-ce une manière d'approuver, se demanda Hanna... ou de constater l'étendue du problème suivant : elle était dingue.

« Tu crois vraiment à ce que tu dis ? » lança finalement son amie.

Ah, deuxième option, se dit Hanna : *elle me prend pour une dingue.*

« Oui, j'y crois », assuma-t-elle tout de même.

Re-hochement de tête en face.

« Tu me prends pour une folle, dit Hanna avec certitude.

— Pas du tout ! s'écria Marsha. Je t'assure que non. Moi aussi, cette histoire me flanque des frissons… Je trouve tout ça très troublant. »

Et elle avait l'air sincère.

31

Le soir venu, alors qu'elle s'était réfugiée dans sa chambre, un plateau-repas froid et intact à côté d'elle, Hanna appela Zelda.

Oh, ce n'était pas du harcèlement, se convainquit-elle une nouvelle fois. C'était juste quelque chose qui « se faisait », comme aurait dit Mme McCann. Quand on a été invité, on remercie. Pour une fois que les préceptes de sa mère venaient à son secours, elle aurait eu tort de les bouder.

« Merci… pour tout », dit-elle donc à la vieille dame, qui avait l'air plutôt contente de son appel.

Ou simplement polie, rectifia-t-elle.

Elle avait appuyé sur le « pour tout », pour que Zelda y fourre ce qu'elle voudrait : merci de m'avoir accueillie, merci de m'avoir raconté votre vie, merci de ne pas m'avoir trop posé de questions sur la mienne qui est assez pourrie en ce moment.

Et par-dessus tout, merci de ne pas être revenue sur le fait que j'ai couché avec votre fils, et que vous le savez très bien.

« Mais de quoi, ma chère ? répondit Zelda qui n'avait pas fait son choix.

— Pour votre accueil, résuma Hanna.

— Vous êtes la bienvenue. » *Mais arrêtez de coucher avec mon fils*, compléta Hanna, essayant vainement de chasser cette réflexion fantôme de son esprit.

Pendant cette bataille, elle entendit la vieille dame lui donner des nouvelles de son jardin, la remerciant encore d'en avoir ôté les mauvaises herbes. La haie était belle, ainsi libérée, et les roses épanouies. Hanna sourit, grattant machinalement les quelques griffures qu'elle avait toujours aux poignets.

« Hanna, dit soudain Zelda sur un ton plus grave. J'aimerais vous poser une question… »

Ça y est… Hanna tendit l'oreille, sur ses gardes, mobilisant tous ses radars.

« J'ai du plaisir à vous voir, Hanna, et de l'affection pour vous, vous le savez. Mais… vous. Je me demande ce qu'à votre âge vous trouvez en moi.

— Ce que… je trouve en vous ? »

Il ne fallait pas se tromper de réponse. Déconcertée, Hanna aligna ses mots mentalement avant de les sortir dans le bon ordre.

« Je vois une femme qui a vécu des choses inhabituelles et qui est de bon conseil.

— Je ne suis pas votre mère, Hanna, dit doucement Zelda.

— Je sais. Vous en êtes l'inverse. Ma mère n'a vécu que de futilités et n'est jamais de bon conseil. À moins que ça ne concerne le prix d'un tapis oriental. »

Elle entendit un petit rire mêlé d'un soupir à l'autre bout du fil.

« Oh, Hanna, que vous êtes dure, parfois, vous que je connais si douce… »

Hanna haussa les épaules, comme si Zelda pouvait la voir.

« Écoutez, reprit la vieille dame, sérieusement. Ce que je vais vous dire ne va pas vous plaire : respectez les choix de votre mère. Même s'ils sont mauvais. Acceptez-les. Ce n'est que dans cette sérénité que vous vous trouverez vous-même. Vous ne pouvez pas construire votre vie en vous appuyant sans arrêt sur ce que vos parents ont fait ou pas fait. Faites leur deuil. Nous avons parlé de ça, l'autre matin, à Kinsale... J'y ai encore réfléchi, après... Et voici ma conclusion, que je veux vous livrer, une fois pour toutes : vous, Hanna, êtes une femme, une femme à part entière... Vous n'avez plus besoin d'eux, ni de vous battre contre eux... Votre vie ne serait alors qu'illusion. »

Drôle de petite voix lointaine qui en disait plus en quelques phrases qu'en trente ans d'introspection... Et encore... Hanna s'y était-elle jamais livrée ? S'était-elle jamais posé les bonnes questions ?

Elle réfléchissait à toute vitesse. Avait-elle réellement fait tous ses choix envers et contre ses parents ? Ou pour qu'ils la regardent ? Avait-elle aimé Jeffrey parce qu'eux ne l'aimaient pas ? Gardait-elle Patti parce qu'elle n'était pas la bienvenue, au sein de la bonne société McCann ? Non.

Bien sûr que NON.

Elle frissonna, les yeux braqués sur son plateau-repas. La tranche de bœuf froid était accompagnée d'une montagne de mayonnaise. « Pas de mayonnaise avec le bœuf », décrétait Mme McCann. On accompagne le bœuf avec de la moutarde... La mayonnaise, c'est pour le poulet froid.

Hanna contempla cet Everest de lipides en se demandant quelle révolte sournoise il cachait. Quelle illusion.

« Et vous n'avez pas besoin de moi, non plus, continua Zelda après un moment de silence. Je ne suis qu'une vieille femme qui a fait beaucoup d'erreurs dans la première partie de sa vie, et qui a passé la seconde à les corriger. Parce qu'elle l'a décidé. C'est tout.

— Justement… Vous m'aideriez à ne pas faire les mêmes. »

Zelda eut un nouveau petit rire, ce roucoulement si doux.

« Pas de risque pour vous, ma petite. Vous êtes beaucoup plus forte que vous ne le pensez, il vous faut juste découvrir à quel point. Ne laissez personne vous faire croire le contraire… »

Elle toussota dans le combiné.

« Prenez votre vie en main, Hanna, c'est le dernier conseil que je puisse vous donner. Et venez me voir dans quelque temps. Il vous faut être en accord avec vous-même, et rien qu'avec vous-même… Comprenez-vous ? »

Hanna hocha la tête sans rien dire.

Sa première pensée fut que Zelda la renvoyait gentiment dans ses foyers – certainement parce qu'elle commençait à lui courir sur le haricot avec toutes ses questions connes et ses états d'âme, et cette lubie qu'elle avait eu de coucher avec son fils plutôt que d'aller boire une bière sur le port, comme recommandé par l'Office de tourisme de Kinsale.

Mais, paradoxalement, la vieille dame l'enjoignait de choisir sa vie toute seule ; ce qui comportait le risque majeur de la voir se précipiter directement dans le lit de Michael en abandonnant tout derrière elle, compte tenu de son état d'esprit actuel.

Donc, il valait mieux encaisser sans épiloguer.

« Je comprends… D'accord », lança-t-elle, comme elle aurait dit « topez là ». *D'accord, Zelda. Je vous fais le pari de reprendre ma vie en main.*

« Je vous embrasse », dit Zelda.

Et elle raccrocha. Décidément, c'était une manie, dans la famille. On embrassait beaucoup. Et on raccrochait tout de suite.

Hanna prit le temps de s'écœurer consciencieusement avec tout son tas de mayonnaise. Elle avait besoin de se remplir de quelque chose, et que ce quelque chose occupe toute la place, dans son ventre, dans sa bouche, et dans son cerveau. Elle voulait de la mayo jusqu'à ras la gueule, jusqu'à la racine des cheveux. Elle voulait s'éviter de penser. Elle voulait être une amibe bourrée de gras. Le gras était doux.

Elle en était à traîner son bout de pain sur les dernières luisances qui subsistaient dans son assiette lorsque le téléphone sonna. Elle sursauta.

Zelda ? Michael… Non, pas Michael. Pas LUI.

« Coucou ! » s'exclama une petite voix.

Patti. Comment avait-elle pu ne pas penser à Patti en premier ? Hanna se sentit fondre de bonheur.

« Ma chérie, mon petit lapin, tu vas bien ?

— Oh oui, on s'amuse ! On est monté dans London Eye, avec maman et Greg. Maman avait le vertige. »

Greg ?...

« Le vertige ? C'est un comble pour une hôtesse de l'air ! »

Greg ?

Hanna sentit la mécanique de ses neurones se remettre en branle.

Greg ??? C'est qui, ce Greg ?

« On a mangé des fish and chips dans du papier journal, poursuivit la petite fille, tout à fait naturellement.

— J'espère que les nouvelles étaient bonnes.

— Ouiiii, hi hi…

— Et l'avion, tu as aimé ?

— Ça m'a plu. Ça bougeait quand on est entrés dans les nuages.

— Brrrrr…

— Plus tard, je veux faire hôtesse de l'air, comme maman. »

Et surtout pas couturière névrosée comme Tata, se dit Hanna, saumâtre. Les enfants sont ingrats. Mme McCann l'avait toujours dit…

Patti lui raconta son périple chez Hamley's, le plus grand magasin de jouets d'Europe, voire du monde, voire de l'univers, avec le grand monsieur en chapeau haut de forme qui lançait des bulles à l'entrée.

Hanna se demanda si ce type était Greg.

« Greg ? demanda-t-elle donc de but en blanc à Gail, lorsqu'elle prit à son tour le combiné.

— Je t'expliquerai, éluda sa sœur, d'une voix plutôt joyeuse. Tu vas bien ?

— Oui, ça va. Je survis sans vous », résuma Hanna.

Devait-elle dire à sa sœur qu'elle rentrait tout juste de Kinsale, où elle avait fait l'amour avec le fils putatif de Marilyn Monroe revenue d'entre les morts ? Et qu'elle n'arrivait pas à chasser ce dangereux souvenir de son esprit ?

Elle décida que non. Au téléphone, ça risquerait de faire trop.

« Vous rentrez quand ? demanda-t-elle, à la place.

— Samedi. Et Jeff ? »

Hanna prit une longue inspiration.

« Pas de nouvelles.

— Du tout ?

— Non. Enfin si, un SMS pour me dire qu'il était bien arrivé… Patti et toi me manquez, quand même, avoua-t-elle.

— T'inquiète, sœurette. On est bientôt là. »

Vas-y, embrasse-moi et raccroche, toi aussi…

« Gros bisous, dit Hanna, prenant les devants. Et mes hommages à Greg. » Gail éclata de son rire cristallin. Ensuite, Hanna fixa le téléphone resté dans sa main un long moment. Elle avait quelque chose de difficile à faire. Il fallait qu'elle le fasse.

Maintenant.

Faut y aller, ma vieille. Bouche ton nez et saute dans la piscine. Vas-y.

Elle calcula rapidement le décalage horaire vers la côte Est des États-Unis. Cinq heures, lui avait dit Jeff. Ou six. Bref, il devait être trois heures de l'après-midi à Boston.

Il y eut un grand vide spatio-temporel, le temps que l'appel rebondisse sur le satellite qui l'expédiait à travers l'Atlantique. Une sonnerie. Deux.

Pas une de plus. « Allô », fit la voix de Jeff, étonnamment proche. Hanna sentit son estomac se creuser, malgré le colmatage à la mayonnaise. « Hanna ? » reprit-il, encore plus proche. Il y avait derrière lui un bruit de circulation. Il était dehors, au milieu des klaxons des voitures et du brouhaha de la foule, mais n'avait répondu qu'au bout de deux toutes petites sonneries. Il l'attendait. Il attendait son appel. Hanna ferma les yeux.

« Oui, c'est moi, réussit-elle à dire d'une petite voix.

— Ça va ?

— Oui. Et toi ? »

Bordel, que c'était banal. Qu'avait-elle d'autre à lui dire ? *Moi ça va, et toi ça va ? Tout va bien, alors ?* Elle se vit soudain devant un mur impossible à franchir. Elle ne pouvait tout simplement pas. Les mots ne sortaient pas. La partie de son cerveau censée fournir de quoi alimenter une conversation primaire ne fonctionnait plus. Elle avait la sensation physique d'être coincée, la luette restée bloquée à l'étage intermédiaire entre son œsophage et son palais.

« Je suis à New York, la sauva-t-il.

— Tu n'es plus à Boston ? »

C'était OK. L'échange était lancé. Hanna se racla la gorge pour finir de se dégripper.

« J'y retourne jeudi, disait Jeff, sur fond de sirènes.

— Tu loges chez ton frère ?

— Oui. Ce salaud a maintenant un appartement grand comme la moitié de Central Park. Ça rapporte, l'escroquerie. »

Hanna trouva la force d'éclater de rire.

« Tu aurais dû faire comme lui, fortune dans l'immobilier…

— C'est sûr. Au lieu de ça, j'ai vu mon éditeur qui ne veut pas me lâcher tant que je n'ai pas fini l'atroce pavé que je voudrais foutre direct à la poubelle. J'ai l'impression d'être dans *Misery*, et qu'une infirmière psychopathe va venir me péter les chevilles pour ne pas que je tue mon foutu héros. »

Hanna rit de nouveau. De bon cœur.

« Tu lui as proposé autre chose ?

— Oui, une collection. Des enquêtes. Il est intéressé. Mais pour plus tard.

— Finis vite ton bouquin. Tu seras tranquille.

— Je vais m'y remettre. En écriture automatique.

— À la maison ? »

Les mots étaient sortis de sa bouche sans qu'elle les
retienne. *À la maison ?* Le silence s'étala. Jeff avait
dû s'abriter quelque part. Le concert des klaxons était
assourdi. « Je ne sais pas », dit-il enfin. Hanna suspendit son souffle. Il la quittait. Il ne reviendrait pas.

Elle en était sûre.

« Écoute, Hanna. Je crois que je devrais rester un
peu ici, pour finir ça une bonne fois pour toutes.

— Finir… quoi ? » demanda-t-elle, affolée.

Elle ne voulait pas entendre ça. Elle ne serait pas
capable de faire face à une rupture.

« Mon bouquin, la rassura Jeff. Mon bouquin… et
rien d'autre. Pour le moment. Ici le contexte est…
comment dire. Plus favorable.

— Plus favorable », répéta-t-elle bêtement.

Elle l'entendit soupirer, malgré le ronchonnement
des voitures derrière lui.

« Ici je n'aurai la tête qu'au boulot. Je n'en aurai que
pour un mois ou deux, en ne faisant que ça. Aux endroits
mêmes où je situe mes actions. Je pourrai reprendre un
peu ce que j'ai déjà écrit, améliorer les choses… Chérie,
je ne peux pas rentrer maintenant. Tu comprends ? »

Oui, elle comprenait.

Gardant le téléphone serré entre ses mains, elle
regarda autour d'elle.

Ses meubles. Sa chambre. Et elle se dit que là-bas,
à Kinsale, elle avait fait une connerie. Une énorme
connerie.

32

Hanna traîna sa misère tout le restant de la semaine, envisageant alternativement de quitter le pays pour une retraite chez des moines tibétains, ou de s'enfermer dans sa chambre pour s'y adonner à l'alcool et aux médicaments. Comme Marilyn l'avait fait en son temps, tiens.

Elle était irrémédiablement une personne que l'on quittait. Vouée à l'abandon, elle aussi.

Heureusement, Marsha lui permettait de prendre du recul sur la situation avec son humour féroce : Jeffrey avait pété un plomb à trop fumer des fougères au milieu du Grand Nulle Part irlandais et s'était réfugié chez les Yankees, Gail avait redécouvert les joies du grand looping après une longue période d'abstinence sexuelle, et préparait probablement son mariage en grande pompe avec un Britannique habillé chez Savile Row…

Alors que son monde s'écroulait, Hanna ne se raccrochait mentalement qu'à Michael. Comme une bouée dans son océan agité, un refuge pour ses pensées. Le passé et le présent se cassaient la gueule, l'avenir lui murmurait son nom. Michael avait été celui qui l'avait rendue vivante, pour la première fois depuis longtemps.

Elle ne l'appela pas. Ne lui envoya pas de message ; il n'aurait pourtant tenu qu'en deux mots : « Deux jours. » Elle n'avait que cette idée en tête, sortie de nulle part. Deux jours seulement, rien qu'elle et lui, comme elle le lui avait follement proposé dans ce train qui s'éloignait. Elle imaginait ces deux jours comme un sas. Un endroit clos et sécurisé entre deux vies, où il n'y aurait personne de connu.

Il n'y aurait qu'elle et cet homme, dont elle sentait confusément qu'en une seule nuit à Paris et un seul jour à Kinsale il avait commencé à la soigner de quelque chose...

Elle n'envoya pas le message.

De lui aussi, il lui faudrait faire le deuil.

Puis Patti rentra, et tout changea. « Hanna-aaaaaaaaa ! » s'égosilla-t-elle en sautant dans ses bras. Criant son nom, la petite fille lui prouvait qu'elle existait encore. En même temps que Patti, un vent de bonheur chaleureux entra dans la maison, ébouriffant les rideaux, chassant la poussière sous les tapis, nettoyant les meubles du voile mat qui avait tout recouvert.

Hanna avait fait des efforts de tenue, elle qui depuis une semaine ressemblait à une serpillière mouillée, comme le lui avait gentiment fait remarquer Marsha.

En fouillant dans son placard, elle avait mis de côté la jolie robe à fleurs bleues que Jeff aimait tant. Et qui avait tant... euh... ému Michael. Elle savait bien à quel point un bout de tissu pouvait avoir de la mémoire. La petite robe toute simple ne serait plus jamais comme avant ; elle l'imaginait maintenant dans un sachet scellé par la police scientifique.

Le cœur tout pincé, elle en avait déniché une autre, avec des rayures multicolores genre Missoni – et à bien regarder l'étiquette, c'était une Missoni, et elle se demandait bien d'où elle sortait. Elle ne se souvenait pas de l'avoir jamais mise, mais elle était jolie. Moulante, mais pas trop, dans une maille fine. Petites manches.

Elle avait ajouté une fine ceinture par-dessus, puis un trait d'eye-liner pour relever ses yeux mornes. Et avait bien dû se résoudre à enfiler ses sandales à semelles de corde, vu que c'étaient les seules qui lui allaient, elle avait pu le vérifier récemment. Repincement au cœur.

« Tu es beeeeelle », lui garantit Patti, la faisant vaciller sur ses talons.

Derrière elle, Gail fit sauter les valises par-dessus le pas de la porte, un grand sourire aux lèvres.

« Oh, mais tu as enfin mis ma robe ! Je l'avais oubliée, celle-là. »

Merde.

« C'est ta robe ? » s'étonna Hanna.

Gail secoua la tête, levant les yeux au ciel.

« Non, c'est la tienne. Mais c'est moi qui te l'avais rapportée de Milan. Je vois que tu l'avais oubliée aussi. Ça fait plaisir… »

Re-merde.

Mais Gail n'était pas d'humeur à prendre la mouche pour un chiffon Missoni qu'elle avait probablement payé la peau des fesses et rapporté précieusement plié dans du papier de soie pour sa sœur chérie. Non, pas aujourd'hui.

« Elle te va bien, dit-elle sincèrement. Et tu es plus bronzée que nous. Qu'est-ce que tu as fait ?

— Un peu de jardinage.

— Et tes cheveux sont jolis, comme ça. C'est bien quand tu les lâches.

— Merci… »

Gail fit un clin d'œil à sa sœur.

« Hanna. Arrête de remercier quand on te fait un compliment. »

C'était si bon de les retrouver. Elles se posèrent toutes les trois autour d'un solide goûter, laissant sacs et valises attendre dans l'entrée. Sauf bien sûr celle de Patti, qui ne put résister à la tentation d'en répandre le contenu par terre, pour en extirper tout un tas de petits cadeaux de plus ou moins bon goût qu'elle rapportait à Hanna, avant d'arriver en gloussant au clou de sa démonstration : un magnifique chien en plastique jaune et blanc, queue et truffe dressées, langue sur le côté, l'air bien content.

« Ça, c'est… un taille… un taille-crayon, fit la petite, s'étouffant de rire. Tu… tu mets le crayon dans son derrière… »

Elle dut s'interrompre, riant aux éclats, entraînant avec elle sa mère et sa tante qui se fichaient bien du mode d'emploi de la chose, et qu'un unique spectacle ravissait : celui de cette petite fille adorée, rouge comme une pivoine, les yeux brillants, hoquetant ses explications techniques. Il fallait donc mettre le crayon dans le derrière du chien, il tournait tout seul et le chien faisait ensuite caca des petits copeaux… Cette invention bien scato enchantait Patti.

Et elle cachait aussi autre chose.

« Tu as dit que je pourrais avoir un VRAI chien, en rentrant, rappela Patti à Hanna.

— Roooh… gronda Hanna. Si je me souviens bien, on avait parlé d'un chat. Pas d'un chien. »

Gail se leva de sa chaise, semblant soudain vouloir mettre fin à la conversation.

« On en a déjà parlé, ma puce, dit-elle sérieusement. Pour le moment, ce n'est pas une très bonne idée.

— Mamaaan…

— Mais on en reparlera. Viens, on va défaire les valises. »

Hanna lança un regard interrogateur à sa sœur, qui lui répondit par un geste censé signifier « plus tard ». Elle leur emboîta le pas à toutes les deux vers les chambres, tandis que peu à peu Patti cessait ses jérémiades sous les exhortations de sa mère.

Plus tard, lorsque Patti fut dans son bain avec toute une flottille de bateaux Playmobil rapportés de chez Hamley's, Hanna s'installa sur le lit de Gail, comme à son habitude, regardant sa sœur défaire ses valises, édifiant méthodiquement un tas de linge sale d'un côté, pliant le reste de l'autre.

« Pourquoi pas de chat ? l'interrogea-t-elle. Encore, un chien, ça ne m'arrange pas forcément… Mais un chat, je lui avais promis. »

Gail fit claquer les fermetures de sa valise.

« Faut que je te parle d'un truc », dit-elle, achevant d'enfoncer le tas de linge sale dans un grand sac en coton.

Elle n'avait pas l'air du tout grave, ou stressée, constata Hanna, mais pourtant elle se sentit tout de suite inquiète. En général, ces derniers temps, chaque fois que quelqu'un voulait lui parler d'un truc, de quelque chose, ça finissait toujours en eau de boudin. Cette fois, quelle catastrophe pourrait avoir raison de la venue d'un malheureux chat dans le cottage préservé de Dearbly-on-Haven ?

« Ça a un rapport avec ton Greg ? devina-t-elle.

— Craig, corrigea Gail, avec un sourire bizarrement timide. Et oui, ça a un rapport. Éloigné, mais un rapport quand même.

— Il est allergique aux poils de chat ? »

Et quand bien même, on s'en fout ! Hanna se sentait complètement paumée.

« Non, non, rit Gail. Enfin, je ne crois pas.

— Accouche », suggéra Hanna.

Gail se racla la gorge, comme si elle avait préparé un discours.

« J'ai rencontré quelqu'un.

— Oui, merci, j'ai compris. Craig. Raconte.

— Eh bien… En fait, je l'ai rencontré il y a long-temps. »

Hanna inspira de tous les alvéoles de ses poumons.

« C'est le père de Patti… » expira-t-elle.

Gail la regarda, interloquée.

« Non. Nooon ! Pff. Pffff… Oublie le père de Patti, il est bien loin, je ne sais où, et d'ailleurs je m'en fous ! Et puis… il n'a JAMAIS été le père de Patti. Je ne l'ai jamais vu comme ça. Je n'y ai même presque jamais pensé, depuis que Patti est née. »

Elle avait l'air sincère, constata Hanna, bizarrement soulagée. Elle n'avait aucune envie que ce type refasse surface dans leur vie à toutes les trois. Dieu sait ce qu'il aurait exigé de Gail.

« C'est vrai ? s'assura-t-elle cependant.

— Oui, c'est VRAI. Je n'ai jamais vraiment aimé ce type, enfin, je veux dire, dans le sens où toi tu aimes Jeff. »

Hanna encaissa sans broncher. *Dans le sens où toi tu aimes Jeff...*

« J'aime ma fille pour ce qu'elle est, insista Gail. Parce que c'est MA fille, et pas un enfant qu'un homme m'aurait filé en cadeau. Tu vois. »

Oui, Hanna voyait. Elle voyait d'autant mieux que si Patti n'était pas sa propre fille, elle l'aimait aussi pour ce qu'elle était ; et pas comme l'enfant que sa sœur lui aurait filé en cadeau...

« Alors, ce Craig ? demanda-t-elle sans disserter. Il y a longtemps... Combien de temps ?

— Trois ans. Mais il ne s'est rien passé tout de suite. C'était à une soirée à Londres chez une amie. Euh... Il est plus jeune que moi. »

Gail jeta un rapide coup d'œil à Hanna, bien consciente que cette dernière en savait si peu sur sa vie privée qu'elle devait même être étonnée de l'entendre dire qu'elle avait des amis, à Londres ou ailleurs.

Et c'était vrai. Hanna eut une sensation de grand froid à l'idée que sa sœur menait une existence parallèle à la sienne, si parallèle et si lointaine qu'elles ne se croisaient jamais. Et que peut-être – peut-être... –, sans Patti, leurs trajectoires auraient divergé, au point de ne devenir l'une pour l'autre que deux petits points dramatiquement éloignés sur la carte, comme l'étaient leurs propres parents.

Gail se racla la gorge avant de continuer. Elle avait la sensation de marcher sur des œufs ; difficile de se vanter de faire la fête, d'avoir une vie sociale, des sorties nocturnes, alors qu'on a laissé son enfant aux bons soins de sa sœur à des centaines de kilomètres…

« Je ne sors pas souvent, s'excusa-t-elle, pauvrement.

— Je m'en fous, Gail. Tu bosses, tu vis ailleurs, tu as le droit de sortir. C'est pas un coup de canif dans notre contrat. Tu ne vas pas te transformer en nonne sous prétexte que Patti ne vit pas chez toi. Ce serait le monde à l'envers. »

Gail lui sourit, reconnaissante.

« Bon. Donc j'ai rencontré Craig, un soir, chez une amie, Phoebe. Son frère. Externe en médecine. Dernière année au St Thomas. Des horaires de dingue, des gardes de vingt-quatre heures… On a beaucoup parlé. Puis on est sortis. Quand il pouvait, quand j'étais là. Pas souvent, donc. D'abord à trois, puis à deux, juste comme ça. Et puis… »

Gail hésita. Hanna la regardait de l'air le plus bienveillant possible, retenant presque son souffle, pour ne pas la gêner dans son élan, pour ne pas que cette foutue pudeur familiale lui tombe dessus comme un éteignoir.

En confiance, Gail se lança.

« Et puis on a fait comme dans les films. On s'est dit que, puisqu'on n'avait pas le temps ni lui ni moi d'avoir une relation sérieuse avec quelqu'un d'autre, on n'avait qu'à jouer les sex-friends. »

Hanna ouvrit des yeux ronds, sans pouvoir s'en empêcher.

« Mais tu m'as dit que tu ne couchais avec personne…

— Euh… oui, parce que comment expliquer ça… Je sais ce que tu te dis. Tu te dis, comment c'est possible de voir quelqu'un une heure tous les dix jours juste pour s'envoyer en l'air !

— Ben... »

Ben, non. Ce n'était pas du tout ce que se disait Hanna. Au niveau du désir brut et de la mécanique des fluides, elle avait récemment fait quelques progrès...

« Ben non, dit-elle. Ça peut te paraître bizarre, mais je comprends. Surtout si le garçon est séduisant... Il est séduisant ?

— Oui ! s'exclama Gail.

— Et votre relation a... évolué.

— Oui. Cette année, je me suis rendu compte qu'il me manquait de plus en plus souvent. Il m'a avoué que pour lui, c'était la même chose... Alors, comme il logeait encore chez sa sœur, je lui ai proposé de... hum, enfin d'emménager dans mon appart, pour quelque temps. »

Gail eut l'air de se chercher une excuse.

« Après tout, je n'y suis jamais, se justifia-t-elle.

— Sympa de ta part, se moqua gentiment Hanna.

— Oui, enfin... En plus, ça nous permet de tester un peu la vie de couple, tous les deux, quand je rentre quelques jours à Londres. C'est pas souvent. Et je lui ai dit que si ça ne marchait pas, je le flanquais dehors après son externat.

— Et ? Bilan des opérations ? Ça marche, ou pas ?

— Pour ce qu'on se voit, oui, ça marche.

— Et Craig était là toute cette semaine... Avec Patti.

— Non, il est retourné chez Phoebe. Pour ne pas aller trop vite. Mais on l'a vu presque tous les jours. Ça s'est très bien passé. »

Hanna hocha la tête. Elle ne savait pas quoi ajouter à la conversation. Que Patti connaisse l'amant de sa sœur alors qu'elle-même en ignorait l'existence il y a encore dix minutes lui faisait bizarre.

« Et alors ? » demanda-t-elle simplement, en écartant les mains.

Gail prit son temps.

« Et alors… Je pense que Craig et moi, on a passé un cap. On peut envisager une vie plus… construite. Je pense. »

Hanna ne savait pas si elle devait avoir peur de la suite. Qu'est-ce que Gail voulait dire par « plus construite » ? Allait-elle venir moins souvent à Dearbly ? Allait-elle lui laisser définitivement Patti pour « construire » sa vie ailleurs, allait-elle venir la voir moins souvent ? Ou… « Patti… » frémit Hanna, qui venait de comprendre. Gail la regarda longuement, ne sachant pas par quel bout lui exposer ses projets.

« Patti », dit-elle enfin. Elle sembla hésiter encore un peu, puis ferma les yeux. « Eh bien voilà, se précipita-t-elle. Si ça marche entre Craig et moi, je demanderai l'année prochaine un poste au sol. Heathrow, Gatwick, Stansted, je m'en fous, j'ai assez volé. Je veux avoir une vie plus équilibrée. »

Elle ouvrit des yeux brillants.

« Et je veux que ma fille en fasse enfin partie, pour de bon. Voilà. »

C'était donc ça. Hanna sentit le niveau d'eau grimper d'un coup dans son œil droit.

« À Londres ? demanda-t-elle misérablement.

— À Londres. »

Gail se précipita sur sa sœur, la serra dans ses bras.

« Je suis désolée, pleura-t-elle. Je suis désolée… Je ne sais pas pour quoi je passe.

— Pour une mère », suggéra Hanna, ouvrant les vannes de son œil gauche.

Parce qu'il n'y avait rien d'autre à dire. Sans doute Marsha aurait-elle trouvé des noms communs bien plus fleuris pour fustiger l'« égoïsme » de Gail, et louer ironiquement son sens du tempo qui l'avait poussée à « abandonner » sa fille quand ça l'arrangeait, puis à la soustraire à un foyer aimant, au bout de huit ans, pour satisfaire sa nouvelle fibre domestique…

« Égocentrique », aurait dit Marsha. « Névrosée ». Voire « salope ».

Il y avait peut-être un peu de tout ça, songeait Hanna, à travers ses larmes. Mais elle-même était actuellement trop instable pour juger qui que ce soit. Et surtout pas sa sœur, sa seule famille.

« Tu lui en as parlé ? renifla-t-elle. À… Patti.

— Pas vraiment. Je lui ai surtout posé des questions. Du genre : est-ce que tu aimerais vivre ici ? Comment tu trouves Craig ?

— Ah. Et elle a répondu quoi ?

— Qu'elle aimerait vivre à Londres, oui. Que ça lui plaisait drôlement.

— Tu m'étonnes, fit Hanna, sarcastique. Qui a envie de vivre à Dearbly, à part une couturière casanière et un écrivain en panne d'inspiration… »

Gail ne releva pas.

« Elle m'a dit qu'elle serait heureuse, à Londres, avec moi, Craig, et le type qui fait des bulles chez Hamley's… Mais avec Hanna, aussi. »

Hanna se libéra de l'étreinte de sa sœur, et attrapa un paquet de mouchoirs pour elles deux.

« Gail, je n'irai pas à Londres.

— Je sais. Il faudra juste habituer Patti à cette idée.

— Combien de temps, pour ça ?

— On a le temps. Jusqu'en juin prochain. Je l'inscrirai à l'école pour la rentrée de septembre. »

Les deux sœurs se mouchèrent consciencieusement, saccageant une demi-douzaine de mouchoirs.

« Alors, le chat... c'était pour ça, dit Hanna.

— Je ne veux pas te le laisser sur les bras.

— Vous pourriez l'emmener. Puisque Craig n'est pas allergique... »

Elles rirent ensemble, d'un petit rire triste.

« On verra, dit Gail. De toute façon, on pourra aussi bien le laisser là, ce chat. Patti viendra à Dearbly pendant les vacances, hein ? Souvent. »

Sauf que moi, je n'y serai certainement plus. D'une manière ou d'une autre, se dit Hanna.

Elle aurait tellement voulu se livrer à Gail, à son tour, lui raconter sa vie qui foutait le camp. Lui parler d'amour, aussi. Mais elle en était incapable.

Incapable... Au lieu de cela, elle lui sourit vaillamment :

« Bon, dit-elle. Je suppose que c'est maintenant que ça devait arriver... »

33

Lorsque le taxi amorça le virage gravillonné qui débouchait sur le cottage, Jeffrey eut la sensation que l'espace avait rétréci, depuis presque quatre mois qu'il était parti. La maison était beaucoup plus petite que dans ses souvenirs. Hanna avait fait des plantations, elle le lui avait dit dans ses mails. La façade se trouvait ainsi mangée par d'énormes buissons d'hortensias d'un rose cendreux, qui avaient miraculeusement survécu à l'automne déjà presque terminé.

Jeff sourit, un peu tendu. *Bienvenue à la maison.*

Il savait qu'il n'y aurait personne pour l'accueillir. Patti était à l'école, Hanna à la boutique. Pas plus mal. Il préférait reprendre ses marques tout seul.

Trois mois et demi d'absence, ce n'était pas rien.

À Boston, Jeff avait fini d'écrire son foutu bouquin, et avait tué son détective Rick Mantella à la fin. Comme ça, on était tranquille. Il avait traîné dans les rues pour mieux s'imprégner du décor de son synopsis idiot, et s'était souvent posé sur un banc de Public Garden, son MacBook sur les genoux, pour liquider un ou deux chapitres. Ça l'avait changé de l'espace confiné de son bureau.

Il avait couché avec Pam Dembowski, aussi. Une vieille copine. Une fois à l'hôtel. Deux fois chez elle. Quand il avait senti que ça pourrait devenir une mauvaise habitude, il s'était excusé puis l'avait laissée. Pam avait bien compris. En vingt ans, ce n'était pas la première fois qu'il lui faisait le coup. Pam était retournée à son appareil photo et à ses jeunes stagiaires, Jeff à son détective de papier. Sans conséquence.

À New York, Jeff avait relu son manuscrit, vite fait, pour ne pas être tenté de tout réécrire. Il avait remis le merdier en trois fois à son éditeur.

Il était passé deux ou trois fois au *New York Times*. Comme ça, juste pour voir. Dickie lui avait recommandé un certain Pete Bauer, rédac chef du service Web, qui recherchait des éditorialistes avec une petite renommée. Jeffrey Reagan l'intéressait. Il faudrait définir son champ d'action.

Jeff avait aussi défini son champ d'action avec Marianne, la jeune assistante de Pete. Elle était blonde, nature, l'esprit aventurier. Une nuit avec elle dans son studio de Greenwich Village avait suffi à faire prendre conscience à Jeff qu'il aurait vite fait de retomber dans ses vieux travers s'il continuait sur ce chemin-là. La liberté. Les femmes. Celle-ci, Marianne, était dangereuse. Il aimait son grand rire et son sens de l'initiative. À tous points de vue. Et puis elle le regardait avec des yeux inquiétants : il y voyait du désir et le début du commencement d'un sentiment amoureux. Il n'y eut pas de deuxième nuit.

Hanna était loin. Il essayait d'y penser le moins possible. Au début, il avait préféré la laisser décider de l'appeler quand elle le voudrait. Elle l'avait fait mariner quelques jours (cinq, précisément), puis lui avait téléphoné alors qu'il sortait de chez Ricci Bros, dans Little Italy, ses cannoli et son Mac à la main. Il avait failli tout lâcher pour répondre.

La voix d'Hanna était bizarre. Faiblarde. Enrouée. Jeff avait dû se faire violence pour lui annoncer qu'il resterait probablement en Amérique plus longtemps que les dix jours prévus. Il s'était demandé comment elle allait pouvoir s'organiser avec Patti et son boulot, puis il s'était dit que merde.

Il avait un profond besoin d'égoïsme. Besoin de se regarder le nombril, un peu. C'était vital. L'accident de sa femme avait en quelque sorte fait mourir plein de choses en lui qu'il lui fallait ranimer.

Il claqua la portière du taxi, récupéra ses bagages. La voiture redémarra dans une gerbe de gravier. Effrayé, un gros chat roux jaillit d'un buisson pour se réfugier sur la fenêtre de la cuisine.

Comment il s'appelle, celui-là, déjà ? Patti le lui avait bien dit, mais il ne s'en souvenait pas.

« Salut, Machin », dit-il au chat.

La porte s'ouvrit. Jeff aperçut un sourire dans une envolée de cheveux châtains.

« Je t'attendais », lui dit Hanna.

Ils avaient depuis longtemps perdu l'habitude de faire l'amour à neuf heures du matin, les volets à demi clos, un rai de lumière blanche touchant le lit. Les draps étaient frais. Hanna était belle, si belle. Jeffrey était heureux.

Ne rien lui dire. Surtout ne rien dire. Jamais.

Ils restèrent au lit toute la matinée, un plateau débordant de viennoiseries à leurs pieds. Il lui parla

339

de Boston, de New York. Tout ce qu'il pouvait lui raconter.

Elle ne lui raconta pas grand-chose. Tout ce qu'elle avait à lui dire du quotidien, elle le lui avait déjà écrit. Le chat s'appelait Baal-Moloch, comme dans *Ma femme est une sorcière*, un vieux DVD que Gail adorait. Pour le reste... Rien de spécial.

« Ton bouquin ? demanda Hanna.

— Promets-moi de ne jamais l'acheter.

— Je te parle du prochain », dit-elle en riant.

Jeff se redressa sur un coude.

« Eh bien, dit-il, l'œil brillant, je te dois beaucoup. Tu m'as inspiré ! Figure-toi que j'ai parlé à Dickie de ton histoire de Marilyn. Zelda Zonk, tout ça. Il a trouvé ça terriblement intéressant. »

Hanna se rembrunit. « Je t'avais dit de ne pas le faire...

— Rassure-toi, j'ai dit que j'avais tout inventé. Que j'imaginais pour un bouquin un scénario dans lequel Marilyn se serait réfugiée en France, et qu'elle y serait morte vieille et heureuse.

— Tu ne vas quand même pas écrire un bouquin là-dessus ? Pas possible.

— Non. C'était juste pour voir si Dickie avait entendu des trucs sur Marilyn et les Kennedy... À Boston, forcément, on sait des choses... »

Jeff voyait bien qu'elle ruminait. Ça l'amusa. Il lui colla un baiser appuyé sur la main, lui piquant un bout de croissant au passage.

« Sérieusement, continua-t-il, la bouche pleine, Dickie a adoré ce délire. Heureusement pour ta source, il n'est pas vraiment fan de Marilyn Monroe. Lui, son truc, c'est la pègre, la mafia, tout ce qui porte un flingue et un chapeau mou.

— La mafia a été soupçonnée pour le prétendu assassinat de Marilyn, alors…

— Oui mais ça, excuse-moi, Dickie s'en fout. Trop connu, comme truc. Pas vendeur. En revanche, il m'a raconté une histoire beaucoup plus marrante. Et qui amuserait beaucoup ta Zelda Zonk, si elle est celle que tu dis qu'elle est.

— J'en sais rien, maugréa Hanna. Mais raconte.

— Sais-tu où est enterrée Marilyn Monroe – ou son ersatz ?

— Au Westwood Memorial, à Los Angeles.

— Exact. Enfin, on suppose. Comme je le disais à Dickie. »

Il lui fit un clin d'œil avant de continuer. Hanna était ferrée, sa curiosité piquée.

« Donc, au Westwood Memorial, les tombes sont rangées les unes au-dessus des autres, comme des tiroirs dans une morgue. La crise du logement, sans doute. À Los Angeles, il y a plus de gens couchés que debout, tu vois…

— Bref.

— Bref… Jusqu'à l'année dernière, le locataire au-dessus de Marilyn était un dénommé Richard Ponder. Un riche entrepreneur soupçonné de bosser pour la pègre, à Chicago – c'est là où ça intéresse Dickie. Ponder avait acheté le tombeau à Joe DiMaggio.

— Ah bon ? DiMaggio l'a vendu ? Pourtant, il aimait tellement Marilyn qu'il a fait déposer une rose rouge trois fois par semaine pendant vingt ans sur sa tombe… Je pensais qu'il aurait voulu reposer près d'elle.

— Sauf si Marilyn ne logeait pas en dessous, et qu'il le savait… Un point pour ta théorie et cette chère Mme Zonk. Les roses rouges n'étaient peut-être là que pour brouiller les pistes. »

Hanna lui sourit. Finalement, elle aimait bien le tour que prenait cette discussion.

« Et donc ?

— Donc Richard Ponder est mort en 1986. Il avait dit à sa femme : "Si je crève et que tu m'installes pas en face de Marilyn, je te hanterai pour l'éternité…" Mme Ponder a obtempéré. Et, pas bégueule, elle a respecté le souhait de son mari en le faisant allonger sur le ventre, dans son cercueil. Au-dessus de Marilyn. Tu vois…

— C'est dégueulasse, grimaça Hanna.

— Je suis d'accord. La plus grande star du monde aura eu droit à tous les affronts… Si elle est bien derrière la plaque en marbre, bien sûr… »

Nouveau clin d'œil.

« En tout cas, Richard Ponder est resté dans cette position pendant vingt-trois ans, quitte à étreindre du vide… Il y a deux ans, sa chère épouse, Elsie Ponder, a eu besoin d'argent pour se payer une maison à Beverly Hills. Elle a donc eu l'idée de déloger Richard… et de mettre sa dernière demeure aux enchères sur e-Bay.

— C'est pas vrai ?

— Si, madame ! »

Hanna était ébahie. Et Jeff jubilait de son petit effet.

« Elle en a obtenu 4,6 millions de dollars.

— C'est pas vrai ? répéta Hanna.

— Si, c'est tout à fait vrai. On ne connaît pas l'heureux futur locataire, il a préféré rester anonyme.

— C'est pas croyable.

— Eh si... »

Jeff se redressa pour attraper un nouveau croissant sur le plateau. Ce matin, il avait faim. Et il ne comptait pas sortir de ce lit sans avoir de nouveau étreint sa femme. Avec ce qu'il avait à lui annoncer, ce serait peut-être la dernière fois.

« Et alors ? demanda-t-elle.

— Quoi ? réagit-il, l'esprit en fuite.

— Ton sujet.

— Ah ! Oui. Eh bien, mon sujet, c'est tout bêtement ce vieux Richard Ponder. Un personnage, celui-là. L'anecdote du tombeau de ta chère Marilyn servira de départ à mon enquête. Qui partira du principe généralement répandu qu'elle repose bien là-dedans. »

Hanna hocha la tête.

« Bonne idée », dit-elle. Elle laissa passer un silence. « Et où vas-tu l'écrire ? » demanda-t-elle, brusquement.

L'estomac soudain tordu autour de son croissant, Jeffrey soupira. Il devrait abandonner l'idée d'un ultime câlin. C'était foutu. Il toussa pour décoller les miettes de son gosier, et dit, sans oser la regarder en face.

« Hanna. Je t'aime comme un fou. Mais je ne veux plus rester ici. Plus... du tout. »

Voilà, c'était sorti. Il ferma les yeux, attendit un commentaire qui ne vint pas. Tout juste sentit-il un petit mouvement à côté de lui, comme si Hanna se grattait la joue. Il rouvrit les yeux, la regarda. C'était effectivement ce qu'elle faisait : elle se grattait machinalement la joue, les yeux dans le vide.

« Je suis rentré pour te dire ça. Pour te demander de me suivre. Si tu veux bien. »

343

Une petite lumière sembla se rallumer dans les yeux d'Hanna. Avait-elle pensé un instant qu'il la quittait… vraiment ?

« Patti… » balbutia-t-elle, parce que c'était la première chose qui lui venait à l'esprit.

Jeff lui saisit les épaules de ses mains chaudes. Il n'avait plus peur de la regarder en face, à présent.

« Patti va partir, Hanna. Tu le sais. Elle le sait. C'est une autre vie pour nous. Et puis je te promets qu'on aura un appartement assez grand pour accueillir Patti, ta sœur et toute une smala si elle met ses projets à exécution, pendant toutes les vacances scolaires, Noël, printemps, été, si elle veut. J'ai déjà mis mon frère sur le coup. Il aura bientôt toute une série d'apparts à nous proposer.

— Mais… Le magasin. Marsha, qu'est-ce que je vais dire à Marsha ? »

Hanna était perdue. Mais sa réaction était bien au-delà des espérances de Jeffrey ; elle parlait au futur. Elle viendrait, c'était sûr. Il ne fallait pas qu'il lâche.

« Je ne sais pas, dit-il, enfiévré. Pense à nous, chérie, pense à toi. Tu pourras ouvrir ta propre boutique à SoHo, ça marchera très bien là-bas. Tu adoreras vivre à New York. C'est un village. Avec de la vie. »

Elle hocha la tête machinalement, l'esprit complètement à l'ouest. Jeff la prit dans ses bras, elle se laissa faire, comme une poupée toute molle.

« Je sais que c'est terrible, ce que je te demande, soupira-t-il, le nez enfoui dans ses cheveux. Faire un choix…

— Comme tu l'as fait pour moi », le coupa-t-elle d'une voix presque inaudible.

Il la repoussa légèrement, saisissant sa tête entre ses mains en coupe, comme s'il la posait dans un berceau.

« Hanna, tu ne me dois rien. On en a déjà parlé, rappelle-toi. J'ai choisi de vivre ici parce que je t'aimais. »

Elle se dégagea avec un petit rire sans joie.

« C'est encore pire, ce que tu dis, remarqua-t-elle. C'est du chantage affectif. Si je ne te suis pas à New York, c'est que moi, je ne t'aime pas...

— Tu as le droit de ne plus m'aimer. Ou de ne pas m'aimer assez pour tout quitter. »

Elle le considéra d'un air indéfinissable.

« Je t'aime, dit-elle. Bien sûr que je t'aime... »

Il l'attira de nouveau contre lui, soulagé.

« Viens, chérie. Viens avec moi. De toute façon, qu'as-tu à quitter ? »

Le front posé contre la poitrine de son mari, les yeux grands ouverts, Hanna ne répondit rien.

Gail n'avait pas menti, Craig était mignon comme tout. Dans le genre jeune imberbe à la musculature sèche, le cheveu blond foncé et ras, le sourire à fossettes, il chaloupait plus qu'il ne marchait. Il se dégageait de lui une nonchalance pleine de charme, contrebalancée par des éclats de rire bruyants qui partaient d'un coup, pour le plus grand bonheur de Patti qui le suivait aussitôt.

Hanna et Gail étaient heureuses pour elle. Depuis l'exposé qu'elles lui avaient fait, à deux voix, sur la Nouvelle Vie qui s'ouvrait à toute la famille, la petite alternait des crises de larmes énervées et des flopées de questions excitées sur Londres, New York, les nouvelles maisons, les vacances, et les divers points de repère qu'elle essayait courageusement d'aligner dans son futur petit monde.

Patti aimait beaucoup Craig. À table, lors du « Repas de présentation », elle le taquina, il répliqua sur le même ton. Il savait y faire avec elle.

« À l'hôpital, je vois beaucoup d'enfants, expliqua-t-il à Hanna. Il faut être patient, et rassurant, toujours sympa. »

Il regarda Patti d'un air faussement sévère, et ajouta à son intention :

« Ce qui n'est pas facile quand un gros lard te vomit son McDo sur les chaussures ! »

Ravie, la petite éclata de rire, accompagnée par un rugissement de Craig.

« Mais bon, se calma-t-il. Malheureusement, c'est pas toujours aussi drôle. »

Il n'en dit pas plus. Hanna lui sourit, sincèrement admirative. À voir les regards que Gail jetait en douce à son amoureux, elle comprenait sa sœur. Un type pareil, qui ne comptait pas son temps au service des autres, qui voyait des trucs pas faciles toute la journée et toute la nuit, et qui savait doser correctement du Demerol, était digne d'être aimé.

Jeffrey avait l'air de son avis, qui avait écouté Craig raconter quelques anecdotes cocasses avec une attention qu'il n'accordait pas à tout le monde.

Peut-être qu'il note deux ou trois trucs pour un prochain bouquin, se dit Hanna, pleine d'une affectueuse ironie. Elle-même savait de quoi Craig parlait. L'hôpital, les médecins, elle avait donné. Craig lui faisait penser à son joli docteur Markinson. En moins timide, peut-être.

N'empêche. Voir Gail poser sa tête de femme libérée sur l'épaule d'un homme lui faisait sacrément bizarre. Ainsi donc, c'en était fini de sa théorie sur le couple « liberticide ».

Hanna ne l'avait jamais vue ainsi.

« Je pourrai emmener Baal-Moloch ? »

Hanna sortit de ses pensées.

« Hein, ma chérie ? dit-elle à Patti qui lui tirait la manche.

— Mon chat. Je pourrai l'emmener à Londres avec Maman et Craig ?

— On en a déjà parlé, ma puce, intervint Gail. Bien sûr que tu pourras l'emmener habiter à la maison, avec nous. »

Effectivement, elles en avaient déjà parlé plusieurs fois, se dit Hanna, ne lâchant pas la fillette des yeux, le cœur soudain serré. En posant toujours la même question, Patti voulait être rassurée. Vérifier que les adultes étaient encore dignes de confiance. Qu'ils ne changeaient pas d'avis, comme ça, sur un coup de tête, juste parce que le fait d'être « grands » leur en donnait le droit. Hanna prit Patti dans ses bras, une boule d'amour lui crevant l'estomac.

« Ma chérie, lui dit-elle dans le creux de la nuque. Maman, Craig, Jeff et moi, on t'a promis que Baal-Moloch était TON chat. Il te suivra partout, on l'a décidé dès qu'on l'a adopté. Sinon, on ne l'aurait pas pris. Il ne peut pas rester à Dearbly quand on sera parti. On ne peut pas l'emmener en Amérique. C'est TON chat, donc il vient avec TOI. »

Gail et Craig restèrent deux jours à Dearbly. Le temps d'imprimer leur nouveau couple dans l'esprit de Jeff et Hanna. Jeffrey repartirait à New York peu avant Noël. Gail reviendrait chercher Patti pour passer ses premières fêtes de fin d'année dans sa nouvelle famille, à Londres ; les parents de Craig, un couple de médecins « formidables » – lui obstétricien, elle neurochirurgienne, et non pas l'inverse –, avaient très envie de la connaître. Craig était leur enfant unique, leurs carrières en avaient décidé ainsi ; Patti serait en quelque sorte leur première petite-fille.

Ainsi, Hanna serait seule à Dearbly, pour ces Fêtes maudites. Mais, oh, que tout le monde soit tranquille, elle avait tellement en horreur les bises sous le gui et les vœux de circonstance qu'on lui rendait bien service, en la laissant ainsi à Dearbly. Pas de putain de sapin à décorer. Pas de repas à préparer.

Sa décision était prise. Elle aimait Jeff, oui, elle l'aimait absolument. Et contrairement à ce que semblait penser Marsha, elle ne sacrifiait RIEN en le suivant en Amérique. Cette perspective la remplissait même d'un enthousiasme de jeune fille, d'une énergie nouvelle – cette même énergie qu'elle emploierait à faire le grand ménage dans la maison en balançant aux ordures des tonnes de sacs-poubelle chargés de vieux trucs cassés.

Usés.

Elle adorerait ça. Jeter des sacs-poubelle. Faire table rase. Aérer.

Mais avant de partir, de se débarrasser de tout, elle avait quelque chose à accomplir.

Pour elle, et elle seule.

Pour écrabouiller les fourmis qui lui grimpaient le long des cuisses quand sa mémoire traîtresse libérait sans prévenir un parfum d'homme qu'elle s'évertuait à retenir jusqu'aux dernières bouffées ; quand un arrière-goût de tabac lui faisait serrer les dents jusqu'à s'en faire saigner la langue.

Appeler Michael.

Hanna attendit évidemment que Jeffrey soit parti. Que Gail ait récupéré Patti, avec un regard sur elle mêlé de bonheur et de mélancolie.

Que tout le monde soit rassuré, merci, elle allait très bien. Le soir du réveillon, elle alla s'enivrer consciencieusement chez Marsha, entre filles, avec Serena Teague qu'elle n'avait pas vue depuis des lustres, et dont le beau mariage était à l'agonie. Sentimentalement, s'entendait ; financièrement, ça irait, quelle qu'en soit l'issue. « Toujours ça de gagné ! » se lâchait Serena, s'envoyant de grandes flûtes de champagne, la tête renversée sur le canapé de Marsha.

Elles rirent énormément. Hanna sut gré à Marsha de ne pas la cuisiner à propos de Michael, de ne rien révéler à Serena, même si elle voyait bien que ce n'était pas l'envie qui lui manquait.

Le premier jour de l'année, elle rédigea une carte de vœux pour Zelda, d'une écriture tout en pleins et en déliés. Longuement, patiemment. Presque en tirant la langue, comme une élève appliquée. Elle avait étudié la calligraphie aux Beaux-Arts, et elle savait que la vieille dame serait sensible à ses efforts.

Son message était court :

Je suis sur la voie du bonheur. Je vous remercie d'avoir été là pour moi. Bonne année à vous. À bientôt. Hanna.

Puis elle attrapa son portable, dans un élan presque rageur.

Maintenant qu'elle en était à faire son bilan, au dépôt d'une partie de sa vie sur un tableau à deux colonnes – celle des bénéfices, celle des déficits –, la conclusion s'imposait à elle : elle ne devrait plus jamais avancer masquée, elle dirait tout ce qu'elle voudrait dire, dorénavant.

Plus de temps à perdre.

La sonnerie retentit deux fois, elle ne savait où, d'ailleurs. À Kinsale ? À Paris ? À Dublin ? Deux fois seulement. Deux vrillements sourds suivis d'un claquement.

« Hanna », fit la voix de Michael.

Un silence. Elle ferma les yeux. Il avait décroché si vite.

« Michael.

— Meilleurs vœux.

— Michael. Je m'en vais. Je quitte l'Irlande. Je veux vous voir. Avant. »

Un autre silence.

« Je ne sais pas… dit-il.

— Deux jours. Juste vous et moi. »

Elle n'entendit plus qu'une respiration dans le combiné, sans savoir si c'était la sienne, ou celle de Michael. Son cœur l'avait lâchée, la plupart de ses fonctions vitales étaient suspendues à une réponse.

Et, au milieu de tout ça, de ses organes en souffrance, de ces souffles mêlés, de ce beau bordel affectif, elle perçut deux syllabes, qui achevèrent de la mettre par terre :

DA COR.

35

Elle n'avait rien senti de l'avion. Aucune turbulence, aucune odeur de plastique pressurisé, aucun bourdonnement de moteur. L'Airbus aurait bien pu cogner la Manche qu'elle ne s'en serait pas aperçue. Son esprit à elle planait en vol rectiligne, défiant toutes les lois de l'aéronautique. Cork-Paris, direct. Avec des kilos de questions comme excédent de bagages.

Seigneur, qu'était-elle en train de faire ? Jeffrey était à l'autre bout du monde, occupé à lui bricoler un nid douillet, et elle s'envolait vers les bras d'un autre.

D'ailleurs, cet autre l'attendait-il vraiment ? Serait-il là, comme promis, à son arrivée ? Ou se serait-il débiné au dernier moment devant ses exigences de femme névrosée ? Et s'il était là, qu'imaginait-il de ces deux jours auxquels elle tenait tant ? Peut-être pensait-il seulement être un guide touristique et platonique auquel elle foutrait la paix, à condition qu'il ne l'enivre pas de « russe blanc » à la Rhumerie.

Non, se rassurait-elle, il avait répondu trop vite au téléphone pour ne pas l'attendre les bras ouverts. Il aurait pu ignorer son appel, il ne l'avait pas fait.

Ces deux jours – et trois nuits – seraient tels qu'elle se les imaginait : elle et lui isolés de toutes les contingences sociales, l'un contre l'autre, tout contre l'autre. Voilà.

Elle frémissait. Puis ses mains se glaçaient, soudain saisies par le doute.

Alors, elle étendait devant elle l'image en Technicolor du sourire de Marsha, quand elle était venue lui apporter ce matin Baal-Moloch, ses croquettes et ses trois kilos de litière pour trois jours.

« Profite, lui avait dit son amie. Prends bien ton temps. Je n'aurai jamais assez de trois jours pour me souvenir du nom de ce foutu chat, de toute façon… »

Marsha n'avait pas tenté de la retenir. Ne l'avait pas mise en garde contre une éventuelle déception. Marsha avait souri, d'un sourire franc.

Puis le sens pratique rattrapait Hanna dans les airs, comme pour lui maintenir la tête au-dessus des nébulosités de son cerveau. Lorsqu'elle avait envoyé à Michael l'heure de son arrivée par SMS, il avait répondu par un laconique : « *Vous attendrai à l'aéroport.* » Pas question d'hôtel. D'organisation de ce genre. Alors ?

Elle s'était dit qu'au pire, si les choses viraient à la balade bucolique, elle se trouverait une chambre une fois sur place.

À l'aéroport, quand elle sentit son souffle sur sa nuque, qu'elle reconnut son parfum derrière elle, et qu'elle se retourna, elle sut tout de suite qu'il n'y aurait aucune équivoque.

Les yeux de Michael l'assassinèrent de leur éclat d'airain, sa mâchoire ombrée se contracta, sa main chaude serra son bras. Elle crut mourir, à le voir de si près, elle qui avait essayé de le tenir à distance de ses souvenirs, en vain.

Il était beau à faire mal. Ses cheveux étaient humides de pluie, son col de chemise était déboutonné sous son manteau où perlaient de petites gouttes.

Cet air qu'il avait. À la fois grave, timide. Presque adolescent. Oh non, il n'y aurait pas d'équivoque. Elle voulut balbutier une civilité de base comme « Bonjour », mais la première syllabe lui resta en travers de la gorge lorsqu'il se pencha vers elle, posant sur ses lèvres un baiser léger qu'elle captura au vol, pressant son nez contre sa joue, respirant son odeur de fougère et de tabac frais.

Enfin.

Elle laissa glisser son sac au sol pour agripper ses épaules, et il renonça à toutes convenances, attirant sa taille contre lui dans un élan qui acheva de lui couper le souffle. Son baiser romantique vola en éclats, forçant sa bouche qui ne demandait qu'à l'être, mêlant sa langue à ses soupirs. Indifférents au flot des voyageurs qui les contournaient, ils se dévorèrent l'un l'autre jusqu'à ce que ce ne fût plus tenable.

« Taxi », souffla Michael en la repoussant le plus doucement possible. Elle hocha la tête, vacillante.

Elle pria pour que le temps s'accélère – elle ne voulait plus être là, dans ce hall grouillant de monde. Elle voulait être à l'hôtel, seule avec lui. Elle voulait ses baisers, sa bouche, son odeur, encore. Elle voulait tout le reste.

Michael récupéra son sac au sol et lui attrapa la main, sans qu'elle eût encore prononcé le moindre mot.

Lorsqu'ils s'engouffrèrent à l'arrière du taxi, elle n'avait toujours rien dit.

Elle se souvint de ce trajet mortel en voiture, cet été à Kinsale, de la fenêtre tenue ouverte pour lui permettre de respirer. Alors, fermant les yeux, elle posa la main sur la cuisse de Michael.

Cette fois, elle pouvait.

« Nous allons à l'hôtel Marignan, près des Champs », dit Michael, en français.

Le taxi s'élança, et Hanna rouvrit les yeux, et les laissa dégringoler dans les rigoles de pluie qui dévalaient les vitres. La nuit était déjà tombée.

Elle était bien là, se reprit-elle. À Paris, avec Michael. C'était réel. Aussi réel que ce muscle qui se contractait sous ses caresses.

Dans la pénombre du taxi filant sur la voie express, il l'attira contre lui, elle nicha la tête au creux de son épaule, le cœur fou. Plusieurs fois, leurs visages se rejoignirent pour échanger un baiser furtif. Des papillons plein le ventre, Hanna entendait la respiration retenue de Michael, régulait la sienne, veillait à mesurer ses gestes, à contenir sa bouche. Cette voiture qui roulait tranquillement sur le périphérique était un outrage à la pudeur en puissance.

Michael finit par ôter doucement sa main de sa cuisse alors qu'ils traversaient la place de la Concorde magiquement éclairée pour s'engager dans la guirlande multicolore des Champs-Élysées.

« On est bientôt arrivés », lui dit-il, d'une voix un peu rauque.

Comme une gamine rappelée à l'ordre après un flirt dans un presbytère, elle se rassit bien droite, rectifia sa tenue, passa la main dans ses cheveux. Le taxi s'arrêta dans une rue adjacente. Ils descendirent chacun de leur côté, sans qu'elle lui laisse le temps de faire le tour de la voiture pour ouvrir sa portière. Elle n'avait pas besoin qu'il soit gentleman avec elle.

« On y va ? » dit-il, sans ignorer que ces trois mots étaient lourds de sens.

On. Y. Va. Trois syllabes courtes qui pesaient trois tonnes. Il saisit avec délicatesse le bras d'Hanna. L'hôtel était luxueux, l'ambiance du hall feutrée. Accrochée à lui, Hanna avançait au radar dans la lumière tamisée, qui à certains endroits fusait dans des éclats de bijoux. Elle regarda Michael récupérer la carte magnétique à la réception, signer un formulaire, fut hypnotisée à le voir écrire son nom.

Puis, tandis qu'un groom s'emparait de son sac de voyage, Michael se retourna vers elle et lui dit :

« Hanna, il faut qu'on parle. »

Lui aussi… Elle en avait marre qu'on veuille lui parler. Elle voulait que tout soit simple.

Ils s'installèrent dans un recoin du lounge bar. « Champagne ? » proposa Michael. D'un mouvement de tête, elle acquiesça. Elle aurait avalé trois tonnes de mazout si ça avait pu lui donner de l'élan. Les derniers mots de Michael l'avaient glacée. *Hanna, il faut qu'on parle.* Qu'avait-il à lui dire encore qui allait leur gâcher ces deux jours ? « Vous me faites pitié, je veux bien profiter de vous » ? « Je n'ai pensé qu'à vous, quittez tout pour moi » ?

Dans les deux cas, ce serait une catastrophe.

Il y avait aussi l'option « Je suis le fils de Marilyn Monroe », mais pour ça, elle préférerait voir plus tard.

« Vous n'avez rien dit depuis que vous êtes arrivée », lui dit-il, avec un sourire qui fit fondre la glace au fond de son estomac.

Cet homme-là ne lui voulait pas de mal. Ce n'était pas possible. Elle se racla la gorge. « Pas bien eu le temps », lui fit-elle remarquer. Le sourire de Michael s'épanouit en un rire bref. Il alla chercher une des mains qu'elle serrait inconsciemment entre ses genoux, comme si elle avait très froid, et appuya ses lèvres chaudes sur sa paume. Un frémissement la parcourut tout entière.

Sans lui lâcher la main, il la regarda dans les yeux, soudain sérieux.

« Hanna, dit-il. Hum… Eh bien… Si je suis là, si j'ai accepté ces deux jours, et euh… trois nuits, d'ailleurs…

— Je n'avais pas d'avion demain matin, s'excusa-t-elle presque. Et l'après-midi, ça aurait été trop…

— Tant mieux, la coupa-t-il. Tant mieux. »

Il posa un autre baiser sur sa paume. Puis il reprit :

« Si je suis là, c'est parce que j'en ai autant envie que vous. Ce qui ne vous aura pas échappé.

— Mmm.

— Mais je pense qu'il faut qu'on respecte une convention. Quoi que nous fassions de… répréhensible ou non. Pour que ce séjour se passe bien. Pour qu'on s'en fasse tous les deux de merveilleux souvenirs. Avant de retourner à nos vies respectives… Car c'est ainsi que ça finira, n'est-ce pas ?

— Oui… »

Seigneur, elle ne voulait pas penser à ça. Elle ne voulait pas penser à après. Ces deux jours lui semblaient être un boulevard au bout duquel elle ne voyait pas de stop. Alors, que Michael lui édicte donc ses règles de circulation... Elle avait les siennes : elle voulait profiter de chaque minute avec lui, sans se poser de questions.

Elle s'agita sur sa chaise, alors que le serveur déposait deux flûtes de champagne sur le guéridon.

« Hanna, reprit Michael en saisissant son verre. Voici ce que je souhaite pour nous deux. Deux jours loin du reste. Je suis là pour vous, vous êtes là pour moi, c'est tout ce qui compte. Rien de ce qui perturberait ça ne doit avoir sa place entre nous... Ce qui veut dire que je ne veux pas savoir ce que vous ferez après, où vous irez, avec qui, et pourquoi vous partez... Ce qui veut dire qu'on ne parle pas de nos vies, qu'on ne se pose pas de questions. On profite. C'est tout. »

Il eut un petit geste du menton vers elle, presque militaire, comme pour lui demander de signer les accords de Yalta. Hanna hocha la tête. Ça lui allait. Elle s'autorisa à son tour à attirer sa main vers son visage. C'était si bon, ce sentiment amoureux... Cette nuit qui s'annonçait dans sa brûlante certitude.

« Ce qui veut dire aussi... Aucune déclaration. Pas de mots... malheureux. »

Michael la regardait de nouveau, avec le même air interrogateur. Elle ne dit rien ; elle ne pouvait pas répondre d'elle-même en ce qui concernait l'utilisation inadéquate des mots d'amour. Déjà, lorsqu'il l'avait embrassée à l'aéroport, elle avait failli lui déclamer l'intégrale d'Édith Piaf, et en français s'il vous plaît. Alors, bon.

« Hanna, reprit-il en se penchant vers elle. Ce serait inutile.

— C'est peut-être plus facile pour les hommes, le défia-t-elle.

— Pourquoi ?

— Parce que vous avez l'habitude de dissocier le sexe et l'amour.

— Beaucoup de femmes le font aussi… Et pour le… sexe, on n'est pas obligés. »

Elle trouva la force de rire doucement.

« C'est trop tard, non ? Faisons du tourisme, si vous voulez. Mais ne m'embrassez plus comme ça, alors. »

Elle vit une lueur amusée passer dans les yeux de Michael.

« Vous êtes terrible, dit-il. D'accord, si vous voulez, j'essaierai de contrôler mes élans. »

Non, elle ne le voulait pas. Elle le lui signifia en enfonçant ses ongles dans sa main. Il lui caressa la joue en retour, plantant ses yeux dans les siens.

« Je vous rappelle que… À Kinsale, après… Après les régates que nous n'avons pas vues, d'ailleurs… Je vous ai dit que ce serait la seule et dernière fois. C'est ce que je pensais. Et pourtant je suis là. Et je vous avoue que je ne sais même pas pourquoi. J'ai cette faiblesse. »

Il lui colla un rapide baiser sur le poignet. « Faisons ce que vous voulez, Hanna. » Elle lui retira sa main, tremblante, fiévreuse, réunissant ses dernières forces pour lui répondre.

« J'ai juste envie d'être avec vous, Michael.

— Moi aussi. Mais je ne suis pas votre amant, je ne veux pas l'être dans le sens scabreux du terme… Profitons de ces deux jours, vous et moi. Ensuite, n'en parlons plus. Pour diverses raisons, de votre côté comme du mien, ça ne servirait à rien. Sinon, arrêtons tout, tout de suite.

— Non. On n'en parlera plus. »

Elle le regarda, les yeux brillants. Il tendit sa coupe de champagne vers la sienne, ils les firent tinter dans un léger carillon de cristal. Le pacte de non-agression était signé.

La chambre était au premier étage, et le large escalier ne leur donna pas l'occasion de se rapprocher trop dangereusement. Sa main serrée dans celle de Michael, Hanna avait vu ses élans un peu coupés par les tractations menées dans le clair-obscur du lounge bar, et elle gravissait les marches recouvertes de velours avec un taux d'oxygène dans le sang proche du semi-coma.

Elle pouvait reculer, si elle voulait. Elle pouvait éviter de se faire mal. Les deux jours qui venaient allaient être très difficiles à oublier. C'était une folie.

C'était un duplex magnifique. Un salon, un bureau en bas. Un escalier en colimaçon qui montait vers la mezzanine. Le lit était immense. Quatre personnes auraient pu y dormir sans se toucher. Alors deux…

Michael la laissa faire le tour pendant qu'il sortait son ordinateur portable de sa housse, cherchant la connexion Internet. Hanna lui en fut reconnaissante. Elle devina qu'il lui donnait tout son temps pour réfléchir, et éventuellement lui faire part de son envie d'en rester là.

« Je vais prendre une douche, annonça-t-elle, maladroite. Le voyage… »

Il s'approcha d'elle, lui prit les épaules, gentiment, sans provocation.

« Hanna. Vous faites ce que vous voulez. Ce sont vos deux jours à vous. Soyez tranquille. Ce soir, nous pouvons sortir, aller au restaurant si vous en avez envie... »

Elle se noya dans ses yeux, sentant les papillons de nouveau envahir son ventre. Il était déjà trop tard. La seconde d'après, ils s'enlaçaient dans le même souffle qui les avait précipités contre le mur de pierre, cet été à Kinsale, se prenant la tête, couvrant de leurs lèvres chaque pan de peau qui échappait à leurs vêtements d'hiver.

« Je... Je vais prendre une douche », répéta Hanna en se dégageant à regret.

Elle en avait besoin. Pour se rassembler.

Il la laissa partir vers la salle de bains où elle s'enferma, haletante. Elle préféra éviter le miroir, se glissant sous l'eau chaude, veillant à ne pas se mouiller les cheveux. Elle ne voulait pas ressembler à une serpillière humide pour sa première nuit avec son... amant. L'autre fois n'avait pas été à proprement parler une... nuit d'amour. Et elle avait été totalement improvisée. Pour le moins.

Elle évita toute pensée sous la douche. Ce n'était plus le moment. Elle avait terriblement envie de ce qui allait se passer. Et pour le moment, se foutait bien de tout le reste. Marsha l'approuverait, se dit-elle, convoquant le sourire de son amie dans la vapeur d'eau brûlante.

Elle finit par affronter son image dans le miroir. Et, contre toute attente, se trouva plutôt jolie. Les lumières savamment orientées des hôtels de luxe vous épargnent bien des doutes...

Elle nettoya soigneusement son visage froissé par le voyage, appliqua une crème légère, une couche de mascara waterproof, un voile de blush discret. Rien sur les lèvres. Elle frémit.

Elle ouvrit la porte en comptant bêtement jusqu'à trois, emmitouflée dans le peignoir blanc de l'hôtel. Michael était assis sur un coin du lit grand comme le radeau de *La Méduse*, son ordinateur à côté de lui. Il releva la tête, avec un air indéfinissable. Il attendait. Ne ferait rien si elle ne faisait rien. Hanna l'avait compris.

Alors elle s'approcha de lui en respirant doucement, même pas trop sûre de ce qu'elle allait faire. Elle ne voulait pas être théâtrale, elle voulait juste qu'il la prenne dans ses bras, et qu'ils fassent enfin l'amour.

Il la laissa venir, ses yeux ne la lâchant pas, puis eut un geste vers son ordinateur.

« Je l'éteins ? demanda-t-il, pratique.

— Oui. »

Il ferma le Mac, se leva pour le poser sur la petite table à côté.

Puis prit Hanna dans ses bras, glissant ses mains chaudes sous le moelleux de son peignoir, tandis qu'elle l'entraînait vers le lit.

36

Hanna ouvrit les yeux dans une odeur de café, alors qu'un jour timide filtrait entre les rideaux en chintz. Elle sut immédiatement où elle était, la nuit n'avait pas été assez profonde pour qu'elle puisse y sombrer tout à fait.

« Réveillez-moi cette nuit… », avait-elle chuchoté hier soir à son amant, alors qu'il reposait encore sur elle, lourd et chaud, dans le fatras du peignoir blanc dont elle n'avait pas réussi à se débarrasser.

Une manche était entourée autour de son bras, l'autre faisait une boule dans son dos, le reste les recouvrait à moitié tous les deux.

« Réveillez-moi cette nuit… »

La première fois, il n'avait pas eu à le faire, ni l'un ni l'autre ne s'était vraiment endormi. Hanna avait somnolé sur l'épaule de Michael, dans une paix incroyable, caressant les contours de son torse, s'égarant dans le duvet de son ventre. La riposte n'avait pas tardé.

La seconde fois, elle nageait sur des volutes d'ouate, le corps en repos mais l'esprit en éveil, emboîtée en chien de fusil dans le corps de son amant, lorsqu'elle avait eu la sensation diffuse de sa main sur ses seins, celle, chaude, de ses lèvres qui couraient dans le creux de son cou ; puis la main qui descendait, descendait, jusqu'à presser avec force ses hanches contre le désir qui reprenait toute sa puissance.

« Hanna, avait-il murmuré, c'est moi… »

Avait-il peur qu'elle l'ait oublié dans son sommeil, que son esprit s'y fût égaré au point qu'elle le confonde avec un autre, l'autre, le légitime ? Alors elle avait dit son prénom, « Michael, Michael… », plusieurs fois, pour qu'il sache qu'à ce moment-là elle ne connaissait que lui. Et que tout ce qu'il avait envie de faire, il en avait le droit.

Puis, au petit matin, elle avait sombré. Oh, pas long-temps. Le réveil digital affichait en rouge 8 : 23, avec les deux points du milieu qui battaient comme sur un monitoring au Mercy Hospital. Son cœur allait très bien, merci. Quant au reste… Elle se redressa, engour-die d'un côté, endolorie de l'autre. Elle fit l'appel de tous ses membres, contractant bras après jambes, et constata que toutes les pièces de son corps allaient encore bien ensemble. Passa la langue sur les coins de ses lèvres gonflées, appliqua sa paume pas assez fraîche sur ses joues en feu.

Puis elle écarta les mèches de cheveux qui lui tom-baient en pagaille devant les yeux. Michael était habillé, ce qui ne correspondait pas au dernier souvenir qu'elle en avait. Pantalon kaki, tee-shirt. Du vite fait. Ses che-veux étaient humides. Hanna se dit qu'elle n'avait rien entendu de tout ça – lever, douche –, qu'il avait ouvert la porte de la chambre sans qu'elle s'en aperçoive – comme en témoignait un plateau de petit déjeuner posé sur le lit à côté d'elle –, et que, bref, il l'avait à un moment laissée seule.

Elle frissonna. « Vous avez froid », constata Michael. Elle se rendit compte qu'elle était assise devant lui, à moitié nue, le drap tire-bouchonné sur son ventre, sans qu'elle en ressente aucune gêne.

À une époque pas si lointaine, aux débuts de son histoire avec… Jeffrey, elle s'empêchait de dormir complètement pour pouvoir se lever avant qu'il ne se réveille, filer en douce dans la salle de bains, faire une toilette sommaire et surtout avoir le temps de se maquiller légèrement, avant de revenir fraîche et pimpante s'allonger auprès de lui avec un naturel étudié.

Là, la femme qu'elle était devenue… elle ne savait pas trop depuis quand, d'ailleurs, se fichait bien de l'image imparfaite qu'elle pouvait renvoyer à Michael. Elle se sentait bien. Elle n'avait peur de rien, et surtout plus d'elle-même.

Elle le regarda sans broncher, sans arranger sa tenue. Ses joues s'étaient légèrement creusées sous le voile piquant d'une barbe de fin de nuit qu'il n'avait pas cherché à raser. Dans la lumière tamisée de la chambre, ses yeux étaient plus verts que gris. Hanna imprima sans réserve tous les détails de son visage, de ses avant-bras nimbés de brun, de ses épaules sous le coton blanc du tee-shirt.

Deux jours, deux nuits… Tout ce temps-là, cet homme serait à elle.

Il la regardait aussi, un sourire dans les yeux. « Petit déjeuner, dit-il en faisant un geste vers le plateau.

— Oh, je n'ai pas tellement faim.

— Vous n'avez déjà rien mangé hier soir… »

Elle haussa une seule épaule, par flemme.

« Il faut reprendre des forces », insista-t-il, l'œil rieur.

Elle couvrit sa poitrine de la manière la plus convenable possible, et avala un verre de jus d'orange à petites gorgées.

« Bien, dit Michael. Que voulez-vous faire, aujourd'hui ? Il ne fait pas très beau, mais il ne pleut pas. C'est encore tôt, le soleil devrait bientôt arriver, s'il veut nous accompagner. »

Hanna essaya de filtrer rapidement toutes ces considérations alimentaires et météorologiques, et ne trouva presque aucun vestige de la nuit qu'ils venaient de partager : juste une petite allusion, mais pas de commentaire. Michael respectait les règles.

« Ce que vous voudrez, répondit-elle. C'est vous le guide. »

En ce qui la concernait, elle n'avait pas envie de bouger d'ici. Faire pipi, prendre une douche, se rafraîchir le visage, se filer un coup de peigne, le champ de ses besoins physiologiques s'était considérablement restreint depuis la veille. Si tant est que le désir ne fût pas assimilé à un besoin physiologique. Pour satisfaire celui-là, elle espérait bien revenir en vitesse arracher ce tee-shirt blanc qui lui cachait le paysage.

Elle attaqua un croissant, moins par faim que pour contenter son tortionnaire qui avait manifestement commencé à compter chaque calorie qu'elle n'ingérait pas.

« Il y a une vigne, à Paris, vous savez ? dit Michael. Une vraie vigne, qui fournit quelques bouteilles par an. Avec des vendanges.

— Des vendanges ? dit-elle, la bouche pleine, ayant du mal à déglutir. Mais on est en janvier.

— Je sais bien. Mais la vigne est là quand même. Très joli coin. À Montmartre.

— Ah !

— De là-haut, on voit tout Paris.

— Je sais. Déjà allée.

— Pas avec moi », dit-il, coupant court à cette réflexion personnelle qui menaçait leur pacte de non-ingérence.

Bien sûr, elle y était allée avec Jeffrey. D'un accord tacite, ils chassèrent tous les deux cette idée.

« Mais c'était il y a très longtemps, mentit-elle. Voyage scolaire.

— Hum, fit-il, pas dupe. Eh bien, voilà l'occasion de découvrir autrement Montmartre. D'une manière moins… scolaire.

— Avec plaisir.

— Bon. À nous le Sacré-Cœur. Du thé ?

— Oui, merci. »

Elle termina d'avaler son croissant avec le plus grand mal, tandis qu'il versait de l'eau chaude dans une jolie tasse en porcelaine. « Lait, sucre ? » Appuyé sur un bras à côté d'elle, Michael était aux petits soins.

Elle sentait l'odeur de sa peau imprégner ses muqueuses, au moindre mouvement qui lui faisait déplacer de l'air. Alors qu'elle n'avait rien d'autre à lui renvoyer qu'une odeur de transpiration et de baisers séchés, imagina-t-elle, vaguement honteuse.

« Je vais prendre une douche, annonça-t-elle donc, en grande pompe.

— Votre thé. »

Il ne cessa de la contempler pendant qu'elle avalait consciencieusement le contenu de sa tasse pour faire descendre le croissant, avec une faiblesse dans les doigts qui lui faisait craindre de renverser tout le bazar sur le joli drap qui ne la recouvrait plus qu'à peine. Puis elle posa la porcelaine sur le plateau, se raclant discrètement la gorge.

« Je vais prendre une douche », répéta-t-elle, en évitant de le regarder.

Elle lui jeta seulement un œil – un œil de trop. Il ne disait rien, n'avait pas bougé, ne l'avait pas lâchée du regard. Absolument mortel. Et cette odeur de peau. Et cet avant-bras ombré sur lequel il s'appuyait.

Sa poitrine se soulevant au rythme d'une respiration qui s'accélérait, Hanna laissa tomber le drap. Dans son estomac, le croissant avait été subitement désintégré. Elle plongea sans vergogne dans les yeux de Michael, oubliant la douche et la bienséance. Il finit par bouger doucement, ce qui acheva d'anéantir toute velléité de visiter Montmartre dans l'immédiat. Puis il se leva d'un coup, attrapant le plateau sur le lit.

« Je crois qu'il vaut mieux… », commenta-t-il en le posant par terre.

Hanna s'allongea, l'appelant de ses bras. Ôtant son foutu tee-shirt, il la rejoignit.

Ils sortirent peu avant midi, pour se donner bonne conscience. Hanna commençait à tomber de sommeil, et ne voyait pas à deux mètres devant elle. Tout était flou, mais d'un joli flou, comme après deux coupes de mimosa. Elle avait du mal à quitter le lit, et la douche chaude n'avait pas été le coup de fouet espéré ; le jet qui lui caressait le visage avait au contraire entretenu cette espèce de léthargie dont elle n'était toujours pas sortie, alors qu'elle remontait les boulevards au bras de Michael.

Ils offraient tous les deux aux passants une belle image à la Doisneau. Sans l'avoir fait exprès, ils portaient à peu près les mêmes vêtements, manteau en laine – noir pour lui, camel pour elle –, écharpe. Le classique *friday wear* pour arpenter Paris.

Car, quand même, ils étaient à Paris, lui avait fait remarquer Michael, alors qu'elle rechignait à quitter ses bras et à se lever.

« J'ai sommeil, avait-elle protesté.

— Pas question de rester toute la journée au lit. Vous dormirez debout. Il y a plein d'endroits à visiter les yeux fermés. Je vous ferai une audiodescription. Je suis assez calé. »

Il faisait beau, finalement. Un soleil froid leur tombait dans les yeux.

Hanna en profita pour cacher derrière des lunettes fumées les vestiges d'une nuit qui, selon l'estimation que lui avait renvoyée le miroir pourtant sympa de la salle de bains, avait probablement duré soixante-douze heures. Et puis, de sa planque, elle pouvait admirer son amant à la dérobée, s'émerveiller du plissé soleil autour de ses yeux gris-vert. Il mesurait bien deux têtes de plus qu'elle, mais si elle se tortillait le cou, en faisant mine de soulager une tension de sa nuque, elle arrivait à voir jusque là-haut.

Et puis, merde alors, lui aussi chaussa ses lunettes, et c'en fut fini de la piste aux étoiles. Mais même sans les yeux, il était beau.

Ils parlaient peu. Enfin, surtout Hanna... Tandis qu'elle l'écoutait religieusement lui faire un exposé sur le Moulin-Rouge, Toulouse-Lautrec et la Goulue, elle se rendit compte qu'elle n'avait dû prononcer qu'une dizaine de phrases intelligibles depuis son arrivée la veille au soir, dont trois étaient « Je vais prendre une douche ».

« J'avais commencé une thèse sur l'Art nouveau, aux Beaux-Arts, osa-t-elle alors. Le style nouille, tout ça. Le style métro, Hector Guimard. Regardez, la station Blanche, c'est ça. Et Tiffany. Suis une spécialiste de la restauration des lampes. Dans mon boulot. »

Dans le funiculaire qui les faisait grimper vers Montmartre, Hanna profita du groupe de touristes qui se compressait pour se coller contre Michael, posant sa joue sur l'écharpe qui tombait sur son torse ; elle en avait le droit, elle commençait à s'y faire. Elle avait rêvé de ces gestes simples, après Kinsale, et voilà qu'ils se déroulaient sans peine : son bras à lui qui enlaçait ses épaules, son visage qu'elle tendait vers le sien, le baiser dont il effleurait ses lèvres.

Oh, discret, le baiser, et bien dosé, pour ne pas les entraîner de nouveau dans la spirale qu'ils commençaient tous les deux à bien connaître. Au milieu du brouhaha multilingue, Hanna fermait les yeux et serrait l'écharpe dans sa main sans s'en rendre compte.

En sortant de la cabine, il lui prit le poignet, puis la taille. Elle s'enroula autour de lui, attendant un autre baiser, un vrai, un profond, un qui mordait. Au lieu de ça, il lui claqua une bise paternelle sur le front, avant de la remettre dans le droit chemin.

Elle soupira ostensiblement, comme une écolière obligée de visiter une expo de croix pectorales dans une chapelle, et le suivit dans les ruelles.

La vigne était jolie, mais il fallut grimper et descendre des collines pavées, et Hanna traînait la patte. Michael s'en rendit compte, navré.

« Votre jambe ! s'exclama-t-il. Je suis désolé, j'avais oublié.

— On s'en fiche, de ma jambe, rétorqua-t-elle. C'est justement parce que vous l'oubliez que je me sens très bien. On continue, je n'ai envie d'être nulle part ailleurs qu'ici. »

À part peut-être dans un lit de huit mètres carrés avec vous.

« Une cigarette ? proposa-t-il.

— Même pas. »

Place du Tertre, après qu'ils eurent fait le tour des artistes peintres à fort potentiel touristique, et qu'Hanna eut décliné la proposition de se faire tailler le profil à coups de ciseaux sur un carton, Michael l'entraîna vers une terrasse de café.

Et oui, surprise… elle avait faim ! Envie de sucré, va savoir pourquoi, alors qu'en temps habituel la faim faisait invariablement apparaître dans son subconscient un chouette panier de chips au vinaigre bien grasses et over-salées de chez Pickle's. Avec la petite serviette rouge pour s'éponger les doigts.

Mais on n'était pas en temps habituel. Elle commanda donc une gaufre à la crème de marrons surmontée d'un Everest de chantilly, sous les yeux amusés de Michael.

La bouche colonisée par trois kilos de glucides, elle lista les sujets de conversation à éviter. Ils étaient tous les deux assis face à face, entourés de gens occupés à la même chose qu'eux, ils ne pourraient donc se consacrer qu'à une distraction salubre une fois leur en-cas expédié : bavarder civilement. En mettant de côté leur passé, leur futur, sa famille à elle, ses ex à lui, évidemment…

Sinon… Zelda ? Zelda avait l'air d'être un sujet autorisé, alors…

« Pourquoi ne portez-vous pas le nom de votre mère ? attaqua-t-elle en s'essuyant la moustache.

« — Le nom de ma mère ?

— Zonk. J'ai vu que le vôtre était Michael… Doe. Quand vous avez signé à euh… l'hôtel.

— C'est le nom de mon père.

— Il s'appelait Doe ? C'est curieux… Non, laissez tomber. »

Elle fit un geste de la main pour évacuer le sujet. Encore un qu'elle aurait dû éviter, elle s'en rendait compte. Pourtant, Michael n'avait pas l'air plus perturbé que ça.

« Quoi ? dit-il.

— Hum. Eh bien, Doe, c'est le nom qu'on donne aux inconnus. Vous savez, les cadavres, tout ça. Jane Doe, John Doe. »

Elle grimaça. Quelle conne de balancer un truc pareil. En plus, c'était Jeffrey qui lui avait appris ça, avec ses polars horribles.

Michael éclata de rire.

« Oui, je sais, dit-il. Ne faites pas cette tête.

— C'est très con de dire à quelqu'un qu'il a un nom de cadavre. »

La tête dans les mains, Michael était secoué d'un rire silencieux qui l'entraîna à son tour. Ils passèrent une longue minute ainsi, dans une légèreté salutaire.

« Mon père s'appelait Adel, reprit Michael en s'essuyant les yeux de son poing fermé. Avec un nom à coucher dehors. Enfin, à coucher en Pologne. Un nom impossible à écrire, avec des tas de z, de j, de w, j'imagine…

— Vous ne connaissez pas son vrai nom ? demanda Hanna, étonnée.

— Je ne sais pas si quiconque le connaît exactement.

— Votre mère ?

— Elle n'en parle pas souvent. C'est si vieux, tout ça. »

Il haussa les épaules, avala une gorgée d'eau.

« Bref. En arrivant aux États-Unis, Adel ne devait pas être bien au courant des usages morbides des autorités. Quelqu'un a dû trouver son nom trop compliqué pour les papiers et lui coller un "Doe" pour aller plus vite. Il s'est retrouvé avec le nom d'un mort inconnu, ce qui lui a certainement évité des ennuis… Je ne crois pas qu'il ait jamais payé d'impôts, et il n'a jamais eu les services de l'Immigration après lui… »

Hanna hocha la tête. Zelda ne lui avait pas raconté cette histoire.

Michael n'avait donc pas de nom, au fond… Pourquoi n'avait-il pas recherché celui de son père, le vrai, celui à coucher dehors, en Pologne ou ailleurs ? Elle n'insista pas, pour le moment. Elle était trop fatiguée. Sa gaufre avait un effet soporifique irrésistible.

Michael prit ses deux mains et posa ses lèvres dans ses paumes, la regardant de ses yeux clairs. Elle sentit des fourmis lui remonter jusque sous les aisselles.

Seigneur, elle voulait rentrer à l'hôtel.

« Fatiguée », dit-il, devant l'évidence. Elle battit des paupières. « Juste une dernière chose, et on rentre », la rassura-t-il.

On rentre. Elle adora l'entendre dire ça.

Il ne la conduisit pas très loin, tout en haut des escaliers qui grimpaient jusqu'au Sacré-Cœur. Derrière eux, les badauds faisaient la queue pour entrer dans la basilique si blanche qu'on l'aurait cru fausse, en stuc. Des vendeurs à la sauvette très peu portés sur la liturgie faisaient japper des petits chiens en peluche sur des tapis étalés n'importe où. Patti adorerait ça, se dit Hanna, à travers son brouillard. Il faudrait qu'elle lui en rapporte un.

À cette idée qui lui était venue trop vite – rentrer, quitter Michael –, son estomac se serra si douloureusement qu'elle eut la sensation que le sucre glace se transformait en poudre à canon.

Elle aspira une grande goulée d'air frais, serrant le bras de son amant aussi fort qu'elle le pouvait, sous l'épais tissu de laine de son manteau.

« Regardez, dit-il. Profitez. »

Paris s'étalait à leurs pieds, patchwork de toits de tuiles bistre, d'ardoises grises, d'où perçaient en relief les plus beaux monuments du monde.

« À gauche, le Panthéon, à droite, les Invalides, là-bas, l'Opéra, plus loin, le Grand Palais. »

Derrière elle, Michael parlait bas à son oreille, tendant son bras comme une flèche. Puis il le baissa pour qu'elle puisse contempler le paysage en silence, défit deux ou trois boutons de son manteau, et passa sa main chaude sur son ventre, la caressant comme s'il avait deviné le malaise qui l'étreignait.

Bouleversée, Hanna se laissa aller contre lui, lui tendant son visage pour qu'il prenne sa bouche, goûtant le contraste entre le piquant de son menton et la douceur de ses lèvres.

« Je veux rentrer à l'hôtel », chuchota-t-elle, ses yeux dans les siens. Elle avait mal au cou, mal au ventre, mal partout, d'un mal qu'il saurait guérir.

« On y va », répondit-il, sur le même ton.

ON. Y. VA.

Dans le taxi, elle se nicha dans ses bras, la tête enfouie dans son écharpe, serrant les dents et retenant dans sa gorge les mots malheureux qu'il ne voulait pas entendre.

37

Le chat de Patti lui grimpait sur la hanche, cha-
touillant son dos, se collant contre ses reins. Il allait
encore se rouler en boule et s'endormir là, et si elle
se retournait d'un coup elle allait l'écraser et l'étouffer et oh là là Patti serait si triste. Baaal-Moloooch.

« Mmm », fit-elle.

Il fallait qu'elle récupère ses chaussures dans le
panier du chat parce qu'elles prenaient toute la place
et que c'était pour ça que le chat venait dormir dans
son dos, oui c'était sûrement pour ça.

« Chhut », chuinta-t-elle, pour l'avertir d'un truc.
Elle irait au travail plus tard, parce qu'elle n'avait
pas de chaussures. Finalement, le chat changea de
place, et il vint s'installer sur sa joue. Elle ouvrirait
les yeux plus tard, là elle n'avait pas trop le temps,
il fallait qu'elle finisse de dormir, c'était pressé. Et
puis il y avait trop de brouillard dans le jardin, il
faudrait le nettoyer d'abord.

« Hanna…

— Mmm. »

Le chat se déplaça doucement dans ses cheveux
pour que le brouillard s'en aille. Elle avait du soleil

dans l'œil droit, pile dedans. Elle soupira. Elle était bien.

« Hanna... »

Quelqu'un l'appelait, et ça sentait bon. La fougère, un truc comme ça. Le chat avait mangé tout le brouillard, et elle aussi, elle crevait de faim.

« Hanna...

— J'ai faim, grogna-t-elle.

— Je sais. On va sortir. »

Elle reconnut sa voix et ouvrit grands les yeux, pour vérifier. Michael. Son visage tout près, sa main dans ses cheveux, il était allongé près d'elle.

Ça, c'était VRAI.

Hanna émergea de son sommeil en vitesse. Seigneur, combien de temps avait-elle dormi ?

« Deux petites heures », dit Michael.

Elle pédalait dans la semoule.

« Doucement », dit-il gentiment, en retenant son bras, alors qu'elle s'asseyait avec autant de dignité que possible pour faire le point sur la situation. Michael était tout habillé. Bon. Elle aussi. Ah ? Curieux, ça. Seules ses chaussures traînaient par terre. Elle regarda par la fenêtre. Le soleil était encore là. Enfin, le jour, un peu doré. Sur le point de s'évanouir, mais encore un peu là. Un coup d'œil sur les cristaux liquides du réveil acheva de la réveiller. 17 : 12. Bien. La journée n'était pas complètement perdue.

« Vous vous êtes endormie sitôt assise, précisa Michael. Et j'exagère à peine.

— Vous avez mis du GHB dans mon verre ? »

Michael éclata de rire. Mon Dieu, elle aimait son rire.

« Pas cette fois, répondit-il.

« — Mais vous étiez où ? Je n'ai pas pu m'endormir comme ça à côté de vous. Soyons réalistes, ce n'est pas possible.

— Je passais un coup de fil. J'ai raccroché, je me suis retourné, et hop, plus personne.

— Vous avez dormi, vous aussi ?

— Cinq minutes.

— Boh, j'espère que vous n'avez pas passé les cent minutes et quelques qui restaient à me regarder dormir.

— Cent quinze. Minutes. Et non, j'ai lu le journal, tout bêtement. »

Il lui montra *Libération* au bout du lit.

« Mais je vous ai regardée quand même un bon quart d'heure, sourit-il.

— Je n'aime pas trop ça.

— Lâchez le contrôle, Hanna.

— Dormir, c'est encore plus intime que… enfin, vous voyez. »

Elle fit un geste de la main pour éluder la question. Puis soupira. Il fallait vraiment qu'elle soit dans le coaltar pour sortir des conneries pareilles. Michael n'était pas Marsha, il n'était pas sa copine, il fallait bien qu'elle se le colle dans la tête avant de lancer des débats dignes d'un mimosa chez Pickle's.

Elle se retourna. Il avait l'air franchement amusé.

« Quoi ? demanda-t-elle.

— Rien. C'est juste qu'il ne m'a pas semblé que vous vous contrôliez davantage dans ces moments-là. Que quand vous dormez. Alors, c'est bizarre ce que vous dites.

— Que quand… Oh, vous n'êtes pas un gentleman.

— Ça, c'est vrai.

— Je ne veux plus rien avoir à faire avec vous. Rien de ce genre.

— D'accord. Donc, on va aller faire un tour. »

Hanna se rallongea précipitamment auprès de lui. Elle pensait à la main chaude qui avait caressé son ventre tout à l'heure, en haut de la butte. Comment avait-elle pu s'endormir après ça ?

« Tout de suite ? » lui demanda-t-elle, posant la main sur sa joue rugueuse. Elle vit ses yeux changer de couleur, presque instantanément. Ou était-ce elle que le désir rendait daltonienne ?

« Tout de suite, confirma-t-il, prenant sa main. On va aller faire un tour, et manger quelque part. En plus, vous avez faim. C'est la première chose que vous avez dite en vous réveillant. Après "Mmm", et un truc comme "Chut", bien entendu.

— Je vous déteste.

— Pas tant que ça. »

Il lui posa un rapide baiser sur la main, et se leva.

« Allez, on sort, dit-il en lui désignant ses chaussures sur le sol. La nuit ne va pas tarder à nous tomber dessus.

— Vous le faites exprès », maugréa-t-elle en s'asseyant.

Bien sûr qu'il le faisait exprès. Ce bourreau usait de la torture touristique pour entretenir la frustration et attiser le désir. Alors que pour ce qui la concernait, elle aurait préféré se retrouver coincée avec lui dans une yourte au milieu du désert de Gobi, avec rien d'autre à faire que de satisfaire leurs besoins physiques au fur et à mesure qu'ils se faisaient sentir, se foutant bien de l'heure, du jour, de la nuit, du boire et du manger. Quoique… Manger, un peu quand même. Son estomac gargouillait. Elle avait dû livrer un véritable concert, tout à l'heure, en dormant. Quelle horreur.

Elle fila se changer dans la salle de bains. Elle avait envie d'être belle, pour compenser son intermède ronflant et bavouillant.

Elle enfila une paire de collants, une jupe. Il ne faisait pas si froid, et puis d'ailleurs elle s'en foutait. Des bottes qui lui gainaient la cheville, noires, comme la jupe crayon qui lui étranglait joliment la taille. Un petit haut court à torsades, en cachemire écru, qui lui tombait pile sur les hanches, avec un décolleté en V. Elle se regarda dans la glace. À la fois élégante et casual. L'ensemble lui donnait une allure jolie-madame très parisienne, malgré le pull irlandais, un clin d'œil.

Elle était contente. Le bourreau qui lisait son journal derrière la porte n'allait pas regretter de l'avoir à son bras.

Elle se démaquilla et se remaquilla soigneusement, prenant tout son temps ; à son tour de le faire attendre. Une BB cream « peau de velours », un blush pêche, un trait d'eye-liner gris et dix-huit couches de mascara ; par contraste, l'iris de ses yeux devenait marron très clair, presque beige. Un rouge à lèvres cerise. Longue tenue, garantie douze heures. Résistant à l'eau ; et aux baisers. C'était écrit sur le tube.

Elle hésita à se faire un chignon-banane, qui irait bien avec la jupe. Le fit. Trop strict. Brossa ses cheveux sur ses épaules – mais, ainsi lâchés, ils faisaient petite fille, au-dessus de sa silhouette de dame.

Reconstruisit le chignon-banane. Puis, passant les doigts dedans, le fit s'écrouler un peu. Des mèches châtains s'échappèrent dans sa nuque, sur ses joues. Elle recula : c'était parfait.

Elle remonta ses manches d'un quart pour faire moins apprêtée, puis ouvrit la porte. Si Michael s'était endormi à son tour, elle allait se charger de le réveiller.

Il ne dormait pas. Cessant de tapoter sur son ordinateur, il releva la tête, et sembla caler comme une vieille voiture. Pleins phares.

« Je suis prête, annonça-t-elle, pas peu fière de son effet.

— Je vois ça.

— On y va ? »

ON. Y. VA. C'était son tour.

Michael se leva, attrapa son manteau sur la patère et, tout en l'enfilant, s'approcha dangereusement d'elle. Elle vacilla sur ses bases. Oh, non, je n'ai pas fait tous ces efforts pour perdre le contrôle, se raisonna-t-elle, lorsqu'il se pencha sur son visage. Elle le devança en lui collant un baiser express sur la bouche, les yeux grands ouverts pour ne pas tomber dans la gueule du loup.

« Rouge à lèvres, chuchota-t-elle en se reculant.

— Ah, d'accord. »

Il lui sourit en entortillant son écharpe autour de son cou.

Elle s'enveloppa dans son manteau, cala son sac à la saignée de son bras. Elle était prête.

« Hanna.

— Michael.

— Vous êtes très belle. Même quand vous dormez. »

Ils retournèrent à la Demi-Lune, où le patron s'appelait Kevin.

Hanna trouva tout bizarre : le trottoir qu'elle avait déjà foulé en été, les ruelles qu'elle reconnaissait, le coin de rue où Michael avait renoncé au taxi pour l'emmener à pied au jardin du Luxembourg.

C'était bizarre. Il y avait un avant, et un après à Saint-Germain-des-Prés. Sa tête était prise dans un maelström spatio-temporel qui lui flanquait le tournis. Tout était si semblable à son souvenir, mais si différent.

Lorsqu'elle était sortie de ce restaurant, la dernière fois, elle était une jeune femme réservée, mais sans mystère ; Michael était le fils de Zelda Zonk, point barre. Elle se revoyait faire quelques pas vers la fontaine Médicis, là où tout avait changé. En quelques minutes, elle n'avait plus été la même, à jamais.

Et maintenant. Cet homme à côté d'elle, le même qui osait à peine lui prendre galamment le bras pour traverser la rue, à Paris au mois d'août… Eh bien cet homme-là l'embrassait en pleine rue, la regardait dormir, lui avait fait l'amour toute la nuit. Sans compter le réveil en fanfare. C'était vertigineux.

En entrant dans le restaurant au bras de son amant, elle se demanda si Kevin ferait la différence entre août et maintenant. Si ça se voyait, tout ça, sur son visage. Si les gestes de Michael trahissaient leur nouvelle intimité.

« Hanna ! » s'exclama le jeune homme, avec un grand sourire.

Tiens donc, il la reconnaissait. Peut-être était-il surpris que Michael ramène deux fois la même femme ici. Un séducteur, avait dit sa mère.

Mais peu importait, Hanna se sentait forte. Et, comme le disait Marsha, elle aussi profitait de lui.

« Kevin, le Français avec un prénom irlandais, répondit-elle en français.

— Je suis content de vous revoir. Vous êtes ravissante », articula-t-il gentiment.

Sûrement par un effet de télépathie, elle sentit le sourire de Michael lui caresser la joue.

Kevin lui ôta son manteau avec déférence, s'extasiant sur son parfum, alors qu'elle n'en portait pas. Sa fameuse douche du matin avait de beaux restes.

Il les installa dans un coin cosy du restaurant, un peu en retrait, presque à l'abri des regards des autres clients. C'est bon, il avait compris. Par-dessus la table, Michael la regarda d'un air entendu, et lui lança un clin d'œil.

« Bon, dit-il en lui tendant le menu. Passons aux choses sérieuses : que voulez-vous manger, cette fois ?

— Des escargots, des huîtres, des grenouilles. Tout ce que vous voulez.

— À ce point-là ?

— À ce point-là.

— Attention, si j'en profitais, je pourrais vous faire avaler une pleine gamelle de gras-double.

— Qu'est-ce que c'est ?

— Pas pire que le haggis.

— Beurk. Pitié. Commandez-moi une tarte aux pommes et on n'en parle plus. » Bienveillant, il passa une commande inoffensive. Une fondue bourguignonne pour deux. Des cubes de viande de bœuf à tremper dans un caquelon, cuisson au choix, voilà qui ne devrait pas heurter les fragiles papilles d'Hanna. Une guirlande de sauces, pour accompagner. Et par-dessus tout ça, une bouteille de nuits-saint-georges.

« Ce n'est pas vrai, protesta Hanna, je ne suis pas "difficile", comme vous dites. J'aime ce qui est épicé, piquant, salé. À Cork, je mange des kilos de chips au vinaigre qui font venir les larmes aux yeux. Je n'ai pas peur des aventures culinaires. C'est juste que j'ai du mal avec les larves, les crapauds, les mollusques vivants, les trucs comme ça…

— Bref, vous êtes une parfaite Anglo-Saxonne : viande bouillie et chips.

— Taisez-vous. À Marrakech, la cuisinière de ma mère nous a fait un excellent couscous. J'en ai mangé pendant toute une journée. C'était délicieux.

— Avec de l'agneau mort ?

— Imbécile. »

Le sourire aux lèvres, Kevin leur apporta deux coupes de champagne alors qu'ils n'avaient rien demandé. Hanna trempa ses lèvres dans les bulles fraîches en tentant de comprendre l'échange qui suivit – bref, mais animé : Kevin et Michael parlaient football. Cet homme avait donc un défaut.

« Du foot ? s'étonna-t-elle quand Kevin fut reparti. Je croyais que les Irlandais préféraient le rugby.

— Je ne suis quasiment plus irlandais. J'ai passé plus de temps au Parc des Princes qu'à Lansdowne Road, dans ma vie.

— Vous êtes souvent à Paris.

— La moitié du temps.

— Pourquoi ne pas prendre un appartement ici, alors ? »

Les bulles lui montant gentiment à la tête, elle veillait à ne pas dépasser les limites imposées par leur contrat moral : ne pas aller trop loin dans la vie privée. Là, encore, c'était bon, considéra-t-elle. D'ailleurs,

Michael ne brandit pas le drapeau rouge. Tout juste la regarda-t-il cinq secondes en silence.

« Je n'aime pas trop l'idée d'être installé, ça manque de charme. Je préfère être en visite », dit-il.

Prends ça, se dit Hanna. Elle se tortilla sur sa chaise.

« Votre mère m'a dit que vous aviez beaucoup voyagé.

— Oui, quand j'étais plus jeune… Vous avez parlé de moi avec ma mère ?

— Ç'aurait été difficile d'éviter le sujet. Vous êtes son seul fils, non ?

— Que je sache, oui. »

Hanna avala une gorgée de champagne. *Va plus loin*, s'encouragea-t-elle. Puisque Zelda faisait partie des rares sujets de conversation autorisés, autant y aller franco.

« Votre mère est un mystère. Je n'ai jamais rencontré une femme comme elle.

— C'est que vous ne fréquentez pas les bons endroits. Il y a des tas de vieilles dames qui dealent du crack devant les gares la nuit.

— Mais que vous êtes bête ! »

Elle renifla dans son verre, sous le regard ravi de Michael. Il lui tendit une serviette avec un grand sourire.

« Mon Dieu, dit-elle en s'essuyant le coin de l'œil. C'est pas vrai. Vous n'avez pas honte ?

— Ma mère est formidable.

— Votre mère est un mystère formidable. Pleine de sagesse. Vous devriez être fier.

— Je suis fier. Même si parfois elle me fatigue, à être si peu raisonnable. »

Kevin arriva avec un réchaud qu'il alluma sous leurs yeux, y posant le caquelon plein d'huile bouillante. « On fait trrrrès attention », chantonna-t-il. Le ballet des plateaux les occupa trois minutes. La bouteille fut débouchée, le vin, goûté. « Parfait », jugea Michael.

Hanna le regardait sans rien dire. Elle piqua hargneusement un bout de viande sur une longue fourchette et le trempa dans l'huile, affichant un sourire de gamine qui s'amusait bien, pour donner le change. Michael l'observait d'un œil, attentif à ses changements d'humeur.

« Bref, soupira-t-il d'un air léger, le grand drame de ma mère, c'est qu'elle refuse de vieillir.

— Qui le voudrait ? Vous trouvez ça bien, vous ? »

Hanna noya son cube de bœuf dans une sauce persillée et entreprit de le mastiquer. C'était tendre, goûteux. Michael lui sourit.

« C'est bon ?

— Très. Pour un animal mort.

— Bon, pour répondre à votre question, je trouve que vieillir, c'est pas terrible. Mais à un moment, on n'a que deux options : soit on est vieux, soit on est mort. Alors...

— J'adore votre conversation.

— ... alors, en ce qui me concerne, même si je sais que dans vingt ans j'aurai statistiquement de fortes chances d'avoir des problèmes de prostate...

— Super.

— Laissez-moi finir, la leçon de vie est à la fin : même si je sais que les ennuis de la vieillesse vont s'accumuler, j'en ferai mon affaire. Ce n'est pas ça qui me fait le plus peur.

— Et c'est quoi, alors ?

— Ce qui me fait le plus peur, c'est de ne pas avoir assez du reste de ma vie pour voir tous les endroits du monde que j'ai envie de voir. La Grande Muraille de Chine, le Corcovado. Phuket. Les chutes d'Iguaçu. Bilan : ce n'est pas l'âge qui compte, mais le temps. Et on ne sait jamais de combien on dispose. Conclusion : il faut en profiter. »

Il lui attrapa la main au bord de la table.

« Et c'est exactement ce que nous sommes en train de faire, Hanna. »

Elle le regarda sans mot dire. Pour quelqu'un qui avait interdit les conversations intimes, Michael venait de livrer une étonnante part de lui-même. Il avait parlé de peur. Quel homme osait jamais évoquer ses peurs ? Ils étaient peu nombreux, assurément, à dépasser ainsi les limites de leur fichue fierté. Elle prit cet aveu pour ce qu'il était : une preuve de la confiance qu'il avait en elle ; et par extension, la preuve qu'il tenait un peu à elle.

Ou : la preuve qu'elle n'était qu'une rencontre de passage, qu'il ne la reverrait plus jamais après Paris, et qu'il ne s'encombrerait pas du souvenir de leur conversation.

Au choix.

Lui seul savait. Elle, elle avait juste envie de partir en voyage, avec lui.

Elle se mordit les lèvres. Il lâcha sa main, retourna à son assiette, comme si de rien n'était. Elle fit de même, trucidant un autre morceau de bœuf pour se donner bonne contenance.

« Pourquoi attendre pour voyager ? demanda-t-elle. Pourquoi rester entre Kinsale et Paris, alors ?

— Ce n'est pas le moment. Comme vous l'avez remarqué, ma mère n'a que moi, comme fils. Je ne peux pas être trop loin d'elle. Alors Paris, c'est très bien, comme villégiature. N'importe qui dans le monde en rêverait.

— Zelda vivra cent vingt ans sans avoir besoin de vous. Pendant ce temps, vous ferez les cent pas sur les Champs-Élysées avec vos problèmes de prostate. »

Il sourit franchement.

« Elle dit à peu près la même chose que vous. Je crois qu'elle en a marre de m'avoir sur le dos quand je suis à Kinsale.

— Elle vous aime. »

Elle aussi, faillit-elle ajouter. C'était si bon de laisser ces mots franchir ses lèvres, par procuration. Vous aime…

Il hocha la tête, pas mécontent.

« Et c'est un honneur », répondit-il, sans qu'elle puisse savoir s'il parlait de Zelda ou d'elle-même.

Le vin était bon. Hanna se sentait enveloppée de douceur, séduisante. Les yeux brillants, les joues rosies par les chandelles et le nuits-saint-georges, le décolleté moelleux. Comme rarement, elle avait confiance en elle. Grisée, elle décida d'en jouer.

« Zelda me fait penser à Marilyn Monroe, osa-t-elle.

— Encore ? Quelle idée ! Marilyn Monroe… Dans l'état où elle est maintenant ? C'est gentil pour ma mère. »

Elle rit. C'était bon, il le prenait bien. Elle pouvait continuer.

« Je veux dire… Elle me fait penser à ce que serait devenue Marilyn si elle avait été une vieille dame.

— La ressemblance n'est pas frappante tout de suite, mais maintenant que vous le dites…

— Non, c'est vrai, badina-t-elle, j'adore Marilyn depuis que je suis toute petite, j'avais des posters, des livres, et tout, et j'ai toujours imaginé qu'elle n'était pas morte, qu'elle avait refait sa vie quelque part. »

Attention, ma fille, tu vas trop vite, trop loin…

« À Kinsale, donc, fit Michael, impavide. Vous êtes romanesque. Dites-le à ma mère, elle va trouver ça très gratifiant. Quoique, je ne suis pas sûr, le cinéma, Hollywood, c'est pas trop son truc. Sa star à elle s'appelle Siobhan Kelley, elle a quatre-vingts ans et elle peint des aquarelles sur le port. On a quelques toiles à la maison. »

Soit il se foutait d'elle, soit il n'était même pas au courant que sa mère était Marilyn Monroe, se dit Hanna.

Soit elle était complètement à côté de la plaque. Dans le doute, elle décida d'arrêter le bourgogne. Le breuvage titrait 12°, et elle avait peur de se lancer dans des théories effrayantes pour Michael.

« Et vous, vous ressemblez à cet acteur… dit-elle, souriante, pour désamorcer la bombe qu'elle avait dans la tête.

— Lequel ? Mister Bean ?

— N'importe quoi. Non, celui qui fait aussi la pub pour le parfum…

— Vous me faites peur. Et il est mort, lui aussi ?

— Non… Clive Owen. Vous ressemblez à Clive Owen.

— Connais pas. »

Bien sûr que si.

« Et moi ? demanda-t-elle, bravache.

— À qui vous ressemblez ? C'est un jeu dangereux. Parce que si je vous dis Meryl Streep jeune, vous allez peut-être vous vexer parce que vous n'aimez pas son nez, ou je ne sais quoi, alors que moi je l'adore. Si je vous dis… »

Il fit mine de la regarder avec des yeux d'expert.

« Si je vous dis Gene Tierney, vous allez me dire qu'elle est à l'heure actuelle dans le même état que Marilyn Monroe. Donc, on oublie. Pourtant, il y a quelque chose. De l'époque où elle respirait, bien sûr. »

Hanna souriait, ravie du ton que prenait la conversation. Michael se pencha davantage vers elle, ses yeux diaboliquement éclairés par la flamme des chandelles, qui, elles aussi, vacillaient sous son souffle.

« Gemma Arterton.

— Pardon ?

— Gemma Arterton vous ressemble un peu. La dernière James Bond girl, je crois.

— Gemma… Vous rigolez ? Vous dites ça pour être gentil.

— J'essaye désespérément de vous séduire. Je rame comme un malade.

— Ha ha. Et alors comme ça, vous connaissez Gemma Arterton et pas Clive Owen ? Vous vous fichez de moi. »

Ils étaient beaux, tous les deux, se dit-elle. Et le dossier Zelda-Marilyn était finalement passé comme une lettre à la poste. De toute façon, même si elle avait raison, si elle avait levé une partie du voile sur un secret d'État, Michael pouvait rester imperturbable : selon leurs accords, elle disparaîtrait bientôt de son paysage…

Le dîner tirait à sa fin, l'une des chandelles finit par s'éteindre. Kevin se montra deux minutes. Tout allait bien ? Oui, très bien, merci. Le jeune homme repartit comme il était venu, discret et bien content pour eux.

Petit à petit, l'air autour d'eux changeait de consistance. De frais et pétillant, il commença à s'épaissir, gagnant en chaleur ce qu'il perdait en légèreté. Était-ce la mi-ombre dans laquelle les plongeait la bougie écroulée qui oppressait leur respiration, la faisait plus lente, plus profonde ? Hanna sentit une goutte glisser entre ses seins, son genou s'appuya contre la jambe de Michael.

« Que voulez-vous faire, maintenant ? lui demanda-t-il. La tour Eiffel de nuit ?

— Déjà vue.

— La fontaine Médicis au petit matin ?

— Vous m'avez déjà fait le coup.

— Alors ? Les Champs-Élysées à pied ? Il y a encore les décorations de Noël.

— Non, merci. Je veux juste coucher avec vous. »

Elle avait choisi ses mots, volontairement triviaux. « Coucher » était moins impliquant que « faire l'amour », ça devrait convenir.

Il la regarda à travers la lumière de l'unique chandelle, interdit par tant de franchise, puis éclata de rire.

« Ah, d'accord, dit-il. Bon, ce n'est pas une activité trop difficile à organiser. »

Il saisit doucement la main d'Hanna qui écrabouillait un restant de tarte Tatin d'une manière spasmodique. Elle ne le lâchait pas des yeux, comme pour faire un arrêt sur image, et empêcher le temps de fuir. Elle était terriblement consciente de ça. Que le temps fuyait.

« On y va », dit-il, en appuyant sa main contre sa joue.

ON. Y. VA. Seigneur… Ses sens qui s'étaient tenus à peu près tranquilles se réveillèrent, et Hanna s'extirpa de la banquette avec autant de grâce que possible. Soudain, Michael lui attrapa le poignet d'une manière trop rude pour lui être d'une aide quelconque, et, soulevant un peu la jupe qui l'entravait, l'attira sur lui.

Sa bouche précipitée sur la sienne, Hanna fut gagnée par un affolement que la raison ne pourrait plus enrayer. Leurs respirations s'accélérèrent, elle sentit les mains en coupe sous ses fesses, puis remonter dans son dos comme une cascade à l'envers. Ils étaient si proches que la frustration en devenait cuisante. Les quelques épaisseurs de tissu qui faisaient barrière entre eux et ce dont ils mouraient d'envie, ce qui aurait été si facile ailleurs, étaient une véritable perversité.

Il aurait pu l'étaler sur la table qu'elle n'aurait pas protesté, n'aurait vu personne d'autre. Elle ne tiendrait pas jusqu'à l'hôtel, de toute façon. Il y avait bien une arrière-salle, des toilettes, un endroit pas loin où…

Au lieu de ça, Michael la repoussa, le souffle court.

« Sinon, dit-il, il y a aussi la balade en péniche. C'est très joli, la nuit…

— Vous… êtes… un grand malade. »

Elle fit mine de le gifler, les yeux brûlants. Il attrapa sa main au vol, embrassa sa paume, et la releva doucement, tandis qu'elle redescendait sa jupe en maudissant le ciel, Éros, et l'industrie pornographique en général.

Elle jeta un coup d'œil circulaire dans la salle. Elle était presque vide. Tout juste aperçut-elle un dos pas trop loin, penché au-dessus de son assiette. Le petit coin où les avait placés Kevin était en retrait. L'honneur était sauf. Michael n'était quand même pas fou. Alors qu'elle était totalement folle.

« Hanna.

— Taisez-vous.

— Vous êtes… terrible. »

Elle vit les yeux qu'il avait, à ce moment-là. Aucune lueur d'amusement, de moquerie, d'ironie, ou de quoi que ce soit d'autre de machiste ou de triomphant. Sa mâchoire contractée. Son air grave. Le pouls qui battait à la base de son cou.

Et elle sut que c'était une déclaration. La seule qu'il lui ferait jamais.

38

Hanna tapa le mot de passe de son compte Yahoo avec l'impression d'être un agent de la Stasi décodant des algorithmes dans une cave.

Ses doigts étaient aussi lourds que des enclumes. Il fallait qu'elle assure ses arrières, qu'elle donne de ses nouvelles à sa… famille.

Elle allait mentir, trahir. Manipuler des gens pour camoufler sa double vie.

Posée du bout des fesses dans le fauteuil confortable, elle se replia instinctivement au-dessus de l'ordinateur, comme pour dissimuler sa forfaiture. Autour d'elle, les tentures rouges grand siècle viraient au cramoisi de lupanar.

Si Marsha me voyait, se dit-elle. Si son amie la voyait organiser ainsi son adultère, s'apprêter à remplir perfidement quelques obligations familiales pour le masquer, quel discours lui tiendrait-elle sur l'amour, la liberté, le *carpe diem* et tout le bazar censé rendre la vie d'une femme plus harmonieuse ? Quel regard porterait-elle sur le mensonge, le même qui avait anéanti son propre couple, avec Andrew ?

Se taire était une chose. Mentir en était une autre. Se taire était inerte, inoffensif. Mentir était une organisation.

L'écran lui flasha en pleine figure la longue litanie des courriers qui s'adressaient à l'autre femme, la Hanna Reagan honnête et droite, heureusement mariée et responsable d'une petite fille de neuf ans qui la prenait pour exemple.

Au milieu des inévitables pubs, promos sur des produits de beauté, elle trouva ce à quoi elle s'attendait, et qui comme prévu lui fit sauter le cœur à travers la gorge.

Un message de Jeff datait de la veille, ou de cette nuit, Hanna ne savait plus, elle n'était plus foutue de calculer le décalage horaire.

L'objet en était : « *BIENTÔT....* »

Avec quatre points de suspension, comme un espoir, une impatience.

Elle cliqua dessus, et le mail s'afficha en pleine page. Comme d'habitude, Jeffrey lui avait écrit une vraie lettre, sans abréviations, avec les retours à la ligne, les sauts de paragraphe, les majuscules là où il fallait, sa signature à la fin. Jeffrey écrivait ses mails comme il l'aurait fait sur du papier vélin. Ce faisant, il prétendait perpétuer une tradition épistolaire qui, à son grand désespoir d'écrivain, se perdait dans les sinistres arcanes des disques durs et des cartes à puces.

Hanna retint son souffle, et lut la lettre de son mari.

Ma chérie,

Si tu voyais le ciel d'ici ! Un bleu presque turquoise, sans un nuage, et la ville qui y grimpe tout droit. Le soleil est froid et sec, je me balade dans les rues en m'imaginant te tenir la main...

Ici, tout est possible.

Kirk bosse quasiment à plein temps pour nous trouver l'appart idéal. Il en a une liste longue comme le bras... qu'il a long ! Je soupçonne mon frère d'être à la tête d'un trafic immobilier pour blanchir de l'argent sale ou je ne sais pas quoi, tant il rentre partout comme chez lui. Du loft d'artiste à Brooklyn au triplex sur Central Park, j'ai tout vu.

Évidemment, le triplex sur la 5ᵉ était juste l'occasion pour Kirk de faire un peu son malin, vu que même en vendant le cottage et les deux voitures on aurait à peine les moyens de payer deux mois de loyer...

Mais j'ai vu à quoi ça pourrait ressembler et, crois-moi, ça motive pour gagner le Pulitzer et les contrats qui vont avec.

Bref, mon frère m'organise des visites à la chaîne, ce qui est louable de sa part dans la mesure où il ne touchera pas de commission sur ce coup-là... Et quand ce n'est pas lui, c'est Sybil qui joue les guides. Elle s'ennuie tellement entre deux pédicures et un drainage du côlon qu'elle a renoué exceptionnellement avec le monde du travail, pour aider son malheureux beau-frère exilé chez les ploucs à retrouver un logement digne du standing de la famille.

Je prends des notes pour rédiger un bouquin sur l'architecture de Big Apple un de ces jours, il y a de quoi faire, et au moins j'optimise mon temps...

Hier, j'ai quand même eu le temps d'avoir un coup de foudre : un chouette appartement à TriBeCa, pas trop grand donc pas trop cher pour le coin.

J'ai visité. Deux chambres en bas avec salles de bains, un bureau, une cuisine de palace et un salon avec deux bow-windows comme tu aimes. Une mezzanine avec une grande pièce et une salle de bains. On pourrait faire soit une dépendance, soit un atelier si tu en as besoin. Je vais ressortir ma boîte à outils !

Enfin, voilà, j'aime bien. Personne d'autre n'est sur le coup, donc Kirk nous le garde au secret jusqu'à ce que tu viennes le visiter.

Je pensais que tu pourrais venir la semaine prochaine, d'après mes souvenirs Gail sera à Dearbly vers le 15 pour quelques jours, non ?

Tu me manques.

Dis-moi, je t'attends.

Je t'aime, Jeff

Hanna lâcha la souris qu'elle tenait entre ses doigts crispés, et sentit une larme débouler de son œil droit, s'insinuant dans la commissure de ses lèvres. De la langue, elle en attrapa le goût salé, paralysée dans son fauteuil Empire.

Son mari était heureux. Elle sentait son bonheur à travers chacun des mots qu'il lui écrivait.

Et si elle pleurait, ce n'était pas parce qu'elle avait honte d'elle-même, honte d'être là où ce mail arrivait sans savoir, dans un endroit où Jeff ne pouvait imaginer que ses mots d'amour la trouveraient.

Non, si elle pleurait, c'est justement parce qu'elle n'arrivait pas à avoir honte d'elle-même. Elle ne comprenait plus rien. Ce message venait de si loin, parlait à une autre qui devait être assise devant sa machine à coudre en Irlande, avec en fond sonore le sifflement d'une bouilloire et le ronronnement d'un chat.

L'autre Hanna, celle de Paris, était heureuse comme Jeff l'était à New York. Elle en avait le droit, elle l'avait décidé. Heureuse pour aujourd'hui encore, et la nuit qui viendrait. Ensuite, elle verrait, elle ne voulait pas y penser.

Il fallait qu'elle réponde à Jeff. Qu'elle le rassure, qu'elle partage son élan, qu'il continue à être heureux. Et bientôt, elle le rejoindrait. Mais pas ce jour, pas cette nuit. Ceux-là étaient pour un autre.

Changée en statue de sel face à l'ordinateur, elle se fit violence pour rassembler ses esprits, revenir là, vivante et organisée. Il était tôt, il y avait du passage dans le couloir, un peu plus loin. Des couples faisaient leur *check out* devant le comptoir en acajou. Elle regarda un homme signer un reçu tandis qu'une jeune femme recensait ses bagages à voix haute.

Demain, ce serait leur tour.

Mais elle n'avait pas de bagage ou si peu, elle partirait sans s'arrêter.

Il fallait qu'elle réponde à Jeff. Qu'elle le rassure.

Là-haut, Michael l'attendait. Et il savait très bien ce qu'elle était en train de faire. « Je descends relever mes mails », lui avait-elle dit, les yeux fuyants. Elle l'avait vu avoir un geste vers son ordinateur portable, puis se raviser. Non, ce n'aurait pas été bien. « OK, avait-il dit. Je vous attends là. »

Elle passa machinalement la main sous son gilet. Sa peau lui brûlait.

Hier soir, en quittant la Demi-Lune, ils avaient rapidement attrapé un taxi, s'épargnant la promenade réglementaire au clair de réverbère. La tête sagement posée sur son épaule, la main dans la sienne, Hanna écoutait les variations de la respiration de son amant. Il était si près, elle devinait à quoi il pensait, au fur et à mesure que l'hôtel se rapprochait.

Passé le coup de chaud sur la banquette du restaurant, elle se sentait étrangement sereine devant la nuit qui leur ouvrait les bras. Il y avait une espèce de confort, de certitude, qui s'était installé entre eux. Elle pouvait le toucher sans entrave, et elle savait qu'il n'avait plus aucune gêne envers elle.

Mais cette paix récente était bousculée par des fulgurances qui les remettaient à leur place : celle d'amants nouveaux, en découverte, en demande. Leur retour dans leur chambre en avait été une.

Sitôt la porte franchie, le désir l'avait emporté sur la fameuse douche qu'Hanna aurait dû prendre, son sas, son prétexte à recouvrer ses esprits de femme civilisée. Michael l'avait soulevée comme un fétu de paille et, tandis qu'elle s'accrochait à ses baisers, l'avait déposée sans trop de ménagement sur le bureau du salon. Ils avaient ôté elle ne savait plus bien comment ses bottes, ses collants et son charmant tanga en dentelle, puis il l'avait renversée entre le bloc-notes et le nécessaire à correspondance.

Cet amour impétueux avait ressemblé à leur première fois, cet été à Kinsale.

Plus tard, au lit, ils avaient parlé. Un peu. Dépassant plusieurs fois les limites autorisées.

« Votre mère dit que vous êtes un séducteur...

— Ma mère dit ça ? Je ne vois pas bien sur quoi elle se base. Une idée qu'elle se fait. »

Et puis, au petit matin, après un nouvel assaut voluptueux, ça avait été à son tour de franchir la ligne jaune.

« Où partez-vous ? » avait-il demandé, l'air détaché mais n'y tenant plus.

Hanna avait laissé passer une bouffée de silence, consciente de ce que poser une telle question pouvait lui coûter.

« New York.

— C'est bien. C'est différent.

— Vous connaissez ?

— Un peu. J'y ai bossé quelques mois. Dans un bar. J'étais jeune. Je voyageais beaucoup.

— Je sais. À l'époque, vous n'aviez pas peur de laisser votre mère.

— À l'époque, ma mère avait deux tibias en béton armé et elle n'hésitait pas à flanquer des baffes aux moutons pour les faire rentrer dans le droit chemin.

— Vous êtes vexé ?

— Un peu. Mais surtout, j'aimerais bien ne pas être le sujet de conversation favori entre ma mère et vous. Si vous voyez ce que je veux dire.

— Je vois. Vous croyez qu'elle… Enfin, qu'elle s'est doutée de quelque chose, à Kinsale ?

— Il aurait fallu être aveugle. Elle a de mauvaises articulations mais de très bons yeux.

— Michael…

— Oui ?

— Rien. »

Elle avait fermé les yeux sur tout un tas de mots qui lui venaient à l'esprit, et il avait repris sa caresse là où il l'avait laissée. Ils avaient dormi un peu, puis la seconde nuit s'était achevée.

Ce matin, devant l'écran qui s'était mis en veille, Hanna se frotta les bras avec le plat des mains, en appuyant bien fort. Elle avait froid. Il fallait qu'elle se réveille.

Il fallait qu'elle réponde à Jeffrey. Qu'elle le rassure. D'un doigt glacé, elle enfonça la touche Répondre.

Re : BIENTÔT….

Mon chéri, il me tarde…

39

Hanna n'avait jamais eu la fibre religieuse, ce qui était le moins qu'on puisse dire. Son adolescence avait fait naître une révolte silencieuse contre les dogmes qui à son sens n'avaient que trop mis l'Irlande catholique et l'Irlande protestante à genoux, au point qu'elle se demandait qui de la religion ou de la politique les avait le plus saignées.

Pourtant, la vue d'un vitrail peint il y a des siècles, d'une menora tendant les bras au ciel ou d'un cuir travaillé recueillant des sourates à la calligraphie ciselée l'émouvait toujours, d'une manière purement esthétique. Les objets du culte étaient avant tout des œuvres d'art.

Cet après-midi à Paris, dans la cathédrale Notre-Dame, elle fut saisie par une puissance qui lui donna l'impression de grandir. Physiquement. Cette immensité qui ne pouvait se contempler qu'en levant la tête la tirait vers le haut.

Et il y avait ces silhouettes sur les prie-Dieu, abîmées dans leurs dévotions, indifférentes au flot des touristes qui remontaient la nef le nez en l'air, appareil photo sur le ventre.

L'orgue dispensait ses notes traînantes, les flammes des bougies dansaient en spirale. Deux euros pour faire un vœu. Hanna en alluma deux, qu'elle dédia à Patti et à Marsha. Après tout, pourquoi pas. Et puis ça amuserait Marsha, quand elle lui raconterait que la mécréante qu'elle était avait prié pour son salut.

« Pour ma nièce et mon amie », se crut-elle obligée de préciser à Michael, amusé par tant de piété.

Puis elle voulut sortir. Elle se sentait de trop, oppressée par la foi des autres. Quand ils se retrouvèrent sur le parvis, elle avait presque la larme à l'œil.

« C'est une drôle d'expérience, se justifia-t-elle.

— Touchée par la grâce ?

— Non, plutôt dépassée par le gigantisme. J'avais l'impression que les murs allaient s'abattre sur moi en découvrant que je ne suis pas croyante et que je n'ai rien à faire ici. Leur bon Dieu devait me voir comme un moucheron dans une tasse de lait. »

Michael la regarda avec un sourire gentil, mais un peu… moqueur, s'aperçut-elle.

« C'est votre grand truc, ça, dit-il.

— Quoi ?

— Le coup du moucheron dans la tasse de lait.

— Allez-y, parlez-moi de ma paranoïa, ne vous gênez pas. »

Il rit. Elle était presque vexée.

« De la parano, non, la rassura-t-il. C'est juste que vous avez souvent le sentiment de ne pas être au bon endroit. Je me trompe ?

— C'est l'impression que je vous donne ?

— Entre autres. Vous me donnez beaucoup d'impressions.

— Et pourtant, depuis deux jours, je me sens au bon endroit. Comme je l'ai rarement été. »

Michael s'arrêta, la regarda gravement.

« Hanna. Pas de ça.

— Je sais. »

Elle eut un sourire triste. Ce n'était pas une déclaration d'amour, mais ce n'était pas loin.

« Ne nous engagez pas dans ce truc-là, insista-t-il.

— Il nous reste si peu de temps…

— Justement. Ne le perdons pas en débats qui ne serviront à rien. Il faut profiter, c'est tout. Je ferai tout ce que vous voudrez, mais je ne veux pas vous voir triste.

— Vous ne l'êtes pas, vous ?

— Je ne veux penser à rien d'autre que ce que j'ai en face de moi, en ce moment. Et ce que je vois, c'est une jeune femme terriblement jolie qui veut bien de mes caresses quand elle est toute nue. Et la plus belle cathédrale du monde juste derrière elle. Je suis un veinard, c'est tout ce que je pense. »

Elle haussa les épaules, et se dressa sur la pointe des bottes pour l'embrasser. Autour d'eux, des nuées de pigeons dessinaient des hologrammes dans le ciel. Une vraie lune de miel, se dit-elle. Mais dans sa tête d'amoureuse, le compte à rebours avait commencé.

« Ce soir, je veux rester dans la chambre. Rien qu'avec vous. Je ne veux pas sortir.

— Je comptais vous emmener à l'Opéra. Comme dans *Pretty Woman*, vous voyez.

— Vous aurez une voiture avec chauffeur et une rose entre les dents ?

— Tout ce que vous voudrez.

— Le film finit bien, lui.

— Hanna.

— Je me tais. »

Ils reprirent leur marche bras dessus bras dessous, vers les quais de Seine où les bouquinistes avaient ouvert leurs coffres à merveille.

Michael acheta deux livres, *Belle du Seigneur* et *L'Écume des jours*, dont les couvertures cartonnées étaient chiffonneuses à force d'avoir été pliées par tant de mains au fil des années.

« Et vous… dit-elle pour reprendre un fil de conversation. Vous lisez autant que Zelda ? Que votre mère…

— Oui, elle m'a transmis le goût. Mais à son grand désespoir, je ne suis pas très "classiques", ça me rappelle les quatre murs de la fac. Je préfère les bouquins modernes, les polars psychologiques… »

Hanna se mordit la langue. « Mon mari Jeffrey Reagan écrit des polars », voilà ce qu'elle avait failli dire automatiquement. Elle eut l'impression d'être absorbée par un trou noir. Peut-être que Michael avait lu un roman de Jeffrey… Il s'aperçut de son trouble.

« J'ai lu *La Boîte de Pandore*, dit-il, flegmatique. Pas la peine de tourner autour du pot.

— C'est… ça fait bizarre, articula-t-elle, vidée.

— Il vous est dédié. J'en ai pris conscience, il n'y a pas très longtemps. »

Elle hocha la tête sans rien dire. Pourquoi faisait-il cela ? Pourquoi transgressait-il les règles qu'il avait lui-même édictées ? Elle le regarda payer ses bouquins à une vieille dame assise sur un tabouret. Tranquille, comme si de rien n'était. Comme s'ils n'avaient pas parlé de Jeff, juste maintenant.

Puis elle comprit. En convoquant son mari sur ce quai de Seine, il la préparait à rentrer dans le droit chemin. Elle resta un moment silencieuse, entre deux eaux. Puis Michael se tourna vers elle, et lui mit quelque chose dans la main. Elle tressaillit, sortant de sa léthargie.

« Pour vous », dit-il simplement.

C'était un petit miroir rond, un miroir de sac. Au dos, un détail d'un tableau de Toulouse-Lautrec, une envolée de jambes dans un french cancan typique.

« Quand vous regarderez là-dedans, vous verrez un joli visage qui n'a rien à voir avec un moucheron dans une tasse de lait. »

Elle lui sourit, toujours muette. Dans ce miroir, elle passerait probablement de longues minutes à chercher le reflet de Michael, à l'avenir.

Il prit sa main et la porta à sa bouche, un frémissement lui parcourut le dos. Ils reprirent leur marche enlacés le long des boîtes vertes, en direction du soleil qui tombait sur le bois du pont des Arts.

« Regardez ! » dit soudain Hanna.

Parmi d'autres vieux magazines précautionneusement emballés dans des pochettes en plastique et suspendus par des pinces à linge, le visage de Marilyn regardait vers eux en gros plan.

C'était un numéro original de *Paris Match*, daté du 18 août 1962. « *Elle avait accordé à Match deux jours avant de mourir l'autorisation de publier sa confession* », lut Hanna en s'approchant.

« Regardez ! » répéta-t-elle, excitée.

Michael eut-il l'air un peu surpris par tant d'empressement ? Ou fronçait-il les sourcils sur ce qu'il n'avait pas trop envie de voir ? Elle n'aurait su dire.

« C'est un très vieux numéro, dit-il. Rare, sûrement. »

Elle tenta de déchiffrer l'air qu'il avait, mais n'y parvint pas. Michael était impénétrable. Ni surpris, ni gêné, ni particulièrement intéressé. Neutre. Absolument neutre.

« Je vais l'acheter pour Gail, elle sera folle de joie, lança-t-elle.

— Votre sœur sait que vous êtes à Paris ? objecta-t-il, avec une pointe d'ironie.

— Non.

— Ça va être compliqué de lui rapporter un journal français, alors… »

En effet. Elle réfléchit deux secondes. « Je lui dirai que je l'ai trouvé sur Internet. » Elle mentait. Le magazine était pour elle. En échange d'une trentaine d'euros, elle le mit dans son sac vite fait, avec autant de scrupules que pour un rouge à lèvres qu'elle aurait volé dans un magasin.

Une fois cette sorte d'acte illicite accompli, Hanna se sentit étrangement protégée. Ce magazine, ce mystère qu'il cachait et dont elle était sûrement l'unique dépositaire, avait quelque chose de familier. Sur la couverture, c'était elle que Marilyn regardait.

Elle aspira une grande goulée d'air frais venu du fleuve qui courait tout du long, à contresens, et, levant le menton au vent léger, embrassa Paris.

On était en janvier, en milieu d'après-midi, sous un soleil pur et sec, et elle se sentait immensément privilégiée. Car elle avait deux secrets, rien qu'à elle : Marilyn, abritée à Kinsale, et cet homme à côté d'elle, son fils, si beau, si tendre, si ardent.

Parce qu'elle en avait le droit, elle enlaça son amant, collant le front contre son torse, respirant sa peau à travers les filtres de ses vêtements d'hiver.

Elle avait besoin de son contact, de son corps contre le sien, tant qu'elle pouvait l'avoir.

Au fond, elle se fichait bien qu'il soit le fils d'une énigme, l'enfant d'un complot. Ou pas. Tout ça n'avait plus aucune importance.

Elle l'aimait, et c'était tout.

Au matin du dernier jour, alors qu'elle était sur lui et qu'une jouissance menaçante lui creusait les reins, elle se pencha jusqu'à toucher son nez avec le sien.

« Je vous aime », murmura-t-elle à la commissure de ses lèvres.

Il la foudroya de ses yeux métalliques.

« Michael, je vous aime… Je vous aime… »

La digue avait rompu.

Elle psalmodia tous les mots malheureux jusqu'à ce qu'il la fît taire, mordant sa bouche et la faisant basculer pour reprendre sa place sur elle.

Puis, après une seconde infinie où tous deux, haletants, se dévorèrent des yeux, il acheva de l'envoyer au ciel dans une sorte de rage inconsolable.

40

Elle passa un long moment dans la salle de bains, assise à pisser des lames de rasoir.

C'était fini. De l'amour, il ne restait plus que la douleur physique. Son ventre lui faisait mal, comme bourré de coups de poing. Ses seins étaient gonflés, sa bouche enflée. La peau de ses joues était si sèche qu'elle boulochait sous les frottements machinaux de ses doigts glacés. À l'intérieur de ses cuisses diaphanes, ses veines se nouaient en un faisceau bleuté. Elle tremblait.

Qu'avait-elle dit ? Pourquoi ne pas avoir respecté les règles, pourquoi avoir ouvert la porte à la souffrance en prononçant les mots de trop, ceux qui changeaient tout, ceux qui d'une escapade faisaient un drame ?

« *Je vous aime.* »

Qu'allaient-ils faire de ça, tous les deux ? Devaient-ils maintenant se taire, pendant le temps si bref qui leur restait ? Dans quatre heures, Hanna serait dans l'avion. Les adieux la terrifiaient.

Elle ne pouvait pas, non, elle ne POUVAIT pas. Il fallait qu'elle le lui dise.

Quand elle sortit, les cheveux mouillés, frissonnant dans son pull marine trop grand, Michael n'était plus dans la chambre. Le lit était vide, ouvert sur le champ de bataille qu'il avait été et qu'il ne serait plus.

Affolée, elle dévala pieds nus l'escalier en colimaçon. L'ordinateur portable était là, la valise aussi.

Il n'était pas parti.

Elle enfila ses baskets en tremblant sur les lacets. Claqua la porte derrière elle.

Michael était dans le salon du petit déjeuner, où des couples si différents du leur chuchotaient au-dessus de la porcelaine. Combien d'entre eux s'aimaient-ils follement, combien d'autres avaient-ils trouvé la paix des sentiments ? L'espace d'une seconde, Hanna les détesta tous, ces naïfs qui croyaient que l'amour était si facile.

Elle s'assit en face de son amant, le regardant décapiter son œuf coque dans un état de sidération. Elle sentait ses seins monter et descendre sous son grand pull, sous l'empire d'une respiration qui partait dans tous les sens et qu'elle n'arrivait pas à réguler.

Michael lui jeta un œil et, dans une soudaine prise de conscience, elle put voir les dommages que lui avaient causés ces deux jours et trois nuits. Avec une acuité saisissante, elle vit la fièvre dans ses yeux, ses cernes autour, les plis de fatigue sur son front. Et la barbe de trois jours qui lui mangeait les joues. Il soupira, jetant la cuillère sur la table dans un petit geste d'abandon.

« Hanna…

— Je vous aime. Et vous m'aimez aussi. »

Il la fixa un long moment, la mâchoire crispée, une petite veine battant sur sa tempe. Les yeux égarés,

Hanna parcourut son visage à la recherche d'une réponse, d'un signe, se posant sur sa bouche, caressant ses joues. Il se pencha pour attraper ses mains glacées qu'elle tenait jointes entre ses cuisses. Poussa un nouveau soupir.

« Hanna. Ce qu'il y a entre nous n'a rien à voir avec l'amour. L'amour, c'est ce que vous portez à votre famille, à votre... mari. À ceux que vous connaissez suffisamment pour les aimer. Et être heureuse avec eux. Vous ne me connaissez pas. Vous n'avez eu que le meilleur de moi. Et j'ai eu le meilleur de vous. Gardons ça.

— Je vous aime », répéta-t-elle, butée.

Il fallait qu'il se le mette dans le crâne. Il pourrait dire tout ce qu'il voudrait, elle ne renoncerait pas à ça.

Il secoua la tête.

« Ce n'est pas de l'amour. C'est de la passion. Et la passion fait souffrir, mais finit par mourir. Vous êtes suffisamment renseignée pour le savoir. Ni vous ni moi ne supporterions le quotidien, après ça. Et je ne veux pas me réveiller un matin sous votre regard indifférent. »

Hanna eut un petit rire ironique.

« Ma sœur parlait comme vous, dit-elle. Le quotidien, les poils dans le lavabo... Et puis elle a changé d'avis, parce qu'elle est tombée sur le bon type, et qu'elle aime tout de lui...

— Vous ne connaissez pas tout de moi...

— Je ne veux pas partir, le coupa-t-elle, fiévreuse. Je vais quitter mon mari. Je veux rester avec vous.

— Je ne suis pas un homme avec qui on reste, Hanna. J'aime ma liberté. J'aime m'en aller. Je ne veux pas d'attaches. Pas de mariage. Je n'ai jamais voulu d'enfants, je n'en aurai jamais.

— Je ne peux pas en avoir.

— Vous avez une famille. »

Il lui serrait les mains au point de lui faire mal, martelant de temps en temps la petite table marquetée dans un bruit mat, pour appuyer son propos, la convaincre. Mais elle n'en avait cure. Alors il lui assena l'estocade.

« Et ma mère a raison, j'aime le jeu de la séduction, c'est tout ce qui m'intéresse. J'aime les femmes. »

Anéantie de jalousie, Hanna sentit ses yeux s'emplir d'une eau acide, les deux en même temps. Elle hocha la tête, regardant ailleurs, sans tenter d'arrêter les larmes qui traçaient leur sillon chaud.

« C'était un jeu ? demanda-t-elle, d'une voix plus forte qu'elle ne l'aurait voulu. Le baiser devant la fontaine Médicis, tout le cirque, c'était un jeu ? »

Michael lâcha ses mains, se recula sur la banquette en murmurant quelque chose, un borborygme qui ressemblait à « Et merde ».

« Non, admit-il. Ce n'était pas prévu.

— Vous avez déjà fait ce coup-là à… une autre ?

— Jamais. Avec une autre que vous, je serais resté, ce matin-là. Sans scrupules. Et sans tout… le cirque, comme vous dites. »

Hanna essuya une larme d'un revers de main. Elle était perdue. Il disait tout et son contraire : il était un séducteur qui n'avait pas cherché à la séduire. Pas elle.

« Pourquoi ? dit-elle, d'une voix à peine audible. Pourquoi avec moi vous… vous n'êtes pas resté, ce matin-là ? »

Michael se mit à pianoter du bout des doigts sur la table, regardant ailleurs pour tenter de s'échapper. La discussion ne lui plaisait pas. Il toussa dans son poing fermé, pour gagner du temps, puis la regarda enfin en face.

« Parce que je me suis dit que vous étiez peut-être la femme de ma vie. Celle pour qui je pourrais renoncer à tout. Et qui finirait par m'en vouloir d'y avoir renoncé. Vous savez comment ça se passe. On tombe amoureux de quelqu'un pour ce qu'il est, et il change pour vous, en croyant bien faire. Et on aime moins ce qu'il est devenu. C'est l'histoire de tout le monde. Je suis sûr que c'est aussi la vôtre. »

Au bord du précipice, Hanna vit l'image de Jeff flotter dans l'air entre eux. Michael avait probablement raison. Peut-être cherchait-elle en lui ce qu'elle avait perdu à Dearbly, quelque part entre la salle de bains et le bureau où son mari écrivait des romans sans ambition.

L'excitation. L'admiration. La dévotion. En étant si proche d'elle, en perdant ses mystères, Jeffrey l'avait privée de ces sentiments-là. Zelda avait raison. Marsha avait raison. Michael aussi. Mais ce n'était pas ce qui comptait maintenant.

Ce qui importait, c'est que son amant venait de lui faire une déclaration d'amour. « La femme de ma vie… »

Une grosse bouffée de chaleur remonta de son ventre en vrille pour venir mourir dans sa gorge ; elle expira l'air lentement, dans ses deux mains en coupe où elle avait enfoui son visage. Au-dessus de ses doigts, ses yeux ne lâchaient pas Michael. Elle essuya de nouvelles larmes, renifla dans un hoquet.

Il lui tendit une serviette. « C'est du tissu, objecta-t-elle bêtement.

— On s'en fout. »

Elle se moucha consciencieusement dans le coton brodé. Autour d'eux, le salon se vidait, les couples quittant leurs tables dans un bruit de couverts, sans qu'elle sût s'il y avait un lien de cause à effet. Elle finit de s'essuyer le nez avec l'impression d'avoir le visage bouilli.

« Je ne veux pas vous quitter », dit-elle en roulant la serviette en boule.

Michael fit tinter une fourchette sur son assiette vide, comme pour sonner la fin de la récré.

« Il faut appeler un taxi, dit-il. Vous allez rater votre avion. »

Il remua sur sa chaise. C'était fini, il allait partir. Éperdue, Hanna le rattrapa par le poignet avant qu'il ne se lève.

« Mais pourquoi ? dit-elle, sentant la rage prendre le pas sur le chagrin. Pourquoi s'infliger ça ? Je vous aime, vous m'aimez, je le sais. C'est simple. Nous pourrions rester ensemble, voyager, vivre heureux toute notre vie !

— Ça ne marche pas comme ça, Hanna. Voilà ce qui se passe, en vrai : vous avez souffert, vous avez failli mourir il n'y a pas si longtemps. Et vous avez imaginé que cet accident était un signe, qu'il vous obligeait à évoluer, à tout changer... que d'avoir une nouvelle vie était un devoir par rapport à ceux qui y étaient restés... Et vous m'avez trouvé sur votre chemin, ç'aurait pu être un autre.

— Ce n'est pas vrai ! »

— La vérité, Hanna, c'est que vous n'êtes pas obligée de tout changer. Ce qui vous rendait heureuse avant votre accident est toujours autour de vous, mais vous ne voulez plus le voir... Au lieu de ça, vous me regardez moi comme si je représentais une espèce de rédemption ou je ne sais quoi...

— Ce n'est pas vrai... »

Elle serra les dents. Elle avait si mal. Michael sembla hésiter un moment, puis continua.

« Et puis, il y a cette histoire avec ma mère », lâcha-t-il.

Hanna s'arrêta de respirer, tétanisée. Zelda... Que voulait-il dire ?

« Vous vous faites je ne sais quel film à son sujet. Vous la fantasmez parce qu'elle a osé tout laisser tomber pour changer de vie. Vous la prenez comme exemple, comme une sorte de guide qui a le mode d'emploi du bonheur. Marilyn... »

Il sourit tristement en secouant la tête.

« Quelle belle histoire vous vous faites ! Dans la réalité, c'est autre chose. Une femme qui a décidé de s'exiler, de ne se consacrer qu'à son fils. Imaginez le poids que j'ai sur les épaules... Je n'ai jamais vu ma mère heureuse avec un homme, je ne lui connais que peu d'amis. Pas de voyages, jamais, juste ce bout de falaise où personne ne vient... Comment voulez-vous que moi je n'aie pas envie de prendre le large ? »

Hanna n'osait rien dire, rien demander, pour ne pas interrompre la confession de l'homme qu'elle aimait.

Perdu dans ses pensées, il semblait regarder à travers elle.

« Ma mère ne se laisse jamais atteindre. Elle ne fait confiance qu'à Edwyn Collins, parce qu'il est sorti du même moule qu'elle. Un costaud qui a tout plaqué. Même sa femme et ses gosses, ça, je parie qu'il ne vous l'a pas dit ?

— Non…

— Eh bien si. Pour refaire sa vie, il faut parfois être un putain d'égoïste. »

Hanna baissa les yeux. Elle avait saisi le message. Il lui était destiné, bien sûr. Mais il parlait aussi de Michael, de son refus de s'engager, de sa crainte de tout envoyer valdinguer un jour et de blesser quelqu'un qui l'aime.

« Zelda n'est pas égoïste, objecta-t-elle doucement. Elle vous aime tant. Et moi, elle m'a aidée…

— C'est bien là le problème. Ma mère m'aime trop. Aussi loin que je m'en souvienne, j'ai toujours eu la trouille de la décevoir… C'est lourd, l'amour, quand on vous file tout le paquet. »

Il la regarda quelques secondes. C'est bon, elle avait compris. Puis il reprit :

« Vous êtes une des rares personnes à qui elle ait ouvert sa porte. En vivant avec vous ces deux jours, j'ai compris pourquoi. Vous et elle, vous êtes remplies de la même colère.

— De la… colère ? »

Hanna ne comprenait pas. La connaissait-il déjà si bien qu'il avait pu déceler en elle une colère dont elle n'était même pas consciente ?

Il acquiesça.

« Vous êtes toutes les deux en colère contre votre passé. Votre enfance. En ce qui concerne ma mère, sa colère touche aussi à l'Amérique, à sa vie d'avant. Alors que vous, c'est là-bas que vous placez vos espoirs. La boucle est bouclée.

« — Michael. Dites-le-moi, à moi.

— Quoi ? » dit-il, sur la défensive.

Allait-elle lui demander de lui dire qu'il l'aimait ? Elle prit son élan, jouant son va-tout.

« Dites-moi. Est-ce que Zelda est… Marilyn ? J'ai besoin de savoir, pour vous comprendre. »

Michael ferma les yeux, un petit sourire sur les lèvres. Il secoua la tête quelques secondes, soupira puis rouvrit les yeux.

« Voilà le conte extraordinaire dont vous avez besoin. L'histoire de la plus incroyable des rédemptions. »

Il lui prit de nouveau les mains, et s'approcha tout près de son visage.

« Et ce conte-là, conclut-il, c'est à travers moi que vous vous le racontez. »

Hanna sentit sa respiration s'accélérer de nouveau, les larmes monter encore.

« Je ne me sers pas de vous, souffla-t-elle. Michael, je vous aime. Je vous aime vraiment. »

Il embrassa ses mains tremblantes. L'ultime baiser avant le vide qui s'ouvrait sous leurs pieds.

« Je le sais, chuchota-t-il. Je vous jure que je le sais. »

La suite se déroula par flashs. Il alla commander un taxi à la réception, elle monta dans la chambre réunir ses affaires. Elle évita les miroirs.

Il ne la suivit pas. Ils savaient tous les deux qu'ils ne devaient plus se trouver dans la même pièce, maintenant.

Quand elle redescendit, le taxi était là qui l'attendait. Elle regarda autour d'elle, fit quelques pas au hasard. Michael avait disparu.

41

Marsha récupéra un sac de larmes à l'aéroport de Cork. Hanna était vidée. Durant tout le vol, elle avait lutté, hagarde, contre le sommeil que prétendait vouloir lui assener le Valium qu'elle avait avalé dans le taxi.

Son amant était loin, n'existait plus.

Son corps à elle était seul, ramassé sur un coin de la banquette arrière.

Elle fixait obstinément ses mains, les voyant comme deux oiseaux morts sur ses genoux.

Qu'allait-elle faire d'elle-même, elle ne le savait pas, n'arrivait à rien envisager, même pas son retour dans sa propre maison, même pas ses retrouvailles avec Patti, bientôt. Ses fonctions vitales étaient au point mort. Tout juste arrivait-elle à maintenir une respiration correcte pour survivre.

« Tu as une tête de balai de chiottes, résuma gentiment Marsha. Viens, on va boire une bière. »

C'était plutôt l'heure du thé et Hanna n'avait qu'un cachet dans l'estomac, mais elle se laissa entraîner par son amie dans un bar de l'aéroport.

La mousse amère dégringola derrière ses poumons en une vague de chaleur qui la grisa immédiatement.

« Je veux mourir, annonça-t-elle à Marsha, ce qui était les trois premiers mots qu'elle prononçait depuis quatre ou cinq heures.

— C'est officiel ?

— Oui.

— Bon. Tu regrettes ?

— Non. »

Comment aurait-elle pu regretter quoi que ce soit ? Les bras de Michael, son corps sur elle, sa main dans la sienne… Tout ça valait bien quelques larmes. Elle se sentait déchirée, comme la plaie ouverte sur sa jambe après son accident de voiture. Les pires blessures ne sont pas celles que l'on croit.

« Tu veux me raconter ?

— Oui », répondit Hanna, mais elle ne dit rien.

Marsha la regarda attentivement, mesurant l'étendue des dégâts.

Elle avala une longue goulée de bière et décida d'y aller au bluff, pour pousser son amie à se dévoiler.

« Donc, le fils prodigue s'est comporté comme un sadique, dit-elle. Il a bien profité de toi puis t'a jetée comme une fille de joie…

— Non ! » Hanna se réveilla, hébétée. « Non, c'était… C'était… » Elle secoua la tête, cherchant le mot qui aurait pu le mieux définir les deux jours et trois nuits qu'elle venait de passer. Il n'y en avait pas.

« On s'aime, résuma-t-elle. Lui et moi, on s'aime.

— Merde. Et qu'est-ce que tu fous là, alors ?

— Je rentre chez moi. »

Marsha tapota son verre avec ses longs ongles carminés.

« De mon temps, quand on s'aimait, on ne pleurait pas et on restait ensemble. À moins de s'appeler

Roméo et Juliette... Évidemment, tu es mariée, mais dans la vie on a droit à plusieurs chances, de nos jours... J'ai beaucoup de respect pour Jeffrey, mais je déteste la tête que tu as.

— Ce n'est pas possible.

— Qu'est-ce qui n'est pas possible ? Écoute Hanna, toi qui fais un drame de ne pas avoir d'enfants, pour une fois, c'est une chance. Toi et Jeffrey, vous n'êtes que deux adultes sans autre responsabilité... En plus, vous n'auriez même pas à divorcer, puisque vous n'avez jamais fait enregistrer votre mariage en toc chez Elvis, je me trompe ? »

Hanna étira un coin de ses lèvres, l'ébauche d'un sourire amer.

« Je ne vais pas quitter Jeff, dit-elle d'une voix traînante.

— Et pourquoi, Mère Teresa ? Tu te découvres une vocation sacrificielle ?

— J'aime Jeff.

— J'y comprends rien. Viens, on va récupérer la voiture avant que l'alcool ne me passe dans le sang... »

Le chat de Patti miaulait dans sa caisse de transport sur la banquette arrière. Hanna fut surprise : elle l'avait oublié. Tout comme elle avait oublié la couleur de la Rover de Marsha, et tout un tas de petits détails de sa vie d'avant.

« Il est con, celui-là, dit Marsha en s'installant au volant. Tu sais qu'il bouffe avec sa patte et qu'il pisse dans la baignoire ? Tais-toi, Pollock. »

Hanna éclata de rire.

« Pollock... N'importe quoi ! Baal-Moloch.

— Tu ris ! »

Marsha était ravie.

« Oui, dit Hanna, et je t'aime pour ça.

— Décidément, tu aimes beaucoup de monde en ce moment.

— De façon différente.

— J'espère bien. Je n'ai aucune intention de coucher avec toi, même pour te changer les idées. »

Hanna rit de nouveau. Le barrage qui contenait en elle toutes ses émotions avait cédé. Marsha le sentit bien, qui amorça son interrogatoire d'un ton alerte.

« Alors, dit-elle. Tu aimes ton mari et tu aimes ton amant… Explique-moi : c'est quoi, la différence entre les deux ? Il y en a forcément une. Parce que pour moi, c'est juste pas possible, ton truc. »

Hanna fixa la route qui dévalait sous la voiture.

« Michael dit qu'entre nous ce n'est pas de l'amour… mais de la passion.

— C'est souvent comme ça, au début. Je me souviens que quand Andrew partait en déplacement, je mettais ses slips. Paix à son âme.

— C'est pas vrai, s'étouffa Hanna.

— Donc tu as de l'amour pour ton mari, et de la passion pour ton amant. Je vois le truc. L'attrait de la nouveauté, les délices de l'interdit, tout ça… Ça ne dure qu'un temps.

— Tu parles comme lui… Moi, je ne crois pas. Il y a autre chose… C'est comme si je l'avais toujours attendu, sans savoir qu'il était quelque part. Maintenant que je le sais, je me sens vide sans lui. Je suis sûre qu'il y a des couples, comme ça, qui s'aiment toute leur vie.

— Comme tu es fleur bleue, ma chérie ! Ça, c'était avant Internet ou les clubs de vacances à Ibiza. »

Hanna sourit, garda le silence quelques instants. L'image de Michael lui prenait toute la tête. Son sourire, le duvet brun sur ses poignets. Lui en elle. Elle serra les jambes, frémit.

« Il me manque, lâcha-t-elle, misérable. J'en ai mal, Marsha… J'imagine ce que ressentent les drogués. »

Marsha lui jeta un œil en biais.

« C'est complètement con, cette histoire. Les amours impossibles dans des grandes envolées de violons, ça m'a toujours fait suer… Bordel, c'est quoi cette vision exaltée du romantisme qui dit que l'amour fait souffrir, parce que oh mon chéri nous n'avons pas le droit et tout le tralala ? Tu t'aimes, tu te maries, tu te reproduis et puis c'est tout, c'est simple, c'est comme ça la vie.

— J'en rêve. Mais lui non… »

Hanna appuya sa joue contre la vitre glaciale. Elle avait froid, mais cela la maintenait en vie.

« Il m'a emmenée sur les quais de Seine, voir les bouquinistes, dit-elle. Il faisait beau… À un moment, j'ai mis ma tête dans son cou, le nez dans son écharpe. Il sentait… son odeur à lui. À ce moment-là, quand je l'ai respiré, je me suis dit que c'était un instant… parfait. »

Marsha hocha la tête.

« Traque-le, dit-elle. Traque-le, et épouse-le, ton prince charmant. »

Hanna sentit une larme glisser dans son cou.

« Jamais, répondit-elle. Je ne lui ferai jamais ça. »

À l'arrière, le chat miaula, et elle prit conscience qu'en fait il n'avait pas arrêté durant tout le trajet. La Rover s'engagea sur le chemin de gravier.

Hanna rentrait chez elle.

Un deuxième Valium eut raison de ses dernières résistances. Elle n'avala rien au dîner, dans la cuisine vide, mais remplit la gamelle de Baal-Moloch qui commença son manège avec flegme, se servant de sa patte pour s'envoyer des boulettes dans la gueule. Hanna, elle, n'aurait rien mangé aujourd'hui.

Elle voulait juste dormir. Traverser les pièces jusqu'à sa chambre en courbant l'échine, pour ne pas regarder les murs et les meubles familiers. Sa propre maison l'écrasait. Elle s'y sentait étrangère.

Elle ne voulut pas prendre de bain non plus, rien faire qui puisse la maintenir consciente de là où elle était.

Elle se recroquevilla dans son lit trop mou, et passa une nuit de plomb.

Le lendemain matin, elle émergea en même temps que le jour. Elle avait oublié de fermer les volets. Dépliant ses jambes qui n'avaient pas changé de position depuis qu'elle s'était endormie, elle ressentit une vive douleur dans son dos, ce qui lui donna un excellent prétexte pour pleurer.

Couchée à plat ventre, le visage enfoui dans son oreiller, elle appela Michael à voix basse. Où était-il ? Que faisait-il ? Pourquoi n'était-il pas là, avec elle ? Elle était jalouse de chaque particule d'air qui touchait le corps de son amant, elle haïssait chaque passant qui dans les rues de Paris le verrait à sa place.

Ce n'était que le début de son enfer. Il y aurait d'autres matins comme celui-ci, où elle s'éveillerait sans lui. Tous les autres. Jusqu'à ce qu'elle oublie l'odeur de sa peau.

Il fallait qu'elle se ressaisisse. Dans deux ou trois jours, Patti et Gail seraient là.

Elle devait se doucher, s'habiller, manger. Se préparer à retrouver une posture humaine.

Cet après-midi, elle irait travailler à Cork, pour éloigner d'elle toutes les pensées cruelles.

Elle alla chercher dans son sac le petit miroir rond que Michael lui avait donné, sur les quais. Elle s'imagina qu'il la voyait à travers, que la vie était magique, qu'elle devait lui offrir un joli visage. C'était raté. Elle aperçut ses yeux bouffis par le chagrin et les cachets, et décida qu'il fallait réparer tout ça.

Le chat réclama de nouveau à manger, et elle commença son plan de sauvetage en avalant un bol de céréales en même temps que lui. Elle détestait ça, ces trucs tout mous qui trempouillaient dans du lait. Mais elle prit cette punition comme le commencement d'une discipline qu'elle devait s'infliger pour survivre, heure après heure, jour après jour. Remplir son estomac, travailler, dormir. Elle ne tiendrait debout qu'à ce prix-là.

Le téléphone de la chambre sonna alors qu'elle sortait de la douche, le corps lavé de tous les stigmates de son adultère. La sonnerie la transperça comme un glaive. Michael... Mais ça ne pouvait pas être lui, il l'appellerait sur son portable...

D'ailleurs, il ne l'appellerait pas du tout.

« Ça va ? dit la voix de Marsha. Je voulais juste vérifier...

— Que je ne me sois pas foutue en l'air pendant la nuit ?

— Tu n'es pas comme ça, ma chérie. D'ailleurs, si j'avais eu le moindre doute là-dessus, j'aurais couché dans ton lit.

— J'ai dormi, dit Hanna. Et je viens de m'enfiler un kilo de Cheerios.

— Suicide au sucre et à l'huile de palme, c'est bon, ça... Tu viens à la boutique, cet après-midi ?

— Oui, j'allais t'appeler. »

Hanna laissa passer une seconde.

« Mais, Marsha... Je ne veux plus parler de... ça.

— Comme tu veux.

— Il faut que je commence à oublier.

— Comme tu veux, répéta Marsha. C'est ta vie. Mais tu sais que si tu as besoin d'un bon coup de pied au cul, je suis là.

— Je sais...

— Bon, fit Marsha. Bon. Mais alors, avant de t'enfoncer dans le mutisme, il faut quand même qu'on aborde un sujet qu'on n'a pas évoqué hier, avec tout ça ! »

Hanna soupira. Marsha allait-elle lui parler contraception, sida, orgasme... Qu'elle aborde le sujet de la façon la plus grivoise possible, c'était le seul moyen de le désacraliser... Et qu'on n'en parle plus.

« Quoi ? fit Hanna, prête à tout.

— Eh bien, notre enquête. Marilyn ! Tu as obtenu des infos, avec ton sacrifice ? »

Hanna n'était pas soulagée. Parler de ça la mettait mal à l'aise, maintenant.

« Je lui ai demandé, dit-elle à contrecœur. Si Zelda était Marilyn.

— Carrément !

— Oui. Je me suis ridiculisée... Mais je ne le verrai plus, alors ce n'est pas bien grave...

— Ah... Et il a dit quoi ?

— Que je me faisais un film parce que j'en avais besoin pour ma… rédemption. Un truc comme ça.

— Ta… rédemption ? Tu as couché avec un gourou ?

— C'est compliqué. Il prétend que j'ai envie de changer de vie depuis mon accident et que je prends Zelda en exemple. Que je m'imagine des trucs. Entre autres, que je suis amoureuse de lui. Mais je ne veux plus en parler. »

Le paquet de Cheerios pesait une tonne dans son estomac. Elle avait envie de vomir. Elle allait raccrocher et vomir, décida-t-elle.

« OK, la rattrapa Marsha. Bref, il dit que c'est pas elle. »

Hanna réfléchit deux secondes, tenant sa nausée à distance. « En fait, il n'a pas vraiment dit ça. » « *Vous vivez cette histoire à travers moi… Une femme en exil… Personne ne peut l'atteindre…* » Ça lui faisait mal d'y penser, mais voilà ce qu'il avait dit, à peu de chose près. Elle voyait ses yeux sur elle. Elle sentait la chaleur de ses mains.

Seigneur…

« Attention, intervint Marsha, c'est important, ça : tu lui as demandé texto si sa mère était Marilyn Monroe, et il t'a répondu en parlant de rédemption, d'exemple, tout ça, sans menacer de t'envoyer à l'asile…

— Il ne m'a pas dit textuellement "Non, ce n'est pas vrai, ce n'est pas elle."

— Non mais tu te rends compte… siffla Marsha. On ne peut pas laisser tomber l'enquête.

— Bien obligé.

— Tu peux au moins retourner voir Zelda. Tu ne la quittes pas en même temps que le fils, pas la peine de faire un paquet.

« — Je n'y retournerai jamais. Et puis je m'en fous. À quoi ça servirait de savoir ça ? On divulguerait l'info au monde entier ?

— Au monde… Bien sûr que non ! Mais au moins, nous, on saurait.

— Aucune importance. »

Marsha protesta dans le vide, au nom de la manipulation de l'opinion publique. « On dirait Jeff », lui fit remarquer Hanna.

Jeff. Il fallait qu'elle pense à Jeff. De toutes ses forces.

« Il rentre quand ? demanda Marsha. Tu… tu pars toujours ?

— Oui, dit Hanna dans un souffle. Il… Jeff a trouvé un appart sympa. Il veut que j'aille le voir. J'irai quand Gail sera là. »

Elle termina la conversation avec Marsha sur la promesse que ni Zelda ni Michael ne feraient partie des sujets abordés cet après-midi à la boutique. On parlerait de New York, de déco d'appartement, de projet à SoHo…

Alors qu'Hanna retournait dans la salle de bains pour poursuivre son chantier en cours, le téléphone sonna de nouveau. C'était typique de Marsha, ça.

Elle oubliait toujours quelque chose.

« Qu'as-tu oublié, encore ? fit Hanna dans le combiné.

— Hanna ? »

La petite voix semblait venir de très loin. C'était Zelda.

42

Hanna avait besoin de retrouver ses esprits, de s'asseoir sur son lit, de contenir la tempête qui couvait sous son crâne. Zelda la perturbait dans sa tentative de reprendre le cours de sa vie. Elle n'était pas préparée à ce coup de téléphone, elle n'en avait pas envie, pas maintenant.

Elle eut une absence de quelques secondes quand elle reconnut la voix de la vieille dame, ne sachant sur quel mode faire fonctionner son cerveau. Fallait-il qu'elle manifeste sa surprise avec l'enthousiasme qui sied à une jeune femme sans peur et sans reproche ?

Ou devait-elle rester sur sa réserve, en attendant d'entendre ce que Zelda avait à lui dire ?

Elle doutait que la mère de son… amant l'appelle pour uniquement prendre de ses nouvelles, après un silence de quelques mois, et précisément maintenant, pile maintenant, alors qu'elle sortait à grand-peine des bras de Michael.

Elle commença par balbutier quelques mots d'excuse pour avoir pris Zelda pour Marsha, ce qui amusa la vieille dame.

Hanna se détendit. Même physiquement absente, Marsha avait cette faculté de rendre l'atmosphère plus légère.

Zelda avait l'air de bonne humeur. Peut-être, au fond, n'était-ce qu'un appel de courtoisie.

« J'ai reçu votre carte de vœux, dit-elle, mais je n'ai pas pu vous répondre par écrit… Figurez-vous que j'ai la main droite dans le plâtre !

— Mon Dieu ! Mais que vous est-il arrivé, encore ?

— Oh, un truc tout bête. Je suis maladroitement descendue de cheval, ma main s'est prise dans les rênes, Amerigo a avancé, et vlan, une entorse au poignet… Le genre d'accident stupide. Bilan de l'opération, j'en suis réduite à vous téléphoner plutôt qu'à vous calligraphier une jolie carte de vœux, comme vous l'avez fait pour moi…

— Zelda, j'en suis désolée ! Décidément, vous êtes un vrai casse-cou…

— Oui, le médecin du coin connaît chacun de mes os et de mes ligaments. Je n'ai plus aucun secret pour lui. »

Enfin, presque, se dit Hanna, machinalement. Elle se cala contre sa pile d'oreillers ; le début de la conversation l'avait mise à l'aise. Elle retrouvait Zelda comme quand elle l'avait quittée : gaie, volubile… et plâtrée.

« Enfin, soupira Zelda après un moment. Mon fils va être furieux. »

Hanna sentit son cœur mourir dans une gangue de glace.

« Il n'est pas à Kinsale en ce moment, et je ne l'ai pas mis au courant de mes exploits, poursuivit la vieille dame. Il va encore me tomber dessus à son retour… »

On y était. Imaginer Michael à Paris.

Hanna ferma les yeux, la gorge sèche. Elle entendait Michael lui parler de sa mère. « *Son problème, c'est qu'elle refuse de vieillir...* » Il fallait la surveiller comme le lait sur le feu, il ne pouvait pas partir trop loin d'elle.

Tout ce qu'il lui avait dit sur Zelda, ce soir-là, à la Demi-Lune, avant de la faire basculer sur ses genoux et de l'embrasser. Elle sentait encore la forme de ses mains en coupe sous ses fesses.

De toutes ses forces, elle souhaita ne plus être là, sur son lit tout mou à Dearbly. Elle se souvenait de la place où elle devrait être, du torse ferme contre lequel elle devrait s'appuyer, si la vie n'était pas si méchante.

« Hanna ? fit la petite voix dans le téléphone.

— Je... Pardon, j'ai fait tomber quelque chose. »

Elle ne croyait pas si bien dire. C'était son cœur qui était en miettes, sa tête, elle tout entière. Et ses efforts pour ignorer cette destruction massive étaient vains.

« Bon, alors dites-moi : où vous emmène votre nouvelle vie, votre chemin vers le bonheur, comme vous me l'avez si joliment écrit ?

— New York. Il m'emmène à New York. Je pars y habiter bientôt. »

Hanna mobilisa toutes ses forces pour raconter Patti à Londres, Gail et Craig, Jeffrey à Manhattan, l'appartement de TriBeCa, le projet de boutique à SoHo. Elle donna du tempo aux phrases qui sortaient toutes faites de sa bouche, y instilla quelques points d'exclamation enthousiastes, mais même à ses propres oreilles sa voix sonnait faux, elle avait l'impression d'être ivre.

« Vous êtes heureuse, alors ? » fit Zelda, d'une manière un peu trop brute.

Derrière la question, le doute se cachait à peine.

Heureuse. Ce mot-là n'avait aucun sens. Il s'agissait juste de deux syllabes glissantes, après lesquelles il était de bon ton de caler un « oui », pour éviter tout dérapage vers l'impudeur et les larmes.

« Oui, répondit donc Hanna.

— Bien. Bien. Viendrez-vous me voir avant de partir ?

— Je ne… Je ne crois pas que je pourrai. »

Bien sûr qu'elle ne le pourrait pas. Elle ne put réprimer un spasme, comme avant de fondre en larmes. Se retint de justesse. Le silence qui suivit pesa trois tonnes. Puis Zelda la libéra de la prison de non-dits dans laquelle elle s'était enfermée.

« Hanna. Je sais dans quel enfer vous êtes. Moi aussi, j'ai aimé. Passionnément. »

Hanna sentit une énorme boule de coton emplir son ventre, son estomac, sa gorge, alléger tout son corps recroquevillé sur une douleur qui calcifiait ses membres. Les larmes jaillirent d'un coup, bienfaisantes, celles d'une enfant qui a un gros chagrin.

« Ma chérie, j'ai tout compris depuis bien longtemps, et vous le savez bien… Je suis une vieille femme solitaire, ce qui m'a permis de développer certains sens, dont celui de l'observation. »

Hanna essuya ce qui lui coulait du nez, du plat de la main. La voix de Zelda était si douce, si gentille… La voix d'une maman qu'on n'avait pas envie d'interrompre.

« Vous aviez l'air tellement ahuris, tous les deux, à Kinsale… Et votre interrogatoire sur Michael, le lendemain dans le jardin. Et mon fils qui croit que je ne vois pas ses espèces de tics quand je parle de vous… Toujours là à remuer sur sa chaise, à chercher subitement un truc imaginaire dans ses poches, pour se donner une contenance… »

Derrière un rideau de larmes, Hanna fouilla dans le tiroir de sa table de nuit, en extirpa un paquet de mouchoirs.

« Vous êtes-vous revus depuis ce jour-là à Kinsale ? demanda Zelda, sans ambages.

— Zelda, je ne veux… Je ne veux pas parler de ça avec vous.

— Je comprends… Mais j'ai besoin de savoir. »

Hanna soupira dans son mouchoir, alors que les larmes essuyées lui laissaient un peu de répit. Elle choisit ses mots, prit son élan.

« Je n'ai pas envie de… Je ne veux pas subir une nouvelle diatribe sur la fausse idée que je me ferais de mes sentiments, mon envie de changer de vie, et… Michael qui ne serait qu'un dommage collatéral à mon accident. Toutes ces choses… Je les ai assez entendues, n'en rajoutez pas, s'il vous plaît. Je veux juste oublier, et qu'on m'oublie aussi. »

Zelda ne répondit pas tout de suite. Pour elle aussi, chaque mot devait compter. La chose était tellement sensible, pour toutes les deux.

« Hanna. Je ne doute pas que vous aimiez mon fils. Pas une seconde. Je l'aime moi-même suffisamment pour comprendre ça. Tout le reste n'est qu'idioties. »

Interdite, Hanna en oublia de respirer. Fallait-il que cette vieille femme mystérieuse soit encore une fois la seule à l'entendre vraiment ?

« L'avez-vous revu ? demanda de nouveau Zelda. Il faut… Il faut que je sache.

— Pourquoi ? À quoi cela servirait-il de parler de ça ? »

Hanna entendit un souffle dans le téléphone. Un long souffle, une bouffée d'air qui frôla son oreille.

Puis Zelda prononça ces mots sidérants :

« Hanna, je connais votre secret… Alors je vais vous dire le mien. »

43

Hanna n'alla pas travailler, cet après-midi-là. Elle ne voulait pas prendre sa voiture pour aller à Cork. Cela lui faisait peur. Elle savait que son esprit perturbé lui jouerait des tours, qu'elle ne pourrait fixer son attention sur la route, et qu'il y avait un risque majeur qu'elle finisse encore une fois les quatre roues en l'air sur le bas-côté.

Non, vraiment, conduire était impossible. Elle avait besoin de prendre l'air. Elle rappela Marsha pour le lui dire. Son amie accueillit la nouvelle de sa défection sans broncher.

« Aère-toi donc », lui conseilla-t-elle simplement, sa voix pleine de chaleur.

Hanna enfila un pantalon kaki, un gros pull à torsades et une paire de baskets confortables. Une veste en tweed épais. Elle avait flanqué son manteau en laine camel au fond d'un placard en retenant son souffle ; l'odeur de Michael devait être quelque part sur son col. Bêtement, elle s'entortilla dans son écharpe, ce qui était pire. Tabac, fougère et peau : elle les sentit tout de suite.

Elle fourra ses clés dans sa poche, et franchit la porte d'entrée comme une issue de secours, le chat sur les talons.

« Reste là, toi ! » dit-elle, et elle se sentit bizarrement contente de parler à un animal.

Il ne faisait pas froid, mais l'air était chargé d'humidité qui, caressant la terre dans un vent léger, en faisait ressortir toutes les senteurs. Tourbe, fougère. Son odorat hypersensibilisé détectait même l'odeur froide et métallique des pierres du muret qui courait tout le long du chemin.

Et la merde de chien aussi, constata-t-elle. Les émanations de l'increvable Uncle Bob n'arrêtèrent pas Baal-Moloch qui lui emboîta le pas.

« Tant pis, t'as qu'à suivre, dit-elle au chat. De toute façon, ça ne craint rien, il n'y a pas de voiture par ici... » Elle projetait de marcher jusqu'au cottage des Moriarty, puis peut-être d'emprunter les sentiers qui rejoignaient le village, jusqu'au magasin de Noel Dawson, en bas.

Elle verrait bien, elle avait tout son temps. Elle était libre, sans obligation d'aucune sorte.

Elle voulait avancer droit devant elle, sans limites à s'imposer, et laisser vagabonder ses pensées jusqu'à ce qu'elles finissent par s'enfuir, dans la brise fraîche et saine de Dearbly-upon-Haven.

Ses secrets, ceux de Zelda, s'envoleraient ainsi vers là où ils devraient rester à jamais, dilués dans les airs, bien au-dessus des vivants et des consciences.

Elle ne serait plus dépositaire de rien. Rien qui puisse la blesser, ou blesser les autres. Hanna n'aurait pas assez d'une autre vie pour effacer celle-ci, pour compresser cette parenthèse d'une année jusqu'à en faire une boulette en papier à balancer dans la corbeille de sa furtive existence.

« *Hanna, je connais votre secret... Alors je vais vous dire le mien.* »

À l'instant précis où Zelda avait prononcé ces mots au téléphone, le temps s'était comprimé, les murs de sa chambre s'étaient rapprochés, comme dans un travelling avant très rapide où le visage du personnage central ne bouge pas, mais que le décor derrière lui avance d'un coup. Un effet spécial de film d'angoisse, et qui existait donc dans la vraie vie. Hanna l'avait vécu dans un accès de nausée.

Elle avait écouté Zelda dans un état second, quasiment en apnée.

Elle avait peur.

Peur de ce qu'elle allait entendre, qui mettrait fin à la recherche irraisonnée qui avait gouverné son existence depuis un an, depuis le carambolage sur l'autoroute de Cork, les souffrances, les rencontres imprévues, la bifurcation soudaine qu'avait prise son chemin tranquille.

La voix était fluette, lointaine, entrecoupée de silences qui grésillaient, comme sortis d'un vieux transistor.

« Toute ma vie, j'ai voulu être mère. Et, du jour où j'ai tenu mon fils dans mes bras, ce tout premier jour où vous êtes devant ce miracle, et que vous avez si peur qu'on vous le reprenne... j'ai été incapable de lui donner ce qu'il faut à un enfant... À une personne que l'on met au monde. J'ai été une mauvaise mère.

« Je me suis isolée avec lui, je l'ai reclus. Je pensais que nous avions tout pour être heureux, dans ce si bel endroit du monde, que nous n'avions besoin de personne. Je n'avais qu'une seule amie, Siobhan Kelley, une artiste qui peignait sur le port, cela me suffisait. Et puis ensuite Edwyn Collins, bien sûr.

« Pas une seconde je n'ai pensé à mon fils. J'ai été égoïste, comme je l'ai toujours été... Eh bien... oh, Michael me l'a bien rendu. Sitôt qu'il a été majeur, il est parti. Du jour au lendemain, comme ça, pfou !... Il a voyagé pendant plusieurs années, se posant quelque temps dans un pays ou un autre.

« Je savais toujours où il était. Il m'écrivait beaucoup, pour me raconter comment était le monde, ailleurs... De temps en temps, il revenait à Kinsale. Il n'était plus le même. Plus ouvert, plus solaire. Plus heureux. D'un bonheur que je n'avais pas su lui donner, moi, sa propre mère...

« Et puis il a pris un pied-à-terre ici... Quand j'ai commencé à vieillir pour de bon, et... hum, à me casser toutes sortes d'os, voyez-vous. Maintenant, le voilà obligé de veiller sur moi. Avec lui, j'ai décidément tout mal fait, jusqu'ici. »

Perdue sur son lit, sans aucune notion de l'heure qu'il était ni du temps qu'il faisait dehors, Hanna avait entendu dans le téléphone le bruit d'un verre ou d'une tasse qu'on reposait sur un guéridon. Une toux délicate.

« Hanna, avait repris Zelda, la voix moins enrouée. Michael et vous... Vous êtes-vous revus ? J'aimerais savoir. C'est important.

— Oui », avait lâché Hanna, à contrecœur.

Perdue, elle ne voyait pas où la vieille dame voulait en venir, pourquoi était-il aussi important pour elle de savoir ça, cet adultère organisé, ce rendez-vous manigancé dans le dos de tout le monde, y compris d'elle-même.

« Tant mieux, dit Zelda. Tant mieux. »

Alors, soudain, au ton serein qu'avait eu la vieille dame, Hanna avait compris. Pour une raison ou pour une autre, Zelda était soulagée d'apprendre que leur... escapade de Kinsale, l'été dernier, n'avait pas été qu'une glissade malencontreuse, une sorte d'appel des sens purement trivial auquel ils auraient répondu pratiquement sous son toit, au mépris de son hospitalité et de la confiance affectueuse qu'elle avait en eux deux.

Zelda ne pardonnerait pas la vulgaire gaudriole. Elle excuserait l'amour.

Ce devait être quelque chose comme cela.

« Hanna, je vais mourir. »

Sa voix était si douce, si tranquille.

Hanna avait failli balbutier quelque chose de stupide du genre : « Enfin, Zelda, bien sûr que non, pas tout de suite, vous êtes en pleine forme... Et puis moi aussi je vais mourir, on meurt tous... », comme ce qu'on dit aux personnes âgées quand on finit par les prendre pour des gamins.

Elle n'en avait pas eu le temps.

« Je vais mourir, voilà mon secret. Bientôt. Je suis malade. Mon fils ne le sait pas... Une méchante maladie qui ne me laisse que quelques mois... Je veux savoir ce que je laisse derrière moi. »

Anéantie, Hanna avait caché ses yeux derrière sa main, comme si Zelda pouvait la voir.

« Oh, Zelda... Que faut-il que...

— ... que vous fassiez pour moi ? avait doucement ri la vieille dame, dans ce roucoulement qu'elle connaissait bien. Rien de médicalement reconnu, j'en ai bien peur... Mais ce n'est pas grave. J'ai vécu, vous savez. Il est temps. »

Puis elle avait repris son souffle, et avait continué :

« Laissez-moi vous parler de mon fils. Michael. Je le connais bien, je sais quels stupides principes j'ai fait germer en lui... Pas d'engagement, pas de contraintes... Pas de famille. C'est ce qu'il vous a dit, j'en suis sûre.

— Oui...

— Quand je serai partie, mon fils sera plus libre que jamais... Mais sans plus aucune famille. Alors, c'est important pour moi de savoir que quelqu'un a touché son cœur... Car vous l'avez touché, n'est-ce pas, Hanna ? »

Hanna avait senti son propre cœur défaillir. Que devait-elle répondre ?

« Je l'ai touché... Je ne sais pas... Je crois que je l'ai touché. » Elle avait inspiré un grand coup : « Oui... Oui, Zelda. J'ai touché son cœur. »

La vieille dame lui avait renvoyé son souffle, comme s'il était le second temps de leur respiration commune.

« Alors, écoutez-moi : faites votre vie, ma chérie, partez à New York, aimez votre mari tant que vous le pourrez, peut-être votre vie entière... Mais moi, je vais mourir tranquillement. Car je sais que mon fils... Enfin qu'il sait qu'une autre femme que sa mère l'a aimé absolument... Et que quelqu'un l'attend quelque part, même dans ses rêves. C'est important, les rêves. Pour exister. Souvenez-vous de ce qu'a dit Shakespeare dans *La Tempête* : « *Nous sommes de l'étoffe dont sont faits les rêves...* »

Hanna avait ravalé ses larmes, bouleversée par la confiance que Zelda lui accordait, à elle, la petite souris insignifiante, par-delà la mort annoncée.

« Oh, Zelda... Il sait que je l'attends... Je l'attendrai toute ma vie. »

Elles s'étaient tues toutes les deux, chacune veillant sur le chagrin de l'autre, à des kilomètres de distance. Et Hanna avait retrouvé dans cette communion quelque chose qui l'avait envahie à Paris, cette émotion puissante qui l'avait étreinte à Notre-Dame, entre les silhouettes murmurant sur les prie-Dieu et les vitraux qui la tiraient vers le haut.

Croire, c'était donc ça. Avoir confiance.

« Zelda, avait murmuré Hanna. Pourquoi tout ça ? Pourquoi cette vie ? D'où venez-vous ? »

La vieille dame avait de nouveau eu son petit roucoulement.

« Je suis née sur Terre, ne vous inquiétez pas... Mais pas du bon côté. D'où je viens, la vie m'a appris trop de choses, trop vite. Je n'en ai pas toujours fait bon usage... Ces derniers mois, j'ai pensé à vous, Hanna. Je vous ai écrit. Je vous laisse des choses... Envoyez-moi votre adresse, quand vous serez installée à New York. Juste une jolie carte calligraphiée, comme vous savez si bien le faire. Vous recevrez une enveloppe quand je serai partie... Ce sera mon testament, la trace que je vous laisserai... Je vous ai dit ne pas vouloir être votre mère. Ce n'était pas vrai, vous êtes la fille que je n'ai jamais eue. Même si forcément c'est une idée qui est devenue un peu... incestueuse. Mais j'aime savoir que vous vous aimez. Attendez ma lettre. Avec vous, je réussirai peut-être

437

là-haut ce que j'ai raté avec mon fils ici-bas : vous guider… »

Zelda avait doucement raccroché, sans rien dire de plus. Parce qu'il n'y avait plus rien à dire.

Hanna avait longuement pleuré.

Arrivée devant chez les Moriarty, Hanna exhala un long nuage de buée.

Il commençait à faire vraiment frais.

À mi-parcours, Baal-Moloch avait rebroussé chemin, agacé par le pas lent de la promeneuse qui prenait tout son temps, à soupirer le nez en l'air.

Elle entendit un aboiement venu de la propriété, une coquette bâtisse rouge aux volets bleu vif, où grimpait un lierre parfaitement maîtrisé, dans la tradition proprette de Dearbly-upon-Haven.

Mue par un réflexe impérieux, elle s'approcha du portail peint d'un vert rutilant, et trouva le bouton de la sonnette. Appuya dessus. Une fois.

Deux fois. Une troisième fois, plus longue.

Un vieil homme à la tête couronnée d'argent vif sortit de la maison, ses frêles épaules en avant, les yeux plissés pour voir quelle était cette étrangère qui venait l'importuner.

« Oui ? » aboya-t-il presque, comme son chien qu'il appela vers lui d'un claquement de main sur sa cuisse.

Hanna hésita deux secondes, puis prit une voix forte et claire.

« Bonjour, monsieur Moriarty, dit-elle, la tête droite. Je suis Hanna Reagan, votre voisine – pas très proche, mais votre voisine tout de même. »

Le vieil homme parut se radoucir.

« Oui, madame Reagan ?

— Votre chien, monsieur Moriarty. Tous les jours, depuis à peu près deux ans, eh bien, il vient faire ses besoins sur le piquet de notre boîte aux lettres. C'est très désagréable.

— Uncle Bob ? Oh, mon Dieu, madame, j'en suis navré.

— Ce n'est pas grave, monsieur, je voulais juste vous prévenir. Si vous pouviez faire quelque chose, ce serait gentil. Merci. »

Hanna sourit poliment, et s'apprêta à faire demi-tour.

« Madame... Reagan ? la héla le vieil homme.

— Oui ?

— Madame Reagan... Si Uncle Bob vous pose ces problèmes depuis... deux ans ? Il ne fallait pas vous gêner, vous savez... Il faut dire les choses, c'est toujours mieux. Pourquoi ne pas vous être plainte avant ? »

Hanna fixa le bonhomme, un papy à l'air désolé, sa couronne de cheveux gris argent ébouriffée par le vent.

Elle haussa les épaules. La bise lui caressait les joues. Elle retira une mèche châtain qui venait se coincer à la commissure de ses lèvres. « Je ne sais pas, dit-elle. Je ne sais vraiment pas... »

ÉPILOGUE

Quelques mois plus tard

Hanna contemplait la ville à l'envers.

À travers la vitre du bow-window, au-dessus du gros bloc qui dispensait l'air conditionné, la silhouette du Flatiron Building se découpait en biais.

Montant de la rue, les effluves épicés de la charcuterie kasher se mêlaient à ceux du parmesan vendu par rouelles chez Eataly, un immense hangar dédié à la gastronomie italienne, où les cadres sup d'Union Square venaient déguster debout un plat de pâtes aux truffes, en costard et robe chic, au milieu du brouhaha des flâneurs faisant leurs courses de mortadelle, de pesto et de gressins.

Il y avait aussi la charrette de Safir, les glouglous du bain d'huile où il balançait des frites à intervalles réguliers, soulevant chaque fois un nuage poisseux qui montait jusqu'au troisième étage. Grâce à son tour de main unique, les frites de Safir, croustillantes à l'extérieur et moelleuses à l'intérieur, attiraient tous les bobos du quartier, ainsi que les touristes qui succombaient aux *lamb gyros* qu'il fourrait dans une boîte en polystyrène jusqu'à ras la gueule, pour seulement trois dollars.

Dès son arrivée à New York, Union Square, quartier à taille humaine, avec son marché bio et le fourmillement continu des badauds, avait plu à Hanna. Bien davantage que les rues propres et vides de TriBeCa qui lui rappelaient la réclusion confortable de Dearbly-upon-Haven.

En ce jour d'août, il faisait une chaleur à crever, au-dessus des 80° Fahrenheit, mais elle avait préféré couper la clim. Le courant d'air tiède qui s'insinuait sous la fenêtre donnait l'illusion d'un vent léger qui faisait s'évaporer la sueur.

Hanna souleva précautionneusement sa jambe droite de l'oreiller, la prit à deux mains comme pour étirer une crampe, puis fit la même chose avec la gauche. Le docteur Schwartz lui avait dit de procéder de cette manière ; s'allonger sur son lit, les pieds surélevés, était moins pénible que de porter ces ignobles bas de contention qu'elle avait dû enfiler au Mount Sinai Hospital.

Elle grimaça, puis souffla par bouffées. Sa cicatrice tirait encore.

Elle tendit machinalement la main vers le tiroir de sa table de nuit, puis, une fois vérifié que la grosse enveloppe y était bien rangée, joignit les doigts sur sa poitrine, s'enfonçant dans le matelas. Elle se sentait vide, ailleurs.

Deux semaines auparavant, Michael l'avait appelée. Son ventre s'était serré si fort qu'elle avait dû mettre son poing dans sa bouche pour ne pas crier.

Zelda était partie, voilà ce qu'il voulait lui dire.

Edwyn Collins l'avait retrouvée un matin, assise sur un banc, face à l'océan. Elle s'était habillée comme pour aller à une messe – un tailleur crème, une toque de la même couleur, un hortensia bleu à la boutonnière.

Dans son sac Kelly précautionneusement sorti d'un autre âge, on avait trouvé des boîtes de médicaments. Vides.

Le médecin venu de Cork n'avait pas demandé d'autopsie. Zelda avait quatre-vingt-cinq ans. « Laissons-la en paix », avait-il dit, avant de signer le permis d'inhumer. Michael et Edwyn Collins avaient répandu ses cendres dans l'océan. L'Amérique était là-bas derrière.

Au téléphone, Michael avait la voix claire. Bonjour. Bonjour. Son portable coincé sur l'épaule, Hanna s'était tenue à un meuble, pour ne pas tomber.

En y repensant, elle se disait qu'il avait eu l'air apaisé, comme s'il savait que le pire était passé, et qu'il n'aurait plus jamais à s'inquiéter pour personne. C'est ainsi qu'il avait toujours voulu être, se disait-elle. Tranquille, détaché. Puis elle essayait de ne plus penser à lui. C'était un exercice quotidien.

Mais il était en elle. À Paris, sans le savoir, Michael lui avait fait le plus impossible des cadeaux. Quand, dans le cabinet d'un médecin new-yorkais, elle avait appris qu'elle était enceinte, elle était curieusement passée par les trois étapes du deuil, alors qu'il s'agissait de tout le contraire : la sidération, le déni. L'acceptation – celle d'une nouvelle vie qui commençait, et du mensonge qui devait s'installer. Mais ne rien dire, ce n'était pas mentir, n'est-ce pas ? C'était préserver Jeffrey de la douleur. Jamais elle ne lui infligerait une trahison qu'il méritait probablement moins qu'un autre, lui qui lui avait tant donné et à qui elle avait si peu rendu. Après le grain d'angoisse qu'il avait traversé pour elle depuis son accident, son mari méritait la vie qu'il avait toujours voulue. Elle se tairait à jamais pour la lui offrir.

Le fourmillement du marché d'Union Square parvenait plus fort jusqu'à elle. Jeff rentrerait bientôt, un peu en avance, comme il en avait pris l'habitude. Il passerait par le *deli* pour lui rapporter une salade d'œufs, et une autre de thon. Elle n'était capable d'avaler que des protéines, de la nourriture molle et douce. Pas de sel, pas de piment, pas d'acide ni d'amer. Dans la barquette, les deux petits tas auraient exactement la même taille. L'image de son mari encombré de son sac à dos, remplissant avec précision le récipient en plastique, lui explosait le cœur et lui faisait monter les larmes aux yeux. Elle pleurait facilement, pour tout et pour rien, pour des détails.

À cause de la naissance attendue, Jeffrey avait dû refuser de partir pour Tripoli couvrir l'agonie du régime de Muammar Kadhafi. À son bureau du *New York Times*, il assurait l'ordinaire : un reportage à la Court House pour l'abandon des charges d'agression sexuelle contre l'ex-directeur français du Fonds monétaire international, puis un autre à la mairie, pour suivre Michael Bloomberg qui coordonnait les secours face à la menace de la tempête Irene sur la côte Est.

En fait d'aventures, Jeff ne dépassait pas une dizaine de blocs. Il irait plus loin, plus tard, peut-être. Bof, pas sûr.

Il ne cessait de dire qu'il était heureux. Trop souvent, peut-être. Et Hanna surprenait parfois son regard sur elle, qui disait une infinie incrédulité, posait des questions muettes auxquelles il ne voulait pas de réponses.

Surtout ne rien dire, se répétait Hanna, comme un mantra. Ne rien dire pour ne pas le blesser. Le bonheur auquel ils travaillaient était inconstant, leur demandait à tous les deux des efforts quotidiens, mais qui payaient le plus souvent : il y avait entre eux une tendresse inaltérable. La vie était douce, au moins cela.

Certains jours comme aujourd'hui, quand la fatigue lui faisait baisser sa garde, Hanna se laissait cependant aller à ses rêves, seule, les yeux mi-clos. Michael était près d'elle, tout près, ses mains la touchaient, elle sentait son parfum. Puis les rêves devenaient certitudes : un jour, ils se retrouveraient. Parce que leur destin, qui avait commencé à s'écrire dans une chambre d'hôpital de Cork, était tracé, que l'accident qui l'y avait conduite devait se produire pour leur rencontre et uniquement pour cela – parce qu'elle croyait au destin, et que c'était sa seule religion.

Et puis aussi grâce à Zelda. À l'intérieur de la grande enveloppe cachée dans sa table de nuit, une lettre de Zelda lui disait que la maison de Kinsale, au bord de la falaise, était maintenant la sienne. Hanna n'en avait encore rien dit à Jeffrey – elle savait que son mari associait la vieille dame à tous ses maux, ses désirs d'indépendance et, aussi, quelques délires.

Au fond, que Zelda Zonk ait été Marilyn ou pas n'était pas le problème – cela n'avait jamais été le problème. Seule subsistait de cette quête la possibilité d'une autre vie, pour elle et pour tout le monde.

Quelle qu'elle soit, Zelda continuait à veiller sur son fils, et sur la femme qui l'aimait. En léguant sa maison à Hanna, la vieille dame s'assurait que le lien ne se rompait pas tout à fait, si cela avait jamais été possible.

En attendant ce moment où les amants se rejoindraient – à Kinsale, Paris ou ailleurs, un jour ou l'autre –, l'amour se nourrissait de lui-même, sans autre nécessité.

Il y eut un petit bruit, juste à côté du lit. Un couinement, une agitation soudaine.

Hanna fit glisser doucement ses jambes sur le bord de la couette, et se leva laborieusement, engourdie par la sieste qui s'achevait.

Dans le berceau, une petite fille s'éveillait.

Remerciements et pensées...

À mon premier cercle de lectrices, mes amies qui m'ont supportée, encouragée, entourée de tendresse : Alex, Carole, Cécile, Christine, Elsa, Marie, Nath, Saléra, Sarah, Sylvie, Zaza, Florence... C'est pour vous, les filles.

Merci à mes éditeurs, Caroline Lépée pour son coaching magique et son élégance d'esprit, Philippe Robinet et l'équipe de Kero pour leur accueil rassurant.

Il paraît qu'un chat fait partie de l'équipement de base d'un écrivain, je voudrais que Mômiiche laisse une trace sur terre, alors ce sera sur cette page...

Il est important pour moi de dire que mon amour du cinéma est l'essence même de ce roman. Quiconque a vibré en se demandant si Meryl Streep allait finir par ouvrir la portière dans *Sur la route de Madison* ou si Kristin Scott Thomas ferait demi-tour dans *L'Homme qui murmurait à l'oreille des chevaux* s'y retrouvera peut-être...

Je remercie à peu près toute la filmographie de Clint Eastwood, le premier tiers de celle de Meg Ryan et le dernier de David Fincher – et aussi la première minute trente d'*Inside Man* de Spike Lee pour son inspiration masculine miraculeuse.

À Marilyn, cet ange sur mon épaule...

Ouvrage composé par
PCA – 44400 Rezé

Imprimé en Espagne par
CPI
à Barcelone
en mai 2016

POCKET – 12, avenue d'Italie – 75627 Paris Cedex 13

Dépôt légal : juin 2016
S26202/01